조선시대 경강의 별서 서호 편

조선시대
경강의 별서
서호편

이종묵 지음

景仁文化社

머리말

　대한민국의 수도 서울을 남쪽으로 감싸고 흐르는 한강은 세계에 자랑할 만큼 아름답다. 자연스러움을 많이 잃기는 했지만 올림픽대로나 강변북로를 가다 보면 한강은 참으로 아름답게 다가온다. 그래서 예나 지금이나 한강을 조망할 수 있는 곳에는 높다란 고급 주택이 들어서 있는 모양이다.

　나는 옛글을 읽고 글을 쓰는 일을 직업으로 삼는 처지인지라, 그곳에 어떤 사람이 어떻게 살았는지 늘 궁금했다. 270여 년 전 조선의 뛰어난 화가 겸재謙齋 정선鄭歚의 『경교명승첩京郊名勝帖』에서 아름다운 한강을 배경으로 들어선 멋진 집을 보면서 그곳에 살던 사람이 누구인지 더욱 궁금해졌다. 이에 조선시대 한강 강가에 집을 짓고 살던 사람들에 대한 자료를 차곡차곡 모았다. 광나루에서 행주산성에 이르기까지 한강의 남쪽과 북쪽 아름다운 구비마다 한때를 울린 이름난 문인의 별서別墅가 하나하나 드러났다. 이 책은 바로 이러한 한강 일대 별서의 문화사를 정리한 것이다.

　나는 '애오愛吾'라는 말을 좋아한다. 도연명陶淵明이 "나도 내 오두막을 사랑한다(吾亦愛吾廬)"는 구절을 사랑하여 홍대용洪大容을 비롯한 많은 조선의 문인은 자신의 거처에 '나를 사랑하는 집(愛吾廬)'이라는 이름을 붙였다. 18세기 김종후金鍾厚는 홍대용의 집 애오려에 붙인 글에서 "내 귀를 사랑하면 귀가 밝아지고 내 눈을 사랑하면 눈이 밝아진다(愛吾耳則聰 愛吾目則明)"라는 명언을 남겼다. 내 귀가 밝아야 남의 말을 잘 알아듣고 내 눈이 밝아야 남의 일을 잘 볼 수 있게 된다. 나를 사랑하여 남을 아는 일이 귀가 밝고 눈이 밝은 총명聰明인 것이다.

　요즘 사람들은 내 눈이나 귀보다 남의 눈이나 귀에 관심이 많다.

남의 것은 잘 알지만 정작 내 것은 잘 알지 못할 때가 적지 않다. 우리 땅보다 남의 땅을 구경하기를 좋아한다. 그러다 보니 정작 우리 땅의 문화사에 대해서는 귀와 눈이 밝지 못하다. 이 땅에 사는 사람들로 하여금 내 몸을 사랑하고 내 땅을 사랑하게 하여 그 눈과 귀가 밝아지도록 하는 일이 우리 것을 공부를 하는 사람이 해야 할 일이라 생각한다.

10여 년 전 『조선의 문화공간』이라는 책이 그래서 나온 것이었다. 그 서문에서 아름다운 우리 땅에 대한 기억의 끈을 놓지 않기 위해 10여 년 작업한 결실로 책을 낸다고 한 바 있다. 그리고 다시 10년 가까운 세월이 흘렀다. 좀 더 많은 땅에 대해 자세하고 정밀하게 다루지 못한 것이 많이 아쉬웠다. 공부가 부족하여 특히 우리나라의 수도 서울을 관통하는 한강에 살던 사람들에 대해 널리 다루지 못하였다. 그래서 10여 년 자료를 모아 이렇게 책을 낸다.

나는 나를 사랑하는 사람이라 행복하다. 내 좋아하는 옛글을 읽고 내 좋아하는 글을 쓰며 그것으로 나와 내 가족의 생계를 꾸릴 수 있으니 행복한 팔자라 하지 않을 수 있겠는가! 내 좋아하는 일은 하면 그뿐, 이 책이 세상에 무슨 기여를 할 수 있는지는 그다지 중요한 것으로 여기지 않는다. 그렇지만 내 즐거운 바를 남도 즐거워해주면 좋겠다. 함께 나를 사랑하여 그 눈과 귀가 밝아질 수 있으면, 비행기와 고속철에 몸을 싣고도 달음박질하며 살아야 하는 세상이라 하더라도, 저 한강처럼 빠르지는 않지만 쉼 없이 굼실굼실 흘러갈 수 있지 않겠는가!

2016년 관악산 자하골에서 이종묵이 쓰다.

차 례

머리말

7부 마포와 서강

8부 양화나루와 양천

7부

마포와 서강

『만기요람萬機要覽』에서 포도청의 관할 구역을 정할 때 마포 구역은 공덕리孔德里에서 현석리玄石里까지, 서강 구역은 창전리倉前里에서 신수철리新水鐵里까지, 망원정望遠亭 구역은 세교細橋에서 양화진楊花津까지라 하였다. 이를 보면 마포대교에서 서강대교 사이의 한강 북단 마포동과 현석동 일대를 마포라 불렀고, 그 서쪽 와우산臥牛山 기슭 창전동과 상수동 일대를 서강이라 불렀음을 알 수 있다. 또 그 서쪽 망원정 구역은 합정동과 망원동, 성산동 일대로 넓게는 역시 서호에 포함되었다.

이곳에는 조선 초기부터 왕가의 누정이 많았다. 효령대군讓寧大君의 희우정喜雨亭과 이를 이은 월산대군月山大君의 망원정, 안평대군安平大君의 담담정淡淡亭과 영벽당映碧堂 등이 알려져 있다. 일반 문인의 별서로는 이지함李之菡의 토정土亭이 유명하다. 이지함이 1576년 겨울 마포에 지은 토정은 불과 몇 달 기거한 인연밖에 없었지만, 서호의 상징으로

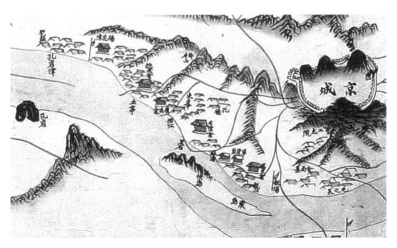

「경강 부임진도(京江附臨津圖)」(규장각 소장). 여의도 북쪽에 용산, 마포, 흑석, 서강, 토정, 양화진, 공암진 등이 보인다. 여기서 흑석은 현석과 같다.

기억되었다. 원래 이지함이 지저분한 길에 몇 길 높이로 흙을 쌓아 토실을 만들었기에 그 이름을 토정이라 하였는데 밤이면 방에서 자고 낮이면 지붕 위에 올라가 거처하였다는 신이한 이야기가 전한다. 장난을 좋아하는 아이들을 불러 모아 돌을 던지고 흙을 쌓게 하여 지은 것이라고도 한다.[1] 후에 정자는 없어지고 작은 언덕이 그 터로 전해지게 되었지만, 그 마을을 토정촌土亭村 혹은 토정리로, 그 앞의 강은 토정강土亭江으로 불렸다. 지금의 토정동이다.

그 밖에도 많은 이름난 문사들이 마포와 서강 일대에 살았다. 17세기를 전후한 시기 유몽인柳夢寅이 와우산 기슭에 우거하였고, 비슷한 시대 정철鄭澈, 조위한趙緯韓, 이정귀李廷龜, 최립崔岦, 유영길柳永吉, 허목許穆 등도 정치적으로 어려운 시절 서강에 우거한 바 있다. 그러나 글이 있어야 후세에 그 땅이 이름이 나게 되는 법이다. 이들의 별서에 대한 자세한 기록이 보이지 않아 그들이 살던 집이 어떠했는지는 알 수 없다. 또 최전崔澱의 아들로 최립, 이정귀 등과 교분이 있던 최유해崔有海(1588~1641)의 강월정江月亭도 서강에 있었다는 기록이 보이지만[2] 자세한 사정은 알 수 없다.

오히려 그 주인의 이름은 알려져 있지 않아도 이름난 문인의 글이 있어 널리 알려진 별서가 있었다. 호안군湖安君(1596~1665)의 영귀정詠歸亭이 그러하다.[3] 1660년 허목이 쓴 글에 따르면 "내가 틈이 나서 서호로 나갔는데, 비가 막 개어 조수는 가득하고 평원은 푸른빛을 띠기 시작하였으며, 모래밭에서는 어망을 든 몇 사람이 서로 부르며 말을 주고

---

1) 朴世采,「西湖三高士傳」(『南溪集』 141:159).
2) 柳潚의「奉次江月亭韻」(『醉吃集』 71:37)의 서문에 자세한 기록이 보인다.
3) 湖安君은 자가 伯瞻이고 이름은 李澳이다. 본관은 전주로 중종의 4대손이며 호안군에 봉해진 인물이다. 寧堤君 李錫齡의 아들이다. 1624년 李适의 난 때 역모에 연루되어 여러 차례 귀양갔다. 허목의「養眞軒記」(『기언』 99:79)에 따르면 養眞軒은 영제군의 경저였는데 적몰되었다가 호안군이 유배에서 풀려난 후 돌려받았다고 한다. 양진헌의 위치는 알 수 없다.

받고 있었다. 이때 해는 이미 저물고 저녁 안개가 아직 걷히지 않았으며, 안개 밖으로는 키 큰 버드나무가 여러 그루 보였다. 돛단배 대여섯 척이 포구로 들어왔다. 높은 언덕에는 모두 이름난 동산과 온갖 화초, 누대 등이 서로 바라보이는데, 그 중 하나가 공자 호안군의 영귀정이라고 하였다"라 하였다.[4] 아름다운 서호의 풍경이 영귀정을 통해 후세에 기록으로 남았지만 그 위치가 서호라는 사실 외에는 알 수 없다.

긍사정肯思亭이라는 정자도 이름난 문인 덕에 알려졌다. 임진왜란 때 공을 세운 신점申點의 아들 신순일申純一(1550~1626)이 서호에 세운 정자로,[5] 서호정西湖亭 혹은 신씨정申氏亭이라 불리고 이름이 없다가,[6] 그 후손인 신연申㪼이 허물어진 정자를 수리하고 그 이름을 긍사정이라 하였다. 긍사라는 말은 『서경書經』에 "아버지가 집을 지으려고 모든 방법을 강구해 놓았는데도 그 아들이 기꺼이 집터를 닦으려 하지 않는데 하물며 집을 기꺼이 지을 수가 있겠는가(若考作室 旣底法 厥子乃不肯堂 矧肯構)"에서 따온 것이니 부모의 뜻을 잇겠다는 마음이 담긴 것이다. 신연은 이익李瀷, 강박姜樸과 같은 남인의 걸출한 문사들과 친분이 있어 이들의 글에 의해 긍사정이 역사에 이름을 드리우게 되었다. 강박은 젊은 시절 서호에 거주할 때 외가인 평산 신씨의 별서를 자주 출입하였기에 기문을 짓게 된 것이고 이익은 신연과 벗이었기에 그의 집에 붙일 기문을 지어준 것이다.[7] 그리고 강박과 이익은 나란히 시도 따로 지어 주었으니, 이들의 시문이 있어 긍사정의 이름이 전해지게 된 것이다.

---

4) 허목, 「詠歸亭記」(『記言』 99:87). 그런데 李瀷의 「詠歸亭記」(『星湖全集』 199:478)에는 영귀정이 무너지고 전서로 된 허목의 현판만 남아 있는데 尹氏가 처음 세운 것이라 하였다.
5) 신순일은 자가 純甫이고 본관이 平山이며 판서를 지낸 申點의 아들이다. 대북파로 활동한 申懍이 그의 아들이다. 그의 부인 연안 이씨(李廷顯의 딸)가 지은 한시가 전한다.
6) 이호민의 「題申純甫西湖亭」(『五峯集』 59:353)이 여기서 지은 작품이다.
7) 강박, 「肯思亭記」(『菊圃集』 b70:168) ; 이익, 「肯思亭記」(『星湖全集』 199:481).

또 17세기 거의 알려지지 않은 이유언李惟彦이 경영한 관어정觀魚亭이 마포에 있었는데 재종간인 이유태李惟泰와 그와 친분이 있던 김간金榦이 관어정에 대한 글을 지어 그 존재가 후세에 전하게 되었다. "비 그치고 복사꽃 필 무렵이나 햇살이 부들을 비추는 저녁이면 정자 아래 노니는 물고기들이 파닥거리면서 잠기기도 하고 뛰어오르기도 하여 제각기 뜻을 얻었다. 공은 한가함을 실컷 누리고 사심을 없앴으니, 두건을 비스듬히 젖혀 쓰고 종일 바라보면서 흥을 붙였다"고 한다.[8]

이규상李圭象의 「강상설江上說」에도 주인은 미미하지만 이름난 정자가 소개되어 있다. 안류정安流亭과 근수정近水亭 등이 그러하다. 안류정은 18세기 인물 이형만李衡萬이 주인인데 그의 벗 이천보李天輔가 기문을 지었다. 한강의 물가에 있는 정자 중에서 낮은 곳에 있는 것은 조망이 아름답지 못한 데다 장사치들이나 배들로 인해 소란스러운 단점이 있고, 높은 곳에 있는 것은 비바람을 감당하지 못해 위태한 단점이 있는데, 안류정은 적당한 데다 강과의 거리가 수십 보밖에 되지 않아 강물이 언덕을 감아 돌기에 그 이름처럼 편안하다고 했다.[9] 또 현석동 광흥창廣興倉 근처에 있던 근수정은 19세기 한장석韓章錫의 사돈인 홍종서洪鍾序가 주인으로 있었는데 홍길주洪吉周, 신좌모申佐模, 서유영徐有英 등이 모여 시회를 가진 의미 있는 공간이었다.[10]

---

8) 金榦, 「次三田浦李都事觀魚亭韻」(『厚齋集』 155:28) ; 이유태, 「季父折衝將軍行龍驤衛副護軍李公行狀」(『草廬集』 118:447).

9) 이천보, 「安流亭記」(『晉菴集』 218:245). 이형만은 본관이 慶州고 자는 平一인데 承旨 등의 벼슬을 지냈다. 19세기 말의 문인 李穗永의 『敬窩漫錄』(국립중앙도서관 소장본)에 실린 「自西江安流亭歸與隣友夜會」에는 주인이 洪祐奭으로 되어 있어 주인이 바뀌었음을 알 수 있다. 서울시사편찬위원회의 『서울의 누정』 등에 당인동에 岸柳亭이 있다고 하였는데 위치는 비슷하지만 한자로 표기는 다르다. 고문헌에서 이 이름의 정자는 확인되지 않는다. 윤백남의 소설 「안류정」에는 李宗城의 별장 安流亭이 와우산 기슭에 있는 것으로 설정되어 있다.

10) 신좌모, 「寄松京留守洪悠齋鍾序」(『澹人集』 309:312) ; 홍한주, 「西湖近水亭, 與石醉雲皐白陵共賦」(『海翁藁』 306:402). 홍종서는 본관이 남양이고 자가 士賓,

물론 사람과 함께 이름이 함께 높았던 정자도 많았다. 임진왜란을 전후한 시기 시기 이안눌李安訥이 젊은 시절 권필權韠 등과 독서를 하던 양의당兩宜堂, 청송 심씨 집안에서 대대로 경영한 집승정集勝亭 등이 그러하다. 특히 마포에 살던 이민구李敏求는 이안당易安堂, 수명정水明亭, 만휴정晩休亭 등 이름난 누정을 그의 글에 담았다. 인조반정 이후 권력을 누린 구인기具仁墍와 그 후손들은 실언정失言亭과 복파정伏波亭, 죽리관竹里館을 경영하였으며 같은 이름의 죽리관이 19세기 김이교金履喬에 의해 경영되면서 권상신權常愼 등 그의 벗들이 이곳에 모여 시회를 가진 바 있다.

또 18세기에는 이옥李沃 집안의 족한정足閑亭, 윤봉소尹鳳韶와 윤봉조尹鳳詔 형제의 만호정晩湖亭, 박필성朴弼成의 창랑정滄浪亭, 이경석李景奭의 만휴정晩休亭, 권사언權師彦의 만어정晩漁亭, 조영국趙榮國의 소동루小東樓 등이 서호에서 이름난 누정들이었다. 19세기에는 윤기尹愭의 탁영정濯纓亭, 권상신의 청의정清漪亭과 취미루翠微樓, 이하응李昰應의 아소당我笑堂 등이 이 시기 한강의 가장 중요한 문화공간으로 자리하였다.[11] 이들 이름난 문인의 이름난 별서에 대해 차례로 보기로 한다.

호가 春湖 혹은 悠齋이며 예문제학과 판서를 지냈다. 『淑昌宮喪葬日記』(장서각본)에 따르면 洪國榮의 누이로 정조의 후궁이 된 仁淑元嬪이 新井里 근수정에서 태어났다고 하였다.

11) 이 밖에 19세기 마포 일대에는 平楚亭, 淡濃亭 등이 제법 알려져 있었다. 卞鍾運의 「平楚亭風雨記」(『歠齋文鈔』303:44)에 따르면 1841년 平楚亭에서 시회를 가진 바 있다. 서울시사편찬위원회의 『서울의 누정』 등에는 을사오적의 한 사람인 朴齊純의 平楚亭이 서호에 있다고 하였는데 잘못이다. 박제순의 평초정은 金允植의 「是月十二日, 會于花開洞平楚亭, 朴齊純吏部設局也」(『雲養集』328:326)에 그 위치가 花開洞, 곧 경복궁 동쪽으로 되어 있으므로 서로 다른 누정이다. 申佐模의 「六月十一日, 出西江之淡濃亭, 同竹下崔寧豊(亭之主人), 三品鄭都正夔和, 海蓮李寢郎鳳基, 拈明詩韻幽字」(『澹人集』309:360)에 따르면 1871년 淡濃亭에서 申佐模가 주인 崔遇亨, 그리고 鄭夔和, 李鳳基 등과 시회를 하였다는 기록이 보인다. 崔遇亨(1805~1878)은 자가 禮卿, 호가 竹下이며 1852년 謝恩使 書狀官으로 燕京에 다녀와 「燕行別曲」을 남겼다.

1. 대군의 별서 담담정과 풍월정

조선 초기 서호 일대에는 문인들의 별서가 그다지 많지는 않았다. 『성종실록』(1477년 11월 19일)에 따르면 세종 때까지는 양녕대군의 희우 정과 안평대군의 담담정만 있었다고 하였다. 그러나 이 기록은 오류가 있다. 희우정은 양녕대군의 아우 효령대군의 별서였고 양녕대군의 별 서는 영복정榮福亭이었다. 이곳에 세조가 거둥하여 손수 '영복榮福'이란 두 글자를 써서 정자의 편액으로 하고 이어 '영일세복백년榮一世福百年' 곧 한 세상에 영화롭고 백 년에 복 받는다는 뜻의 여섯 글자로 그 뜻을 풀이하여 하사하였다.『동국여지승람』에 이렇게 되어 있다.

담담정은 왕위를 꿈꾸었지만 세조에 밀려 죽임을 당한 안평대군의 별서였다. 이곳에는 서적 만 권을 저장하고 선비들을 불러 모아서 함

김석신(金碩臣),「담담아락澹澹雅樂」(간송미술관 소장). 좌측 상단 절벽 위에 상당한 규모의 담담정이 있다. 그 곁은 높은 바위절벽이 오두강인 듯하다. 중앙의 강가 에 읍청루가 보인다. 우측은 남산으로 추정된다. 이 그림으로 보아 담담정은 18 세기 말까지 연회의 장소로 널리 이용되었음을 알 수 있다.

께 시문을 지으면서 결속을 다진 곳이다. 『단종실록』(1453년 9월 5일)에 따르면 선공부정繕工副正으로 있던 이명민李命敏이 안평대군을 위하여 인왕산 자락에 무계정사武溪精舍를 세우고 용산강 강가에 담담정을 지었다고 하였다. 용산의 별영에서 서쪽으로 100여 보 떨어진 곳에 있었다 하니[12] 마포대교 동북쪽 세칭 청암동 벼랑바위 위쪽으로 추정된다.

조선 후기 담담정은 다시 세워졌다 무너지기도 하였지만 그 주인 안평대군의 이름 때문에 세인의 기억 속에 오래 전승되었다.[13] 또 담담정이 있던 곳은 풍광이 아름다웠기에 조선 후기 이름난 문인들의 별서가 들어섰다. 임방任埅(1640~1724)은 1689년 기사환국己巳換局으로 스승 송시열이 죽음을 당하자 벼슬에서 물러나 담담정 곁에 집을 짓고 6년 동안 은거한 바 있다. 또 유천군儒川君 이정李㴩도 담담정 터를 좋아하여 집을 짓고 살았다. 이건명李健命은 그의 만사를 지으면서 "혼탁한 세상 벗어난 아름다운 공자여, 담담장에 머무는 주인이라네(翩翩狂濁世佳公子 淡淡亭中是主人)"라 한 바 있다.[14] 또 1711년 그 벗인 김신겸金信謙이 용산에서 책을 읽고 있을 때 유천군이 매번 작은 배를 보내어 초청하였다고 하며 "유천군의 이름은 정㴩이고 자는 심원深源인데, 나의 외종조外祖從의 아우님이시다. 성격이 호방하면서도 영민하여 기예가 능하지 못한 것이 거의 없었다. 숙종 때 임금의 병환을 치료하여 임금의 초구貂裘를 하사받았다. 예전 안평대군의 담담정 옛터를 좋아하여 집을 짓고 살았다"라 하였다.[15]

---

12) 申用溉의 「烏石岡晚眺」(『二樂亭集』 17:59)의 주석에 "岡在讀書堂西百步許淡淡亭東北, 登望極勝, 岡頭有烏石"이라 하였으므로, 용산 별영에 있던 용호 독서당 서쪽 100보쯤에 烏石岡이 있고 그 서남쪽에 담담정이 있었음을 알 수 있다. 지금의 마포타워 동쪽이다.

13) 서울시사편찬위원회의 『서울의 누정』에는 이승만 대통령의 麻浦莊이 들어섰다고 되어 있는데 문헌에서는 확인하지 못했다. 소설 『임꺽정』에도 담담정이 나오는데 마포 북쪽 기슭에 있는 것으로 되어 있다.

14) 李健命, 「儒川君㴩挽」(『寒圃齋集』 177:364).

15) 金信謙, 「百六哀吟」(『檜巢集』 b72:134).

망원동에 오늘날까지 서 있는 효령대군의 희우정은 담담정보다 더욱 이름을 날렸다. 효령대군이 새로 정자를 짓자 세종이 말년에 그 이름을 희우정이라 하고 어필을 내린 바 있다. 세종과 문종, 안평대군, 그리고 성삼문成三問 등의 집현전 문사들이 자주 출입하였으며 이들의 연회를 그린 「희우정야연도喜雨亭夜宴圖」라는 그림까지 제작되었다.

그 후 희우정은 월산대군月山大君에게로 넘어갔다. 월산대군(1454~1488)은 이름이 정婷이고 자가 자미子美이며 덕종德宗의 아들이자 성종의 형이다.[16] 월산대군은 여러 곳에 별서를 두었다. 지금의 고양시 덕양구 신원동에 월산대군을 모신 사당 석광사錫光祠가 있는데 어느 시기 창건되었는지는 알 수 없지만 영조가 편액을 내린 바 있으니, 나라에서 월산대군에게 제사를 지내주었음을 확인할 수 있다. 이곳에서 멀지 않은 곳에 월산대군의 묘가 있고 그 뒤에 부인 박씨의 묘가 있다. 사람의 키만 한 신도비는 1498년 세워진 것인데 묘비의 전자篆字 옆에 달과 산, '월산月山'을 상형문자처럼 새겨놓았다. 월산대군이 고양 별서에 자주 왕래하며 시를 지었는데 바로 이곳으로 추정된다.

월산대군은 한강 변 여러 곳에 별서를 두었다. 망원정望遠亭과 풍월정風月亭이 바로 그것이다. 형을 대신하여 왕위에 오른 성종은 1484년 형 월산대군을 위하여 희우정을 고쳐 짓고 망원정이라는 이름을 내렸다. 월산대군은 부림군富林君 이식李湜 등의 시우들과 이곳에서 많은 시를 지었다. "추강秋江에 밤이 드니 물결이 차노매라. 낚시 드리치니 고기 아니 무노매라. 무심無心한 달빛만 싣고 빈 배 저어 오노매라"라고 노래한 유명한 시조에서 추강이 서강이니, 바로 망원정에서 제작한 것이라 하겠다.

망원정은 월산대군이 세상을 떠난 후 봄과 가을에 농사의 형편을 살피거나 또는 친림親臨하여 수전水戰을 관람할 때 임금이 오르던 정자

---

16) 월산대군의 별서에 대해서는 필자의 「風月亭 月山大君의 삶과 시세계」(『韓國漢詩作家研究』 3, 1998)에서 자세히 다루었다.

였다. 또 중국 사신이 한양으로 들어오면 늘 이 일대를 유람하는 것이 관례였고 이 때문에 1634년 인조는 중국 사신이 들를 것에 대비하여 수리한 바 있다. 그러나 이 전통도 조선 후기에는 사라졌다. 조선 후기의 실학자 이익李瀷은 망원정 일대의 역사를 다음과 같이 설명하였다.

> 지난날 나라가 태평성대였을 때 중국의 사신이 서울에 이르러 풍속을 살펴보고 물으면 반드시 산수가 아름다워 노닐 만한 곳을 택하였는데 배를 띄운 곳이 바로 한강의 이곳이다. 시를 짓고 풍경을 구경하면서 흥을 부쳐 뜻을 지극히 한 다음 마쳤다. 나라의 문인과 시인들이 또한 따라가서 화답하곤 하였다. 이에 『황화집皇華集』이 세상에 나오게 된 것이다. 나는 태어난 것이 늦어서 이때에 미치지 못하였는데, 매번 책을 넘기면서 감개에 젖곤 하였다. 시를 볼 때 양화나루, 선유봉仙遊峯, 잠두봉蠶頭峯 등이 있었는데 망원정이라 하는 곳이 가장 이름난 곳이다. 이 몇 곳은 중국에까지 전해졌기에 천하의 사람들도 동방에 이러한 기이한 볼거리가 있음을 알게 되었다. 그리하여 또한 그리워하여 상상하는 사람들이 있게 되었다.
>
> _이익, 「긍사정기肯思亭記」(『성호전집星湖全集』 199:481)

결국 조선 후기 망원정은 세종과 성종 연간의 태평성세를 추억하는 곳으로만 남았다. 이수광李睟光은 1607년 8월 16일 동갑 모임을 이곳에서 가졌는데 "처마 앞의 살아 있는 그림 속에 푸른 산이 나오고, 난간 너머 긴 하늘에 흰 새가 날아오네(簷前活畫靑山出 檻外長天白鳥來)"라 하여,[17] 이 일대가 여전히 풍광이 아름다웠음을 증언하였지만, 17세기 이후 망원정은 문헌에서 잘 보이지 않는다. 문화 공간으로서 그 활력을 잃었다고 하겠다.

---

17) 이수광, 「八月旣望, 赴同年會於望遠亭, 仍夜泛」(『芝峯集』 66:57).

월산대군은 망원정 외에도 현석동에 풍월정이라는 별서도 따로 두 었다. 풍월정은 월산대군의 호이기도 하다. 원래 풍월정은 안국방安國坊의 서쪽 동산, 지금의 덕수궁 자리에 있었다. 이곳은 원래 세종의 아 들 영응대군永膺大君의 집터였는데 연경궁延慶宮으로 일컬어졌다. 성종 이 이 집을 월산대군에게 하사하고 친히 왕림하여 '풍월風月'이라는 두 글자를 내려 편액으로 하게 하고, 시 여섯 수를 지어 문신들에게 명하 여 화답하게 한 고사가 전한다. 훗날 인조 때에는 선조의 딸 정명공주貞明公主와 혼인한 부마 영안위永安尉 홍주원洪柱元이 이곳의 주인으로 있었 다. 고종 때에는 안동별궁安東別宮이 세워진 유서 깊은 곳이기도 하다.

그런데 월산대군의 경저였던 풍월정이 어느 시기인가에 마포로 옮 겨졌고 또 그 주인이 바뀌면서 문인들이 즐겨 찾는 공간이 되었다. 마 포의 풍월정에 대한 기록은 18세기 무렵 다시 보이기 시작한다. 1723년 이하곤李夏坤은 풍월정에서 다음과 같은 시를 지었다.

백 척 높은 누대에서 먼지를 터니
가랑비가 저 바다 입구에서 걷히네.
왕자는 지금 어디 가 있는가
우리들 다시 여기서 노니는데.
강과 산은 옛 자취 사라졌는데
바람과 달은 절로 천년을 지냈네.
지는 해에 올라보니 한이 이는데
아득한 곳에 낚싯배 한 척 떠 있네.
振衣臺百尺 微雨海門收
王子今何去 吾曹復此遊
江山空舊迹 風月自千秋
落日登臨恨 茫茫一釣舟
_이하곤, 「풍월정 옛터에 올랐더니 바다 입구가 평평하게 내려다보였다.

낙조의 풍광이 더욱 기이하여 사람으로 하여금 더욱 상쾌한 마음이 들게 한다. 이 정자는 월산대군 집안의 물건인데 지금은 우해 홍만종에게 귀속되었다고 한다(登風月亭舊址, 平臨海門, 落景尤奇, 令人意思尤覺快爽. 亭是月山大君家物, 今屬洪萬宗于海云)」(『두타초頭陀草』191:391)

이 작품의 제목에서 월산대군의 정자가 홍만종洪萬宗의 소유가 되었음을 말하고 있다. 홍만종(1643~1725)은 본관이 풍산豊山이고 자가 우해宇海이며 호는 현묵자玄默子, 몽헌夢軒, 장주長洲 등 여러 가지를 사용하였다. 『순오지旬五志』, 『해동이적海東異蹟』, 『명엽지해蓂葉志諧』, 『소화시평小華詩評』, 『시평보유詩評補遺』, 『시화총림詩話叢林』, 『동국악보東國樂譜』 등 중요한 저술을 많이 남겼지만 그의 생애는 신비에 가려져 있다. 홍만종의 이러한 저술들이 풍월정과 일정한 관련이 있었을 것으로 추정되지만, 그가 누린 풍월정에 대한 기록은 찾기 어렵다. 다만 그의 벗 김유金楺(1653~1719)가 1677년 지은 다음 작품은 이 강가의 정자를 엿볼 수 있게 한다.

우연히 삼포로 와서
벗의 집을 찾았다네.
한 동이 술로 마주하고
천고의 책을 함께 논했지.
산이 난간 앞을 지키는데
달빛은 빈 창에 어른거리네.
끝없는 강산의 흥취에다
시흥이 다시 나를 일으키네.
偶來三浦上 仍訪故人居
相對一尊酒 共論千古書
峯容當檻守 月色映窓虛

不盡江山興 詩懷復起余

_김유, 「별영에서 눈을 맞으면서 우해 홍만종을 방문하고 다음날 아침
시를 준다(自別營乘雪訪于海萬宗, 明朝却贈)」, (『검재집儉齋集』 b50:49)

삼포三浦는 마포의 별칭이다. 용산 별영에서 마포에 있던 홍만종의
집을 찾아갔다고 하였는데 바로 풍월정을 지칭하는 듯하다. 그곳에서
김유는 홍만종과 술을 마시고 학문을 논하였음을 알 수 있다. 김유의
다른 시에서 홍만종의 집 이름을 이한당二閒堂이라 하였는데, "강가의
집 속된 일이 없으니, 지붕을 두른 것은 푸른 산뿐이라네. 산 위에 흰
구름 있어, 그대와 함께 한가하다네(江居無俗事 繞屋只靑山 山上白雲在 與君相
對閒)"라 한 것을 보면[18] 이한당 역시 풍월정 곁에 있던 집이었을 가능
성이 있다.

어렴풋이 전하는 홍만종의 풍월정은 이하곤이 벗들과 여러 차례 찾
아 시를 지음으로써 18세기 한시의 산실이 되었다.

누각이 높아 속세가 먼데
한강은 눈앞에 펼쳐져 있네.
산이 터진 곳에 외로운 배가 나오고
하늘 긴 곳에 가랑비 내려오네.
청담에다 우아한 농담까지 곁들이고
짧은 노래에 큰 술잔을 들이킨다네.
강과 바다는 모름지기 우리들 몫
조정에는 다른 준재들이 많겠지.

樓高塵世遠 江漢眼前開

山坼孤帆出 天長細雨來

---

18) 김유, 「次洪于海二閒堂韵」(『儉齋集』 b50:64).

淸談兼雅謔 短咏且深杯

湖海須吾輩 朝廷足俊才

_이하곤, 「6월 17일 정순년, 이인로, 윤백수, 김자직, 윤중화 등과 함께 풍월정에 모였다. 중화는 마침 이 정자에 우거 중이었다. 마침 장맛비가 새로 개고 강과 산이 더욱 맑고 빼어났다. 바람을 받은 배가 강 가운데 오르내리고 있었다. 강마을 안개 속의 나무는 아스라하였다. 정말 그림 같았다. 난간에 기대어 마음껏 구경하느라, 삼복더위가 괴로운 줄도 몰랐다. 가히 천하의 절경이요 세외의 승사라 하겠다. 내가 먼저 시를 짓자 여러 벗들이 차운하였다. 이날 가랑비가 내리다 저녁에 개었다(六月十七日, 與鄭舜年壽期, 李仁老德壽, 尹伯修游, 金子直東弼, 尹仲和淳, 會于風月亭. 仲和方僑居亭中, 時積雨新霽, 江山尤覺淸勝, 風帆縱橫江中, 水村烟樹微茫, 眞如畫中, 凭欄縱目, 不知三伏炎蒸之爲苦, 可謂天下之絕景, 世外之勝事也. 余詩先成, 諸君以次和之, 是日微雨晚晴)」(『두타초』191:391)

1723년 6월 17일 한더위에 이하곤은 정수기鄭壽期, 이덕수李德壽, 윤유尹游, 김동필金東弼, 윤순尹淳 등과 풍월정에서 모임을 가졌다. 이들은 경종 치하에 능력을 발휘하지 못할 처지였으므로 조정의 정사 대신 강호의 흥취를 택했노라 한 것이다. 윤순도 이에 답하는 시를 지었다.

오뉴월 강은 누각을 돌아 흐르는데
높은 하늘에는 장맛비가 그쳤다네.
물결 빠진 곳에 모래섬이 드러나고
배 그림자 바다 쪽에서 다가오누나.
나란히 와서 좋은 손님 만났으니
맑은 매미 소리가 한 잔 술의 안주라네.
이미 물러날 행장을 내 꾸렸으니
나라 경영은 본디 재주가 없다네.

六月江樓廻 高天積雨開

潮痕沙嶼出 帆影海門來

竝馬逢佳客 清蟬佐一盃

行裝吾已卜 經濟本非才

_윤순, 「풍월정에서 담헌 이재대의 '개'자 시에 차운하다(風月亭, 次澹軒李載大
開字)」(『백하집白下集』 192:192)

이들이 잠시나마 더위를 피해 풍월정에서 노닐었던 것은 이 무렵
윤순이 이곳에 우거하고 있었기 때문이다.[19] 윤순(1680~1741)은 자가 중
화仲和고 호는 백하白下가 널리 알려져 있는데 학음鶴陰, 나계蘿溪, 만옹漫
翁 등도 사용하였다. 윤두수尹斗壽의 고손자인데 이들 집안이 청파리靑坡
里에 세거하였고 노량진의 창랑정滄浪亭, 흑석동의 망신루望辰樓 등도 이
집안에서 경영하였으니, 윤유와 윤순 형제 역시 서호와 인연이 깊었을
것이다. 윤순은 정치에 관심을 끊고 좋은 벗과 만나 시를 주고받으며
매미 울음소리를 안주 삼아 술 한 잔 마시는 삶을 살겠노라 하였다.

이후에도 풍월정이 홍만종 집안에서 관리되었는지 알 수 없지만,
『정조실록』(1784년 8월 21일)에는 월산대군의 봉사손奉祀孫을 녹용錄用하
고 강가에 있는 풍월정을 사서 봉사손에게 돌려주라는 정조의 전교가
보인다. 이어 정조는 1795년 3월 17일 윤음을 내려 읍청루 곁의 풍월정
에 나아가 수군 훈련을 하겠노라 선언하였다.

강물은 넘실거리고 무사들은 도도히 많은데, 물가의 꽃은 비단처럼
펼쳐지고 강가의 버드나무는 버들개지를 토해 내니, 곤명지昆明池에서 전
투를 익히고 망원정에서 무예를 강습하던 때가 바로 지금과 같았으리라.
일전에 팔강八江의 선박을 점고하였는데 이때 머물러 있던 배가 3백 수십

---

19) 윤순, 「移寓麻浦風月亭, 夜過長溪公子茅亭, 贈主人」(『白下集』 192:192).

여 척이었으니, 대오를 편성하는 데 충분히 쓸 수 있을 것이다. 나라를 다스림에 수군과 육군에 차이가 없는 법인데 근래의 규례는 육군만 오로지하고 수군은 소홀하니, 이는 병행하는 뜻이 아니라고 하겠다. 내일 읍청루의 공해문控海門에 직접 나가서 좌작坐作과 진퇴進退의 절차를 시험할 것이다. 오강五江의 나루 별장들은 각기 관하의 군병들과 공사의 선박을 통솔하고 풍월정 앞의 바다에 모여 대기하도록 하라.

_정조, 「풍월정 앞바다의 수군 훈련에 대한 윤음(風月亭前洋水操綸音)」(『홍재전서弘齋全書』 262:465)

조선을 중흥하고자 한 정조이기에, 풍월정 앞 넓은 한강에서 수군을 조련하는 일을 직접 보고자 하였다. 한 무제武帝가 곤명지昆明池에서 수군을 조련한 고사와 세종이 망원정에서 군사 훈련을 살피던 고사를 풍월정에서 재현하겠노라 선언한 것이다. 월산대군의 망원정과 풍월정이 정조에게 이런 의미로 부활하였다.

그러나 18세기 후반 월산대군의 후손이 소유하였던 풍월정은 어느 사이 역사의 기록에서 조용히 사라지고 말았다. 게다가 망월정마져 1925년 을축년 대홍수에 낡은 건물이 휩쓸려 유실되었다. 1987년 망원정의 터를 발굴하고 이태 후 다시 복원하였으니 그나마 다행이다.

2. 양의당과 서호삼고사

임진왜란을 전후한 시기 권필權韠과 이안눌李安訥은 최고의 시인으로 평가받았다. 이안눌이 아차산 기슭 대산臺山에 별서를 두어 저자도에 별서를 둔 구용具容, 허회許淮 등과 자주 수창하였음을 본 바 있다. 이들의 모임은 서호로도 이어졌다. 이안눌과 권필의 별서가 현석동에 있었고 구용의 본가가 이곳에서 지척인 성산城山에 있었기 때문이다. 이안눌은 1602년 정월 중국으로 사신 가는 길에 고향을 그리워하면서 시를 지었는데 광나루의 별서와 함께 바로 이 서호의 정자를 떠올렸다.

> 양화나루 입구 안개 낀 물결 드넓은데
> 동작강 앞쪽에는 고운 풀 짙어졌겠지.
> 가장 좋아라, 서호의 바람과 햇살 고운 것
> 따스한 모래 흰한 포구엔 거위들이 다투리라.
> 楊花渡口浩煙波 銅雀江頭芳草多
> 最愛西湖風日媚 暖沙晴浦鬪群鵝
>
> 백구정 위에 좋은 잔치 열렸을 때
> 지는 달 강에 잠겨 횃불을 밝혔지.
> 안타깝네, 해마다 노래하고 춤추던 곳
> 봄바람에 머리 돌리니 그리움이 아득하네.
> 白駒亭上敞華筵 殘月沈江蠟炬燃
> 可惜年年歌舞地 春風回首思茫然
> _이안눌, 「동행의 시에 차운하다次同行韻」(『동악집東岳集』 78:58)

이안눌은 서호의 정자를 두고 시를 쓰면서 백구정白駒亭을 언급하고 있다. 백구는 현자를 비유하는 말인데 이 정자는 양의당兩宜堂의 일부

였던 듯하다. 이안눌이 젊은 시절 서호에서 권필 등과 독서를 하였는
데 그 공간이 주로 양의당이었다. 이안눌은 젊은 시절 이곳에서 벗들
과 독서를 하고 여가에 시를 즐겼다. 1590년 권필 등과 이곳에서 주고
받은 한시를 묶은 시집 『창수집唱酬集』을 만들었지만 불행히 이 시집은
임진왜란 때 소실되었다. 그럼에도 여러 사람의 문집에 실린 글이 있
어 이때의 시회를 짐작할 수 있다.

> 강은 비고 물은 빠지고 이슬은 차가운데
> 백사장의 우는 물새는 둥지를 정하지 못했네.
> 높은 다락 발을 걷고 한밤 이야기 나누노라니
> 둥근 달이 바다와 산 서쪽으로 옮겨가 버렸네.
> 江空水落露凄凄 沙上鳴禽不定棲
> 高閣拳簾人夜語 月輪移在海山西
> _권필, 「자민, 몽득과 함께 밤에 양의당에 올라 '서西', '강江', '월月' 세 글자
> 를 운자로 삼았는데 나는 '서'자를 얻었다(與子敏夢得, 夜登兩宜堂, 以西江月分韻,
> 余得西字)」(『석주집石洲集』 75:60).

권필은 구용, 이호민, 조위한趙緯韓, 조찬한趙纘韓, 송구宋耈, 이인룡李
人龍 등이 양의당의 시회에 참여한 것으로 기록하고 있다. 양의당은 임
진왜란을 겪으면서 소실되었지만 이들의 기억에는 사라지지 않았다.
바로 성대한 시회의 추억이 있었기 때문이다.

> 눈 그친 강마을 길로
> 거문고 끼고 술집을 찾노라.
> 누대는 비고 나무는 넘어졌는데
> 모래는 고요하고 물새는 우짖네.
> 얼굴을 스치는 봄바람 여린데

사람을 따르는 달빛은 외롭구나.

이웃의 닭이 떼 지어 우는데

돌아갈 마음 서호에 있다네.

雪盡江村路 携琴過酒壚

臺虛山木偃 沙靜渚禽呼

拂面春風細 隨人夜月孤

隣鷄三五叫 歸興在西湖

_조위한, 「천옹, 자민과 밤에 추랑의 집에서 취하여 이 때문에 양의당 터
를 찾았다(與天翁子敏, 夜醉秋娘家, 因往兩宜堂墟)」(『현곡집玄谷集』 73:200)

조위한은 이안눌, 송구와 함께 추랑秋娘이라는 기생의 집에서 술을
마시다가 양의당의 추억이 그리워 한밤에 그 터를 찾았다. 그럴 정도
로 이들에게 양의당은 추억의 공간이었던 것이다. 이안눌은 늘 이 양
의당을 그리워하였고 자주 시를 지어 노래하였다. 타향에 가서도 이곳
에 오르는 꿈을 꾸었다.[20]

임진왜란 때 터만 남은 양의당은 얼마 지나지 않아 다시 세워졌고
여전히 서호의 명소로 이름을 떨쳤다. 이안눌과 같은 시대의 문인인
최유연崔有淵은 양의당에 대한 기문에서 다음과 같이 말하였다.

예전 소동파蘇東坡가 항주杭州의 서호를 두고 "서호와 서시西施를 비교
하려 한다면, 맑게 화장하거나 짙게 분칠한 것 모두 마땅하다네(若把西湖比
西子 淡粧濃抹兩相宜)"라 하였다. 봄날의 풍경은 짙고 가을의 모습은 옅은 것
을 말한 것이다. 저 서씨는 만고의 국색國色인데 서호와 비교하였으니 서
호의 경물은 천하에서 가장 빼어남을 상상할 수 있다. 우리나라의 서호
에도 당을 지은 것이 있는데 양의당이라 한다. 우리의 서호도 항주의 서

---

20) 이안눌, 「十二月二十七日, 大風以雨, 夢遊兩宜堂故墟, 是日立春」(『東岳集』 78:
180).

호에 손색이 없음이 분명하다.

_최유연, 「양의당기(兩宜堂記)」(『현암유고玄巖遺稿』 b22:551)

최유연은 자가 성지聖止, 성지聖之, 지숙止叔 등이고 호는 현암玄巖 혹은 현석玄石이라 하였으니 호만 보더라도 현석동에 살았음이 확인된다. 최유연은 족질의 성이 이씨로 양의당의 주인이라 하였는데 그의 외조부가 이원근李元謹이다. 이이李珥의 당숙이 되는 인물로 이안눌과는 고조 때 갈라졌다.[21] 이런 인연으로 최유연은 양의당을 잘 알고 있었고 그래서 한강의 서호가 중국의 서호에 비견할 만한 데다 특히 양의당이 있어 더욱 아름답다고 한 것이다.

양의당은 양의정으로도 불렸다. 1691년 임방任埅이 쓴 시에서 "곳곳의 사립문은 강을 따라 서 있는데, 배들이 모인 맑은 강에는 모두 어망이 펼쳐져 있네(柴門處處逐江居 舟集澄潭盡網魚)"라 하고 또 "기이하다 동악의 양의정이여(奇哉東岳兩宜亭)"라고 한 대로, 이 양의정이 이안눌과의 인연으로 기억되고 있었다.[22] 오도일吳道一 역시 1698년 현강정사玄江亭榭에 우거할 때 이곳에 들러 여러 차례 시를 지었으니[23] 이때까지도 양의정이 서호의 명소로 알려져 있었음을 확인할 수 있다.

그러나 양의당 혹은 양의정은 이후의 문헌에서 보이지 않는 것으로 보아 18세기에 들면서 폐치된 듯하다. 유숙기俞肅基가 1720년 양의정 바로 곁에 부친이 세운 만휴정晩休亭의 기문을 쓰면서 "밝은 모래와 먼 산들이 일망무제로 보이는데 하늘과 땅 끝까지 툭 트인 풍광을 드러낸다. 정말 이것이야말로 양의정이 우리나라에서 명승을 드날리는 이유

---

21) 이를 보면 이안눌이 이원근 집안에서 소유한 양의당을 빌려 사용했을 수도 있다.

22) 임방, 「趙聲伯與金至叔携酒來訪, 要余登兩宜亭舊基眺賞, 呼韻同賦, 時趙郎亦」(『水村集』 149:63) ; 임방, 「登兩宜亭舊址」(149:125).

23) 오도일, 「明日將出寓玄江」(『西坡集』 152:137) ; 「兩宜亭」(152:138) ; 「月夜登兩宜亭」(152:139).

요 동정호洞庭湖에 비할 만한 것이다. 다만 너무 통창하여 왕래할 수는 있지만 오래 머물 수는 없다"라 하여 그 풍광의 아름다움을 칭찬하였다. 이어지는 글에서 "양의정 터에는 예전에 정자가 있었지만 지금은 허물어져 풀만 무성하고 기와가 빠지고 벽돌이 무너져 온전히 남아 있는 것이 없다. 그 자손들이 또한 다시 세울 마음이 없는 것이 어찌 아니겠는가? 파도에 부딪치고 비바람을 맞아 장차 지탱하지 못하여 흘러내렸다. 이 때문에 황폐해진 대로 두고 손을 보지 않는다"라 하였다.[24] 건물은 사라지고 풍광만 서호 최고로 남은 것이다.

이안눌의 양의당이 있던 현석리는 오늘날에도 현석동으로 불린다. 그 뒤쪽에 와우산臥牛山과 노고산老姑山이 있다. 그 기슭에는 권필의 집이 있었고 또 가까운 성산에는 구용의 본가가 있었다. 그래서 훗날 구용이 죽은 후 권필은 구용의 집을 방문하고 통곡하면서 이런 시를 지었다.

성산의 남쪽에 그대의 집,
작은 마을로 희미한 길 하나 뻗어 있었지.
허망한 세상 10년에 세상사는 변하였는데,
봄이 와서 산 가득 꽃은 부질없이 피었네.
城山南畔是君家 小巷依依一逕斜
浮世十年人事變 春來空發滿山花
_권필, 「성산에 있는 구용의 옛집을 지나며(城山過具容故宅)」(『석주집』 75:68)

구용이 살던 집은 아마 오늘날 성산동의 한강 가까운 쪽에 있었던 듯하다. 자주 드나들던 길이기에 성산 근처로 가도 바로 그 집이 떠오

---

24) 유숙기, 「晚休亭記」(『兼山集』 b74:312). 이규상의 「江上說」에 현석의 兩儀亭이 보이는데 兩宜亭을 이렇게도 적은 듯하다. 이규상의 글에는 현석에 근수정, 죽리관, 영파정, 양의정, 만휴정, 창랑정 등을 들고 있다.

른다. 구용이 죽은 후 세상사는 변하였지만 예전처럼 그 집은 봄날을 맞아 꽃이 만발하다. 꽃은 다시 피었지만 한번 간 사람은 다시 돌아올 수 없기에 비애가 더욱 처절하다. 허균許筠은 이 작품을 『국조시산國朝詩删』에 싣고 득의得意의 벗이기에 득의得意의 작품이라는 평가를 한 바 있다. 진실한 우정에서 나온 작품이기에 절로 좋은 작품이 되었다는 뜻이다.

또 다른 벗 권필의 집은 현석리에 있었다. 16세기 이래 현석촌은 안동 권씨 집안의 세거지였다. 현석촌은 권필의 부친 권벽權擘 때부터 인연이 있었다.[25] 권벽(1520~1593)은 자가 대수大手고 호는 안배당安排堂 혹은 습재習齋라 하였다. 그의 경저는 서대문 바깥 반송지盤松池에 있었는데 노년 현석리로 물러나 살았다. 권벽의 집 인근에 보만정保晩亭을 짓고 물러나 살던 이정귀는, 권벽이 허름한 말에 초라한 하인을 거느리고 구불구불 길을 가는데 그 뜻이 퇴고推敲에 있었다고 하여 불우한 시인 가도賈島에 비겼다. 그리고 "시에다 지혜를 깃들이고 벼슬길에 자취를 감춘 사람"이라 평하였으니, 이 짧은 말에 그의 삶이 요약되어 있다. 그러기에 그의 행적은 도성과 변방, 그리고 중국에까지 미쳤지만 마음은 현석리의 현석촌에 있었다. 임진왜란으로 잠시 현석촌을 비웠지만, 한양이 수복되자 현석촌으로 돌아와 그곳에서 세상을 떠났다. 그의 형 송화松禾 권인權韌과 초루草樓 권겹權韐도 이곳에서 살다가 이곳에서 죽었다. 권겹의 후손인 권헌權攇이 기록한 이 집안의 역사에 따르면 그 후에도 상당 기간 이 집안의 후손들이 현석촌을 지키면서 살았다고 한다.

권벽의 아들인 권필(1520~1593)은 자가 여장汝章, 호가 석주石洲인데, 석주는 곧 현석의 물가라는 뜻이다. 권필이 태어난 곳도 바로 현석촌이었다. 중년에 강화도에 들어가 살았는데 송해면 하도리 홍매촌紅梅村

---

25) 權攇, 「先代居地」(『震溟集』 b80:623)에 이 집안의 거주지가 자세히 기술되어 있다.

에 집이 있었다. 지금도 그 집터를 알리는 유허비遺墟碑가 남아 있다. 그곳은 권필의 아들 권항權价이 사마시司馬試에 급제하여 잔치를 열었다고 하여 경연기慶筵基라고도 하고, 세마洗馬 벼슬을 하였다 하여 세마기洗馬基라고도 하는 이름을 얻었다. 고려산 아래 오류천五流川 위쪽 소유동小有洞 앵두파櫻桃坡라는 곳으로 오리烏里라고도 하였다. 권필은 그곳에 초당 반환정盤桓亭을 짓고 살았다.

이안눌, 권필과 어울렸던 벗 중에 서호와 인연을 맺은 사람이 많았다. 조위한(1567~1649)은 초명이 소한紹韓이고 자가 지세持世이며 호는 소옹素翁 외에 현곡玄谷을 사용하였다. 그의 아우 조찬한趙纘韓(1572~1631)은 자가 선술善述이고 호가 현주玄洲다. 현곡이나 현주가 현석동과 직접적인 관련은 없지만 이들 형제가 현석동에 가까운 용산에 우거한 적이 있었다. 권필은 1599년 5월 용산의 강가 누각으로 조위한 형제를 찾아가서 10여 일 머물면서 문주文酒의 즐거움을 누렸다. 7~8년 지속된 전쟁으로 인하여 만나지 못하다가 이 때 이르러 다시 시회를 가진 것이다.[26] 이 자리에서 쓴 조위한의 시는 다음과 같다.

오월이라 보리 익는 계절인데
강가의 누각엔 장마가 지루하다.
할미새는 남해 멀리 날아가려 하는데
붕새는 북해 깊숙이 머물러 있다네.
이 밤 술잔은 늘 차 있어야겠지
훗날 꿈속에서 그리워 찾으리니.
맑은 개울에서 늙자는 기약
세한의 마음을 저버리지 말게나.

五月麥秋至 江樓積雨淫

---

26) 권필, 「仲夏訪趙君兄弟于龍山之江樓, 留數日, 文酒之樂, 殆七八間所未有也 將散趙君兄弟各賦詩識別余忽忽未及和旣歸用韻却寄」(『石州集』 75:031).

鶴飛南海遠　鵬蟄北溟深
此夜杯常滿　他年夢獨尋
靑溪終老約　莫負歲寒心

_조위한, 「내가 용산에 우거하고 있는데 선술, 여장, 자민, 관보와 함께
10여 일 머물러 시주의 모임을 가졌다. 장차 흩어지려 할 때 오언근체시
를 가지고 여장과 이별하다(余寓居龍山, 與善述汝章子敏寬甫, 留連十餘日, 有文酒之
會, 將散, 以五言近體別汝章)」(『현곡집玄谷集』 73:200)

　조찬한, 권필, 이안눌, 임전任竱 등 이 시대를 대표하는 시인들이 조
위한이 우거하던 용산의 누각에 모였다. 조찬한은 남쪽으로 떠날 일이
생겼고 이안눌은 함경도로 벼슬살러 가게 되었기에 전별을 겸하여 이
렇게 모인 것이다. 훗날 서호에서 함께 노닐자고 이렇게 약조하였다.
조위한의 별서는 강 건너 양화나루에도 있었다. 이곳에서도 이안눌,
권필 등과 시회를 연 바 있다.[27] 이들의 모임에 가기歌妓 추랑秋娘과 하
추荷秋가 참석하여 스승 정철鄭澈의 「사미인곡思美人曲」을 부르는 등 풍
류가 극치를 이루었다.[28]
　권필은 이기설李基卨(1558~1622), 성로成輅(1550~1616)와 함께 당시 서호
삼고사西湖三高士로 일컬어졌다. 훗날 현석촌에 살아 현석이라는 호를
썼던 박세채朴世采는 1668년 이들 세 사람의 전기를 지어 높은 뜻을 기
린 바 있다.[29] 이기설은 자가 공조公造고 호가 연봉蓮峯이며 본관은 연

---

27) 권필, 「楊花江趙持世緯韓幽居次李子敏安訥韻留別」(『石洲集』 75:113) ; 이안눌,
　「楊花渡趙持世家, 別權汝章」(『東岳集』 78-547).
28) 이에 대해서는 우응순, 「조선시대 서울의 문화공간과 한시 ; 임진란 전후 서
　울의 문화공간과 한시」, 『한국한시연구』 8집, 2000)에서 자세히 다룬 바 있다.
　16세기부터 연회에 歌妓가 자주 동원되었다. 우응순의 논문에 제시된 高娘,
　七伊, 阿玉 외에, 이들 그룹의 모임에서 滿園紅, 葵生, 鸚鵡, 香蘭, 勝莫愁, 秋
　香, 小蠻 등의 이름을 확인할 수 있다.
29) 박세채, 「西湖三高士傳」(『南溪集』 141:159).

안연安이다. 광해군 연간 폐모론이 일어나자 벼슬길에 나가지 않고 강건너 선유봉 기슭에 은거한 인물이다. 박세채는 특히 성로를 두고 "젊은 시절 정철의 문하에서 수업하였고, 정철이 패퇴하자 세상과 절연하고 양화나루 입구에 초가를 짓고 20여 년을 유유자적하면서 마쳤다. 술을 들고 찾아오는 객이 있으면 상대하여 마시면서 즐거움을 다하였다"라 하였다.[30]

성로는 권필, 이안눌, 이기설 등과 함께 정철의 제자였다. 성로는 자가 중임重任이고 호가 석전石田인데 삼일당三一堂, 잠암潛巖, 평량자平涼子 등의 호도 사용한 바 있다. 권필과 더불어 서호와 강화도를 함께 누렸다. 성로도 권필처럼 강화도에 들어가 살면서 호를 해객海客이라 하였다. 송연宋淵도 이 무렵 권필, 성로와 절친한 관계를 유지하였는데 그의 집은 선원면禪源面의 연곡烟谷에 있었고 마포에도 전장이 있었다. 그러니 권필, 성로, 송연은 서호와 강화도를 함께 나누어가진 벗이었다.[31] 권필이 죽자 성로는 자신의 문집을 모두 불태우고 문밖출입을 하지 않으면서 벗과의 절의를 지켰다 하니 이들의 우정을 짐작할 수 있다.

성로의 전장은 양화나루 북단에 있었다. 그의 호 삼일당은 바로 양화나루에 둔 그의 별서였다.[32] 성로는 1602년 가을 먼저 사위를 보내어 삼일당을 짓게 하였다. 그 집을 두고 성로는 다음과 같은 시를 지었다.

---

30) 이기설의 집은 원래 용산에 있었고 그 아들 李惇臨이 마포의 東城亭으로 옮겨와서 살았다. 동성정은 원래 東城君 申景禋(1590~1643)이 경영하던 정자인데 그가 죽은 후 여러 해 비어 있다가 이돈림이 이곳을 빌려 살게 된 것이다. 李好閔과 沈東龜 등이 동성정을 찾아가 시를 지은 것으로 보아 17세기 꽤 명성을 날렸음을 알 수 있다. 이민구, 「李石城新寓東城亭記」(『東州集』 94:310) ; 이호민, 「西湖訪李公造」(『五峯集』 59:327) ; 심동귀, 「李石城惇臨借居東城亭, 次觀海詩韻」(『晴峯集』 b25:362) 등에 관련 기록이 보인다.
31) 이에 대해서는 필자의 「成輅의 삶과 시세계」(『한국한시작가연구』 8집, 2003)에서 자세히 다룬 바 있다.
32) 성로, 「壬寅秋先遣士安于西湖結廬」(『석전유고』 국립중앙도서관 소장본).

서호에 집을 정하고
처사의 시를 읊노라
울타리 앞에 강물이 드넓은데
문밖에는 바위산이 기이하다
좁아터진 성질은 노년에 더 심하니
으슥한 데 살기에 이곳이 알맞구나.
사람 없고 도성이 멀어
적막함이 양생의 재료라네
卜築西湖上 仍吟處士詩
籬前江水闊 戶外石峯奇
褊性衰年甚 幽栖此地宜
人稀城市遠 寂寞養生資
_성로, 「서호에 집을 정하고(卜居西湖)」(『석전유고』 국립중앙도서관 소장본)

성로는 중국의 서호와 이름이 같기에 서호의 처사 임포林逋에 자신
을 비겨보았다. 울타리 앞으로는 한강이 굼실굼실 흘러가고 뒤쪽으로
는 바위산이 험하다. 권필의 시에 따르면 성로는 집 위에 작은 대臺를
만들고 늘 빼어나다 자랑하였다 하니, 바위산은 바로 오늘날에는 사라
진 선유도의 바위봉우리를 가리키는 듯하다. 서호의 별서에서 지은 시
에서 여의도와 선유봉을 마주 본다는 내용이 자주 보이기도 하니, 그
의 별서가 이곳에 있었다고 보아도 좋을 것이다.
　권필과 친분이 있던 최립(1539~1612)도 1599년 여주 목사에서 물러나
마포에 우거하였다. 훗날 평안도에서 만나 마포 시절을 그리워하며
"서강에선 못 보다가 관서 땅에서 만나다니, 한 세상에 하루 알기도 참
으로 어렵구려(西江不見西關遇 一世良難一日知)"라 하였다.[33] 최립이 마포에

---

33) 최립, 「寄權大雅韠」(『簡易集』 49:475).

살 무렵 시로 이름난 유영길柳永吉(1538~1601)도 마포에 우거하고 있었다.
최립은 그의 집에 보낸 시에서 "서강에서 마포를 함께하였으니, 타향
살이 서로 멀지 않아 다행이었네(西江共麻浦 旅泊幸非賒)"라 하였다.[34) 또
이 무렵 노량진에 별서를 가지고 있던 이산해, 윤두수, 윤근수, 유영길
등이 가끔 그의 집을 찾아갔다.[35) 이러한 자리에서 제작된 시가 『마포
창수시麻浦唱酬詩』로 만들어졌다. 최립은 이때 제작된 시를 자신의 마포
별서 벽에다 붙여 놓고 감상한 바 있다.[36) 임진왜란이라는 미증유의
전쟁 통에도 이처럼 권필과 이안눌, 성로, 최립, 유영길 등 이름난 시인
들이 있어 서호가 쓸쓸하지만은 않았다.

---

34) 최립, 「簡柳德純令公寓居」(『簡易集』 49:458).
35) 최립, 「謝梧陰相公臨訪, 疊前韻」(『簡易集』 49:455).
36) 최립, 「麻浦唱酬詩跋」(『簡易集』 49:306).

3. 청송 심씨 집안의 집승정과 영벽당

16세기 마포에는 안동 권씨의 전장과 함께 청송 심씨에서 경영하던 집승정集勝亭이 이름이 높았다. 집승정은 빼어난 경관을 모은 정자라는 뜻인데 황주黃州와 울주蔚州, 예천醴泉, 영해寧海 등지에도 같은 이름의 정자가 있었다. 집승정의 주인은 중종 때의 인물인 심호沈鎬다. 자가 경기景基고 호가 일재逸齋이며, 심광언沈光彦의 아들인데 백부 심광문沈光門의 후사로 들어갔다. 1543년 진사가 된 것 이외의 이력은 밝혀져 있지 않다. 그럼에도 집승정의 명성은 결코 녹록하지 않으니 이름난 시인의 시가 그곳에 붙어 있었기 때문이다. 박순朴淳(1523~1589)이 이곳에 올라 지은 시가 그러하다.

화려한 난간이 험한 바위에 걸터앉아 있기에
훌훌 올라가 졸다 보면 절로 마음이 상쾌하다네.
산세는 북에서 와서 하늘 너머로 뻗었다 흩어지는데
강물은 서쪽을 향하여 바다로 깊이 흘러간다네.
길에는 티끌 없어 구름이 신발에 피어나고
사람이 하늘에 기대니 달빛이 거문고에 지네.
강물에 임한 붉은 문 낮에도 늘 닫혀 있으니
그대 끝내 갈매기와 함께하는 마음 사랑스러워라.
畫欄橫跨石崎嶔 登睡飄飄自爽襟
山勢北來天外散 江波西注海門深
逕無塵土雲生履 人倚靑冥月近琴
臨水朱扉多晝閉 愛君終保白鷗心
_박순,「집승정에 쓰다(題集勝亭)」(『사암집思庵集』38:310)

곽열郭說(1548~1630)의 시화詩話에도 이 시가 수록되어 있으니,[37] 그만 큰 작품성이 높은 것으로 평가된 것이다. 특히 북쪽에서 산이 뻗어 강에 이르는 모습과 강물이 서해로 흘러가는 모습을 그린 대목은 힘이 있고, 먼지가 없어 신발에 구름이 피어나고 푸른 하늘 속에 있어 달이 바로 거문고 위에 있다고 한 표현은 기발하다 하겠다. 그 주인은 세상에 이름을 남기지 못하였지만, 정자에 붙인 명가의 시가 있어 후세에 이름이 드날리게 된 것이다.

비슷한 시기 임억령林億齡(1496~1568)이 이곳에 올라 시를 지었고[38] 이에 답하여 이이李珥(1536~1584)도 시를 지었다.

> 심씨의 화려한 정자 드높은 명성을 떨치는데
> 빼어난 땅이 시를 재촉하여 너무 여위게 하네.
> 구름이 산을 지나 낮은 들판 멀리 지나가는데
> 석양이 물에 잠기니 먼 백사장이 훤하구나.
> 가랑비 뿌리는 인가에는 많은 배가 돛을 내렸는데
> 소슬바람 부는 갈대 언덕에는 퉁소 소리 퍼져가네.
> 먼지구덩이에서 강호로 물러날 뜻 이루지 못하여
> 아름다운 곳 볼 때마다 문득 마음이 움직이네.
> 沈侯華構擅雄名　勝境催詩太瘦生
> 雲影度山平野迥　斜陽蘸水遠沙明
> 煙邨細雨千帆落　蘆岸微風一笛橫
> 塵土未成江海志　每逢佳處便移情
> _이이, 「집승정의 시에 차운하다(次集勝亭韻)」(『율곡전서栗谷全書』 45:473)

임억령의 몰년을 고려한다면 16세기 중반부터 이미 집승정의 명성이 높았다고 하겠다. 집승정의 경치가 아름다우니 이이의 시도 절로

---

37) 곽열, 「西浦日錄」(『西浦集』 b6:177).
38) 임억령, 「沈鎬集勝亭」(『石川集』 27:430).

아름답다. 이 시를 보면 심호가 시에 심취하였는데 집승정이 아름답기 때문에 어쩔 수 없는 일이라 하였다. 최립도 이이와 함께 임억령을 모시고 집승정을 올랐거니와 정철鄭澈(1536~1593) 역시 이곳에서 시를 지은 바 있다.

> 휴문 어르신 뵙지 못하고
> 부질없이 집승정의 명성만 들었네.
> 한가위에 단정한 달빛 아래
> 술을 들고 은자의 문을 두드린다.
> 不見休文丈 空聞集勝亭
> 中秋端正月 携酒扣巖扄
> _정철, 「심 공의 정자 벽에다 쓰다(題沈公亭壁)」(『송강집松江集』, 46:176)

남북조 시대 심약沈約의 자가 휴문休文이기에 성이 같은 심호를 그에 비의하였다. 사람은 만나지 못하였지만 집승정의 명성을 익히 들었기에 달빛 아래 술병을 들고 그곳을 찾아 시를 남기게 된 것이다.

이 정도 되니, 심호의 이름은 차치하고라도 집승정은 16세기 우리 문화사에 의미 있는 공간이라 하겠다. 그리고 이 정자는 후손이 관리하는 동안에도 시인들이 자주 찾았다. 심호의 아들 심종민沈宗敏(1554~1618)은 자가 사눌士訥이고 호가 청만晴灣이다. 생부는 심금沈錦인데 중부 심호의 후사가 되었다. 시로 이름이 높은 심종직沈宗直이 그의 막내아우며 형 심종침沈宗忱의 손자가 명상 심지원沈之源이다. 김상헌金尙憲은 심종민의 묘지명에서 집승정에서의 삶을 다음과 같이 그렸다.

공은 강호에서 노닐기를 좋아해 진사 공(심호를 가리킴) 때부터 집안에 노래하는 기생을 기르고 집승정이라는 정자를 두었는데 경치가 서호에서 제일이었다. 매번 아름다운 계절 바람과 달빛이 좋으면 벗과 손님을 초청하여 잔치를 벌여 즐겼다. 즐거운 가운데에 법도가 있었으므로 당시 사람들이 부러워하였다. 그러니 어찌 옛날에 이른바 어질고 호걸스러운 사람이 아니겠는가. 자손들이 끊임없이 이어지고 있으니 반드시 끊어지지 않는 복이 있을 것이다.[39]

심호와 심종민이 집승정에 기생을 두고 풍류를 즐겼음을 알 수 있다. 심종민의 손자가 심지택沈之澤(1597~1634)인데 자가 자고子固고 호는 누암陋菴이며 정곤수鄭崑壽의 외손자다. 정구鄭逑와 장현광張顯光에게 수학하고 이이의 학통을 이은 인물로 알려져 있다. 심지택의 아들이 심역沈櫟(1622~1686, 자 茂卿)이며 심정희沈廷熙(1656~1714, 자 명중明仲), 심준沈埈(자 숙평叔平, 호 고송재孤松齋)이 그 손자와 증손자다. 심준이 대사간에 올랐고 그 아들 심성진沈星鎭이 예조판서를 지냈으니 이 무렵 이 집안의 명성이 크게 높아졌다. 이들은 대대로 집승정에 거주하였다. 심준과 심정희는 윤증尹拯, 최석정崔錫鼎과 최규서崔奎瑞, 신대우申大羽 등 유력한 소론가와 세교를 맺었다. 이들에 의하여 18세기 집승정은 다시 빛이 났다.

위태한 난간이 높은 언덕에 우뚝하게 솟았는데
누각 위엔 바람과 안개가 옷깃에 가득하다네.
늘어선 봉우리는 가물가물 먼 난간에 조회하고
돌아가는 배들은 또렷하게 깊은 강을 거슬러가네.
그 언제 누각이 부서지고 부질없이 학만 남았는고?
천고의 세월 사람이 가고 나니 거문고도 사라졌다네.
석훈의 붉은 글씨와 난수의 붓이여
품평에서 아직 옛 현자의 마음을 알 수 있다네.

---

39) 김상헌, 「价川郡守沈公墓誌銘幷序」(『淸陰集』 77:482).

危欄斗壓岸岑崟 樓上風煙滿一襟

列岫依依朝檻遠 歸帆歷歷溯江深

幾時樓碎空餘鶴 千古人亡不但琴

石訓丹書蘭叟筆 品題猶識昔賢心

_최석정, 「집승정 시첩의 시에 차운하여 심숙평에게 보이다(次集勝亭詩帖韻, 示沈叔平)」(『명곡집明谷集』 153:544)

최석정이 1710년 심준에게 준 이 시를 보면 집승정에서 지은 시들을 모은 시집 『집승정시첩集勝亭詩帖』이 전해지고 있었음을 확인할 수 있다.[40] 윤근수尹根壽의 글에 따르면[41] 심호의 집안에 내려온 오래된 거문고가 있어 노수신盧守愼의 명銘이 새겨져 있었는데 임진왜란 때 일실되었다. 심종민이 이를 안타깝게 여겨 홍치弘治 신유辛酉, 곧 1501년 제작된 것이라는 글자가 있는 부서진 거문고를 구입하고 노수신의 명을 새겨 죽림공자竹林公子 이영윤李英胤에게 부탁하여 그림을 넣었다. 이리하여 가보가 된 이 거문고도 이 무렵 안타깝게 다시 일실되었다.

최석정이 이곳을 찾았을 때 집승정이 허물어진 상태였는데, 1776년 목만중睦萬中이 방문했을 때에는 보수하였는지 멀쩡하였다.[42] 그러나 19세기 초반에 이르러서 다시 허물어지고 터만 남았다. 홍석주가 이 일대를 노닐면서 쓴 글에서 "구몽정鷗夢亭 아래에서 배를 띄워 강을 거슬러 동으로 가서 토정리에 이르고 다시 동으로 가서 마포에 이르렀다. 풍월정, 세심정洗心亭, 집승정을 만났다. 집승정이 땅이 가장 높아서 서남쪽으로 수십 리 너머까지 보였다. 정자는 이미 폐치된 지 오래였다"라 하였다.[43] 집승정이 사라졌지만 그 터가 가장 높은 곳에 위치해

---

40) 여기서 이른 石訓과 蘭叟는 이 시첩에 실려 있는 글씨를 쓴 인물을 가리키는 듯하다.

41) 윤근수, 「題沈知縣古琴宗敏」(『月汀集』 47:237).

42) 목만중, 「集勝亭」(『餘窩集』 b90:48).

43) 홍석주, 「江行小記」(『淵泉集』 293:432). 홍석주의 구몽정이 동호에도 있었지만

있어 서남쪽 한강 너머까지 조망이 아름다웠던 모양이다. 홍석주가 토
정에서 동쪽으로 풍월정을 지나 집승정에 이른 것으로 보아 집승정은
용산 별영과 가까운 청암동 즈음에 있었다고 보아야 할 것이다.

집승정의 주인 심종민의 아들과 손자는 조금 더 동쪽 용산 기슭에
영벽당映碧堂을 경영하였다. 그런데 이 영벽당은 담담정의 주인 안평대
군의 또 다른 별서였다. 엄경수의 「연강정사기」에는 다음과 같이 기록
되어 있다.

이것도 안평대군의 유적으로 그 터는 담담정 위쪽 수십 걸음 떨어진
곳에 있다. 그곳 사람에게 들으니, 옛날 강물이 남쪽으로 흘러 들어와 정
자 아래에서 호수가 생겨 물이 고였는데, 공자가 여기에 연꽃을 심고 정
자에 올라 문사를 모으고, 배를 띄워 꽃을 감상하였지만, 강물이 터져 강
북쪽 기슭을 부순 뒤로는 꽃이 사라져버렸다고 한다. 공자의 풍류가 후세
에까지 빛나서 사람들이 지금까지 그리워하니, 담담정과 영벽당의 이름
이 그 터와 함께 전해져 사라지지 않는다고 한다.

영벽당이 담담정에서 동쪽 수십 보 떨어진 곳에 있었다 하니 원효
대교 서북쪽 언덕으로 보면 될 듯하다. 그 앞으로 한강물이 쑥 들어왔
는데 이곳에 안평대군이 연꽃을 심고 집현전 문사들과 운치를 즐겼지
만, 홍수로 물길이 변화하면서 언덕이 유실되고 연꽃도 사라진 옛일도
확인할 수 있다. 앞서 본 대로 충숙왕이 공주를 데리고 와서 연꽃을 구
경하던 용산의 고사가 이렇게 연결되어 있다.

그런데 앞서 말한 대로 마포의 담담정이 안평대군이 죽임을 당한
후 신숙주에게 넘어갔으므로 영벽당 역시 주인이 바뀌었을 것이다. 임

여기서 이른 구몽정은 아우 홍현주의 별서다. 토정리 동쪽 와우산 기슭에 이
정자가 있었다. 홍석주는 이 글에서 용산에서 5리, 도성에서 10리 떨어진 현
석동에 있다고 하였다.

제林悌가 이곳에서 시를 지은 바 있거니와 이호민李好閔의 시를 보면 17세기 초반에 영벽정을 중건하였는데 이후백李後白의 시가 걸려 있었다고 하니,[44] 16세기 이후에도 영벽당이 서호에서 이름이 높았음을 짐작할 수 있다. 17세기 초반의 학자 최유연崔有淵은 이곳에 올라 다음과 같이 적었다.

> 용산의 가장 높은 곳에 집이 있는데, 그 이름은 영벽당이지만 누구의 집인지는 알 수 없다. 어떤 이는 푸른 강물에 임하고 푸른 산을 바라보고 있다 하여 이름이 붙었다고 한다. 내가 몇 명의 객들과 술병을 들고 올라가 조망하였다. 봄볕이 일렁이고 따스한 바람이 맑으며, 강가의 꽃과 언덕의 풀을 보니 시흥이 그윽하였다. 객이 "이러한 것은 기이하오만 이외에도 아름다운 풍경이 어찌 또 없겠소?"라 하였다. 그 후 다시 객과 함께 가서 유람하고 감상하였다. 강과 산이 쓸쓸하고 가을기운이 처량하며 비단같이 물든 나무와 들국화가 제각기 가을 모습을 드러내고 있었다. 객이 "이러한 것은 기이하오만 이외에도 아름다운 풍경이 어찌 또 없겠소?"라 하였다. 그 후에 또 객과 함께 이곳에 올랐다. 하늘과 땅은 큰 눈이 내려 산천이 희게 변하였다. 천하의 만물이 모두 유리로 만든 굴과 옥으로 만든 세계에 다 갖추어져 있었다. 객이 "즐겁소. 이외에 더 더할 것이 없소"라 했다. 살찐 고기를 구운 다음 술을 데워 큰 술잔에 부었다.
> _최유연, 「영벽당기映碧堂記」(『현암유고玄巖遺稿』 b22:552)

최유연이 객과 더불어 영벽당에 올라 봄과 가을, 겨울의 풍경을 두루 보고 이를 자세히 기록하였다. 영벽당의 아름다움이 이 글에 다 드러난다. 최유연은 그 주인이 누군지 알 수 없다고 하였지만 조찬한, 이경여李敬輿 등의 시를 볼 때,[45] 그 주인은 심집沈楫과 그의 아들 심지함沈

---

44) 임제, 「映碧堂」(『林白湖集』 58:278) ; 이호민, 「暎碧堂重成, 次靑蓮老先生韻」(『五峯集』 59: 397).

之涵이었다. 심집은 상의원정尙衣院正을 지낸 인물이다. 그 조부가 집승정의 주인 심호이며 부친은 심종민이다. 심집과 그 아들 심지함이 어느 시기인가에 영벽당까지 차지한 것이라 하겠다.

> 영벽정에 오르니 세월이 흘렀기에
> 지난해 인사는 금년과 달라졌구나.
> 일엽편주도 예전 시흥이 남아 있어
> 쓸쓸히 버들 드리운 어촌을 지나노라.
> 映碧登臨歲月遷 昔年人事異今年
> 扁舟尙有舊詩興 悵望漁村楊柳邊
> _정두경, 「배로 영벽당을 지나면서 심자양 지함에게 부치다(舟過映碧堂, 寄沈子養之涵)」(『동명집東溟集』 100:416)

정두경鄭斗卿이 심지함과 친분이 있어 가끔 그의 영벽당에 들렀음을 이 시에서 확인할 수 있다. 17세기 최고의 시인으로 추앙받는 정두경이 시를 써서 영벽당을 세상에 알렸지만 이후의 영벽당은 역사에서 더 이상 등장하지 못하였다. 그 즈음 세상에서 사라진 것이라 하겠다.

---

45) 조찬한, 「挽沈价川」(『玄洲集』 79:279) ; 이경여, 「挽沈正鑠」(『白江集』 87:273) ; 정두경, 「舟過映碧堂, 寄沈子養之涵」(『東溟集』 100:416). 이경여의 문집에는 沈鑠으로 되어 있으나 沈傈의 잘못이다.

4. 능성 구씨 집안의 죽리관과 복파정

서호는 조선 중기 이래 능성 구씨 집안과도 인연이 깊었다. 능성 구
씨는 세조 때 영의정을 지낸 구치관具致寬, 중종반정에 가담하여 능천
부원군綾川府院君에 봉해진 구수영具壽永 등 많은 인물을 낳았다. 구수영
의 손자가 구사맹具思孟이고 그 아들이 성산에 집을 두고 저자도에 별
서를 가졌던 구용具容이다. 17세기에는 구사맹의 손자며 구용의 조카인
능풍부원군綾豊府院君 구인기具仁墍(1597~1676)가 위세를 떨쳤다. 또 구사
맹의 형 구사안具思顔은 중종의 부마로 능천위綾川尉에 봉해졌다. 그의
손자 대에 인헌왕후仁獻王后의 조카로 인조의 외형外兄이 되는 구인기具
仁基(1576~1643), 좌의정을 지낸 능은군綾恩君 구인후具仁垕(1578~1658) 등이
나왔다. 이들은 인조가 즉위한 이후 연이어 권력을 잡았기에 그 후손
들도 부귀영화를 누리고 한강 곁에 별서를 둔 이들이 많았다.

이들 중 구인후는 서강에 실언정失言亭을 경영하였다. 구인후는 영
응대군永膺大君의 사위로 그로부터 재산을 물려받아 이문里門 근처 태화
정太華亭이라는 이름의 으리으리한 정자를 두었다. 현송암弦誦庵, 청풍관
清風館이라는 운치 있는 이름의 건물도 있었다. 인조가 어릴 때 놀았다
고 하는 잠룡지潛龍池도 그의 집 연못이었다.[46] 이와 함께 구인후는 따
로 노고산 기슭에 실언정을 세웠다.

현호玄湖에 있는 산 중에 조그마하여 이름을 노고산이라 하는 데가 있
다. 노고산이 여러 번 꺾어지고 일어났다가 가장 뒤쪽에서 탁 트여 높다
란 곳이 실언정이 있는 원림이다. 아래가 평평하여 터를 만들고 다시 아
래로 벽을 만들었는데 비뚤비뚤 강으로 들어간다. 원림에서부터 정자의

---

46) 『林下筆記』, 『동국여지비고』 등에 이에 대한 기록이 있다. 尹鳳九의 「潛龍池
記」(『屏溪集』 204:373)에 이 집에 대한 자세한 기록이 보인다. 草塘 具宬의 집
이라 하였는데 具宬은 구인기와 구인후의 부친이다.

터까지 수십 자가 되는데 강에서 그 터를 바라다보면 높낮이가 배가 된다. 가운데 정자가 있어 남쪽으로 강을 임하고 있다. 강 너머에는 흰 모래가 있고 모래 너머에 강이 가려져 보이지 않는다. 강 너머에는 늘어선 산들이 기이하고 곱다. 북쪽에 번화한 창리倉里가 있고 동서에는 두 섬(밤섬과 여의도)과 빙호氷湖가 있어 눈길이 끝이 없다.

정자는 곧 나의 6대조 의정공議政公이 지은 것이다. 영릉(寧陵(효종) 때 황해 감사 김홍욱金弘郁 공이 상소하여 강빈姜嬪의 원통함을 하소연하자, 주상께서 그 말이 선대 임금을 모욕하였다 하여 장살하려 하였다. 공은 병든 몸을 이끌고 대궐로 들어가 간언을 올렸다. 주상께서 "경은 병을 핑계대고 조정으로 나아오지 않더니 이제 김홍욱을 위하여 왔는가?"라 하였다. 공은 "신은 감히 김홍욱과 사사로운 관계가 아닙니다. 그저 말을 한 사람이 죽게 되면 성덕에 누가 될까 저어됩니다. 전하께서는 어찌 이처럼 나라를 망하게 하실 거동을 하십니까?"라 하였다. 주상이 크게 진노하여 "경은 실언하였다" 하고 명하여 공을 파직하였다. 공은 한강 바깥으로 물러나서 시를 지어 임금을 그리워하는 뜻을 노래하며 실언의 의미를 깃들였다. 그리고 그 정자의 이름으로 삼았다.

아, 당시 주상의 진노를 당하여 화를 헤아릴 수 없을 정도였지만 공은 홀로 띠를 드리우고 홀笏을 바로 잡고서 간쟁을 한 것이 더욱 힘이 있었다. 조정에 있는 것이 편하지 못하게 되어 스스로 잘못이라 여기고 불편한 기미를 드러내지 않았으니, 예전에 이른바 나아가나 물러나나 그 마땅함을 잃지 않았다고 한 말이 공의 처신에 부합한다 하겠다.

이때부터 사대부에서 여항의 부녀자나 아이들에게 이르기까지 그 노래 가사를 외워 지금까지 백 년 남짓 되었다. 길을 지나는 나그네들이 그 때문에 이 정자의 주변에서 머뭇거리지만 옛일을 이해할 수 있는 이는 드물다. 또 어찌 산수가 사람을 통하여 중요해진다는 것을 알 수 있지 않겠는가? 비록 그러하지만 공이 진언을 할 때 오직 나라를 근심하는 것만 알았지 실언에 대해서는 알지 못하였고, 물러나서는 실언을 한 것임을 알았지 그 나머지는 알지 못하였다. 후인들 중에 알고 알지 못한다 한들 어찌 또 따질 겨를이 있겠는가? 나와 같은 이는 공이 끼치신 바에 힘입어 지위가 판서의 반열에 이르렀지만 아직도 한 마디 진언을 올리 거나 한 가지 일에 대한 간쟁을 한 적이 없이, 그저 강산을 여유 있게 노니는 것만 즐거움으로 삼았으니, 부끄러움이 이보다 더 심한 것이 있 겠는가?

정자는 대개 두 번 수리하였는데, 내가 올 봄에 한가한 틈을 내어 이곳 에 와 머물면서 비로소 편액을 달고 대략 강산의 빼어남을 기록하며, 역 사에 실려 있는 그때의 사실을 채록하여 이렇게 적는다. 보는 이들이 이 정자의 이름이 유래가 있다는 것을 알게 하고자 하고 겸하여 나의 부끄 러움을 적어 후손에게 보이고자 한다.

　_구상, 「실언정기失言亭記」(『무명자집』 규장각본)

구인후가 강직한 간언을 올리자 분노한 효종이 구인후에게 실언을 하였다고 질책하였다. 구인후는 이를 오히려 자랑으로 삼고 그 정자를 실언정이라 한 것이다. 그리고 그 위치는 노고산 줄기가 한강과 만나 는 광흥창廣興倉 남쪽, 서강대교 북단 어디쯤이었을 것이다.

그런데 실언정이라는 현판이 바로 내걸린 것 같지는 않다. 18세기 후반 무렵 육조의 판서를 두루 지내고 능은군綾恩君에 봉해진 구윤명具 允明(1711~1797)이 정자를 수리하고 아들 구상具庠이 대신 지은 기문과 함 께 현판을 내걸었다. 실언정에 붙인 기문을 쓴 구상은 자가 백은伯殷이 고 호가 무명자無名子다. 정후겸鄭厚謙(자 백익伯益), 김상묵金尙默(자 백우伯 愚)과 함께 자가 모두 백伯으로 시작되는데 이 세 사람이 친하게 지내 삼백당三伯堂으로 일컬어지면서 영조 때 권력을 잡았던 사람이다. 신광 수申光洙, 이종휘李種徽, 목만중睦萬中 등 남인과도 교분이 깊었다. 문과에 급제하여 병조와 예조, 형조 등의 판서를 역임하였다.

실언정과 함께 이름난 이들 집안의 정자가 죽리관竹里館이었다. 죽

리관은 구인기가 실언정 인근에 지은 별서다. 이에 대한 기록은 홍주
국洪柱國의 글에서 확인된다.

> 율리에 우거하다 죽리로 옮기니
> 도연명의 풍치에 왕유의 시라네.
> 강산은 한가한 이만 거느리는 법
> 두 곳의 누대는 주객이 누구던가?
> 栗里僑棲竹里移 徵君風致右丞詩
> 江山管領唯閑者 兩處樓臺主客誰
> _홍주국, 「상서 김광욱의 전장 이름은 율리장이고 능풍 구인기의 집은
> 죽리관이니 그 땅 이름이 도연명과 왕유가 별서를 짓고 이름을 붙인 것
> 과 부합한다. 내가 율리에서 죽리로 이주하였는데 듣자니 두 사람이 왕
> 래한 적이 없다기에 장난으로 그 벽에 쓴다(金尚書光煜莊名曰栗里, 具綾豊仁墼,
> 館名曰竹里, 以其地號適符於陶徵君, 王右丞別業而名之也. 余自栗里移居竹里, 聞二亭主人, 未
> 嘗來住, 戱題壁上)」(『범옹집泛翁集』 b36:192)

김광욱金光煜(1580~1656)은 행주산성 곁 율리栗里에 귀래정歸來亭이라는
별서를 두었고[47] 구인기는 서강에 죽리관을 두었다. 율리栗里는 도연명
陶淵明이 살던 동네 이름이고 죽리관竹里館는 왕유王維가 망천輞川에 장만
한 집 이름이다. 행주산성 기슭의 율리와, 와우산 기슭의 죽리가 도연
명과 왕유의 마을과 이름이 묘하게 합치한다. 죽리라는 마을은 용산,
현석, 서강을 지나 그 서쪽에 있는 마을이니,[48] 오늘날 서강대교 서쪽
언덕에 있었던 것으로 추정된다. 김광욱과 구인기가 도연명과 왕유처
럼 살았지만 이들이 서로 내왕한 적이 없다는 사실을 알고, 홍주국은
자신이 율리와 죽리를 겸한 사람이 되겠노라 하였다.

---

47) 김광욱의 별서에 대해서는 이 책의 행호 대목에서 다룬다.
48) 이민구, 「水明亭記」(『동주집』 94:311).

그런데 이 시는 구인후가 세상을 떠난 후에 지은 것이므로 그 아들 능평군綾平君 구일具鎰(1620~1695)이 죽리관의 주인으로 있었을 것이다. 그러나 구일마저 세상을 떠나자 죽리관의 주인은 다시 홍주국으로 바뀌었다.[49] 늘 비어 있던 죽리관이었기에 홍주국이 이를 차지하면서 주인 행세를 한 것이다. 홍주국(1623~1680)은 본관이 풍산豊山이고 자가 국경國卿이며 호는 범옹泛翁 혹은 죽리竹里라 하였다. 홍이상洪履祥의 손자고 홍영洪霙의 아들이며 이정귀李廷龜의 외손자니 그 문벌의 위상을 짐작할 수 있다. 1673년 무렵 주인이 찾지 않는 죽리관은 홍주국 차지가 되었고 심유沈攸, 홍만용洪萬容, 유지발柳之發 등이 이곳으로 찾아와 시회를 가졌다.

썰물 빠지고 모래 흰하고 강물은 잔잔한데
허연 머리로 마주 보니 해오라기 깃털도 흰하네.
어부가 그물을 들어 올리자 자잘한 은빛 고기들
시골 나그네 시를 말하니 백옥 같은 이슬이 맑네.
백설곡 같은 노래라야 그대의 노래에 알맞겠지
창랑수라 절로 우리 갓끈을 씻을 수 있겠지.
난간에 기대니 취흥이 정말 자랑할 만하여라,
저물녘에 산들바람이 뱃노래를 보내어주네.
潮落沙晴江水平(홍주국)　鬢絲相對鷺絲明(심유)
漁人擧網銀鱗細(홍만용)　野客談詩玉露淸(유지발)
白雪政宜歌爾曲(홍주국)　滄浪聊自濯吾纓(심유)
憑欄醉興眞堪詫(홍만용)　向晚微風送櫓聲(유지발)
_심유, 「죽리관에 모여, 명나라 시의 운자를 뽑다(會竹里館, 抽明詩韻)」(『오탄집梧灘集』 b34:405)

49) 홍주국, 「題竹里館, 示主人具同樞鎰」(『泛翁集』 b36:233).

당시 서강과 마포까지 바닷물이 들어왔다. 썰물이 빠지고 잔잔한 강물 곁에 백사장이 드러나 있다. 허연 머리를 한 노인들이 하얀 깃털을 한 해오라기를 바라본다. 모두들 뛰어난 시인이니 「백설곡白雪曲」과 같은 훌륭한 작품을 지을 수 있고 맑은 물이라 갓끈을 씻겠다고 한 굴원屈原의 처신대로 살겠노라 하였다.

이 무렵 죽리관에는 무척 많은 시인들이 찾아들었다. 대방동에 비로정飛鷺亭을 짓고 은거하고 있던 홍수주洪受疇도 그중 한 사람이다. 그는 홍주국, 이봉조李鳳朝와 죽리관에서 모여 시회를 가졌다.

한가한 구름 물을 건너고 새는 숲에 깃들이는데
난간 너머 물결 소리는 나그네 마음 상쾌하게 하네.
맑은 강에 한 척 배로 찾아온 이곳은
그윽한 흥취가 산음보다 낫다는 것 알겠네.
閑雲度水鳥投林(홍주국) 檻外潮聲爽客心(이봉조)
一棹淸江來訪處(이봉조) 也知幽興勝山陰(홍수주)
_홍수주,「이선명 봉조와 함께 참의 홍주국을 죽리관에서 만나 연구를 짓다(與李善鳴鳳朝, 會洪參議柱國竹里館聯句)」(『호은집壺隱集』 b46:253)

홍주국이 죽리관에 머물던 시절 이들 외에도 남용익南龍翼, 이익상李翊相 등 이름난 문사들이 찾아와 시를 짓곤 하였으니 17세기 후반 죽리관은 홍주국으로 인하여 이름이 높아졌다 하겠다. 그러나 빌 때가 많던 집인지라, 홍주국이 이곳을 떠난 후 죽리관은 다시 비었다.[50] 홍주국은 1674년 인선왕후仁宣王后의 상복 문제로 투옥되었고 얼마 되지 않아 석방되었지만 죽리관에서 왕유처럼 한가한 시인으로 행세할 수는 없었다.

---

50) 심유의 「李次山秬來寓竹舘, 次泛翁韻寄贈」(『梧灘集』 b34:152)을 보면 李秬 (1635~1715)가 잠시 이곳에 우거하였음을 알 수 있다.

죽리관을 세운 구인기의 아들 구일이 세운 복파정伏波亭도 서강의 명소였다.[51] 복파정은 서울화력발전소가 있는 당인동에 있었으니 죽리관과 멀어 보이지 않는다. 그런데 이 복파정 역시 구일이 죽은 후 다른 집안에 팔려갔다.

> 복파정은 구씨의 정자다. 애초에 판윤判尹 능평공이 이 정자를 창건했는데 복파伏波라는 이름은 공이 마복파馬伏波를 흠모하여 정자를 짓고 그 뜻을 기록한 것이다. 공이 작고하고 나서 정자도 또한 팔려 다른 사람의 소유가 되었지만 무너지고 부서져 폐치되고 말았다. 40년이 지나 공의 손자인 성필聖弼 뇌여賚汝가 그 값을 치르고 다시 돌려받은 후 깨끗이 소제하고 꾸몄다. 문과 난간에서부터 담장과 마당, 꽃과 나무에 이르기까지 모두 시원하게 볼만해졌다. 이에 정자는 다시 구씨의 복파정이 되었다. 정자가 세워진 것은 구씨를 위한 것이었으니 오직 구씨만이 대대로 복파라는 이름을 지켜 감히 잃어버리지 않게 될 수 있을 것이요, 이 때문에 이 정자 또한 구씨에게 돌아간 것이 아니겠는가!
>
> _윤봉조, 「복파정의 중수기伏波亭重修記」(『포암집圃巖集』 193:360)

이 글을 보면 복파정은 구일이 복파장군伏波將軍 마원馬援을 흠모하여 지은 정자인데, 그가 죽은 후 다른 사람에게 팔렸음을 알 수 있다. 구일이 세상을 떠나고 3년이 채 지나지 않은 1698년 최석정崔錫鼎의 차지가 되었다. 최석정은 이해 숙종에게 붕당朋黨의 폐해를 진언하다가 6월 파직되었고 8월 문외출송門外出送의 벌을 받자 도성을 떠나 복파정을 빌려 잠시 우거하게 된 것이다. 최석정이 복파정을 떠난 후 한참의 세월이 지난 후인 1734년 윤봉조(1680~1761)가 잠시 복파정을 빌려 살게 되었고 그 인연으로 복파정의 역사를 위와 같이 적었다. 이 글에 따르면

---

51) 국사편찬위원회의 홈페이지에서 제공하는 『한국사』(16)에 흥선대원군의 별서로 되어 있다.

1734년경 구일의 손자 능운군綾雲君 구성필具聖弼(1695~?)이 다시 매입하여 중수한 사실을 알 수 있다.

윤봉조는 1727년 정미환국으로 노론이 축출되자 이듬 해 정월 제주도 정의현旌義縣에 위리안치되었고 1729년 10월 전라도 영광으로 이배되었다가 1730년 석방된 바 있다. 이 때 한양으로 들어가지 못하여 떠돌다가 형 윤봉소尹鳳韶가 기거하던 마포의 만호정晩湖亭에 더부살이하였다. 그러다가 1734년경 복파정으로 집을 옮겼다. 이보다 앞서 지은 시에서 "만호정은 네게 인연이 적구나(晩湖於爾少因緣)"라 한 것을 보면[52] 1731년 형이 세상을 떠나자 만호정이 다른 사람의 손으로 넘어가서 그곳에 계속 머물 수 없었던 사연이 있었던 듯하다.

> 내 성격이 강호에 있는 것 맞기에
> 맑은 모래톱 곁으로 집 또한 옮겼네.
> 노닐 배는 마당 곁에 매어두었는데
> 푸른 홰나무는 담장 너머 뻗어 있다네.
> 이름난 정자라 구조가 성대한데
> 지붕 위로 별과 은하수가 흐른다네.
> 영웅호걸 쉬어가던 곳이라
> 흥하고 망한 일에 마음이 아득하다.
> 무너진 담과 부서진 벽
> 이제 갈매기도 근심한다네.
> 낚시터 곁을 배회하나니
> 노니는 물고기 보며 즐긴다네.
> 슬프다, 능계菱溪의 바위는
> 예전 유장군劉將軍을 조문하는 듯

---

52) 윤봉조, 「將移寓伏波亭留賦」(『圃巖集』 193:171).

適性在江湖 移家亦滄洲

行舟繫庭際 綠槐出墻頭

名亭盛結搆 屋角星河流

英豪坐銷歇 興廢感悠悠

頹垣與破壁 至今鷗鳥愁

徘徊釣磯側 歷歷玩魚遊

惻愴菱溪石 如弔舊將劉

_윤봉조, 「복파정伏波亭」(『포암집』193:172)

　　복파정은 원래 건물이 장대하였지만 구일이 세상을 떠난 후 많이 피폐해진 모양이다. 윤봉조는 이를 손보고 들어가 살았다. 그리고 주인이 된 구일의 손자를 위하여 이렇게 글을 지어준 것이다.

　　복파정의 역사는 이후에도 이어진다. 1768년 이규상李奎象(1727~1799)은 아우와 인척 관계인 구성필이 주인으로 있던 복파정을 찾았는데 그곳에서 여름을 보내면서 한강의 풍물과 산업을 자세하게 기록한 바 있다. 「강상설江上說」을 지어 서호 일대의 자연, 누정, 산물, 풍속 등을 자세히 적었고, 또 「서호죽지사西湖竹枝歌」를 지어 서호의 풍물을 낭만적으로 묘사한 바 있다. 특히 복파정에서 한가한 생활을 하면서 직접 본 서호의 풍속을 「복파정에서의 조망(伏波亭眺望)」과 「복파정에서 한가하게 읊조리다(伏波亭閑吟)」로 형상화한 바 있다. 이 중 몇 수를 보인다.

　　강마을의 장정은 집에 있는 날이 드무니

　　한 해 중에서 태반은 배에 부쳐 살아가네.

　　텅 빈 규방에서 이팔청춘 아리따운 여인은

　　가을달이 뜨나 봄바람이 부나 홀로 잠드네.

　　江戶丁男在家鮮 一年强半寄於船

　　娟嬋二八空閨女 秋月春風獨也眠

_이규상, 「복파정에서의 조망(伏波亭眺望)」(필사본 『일몽고一夢稿』, 개인소장)

서방님 편지가 먼 바다에서 전해올 때
해삼 전복 한 꾸러미 함께 보내왔네.
이 마을의 속담 당신은 들으셨나요?
마주 앉아 먹으면 고사리도 절로 달다고.
夫壻書傳碧海端 伴來參鰒一苞團
里中諺語君聞否 對喫薇根亦自歡

해마다 경성은 유행이 바뀌니
강마을 사람들도 다투어 구하려 한다네.
올봄에는 흰모시 홑치마가 좋다기에
장사치 남편에게 곱고 가벼운 것 부탁한다네.
每歲京城時體更 江人偸得務相爭
今春白苧單裳重 囑與商夫貿細輕
_「서호죽지가西湖竹枝歌」(필사본 『일몽고』, 개인소장)

이규상은 이러한 낭만적인 시를 잘 지었다. 젊은 시절 당시 어촌인 인천의 풍물을 연작시에 담아내었거니와 중년에는 서호에 사는 어부와 상인의 삶을 이렇게 노래하였다. 그가 일시 기거한 복파정이 흥청거리는 서호의 중심에 있었기에, 이 일대의 모습을 풍속화처럼 그려낸 것이다.

이규상이 떠난 후에도 복파정은 이천보李天輔, 조두순趙斗淳, 김정희金正喜 등 이름난 문인들이 시대를 달리하면서 시회를 가진 기록이 보인다.[53] 그러다 1888년 춘천부春川府가 유수영留守營으로 승격됨에 따라 필

---

53) 이천보, 「十月旣望, 與從氏及從弟士謙益輔尹德輝得和, 鄭子謙益河, 李平一衡萬, 李孝伯河述, 泛月西湖, 仍宿伏波亭, 拈韻」(『晉菴集』 218:147) ; 조두순, 「至

요한 경비를 조달하기 위해 탁영정濯纓亭과 함께 이곳에서 당오전當五錢을 주전하였다 하니, 근대까지 복파정의 명성이 꽤 높았음을 짐작할 수 있다.

月十六日伏波亭, 趁悠齋洪侍郞約」(『心庵遺稿』 307:231) ; 김정희, 「同人泛舟伏波亭下」(『완당전집』 301:171).

5. 이수광의 이안당과 이민구의 수명정

이수광李睟光(1563~1628)과 그 자손들도 서호와 인연이 있었다. 이수
광은 본관이 전주고 자는 윤경潤卿, 호는 지봉芝峯인데 지봉은 낙산駱山
의 한 줄기다. 5대 외조부인 유관柳寬이 청렴하여 비가 새는 집에 우산
을 받치고 살았다는 고사가 전하는 지봉 인근 낙산 기슭에 그 뜻을 이
어받아 비우당庇雨堂을 경영하였다. 그의 별서가 서호에 있었으니 바로
이안당易安堂이다. 도연명이 「귀거래사」에서 이른 "무릎만 겨우 들여놓
을 작은 집도 편안한 줄을 알겠네(審容膝之易安)"에서 따와 붙인 이름이
니, 비우당과 그 뜻이 크게 다르지 않다. 임숙영任叔英은 이곳에 붙인 상
량문에서 이안당의 주인이 이수광이라 하면서 다음과 같이 적었다.[54]

> 원컨대 상량한 후에, 여러 꽃이 다투어 피어나면 빈 땅에 터전을 잡은
> 것을 기뻐하고, 좋은 새들이 와서 울면 은자가 자취를 깃들인 것을 즐거
> 워하소서. 맑은 바람 방에 가득하면 시원한 새벽에 여유롭게 몽상을 즐
> 기시고, 밝은 달빛이 마루를 엿보면 야밤에 곁에서 술잔을 기울이소서.
> 손님을 맞아서 시단詩壇에서 후진을 올려주고 자손을 가르쳐 의숙義塾에
> 자제들이 들어가게 하소서.
>
> _임숙영, 「이안당의 상량문(易安堂上樑文)」(『소암집疏菴集』 83:476)

이수광은 이성구李聖求(1584~1644)와 이민구李敏求(1589~1670) 두 아들을
두었다. 이성구는 자가 자이子異, 호는 분사分沙 혹은 동사東沙라 하였으
며 영의정에까지 올랐다. 1642년 이계李烓라는 사람이 청나라에 기밀을
누설하였는데 이를 두둔하였다 하여 파직되었다. 이에 물러난 곳이 양
화강楊花江이었다. 양화강은 양화나루가 있어 붙여진 것으로 오늘날 양

---

54) 아래 상량문에서 중간 대목에서 "芝峯 李公은 文이 黼黻을 겸하였다(芝峯李
公 文兼黼黻)"라 하였다.

화대교가 들어선 곳을 이른다. 그곳에 만휴암晚休庵을 짓고 살았다. "수십 년간 소용돌이치는 물결을 만났다가 늘그막에 와서야 한적한 생활을 얻게 되니 매우 마음에 든다"라고 하며 남여藍輿와 죽장竹杖으로 소요하면서 자적하였다. 집에 불이 났는데 밭 가운데 나가 앉아서 "술항아리는 아무 탈 없는가?"라 하며 술을 따라 이웃 사람들에게 인사를 하라고만 하고 그 밖의 일은 묻지 않았다는 일화가 전한다. 만휴암은 만휴당晚休堂이라고도 하였는데 이곳에서 이웃 친구들과 더불어 한가로이 지내며 시를 읊어 마음을 달래었으며 향약을 시행하여 서호향약西湖鄕約이라 불렀다.[55]

이성구의 만휴암 혹은 만휴당은 강 건너 선유봉 기슭에 있었다. 벗 이경석李景奭이 1643년경 마포에 살던 시절 그의 집을 찾았다.

시월이라 강 위의 구름이 차가운데
저물녘 배를 멈추고 모래섬에 내렸다.
소나무 울타리는 지주대에 임해 있고
초가는 선유봉을 끼고 있다네.
푸른 들판은 천년토록 남아 있는데
맑은 물결은 만고의 세월에 흘러가네.
그 누가 알랴, 모래 언덕 곁에
부질없이 외로운 배 한 척 매여 있음을.
十月江雲冷　停橈下晚洲
松籬臨砥柱　草屋傍仙游
綠野千年在　滄波萬古流
誰知沙岸畔　空繫一孤舟
_이경석, 「시월, 배로 양화나루로 내려가 재상 분사 이성구를 알현하고(十

55) 허목, 「李相國墓誌銘」(『記言』 99:277) ; 윤휴, 「大匡輔國崇祿大夫議政府領議政兼領經筵弘文館藝文館春秋館觀象監世子師李公謚狀」(『白湖集』 123:352).

月舟下楊花渡, 拜分沙李相聖求)」(『백헌집白軒集』 95:452)

　이성구는 선유봉 곁에 만휴암을 세우고 벼슬에서 물러나 유유자적하였다.[56] 지주대는 선유봉을 이루는 거대한 바위를 이르는 말이다. 지주砥柱는 중국 황하黃河의 거센 물살 가운데 우뚝 서 있는 바위산으로, 혼탁한 세속에 휩쓸리지 않는 군자의 절조를 상징하니, 이성구가 절조를 투영한 것이기도 하다. 이와 함께 푸른 들판(綠野)은 당唐의 재상 배도裴度가 정계에서 은퇴하여 백거이白居易, 유우석劉禹錫 등과 함께 시주詩酒를 나누며 노닐던 녹야당綠野堂을 떠올리게 한다. 아울러 푸른 물결(滄波)은 굴원屈原의 「어부사漁父辭」에 나오는 창랑滄浪을 연상하게 하니, 배도와 굴원을 사모하는 뜻도 함께 투영한 것이다.

　이성구의 아우 이민구는 부친과 연을 맺은 마포에 살았다. 이민구는 자가 자시子時고 호는 동주東州 혹은 관해觀海를 사용하였다. 이민구는 병자호란이 일어날 무렵 도승지, 이조참판, 대사간을 지내는 등 출세가도를 달렸다. 그러나 1637년 경기우도 관찰사로 있을 때 강화도가 함락되었다. 이 때문에 영흥永興의 철옹성鐵甕城에 유배되었고 7년 후 아산牙山으로 이배移配되었다가 1647년 비로소 사면되었다. 그럼에도 도성으로 들어가지는 못하여 마포에 임시로 거처하였다. 이민구는 이 시절의 시를 『서호록西湖錄』으로 묶었다. 생을 마칠 때까지 다시 환로로 나가지 못하고 10여 년 서호에서 울울한 삶을 살았다. 『서호록』의 서문에서 이민구는 이때의 심회를 다음과 같이 적고 있다.

　　정해년(1647) 5월 그믐 도성 입구에 도착하여 삼포三浦(마포)에 우거하였다. 작은 집이 낮고 좁아서 여름에 더위가 고통스러웠다. 이해는 가물더니 6월 들어 비가 퍼부어 이십 일이나 그치지 않았다. 쌀독이 자주 비고

---

56) 그의 아들 李同揆는 김포에 살았는데 그 집을 漫寓堂이라 하였다. 이민구가 그를 위하여 「漫寓堂八詠」과 「漫寓堂記」(『東州集』 94:310)를 지은 바 있다.

땔감도 끊어졌다. 하늘의 탓인가, 사람의 허물인가! 처음 고향으로 돌아
오니 친구들은 모두 사라지고 보이는 것이라고는 성곽과 산천뿐이었다.
　　_이민구, 「서호록의 서문(西湖錄序)」(『동주집』_94:179)

이보다 앞서 이민구는 1646년 아산으로 유배되어 지내던 시절 마포
의 별서를 그리워하여 다음과 같은 시를 지었다.

강호의 안개와 물결이 사립문을 적시는데
밤낮으로 바람과 여울 소리 낚시터를 치네.
흰한 꽃이 물가에 핀들 그 누가 구경하겠는가?
흰 물새 사람 곁에 나는 것 멀리서 그리워할 뿐.
이웃의 작은 화단에는 봄빛을 가무렸을 테고
근처 언덕의 빈 정자에는 저녁 햇살 가득하리라.
옛 벗들에게 묻노라, 나를 잊지 않았는지
남쪽 유배지에서 영락한 신세 돌아가지 못하기에.
江湖煙浪浸柴扉　日夜風湍拂釣磯
誰賞晴花臨水發　遙憐白鳥傍人飛
隣家小塢藏春色　近階虛亭鎖夕暉
傳語故交相憶否　湘潭流落未言歸
　_이민구, 「마포의 강가 집이 그리워 시를 짓고 인하여 허유선에게 시를
　　보내니 꽃나무가 풍성하기 때문이다(有懷麻浦江舍, 因寄許惟善, 以有花木之饒)」
　　(『동주집』 94:167)

유배지에서 마포의 옛집을 그리워한 것으로 보아 부친 이수광이 살
던 집에 젊은 시절 이민구가 거처하였음을 짐작할 수 있다. 그래서 귀
양살이를 청산하고 정착한 곳이 마포였다. 이 시에서 이른 허유선은
허성許筬의 아들 허포許宷(1585~1659)라는 사람이다. 유선惟善은 그의 자이

며 호는 동강東岡이라 했다. 앞서 본 대로 허성은 한남동 인근에 십초
정十貂亭을 경영하면서 선영이 있던 반포에 망모암望慕庵을 짓고 오간
바 있다. 이 집안에서는 마포에도 별서를 두었기에 인근으로 온 이민
구에게 경제적인 도움을 줄 수 있었던 것이다. 마포로 돌아온 날 이민
구는 허포에게 구원의 손길을 요청하였다.

> 전원은 그 몇 곳이나 황량하게 되었던가
> 아득한 이 천지에 병든 몸뚱이 하나뿐.
> 늘그막에도 여전히 나그네로 떠돌다가
> 돌아와서도 강호에서 방황하는 신세라네.
> 가까운 시장에 생선과 소금이 있다고 들었지만
> 빈 주머니라 양식이 떨어진 것 누가 생각하랴!
> 다행히도 날 알아주는 벗이 이웃에 있으니
> 쌀알이라도 아침에 먹게 나누어주지 않으려나.
> 田園幾處付荒蕪 天地茫然一病軀
> 老去形骸猶逆旅 歸來身世又江湖
> 徒聞近市魚鹽有 誰念空囊菽粟無
> 正賴高隣知己在 肯分糧粒濟朝晡
> _이민구, 「새집에서 허유선에게 시를 주다(新棲, 贈許惟善)」(『동주집』 94:179)

　오랜 귀양살이에 이민구 집안의 살림살이가 거덜이 났던 모양이다.
가까이 풍성한 어물을 파는 시장이 있지만 살 돈이 없고 양식도 남아
있는 것이 없었기에 벗에게 손을 내밀었다. 고단한 생활이었지만 이민
구에게 가장 큰 위안이 된 벗이 바로 허포였다.
　허포는 이 무렵 이수광이 가꾼 이안당의 소유자가 되어 있었다. 비
교적 부유한 데다 손님을 좋아하여 가리는 바가 없었다. 천성이 술을
마시지 못하였지만 손님이 오면 반드시 술과 음식을 내어놓아 즐거움

을 극진히 하였다. 베풀기를 좋아하여 가지고 있는 기물도 남에게 주면서 오히려 받지 않을까 걱정하였다.[57] 임숙영은 이수광이 이안당의 주인이라 하면서 상량문을 지어주었는데 이수광의 아들 이민구는 이안당의 주인이 허포라고 하였다. 원래 이수광 소유였다가 이민구 대에 가산이 줄어들면서 이웃에 살던 허포에게 넘어갔던 것으로 보인다. 이민구는 자신에게 큰 도움을 준 허포를 위하여 이안당에 붙일 멋진 글을 지었다.

마포의 산은 동에서 서로 뻗어내려 강물을 보고서 멈추는데 마치 누워있는 짐승처럼 생겼다. 그 높은 곳은 등뼈가 되고 가운데는 옆구리와 허리가 되며 아래는 넓적다리와 발이 된다. 백성들이 모여 사는 집 여남은 채가 이곳저곳 마구잡이로 널려 있는데 빗처럼 가지런하고 비늘처럼 빼곡하다. 부유한 자들은 그곳에 놀러 나와 구경하려고 정자를 꼭 그 높은 데다 짓는다. 이에 비해 이익을 좇는 서민들은 이익이 시끄럽고 낮은 데 있으므로 모두 그 아래 집을 짓고 산다. 나의 벗 허유선 군의 집은 바로 그 중간쯤 옆구리와 허리쯤에 있다. 유선이 말하였다.

"집이 높으면 굴러 떨어질 우려가 있고 낮은 곳에 거처하면 파묻혀 빠질 위험이 있다네. 내 집이 벌써 편안하지 않겠는가? 대개 높은 곳은 대중들이 바라보는 것이요 귀신들이 흘겨보는 것이니, 화려한 땅에 사는 사람은 위험하여 자빠지지 않는 이가 드물다네. 높은 자리가 어찌 살 만한 곳이겠는가? 낮은 곳은 개구리와 지렁이가 사는 곳이요 자잘한 사람들이 몰려다니는 곳이며 벌거벗은 몸으로 발을 적시면서 매일 진흙탕에서 골몰하니, 낮은 땅은 거처할 수 없다네. (하략) 지금 내가 이곳에서 살면서 이곳에서 늙어 가리니 정말 편안함을 구하는 것일 뿐일세. 높고 넓은 집의 즐거움이 없으니 목숨을 잃고 죄를 받을 근심이 내 몸에 이르지

---

57) 이민구, 「處士東岡許公墓碣銘」(『동주집』 94:438)

않을 걸세. 안일과 이익을 구하여 부유하고자 하는 일이 없으니 다툼과 풍파의 걱정이 내 마음을 어지럽게 하지 않는다네. 그러니 나의 집이 이미 편안하지 않겠는가? 저들이 집을 짓는 것은 장차 나를 부리려는 것인가, 아니면 나를 편안하게 하려는 것인가? 모두가 사람의 품성인데 어찌 남과 다른 것을 구하겠는가마는, 만족하여 멈출 줄 아는 지혜가 부족하고 아름답게 하려는 데 마음이 끌려, 날마다 넓히고 날마다 키우느라 소란스럽게 외물을 좇다보니 그렇게 된 것일 뿐이라네. 마음이 이미 편하지 못하니 어찌 그 몸을 편안하게 할 수 있겠는가? 편안함을 구해도 얻을 수 없으니 편안하지 못한 것이 먼저 이른다네. 편안함을 얻는 것은 무척 쉽지만 편안함을 구하는 것은 지극히 어렵다네. 어찌 슬프지 않은가? 오직 나는 그렇지 않아 건물은 기둥 셋만 세우되 안은 따뜻하게 하고 밖은 시원하게 하니 내 몸이 이미 편안하다네. 마당에는 소나무와 바위를 늘어세우고 궤안에 기대어 강호를 바라보면 내 눈과 귀가 이미 편안하다네. 아침에 생선 반찬으로 밥을 먹고 겨울과 여름에는 때에 맞게 적삼과 갈옷을 입는다네. 정치나 형벌에 대한 이야기를 듣지 않고 승진과 좌천에 관여하지도 않으며, 느지막이 일어나고 일찍 잠자리에 든다네. 유유자적하면서 형편에 맞게 움직이거나 쉬니, 내 마음이 이미 편안하다네. 내가 이로서 내 몸을 마칠 것이니, 아마도 도연명이 '이안'이라 한 뜻과 가까울 듯하네. 이 때문에 내가 내 집의 이름을 삼은 것일세."

_이민구, 「이안당의 서문(易安堂序)」(『동주집』 94:281)

　　허포는 너무 높지도 너무 낮지도 않는 중용의 삶을 지향하겠다고 하였다. 이를 보면 이안당은 마포와 용산 사이의 언덕 용산이 서쪽으로 뻗어내리는 곳, 곧 오늘날 마포역 동쪽 언덕에 있었던 것으로 추정된다. 임숙영의 상량문에 따르면 이수광이 이안당을 소유하고 있을 때 아름다운 꽃나무를 심었다고 하였는데, 허포의 이안당 역시 꽃이 아름다웠다. 양류楊柳, 분죽盆竹, 광송光松, 천엽류千葉榴, 백류화白榴花, 동백冬柏,

치자梔子, 월계화月季花 등 당시 한양에서 구하기 쉽지 않은 진귀한 꽃나무가 화분에 심겨져 있었다.[58]

허포의 이안당은 이민구 외에 신익성申翊聖, 심동귀沈東龜 등의 시회가 열리던 공간이었다. 용산에 별서를 둔 심동귀는 1649년 무렵 허포의 정자에서 이민구의 시에 차운하여 다음과 같은 시를 지었다.

정자는 마포 입구의 산자락에 있는데
보내온 아름다운 시구 강산을 움직일 듯.
배들은 여러 산봉우리 너머 정박해 있는데
풀숲은 두 강물 가운데를 가르고 있네.
나부끼는 들판 주점의 깃발은 술을 부르는데
안개비 내리는 강마을 어부는 고기 잡고 돌아오네.
신선의 무리인 허연許椽은 원래 속된 사람 아니니
시인을 마주하여 늘 한가하기만 하네.
亭在麻姑浦口山 寄來佳句動江關
帆檣半落群峯外 草樹中分二水間
野店風帘呼酒去 沙村烟雨打魚還
仙曹許椽元非俗 相對騷翁一樣閑
_심동귀, 「허유선의 이안정에서 동주의 시에 차운하다(許惟善易安亭, 次東州
韻)」(『청봉집晴峯集』 b25:360)

심동귀는 이안당을 이안정이라 하였는데 같은 곳이다. 마고포麻姑浦는 마포요 그 입구의 산이라 한 것은 용산을 가리킨다. 용산 서쪽 자락에 이안정이 있었음을 알 수 있다. 심동귀는 이민구가 보내온 시를 칭송하면서 이민구가 배움에 힘썼던 두보杜甫의 시풍이 나도록 시어를

58) 이민구, 「許亭賦八物」(『동주집』 94:179). 여기서 이른 許亭은 허포의 집을 가리키는 것으로 본다.

사용하였다. 그러면서 허포를 산수 유람을 즐겼던 진晉의 허순許詢(허연 許椽으로도 적는다)에 비의하고 허포가 시인 이민구와 더불어 한가한 삶을 누리는 것을 칭송하였다.

이보다 앞서 이민구는 1648년 수명정水明亭으로 집을 옮겼다. 처음 살던 집이 너무 좁고 지대가 낮았기에 그리 멀리 떨어지지 않은 수명정으로 옮긴 것으로 보인다.[59] 그리고 자신이 우거하게 된 수명정을 빛내는 글을 지어 붙였다. 먼저 한강에서 가장 아름다운 마포와 마포에서 가장 빼어난 수명정을 다음과 같이 기렸다.

한강 물가에는 빼어난 땅이 많다. 삼포三浦(마포)의 봉우리에 올라서 눈길을 돌려 바라보자. 동작, 노량, 와구瓦丘, 용산에서부터 아래로 현석, 서강, 죽리에 이르기까지 십 몇 리 사이에 높은 산을 등지고 깊은 물에 임해 있어 먼 산과 가까운 모래톱이 평평하고 아득하게 뻗어 있는 경치는 대개 한가지지만, 삼포가 그 가운데 있어서 마치 높은 언덕을 차지하여 저잣거리의 이익을 농단하는 것과 같으니, 한 번 노닐면서 조망하면 아래위의 아름다움을 다 누릴 수 있다. 한강의 물가에서 빼어난 곳으로는 삼포가 정말 이를 독차지하고 있다 하겠다. 이 때문에 도성 안의 좁고 더러운 곳을 싫어하고 한가하고 텅 빈 곳을 좋아하는 사람들이 모두 이곳으로 나와 정자를 짓는다. 기둥과 서까래가 이어지고 겹겹이 솟구쳐 높다랗게 마주하여 모두들 명성을 날리고 있다. 그러나 물 가까운 곳은 지대가 낮아 먼 곳을 조망하기에도 맞지 않고 위태하게 굴러 떨어질 우려도 있으며 비린내와 똥냄새가 풍기기도 하고 이익을 다투느라 소란스러워 우리의 눈과 귀를 날마다 어지럽게 한다. 그래서 전체적으로 온전한 것을 원하는 이들은 병통으로 여긴다.

다만 수명정은 높은 산자락을 베고 있고 여러 언덕 꼭대기에 걸터앉

---

59) 이민구, 「水明亭移居」(『동주집』 94:185).

아 있어 삼강三江(마포의 한강을 이르는 말)이 그 발꿈치에서 휘돌고 쌍도(여의
도와 밤섬)가 그 앞을 마주하고 있다. 목멱산과 백악산, 부아산負兒山, 질마재
馬鞍, 지주대砥柱臺, 잠두봉蠶巖, 계양桂陽과 시흥始興의 산들이 좌우에 포진
하고 있다. 배들이 다 몰려들고 사람들이 모두 모이며 여염집과 골목길
이 얼기설기 얽혀 있어, 물고기 비늘 같기도 하고 벌집 같기도 하다. 이
모든 것이 우리가 아침저녁 일용할 수 있는 구경거리로 들어온다. 여러
정자가 기둥과 서까래를 잇고 있는 것들도 또한 모두 손가락으로 가리키
는 범위 안에 있다. 그러니 수명정 여러 정자 중에 제일이라는 것은 당연
히 이론의 여지가 없다.

저 한강 물가의 빼어남 중에 삼포가 그 아름다움을 독차지하고 여러
정자가 명성을 날리는 가운데서도 수명정이 최고니, 그 주인이 된 자는
반드시 하늘의 온전함을 차지하고 있다고 하겠고 맑은 복을 넉넉히 누리
고 지극한 즐거움을 가지고 있다 하겠다. 이 시대의 사람들과 능히 오래
독차지하고 있는 것들과 아등바등할 것이 없다. (하략)

_이민구, 「수명정기水明亭記」(『동주집』 94:311)

조선시대 왕실의 기와를 굽던 와서瓦署가 있어 생긴 동네인 와구瓦丘
가 한강대교 북단에 있었다. 다시 그 서쪽으로 용산, 현석, 서강, 죽리
로 이어진다. 그 가운데 용산과 현석 사이의 마포의 풍광이 가장 아름
다운데, 수명정은 마포의 산기슭에 있다고 하였으니, 마포역 동쪽의 언
덕일 것이요, 이안당과 위치가 거의 비슷하다.

이민구는 한강 중에서 마포가 가장 아름답고 마포의 여러 정자 중
에서 수명정이 가장 빼어남을 거듭 칭찬하였다. 그리고 이어지는 글에
서 수명정의 연혁을 밝혔다. "처음 만력萬曆 병진년(1616), 이부좌시랑吏
部左侍郎 비천泌川 박 공朴公이 실로 이 정자를 창건하였는데, 아들 병부
좌시랑兵部左侍郎 대호 공大瓠公이 담장과 지붕을 증축하였고, 그 손자 봉
화 군奉化君에 이르러 사또 벼슬을 버리고 이곳으로 돌아왔다. 이제 3대

39년 사이에 구조는 더욱 견고해지고 마당은 더욱 정비되어 터가 기울지 않고 집이 무너지지 않았으니 어찌 어려운 일이 아니었겠는가?"라 하였다. 이를 보면 이민구가 차지하기 이전 수명정은 1616년 박이서朴彝叙가 처음 세웠고 그 아들 박노朴蕡가 담장과 건물을 증축한 것임을 알 수 있다. 박이서(1561~1621)는 본관이 밀양이고 자는 석오錫吾, 호는 비천泌川이며 참판을 지냈다. 연행燕行에서 돌아오다가 배가 침몰하여 세상을 떴는데 망해암望海菴에 그의 초상을 모셔 그 넋을 위로한 고사가 전한다. 그 아들 박노(1584~1643)는 자가 노직魯直이고 호가 대호大瓠이며 그 역시 참판에 올랐다.[60] 그런데 박노의 신도비명에는 1619년 박이서가 안동부사로 있다가 벼슬을 그만두고 마포에 수명정을 지은 것으로 되어 있으니[61] 수명정 자체는 1619년 완공된 것으로 보아야 할 듯하다.

박이서와 박노가 주인으로 있을 시기 이미 수명정은 유근柳根, 이경전李慶全, 심희수沈喜壽, 박미朴瀰 등 당대 명가의 시로 꾸며졌다.[62]

두보가 예전 수명루를 말하였으니
공께서 정자 이름 단 것도 유래가 있네.
흰 비단 펼쳐진 곳에 옥거울 잠겨 있고
맑은 안개 흩어지는 곳에 갈매기 나네.
빈방은 흰빛이 돌아 밤은 대낮 같은데
조촐한 궤안은 티끌 없어 여름도 가을이라.
하나의 신묘한 기운이 한밤에 남아 있으니
맑은 빛을 늘 여기에서 찾을 수 있으리라.

---

60) 손자 봉화 군은 봉화군수를 지낸 인물로 보이인데 아마 朴守玄인 듯하다.
61) 任相元, 「兵曹參判朴公神道碑銘」(『恬軒集』 148:482). 박노의 경저는 桃渚洞에 있었는데 復初軒이라 하였고 그곳에서 숨을 거두었다.
62) 이경전, 「四月二十八日, 繼遊水明亭」(『石樓遺稿』 73:352) ; 심희수, 「題朴錫吾江亭」(『一松集』 57:231) ; 박미, 「次韻魯直水明亭夜飮」(『汾西集』 b25:32).

杜陵曾說水明樓 公又名亭信有由
澄練平鋪涵玉鏡 晴烟忽散起沙鷗
室虛生白宵如畫 几淨無塵夏亦秋
一氣孔神中夜在 淸光長向此間求
_유근, 「마포의 수명정에 쓰다. 동지 박이서의 정자다(題麻浦水明亭, 朴同知彝
敍亭也)」(『서경집西坰集』 57:464)

수명정은 두보의 「달(月)」에서 "새벽녘 산이 달을 토해 내니, 남은 밤
물빛에 누각이 환하네(四更山吐月 殘夜水明樓)"라는 유명한 구절에서 가져
온 것이다. 그곳에서 박이서가 장자莊子가 이른 허실생백虛室生白의 맑
은 마음으로 살아감을 칭송하였다.[63]

이민구도 마음이 이와 같았으리라. 수명정에서 계속 기거하였는지
는 확인하기 어렵지만, 이민구가 서호에서 지은 시를 모은 『서호록』에
만년 작품까지 실려 있으니 생을 마칠 때까지 수명정을 자주 출입하였
을 것이다.

박이서 부자가 살다가 이민구가 우거한 수명루는 훗날 이덕무李德懋
로 인하여 다시 한 번 명성을 날린다. 1754년부터 이태 동안 외숙 박순
원朴淳源이 주인으로 있던 수명정에 기거하였는데 박순원이 반남 박씨
니, 밀양 박씨의 수명루가 이 시기에 다른 집안으로 넘어갔음을 알 수
있다. 그럼에도 이덕무가 밀랍으로 윤회매輪回梅를 만든 곳이 바로 여
기였으니, 우리 문화사에서 그 의미가 크다 하겠다.[64]

---

63) 앞서 본 대로 심동귀의 아들 沈攸와 손자 沈漢柱가 17세기 후반 용산에 수명
루를 경영하였다. 이민구의 문집에 보이는 「水明樓十二詠」(『동주집』 94:211)이
이를 노래한 작품이다. 마포의 수명정은 17세기 중반 이민구가 우거한 이후
문헌에서 확인되지 않는다. 이로 보아 마포의 수명정이 주인을 잃고 폐치될
무렵 심유가 용산에 수명루를 세웠을 것으로 추정된다. 李德懋가 마포의 수
명정에 기거한 적이 있는데 수명정 대신 수명루라고도 썼다.
64) 李德懋, 「輪回梅十箋」(『청장관전서』 259:109)에 자세한 기록이 보인다.

6. 이경엄과 유만웅의 만휴정

이성구가 선유봉에 우거하던 시절 만휴암을 경영하였음은 위에서
본 바 있다. 이 무렵 만년의 휴식이라는 뜻의 '만휴'라는 이름을 좋아한
문인들이 제법 있었다. 17세기 임간林堈의 만휴정晩休亭이 여러 문인들
의 글에서 보이거니와,[65] 박태상朴泰尙, 조사석趙師錫 등 이름난 문사들
이 만휴를 호로 삼은 바 있다. 현석동에도 만휴정晩休亭이라는 이름난
정자가 있었으니, 이호민李好閔의 아들 이경엄李景嚴이 그 주인이었다.

이호민(1553~1634)은 본관이 연안이고 자가 효언孝彦, 호는 오봉五峯이
널리 알려져 있는데 남곽南郭, 수와睡窩 등도 사용하였다. 전란의 와중
에 중국과의 외교 업무를 잘 처리하여 중국 황제로부터 황금을 하사받
았고 이를 가지고 훗날 양주 풍양豐壤 월음리月陰里의 선영 아래 창사정
彰賜亭을 건립한 고사가 잘 알려져 있다. 이보다 앞서 1599년 정유재란
이 끝난 후 외교업무를 보러 의주의 용만龍灣에 갔다가 5월 도성으로
돌아왔을 때, 벼슬에서 물러나 쉬고자 하였는데, 그 공간이 바로 서호
였다. 서호의 즐거움을 우리말 노래 「서호가西湖歌」에 담았다.

> 기해己亥 윤사월에 용만에 봉사奉使하여
> 오월에 돌아와 복명復命을 하오리라.
> 금곡金谷 와 배를 타 서호에 들어오니
> 강산은 의구하고 풍색風色이 어떠하뇨.
> 군은君恩이 그지없어 삼순三旬을 놀리시니
> 장하강촌長夏江村의 와실蝸室이 소조蕭條하여
> 시문柴門이 본디 없어 밤인들 닫을쏘냐.

---

65) 이식, 「寄題林東野堈晩休亭, 亭在朴思菴平遠堂舊基對岸」(『澤堂集』 88:72) ; 장
유, 「晩休堂十六詠, 爲林東野賦」(『谿谷集』 92:551). 이 만휴정 혹은 만휴당은
나주에 있던 정자다.

발이 하 섞이니 물 보기 더욱 좋다

소루小樓에 누웠으니 크나큰 천지를 베개 위에 다 보노라.

처마 하 짧으니 석양도 들거니와 빗발도 들이친다. (중략)

영욕榮辱을 다 지내고 일신이 무양無恙커니

사상부추沙上鳧雛와 죽근치자竹根稚子들은 그 더욱 어여쁘다.

남산南山에 우갈雨渴커늘 먼 눈으로 바라보니

관악冠岳 산광山光은 만고에 한 빛이로다.

희는 듯 검은 것은 알겠으니 구름이로다.

저 구름 지난 뒤면 저 뫼를 고쳐 볼까.

율도栗島에 안개 걷고 양화楊花에 해 지거늘

문군文君아 내 옷 다오, 종문宗文아 막대 다오.

전 나귀 채찍 없이 종무宗武를 뒤세우고

강변의 내다르니 만랑晩浪이 더욱 좋다. (하략)

도성의 집으로 가지 않고 배를 타고 바로 서호의 집으로 온 것은 한 달의 휴가를 얻었기 때문이다. 비록 달팽이집처럼 작은 방이지만 그곳에서 한가하게 사는 즐거움을 이렇게 노래했다. 밤섬과 양화나루, 남산과 관악산이 보이는 곳에 그의 별서가 있었음을 이 노래에서 알 수 있다.

또 이 노래에서 문군文君은 탁문군卓文君으로 자신의 아내를 지칭하고, 종문宗文과 종무宗武는 두보의 두 아들로 자신의 아들을 가리킨다. 종문이라 한 아들은 바로 이경엄(1579~1652)이다. 자가 자릉子陵이고 호는 현기玄磯인데 현석동의 낚시 바위라는 뜻인 듯하다. 중년 시절 양근陽根에 사천장斜川莊을 경영하였는데 이를 그린 그림을 두고 당시 문인들의 글이 많이 남아 있다.

이경엄이 부친으로부터 물려받은 서호의 별서에 만휴정을 경영한 것은 망칠望七의 나이인 1640년 무렵이었다. 만휴는 만년에 휴식을 취한다는 뜻이니 느지막이 물러나 쉬겠다는 마음과 잘 어울린다. 인근에 살던 이민구는 만휴정에 붙인 글에서 휴식에는 빠르고 늦은 것이 없고 오직 마음의 휴식 심휴心休와 육체의 휴식 신휴身休가 다르다고 하였다. 심휴는 마음의 참된 뜻을 따라 밖으로 사모하는 것이 없고 안으로 가슴앓이를 하는 일이 없는 것을 이르는 말이요, 신휴는 한가하게 지내면서 공무에 바삐 쫓겨 다니지 않는 것을 이른다고 하면서 신휴는 빠르고 늦은 것이 있지만 심휴는 그렇지 않다고 하였다. 아울러 이경엄의 휴식은 신휴를 이르는 것이지만 심휴까지 이루었음을 칭송하였다. 그리고 이 만휴정의 연혁을 이렇게 설명하였다.

> 연천延川 이자릉李子陵이 조정의 반열을 두루 거쳐 비단 관복을 입고 고관의 지위에 올랐다. 벼슬에 임하여 일을 맡고 있었지만 거처하는 곳은 반드시 임원林園의 빼어남을 갖춘 집이었으니 날마다 휴식하는 것이 우아하였다. 이에 망칠의 연세에 서호의 동쪽 언덕에 있는 땅을 차지하고 정자 세 칸을 지었다. 겨울을 지낼 따뜻한 온돌방과 여름을 보낼 시원한 마루의 구역이 완비되었다. 마침내 그 이름을 만휴정이라 하였다. 대개 아침저녁 휴식하면서 수양하겠다는 뜻을 깃들인 것이다. 강산의 아름다움과 사계절의 볼거리가 앉은자리와 마당에서 모두 거두어지니 이로써 눈과 귀를 즐겁게 하였다. 스스로 즐거움을 삼은 것이 어찌 온전하고 알차지 않겠는가? 정자의 아래위 동서의 강가에는 화려하고 훤칠한 누각들이 서까래를 잇고서 첩첩히 솟아 있지만 모두 늘 그 문이 잠겨 있어 두드려보아도 텅 빈 채 사람이 없다. 그 이웃에게 물어보면 어떤 이는 도성 안에 기거한다고 하고 어떤 이는 사방에 벼슬살이를 한다고 한다. 끝내 그 휴식을 조화롭게 하지 못하고 먼지구덩이에서 늙어죽고 말며 정자는 타인의 손에 넘어간다. 그렇지만 오직 자릉은 젊어서부터 한가함을 탐내어 늙어서도 더욱 심했다. 날마다 벗님과 손님들과 이 정자에서 술잔을 기울이고 시를 읊조리면서 스스로의 호를 만휴옹晩休翁이라 하였다.
> _이민구, 「만휴정기晩休亭記」(『동주집』 94:306)

만휴옹을 자부했지만 이경엄은 사실 쉴 겨를이 많지 않았다. 망칠웧
七의 나이에도 동지의금부사, 판결사判決事로 바쁜 나날을 보내야 했고
그 사이 일을 잘못 처리하여 욕을 먹기도 하였다. 1641년에는 원두표元
斗杓와 함께 북경에 사신으로 갔다 와 연천군延川君에 봉해졌고 1644년
에는 한성부 우윤 등의 벼슬을 하느라 만휴정에서 휴식을 취하지 못하
였다. 이민구가 그렇지 않다고 말하였지만 그의 만휴정 역시 이웃한
고관대작의 정자처럼 늘 문이 잠긴 채 비어 있을 때가 많았을 것이다.
그리고 이경엄은 1652년 세상을 떠났다.

그나마 만휴정으로서 다행인 점은 친분이 깊던 이경석李景奭이 1655
년부터 이곳에 우거하였다는 사실이다. 이경석은 1650년 산성을 수리
하면서 청에 대한 설치雪恥의 꿈을 다지다가 청나라 사신이 문제 삼자
의주의 백마성白馬城에 위리안치되었다. 이듬해 벼슬을 하지 않는다는
조건을 달아 도성으로 들어와 영중추부사 등 한직을 맡아 가끔 자문에
응하였다. 그런 시절이니 이경석이 오히려 만휴정의 진정한 주인이 될
수 있었다. 그리고 이경엄이 세상을 떠난 후에도 자주 이곳으로 나와
휴식을 취하곤 하였다.

뜻이 어찌 청운에 빌붙으랴
이 신세 이제 백발이 드리웠는데.
강호는 내 즐거운 곳이요
풍월은 누가 다투겠는가!
한가한 곳이라 객들이 많이 오고
빈 정자라 주인이 그 누군가?
물러나고 나아감은 정해진 것 없으니
마음 맞는 대로 도를 따르리.
志豈靑雲附　身今白髮垂
江湖余樂也　風月孰爭之

閑處客多駐 空亭主是誰

行藏本無定 適意道相隨

_이경석, 「만휴정으로 나가다(出晚休亭)」(『백헌집白軒集』 95:553)

이경석은 주인 없는 만휴정에서 풍월주인이 되었다. 가끔 조정에
나가기도 하지만 그렇다 하여 그것이 풍월주인에게 흠이 될 것 없다.
일 없으면 물러나 쉬고 일 있으면 도성으로 들어가는 자유로운 삶을
살았다. 그래서 오히려 만휴정의 아름다움이 그의 붓 끝에 아름답게
묘사될 수 있었다.

서쪽으로 서호로 나오니 강물이 맑은데
한가한 정자라 또한 만휴정이라 이름 하였네.
내 몸이 이미 인간세상 허물을 벗었으니
백사장의 가벼운 흰 물새를 배우리라.

西出西湖湖水明 閑亭亦以晚休名

吾身已脫人間累 欲學沙邊白鳥輕

_이경석, 「만휴정으로 나가 우거하다(出寓晚休亭)」(『백헌집』 95:515)

강물도 한가하고 정자도 한가하고 물새도 한가하다. 그런 한가한
삶을 누리겠노라 하였다. 말년에 송시열과 틈이 벌어져 공격을 당하였고
이 때문에 마음이 불편할 때도 많았다. 그럴 때는 바로 만휴정이 위안의
장소가 되었으리라. 이경석은 이렇게 살다가 1671년 세상을 떠났다.

이경석보다 거의 20년 먼저 저세상으로 간 이경엄은 자손이 귀해
거듭 다른 형제에게서 양자를 들여와야 했다. 만휴정도 다른 집안으로
넘어갔다. 그러한 역사는 유숙기兪肅基(1696~1752)가 자세히 적었다.

만휴정이라는 곳은 작고한 재상 조 공이 서호에 정자를 짓고 만년 돌

아가 쉴 곳으로 삼았으므로 편액을 이렇게 붙인 것이다. 공이 돌아가고
나서 정자는 여러 번 주인이 바뀌었는데 이에 이르러 우리 집안의 소유
가 되었다. 만휴정은 현주玄洲의 동쪽 언덕 양의정兩宜亭 뒤편의 기슭에
있어 삼강三江의 빼어난 곳이 된다. 멀리 산빛을 머금고 나지막이 강물을
끌어당기는 것은 황강黃岡의 죽루竹樓와 같고, 아득한 논밭 사이에 있어
지나는 이들이 지겨워하는 것은 영벽靈壁에 있던 장씨張氏의 정원과 같으
며, 여러 산이 둘러 있어 별이 떠받드는 형국은 마퇴산馬退山의 신정新亭과
같고, 민閩 땅 해상海商들의 배가 풍랑에 일렁이며 아득한 강물과 가물거
리는 안개와 구름 속에 오가는 것은 또 전당錢塘의 유미당有美堂과 같다.
이것이 빼어난 이곳의 대략이다. 부친께서 이곳에 머무시면서 마음에 매
우 흡족해 하셨다. 정자의 이름을 바꾸지 못하게 하고 불초 소생을 시켜
기문을 짓게 하였다.

_유숙기, 「만휴정기晚休亭記」(『겸산집兼山集』 b74:312)

　이 글을 보면 만휴정은 양의정兩宜亭 뒤에 있었다. 양의정은 앞서 본
이안눌의 별서 양의당을 가리킨다. 현주玄洲의 동쪽 언덕이라 하였으니
마포역 동쪽 언덕으로 보아야 할 것이다. 유숙기는 소식蘇軾이나 구양
수歐陽脩, 유종원柳宗元 등의 글에 나오는 황강黃岡의 죽루竹樓, 영벽靈壁
장씨張氏의 정원, 마퇴산馬退山의 초가 정자, 전당錢塘의 유미당有美堂 등
을 들어 만휴정이 그에 못지 않게 아름답다고 칭송하였다. 그리고
그 주인이 재상을 역임한 조 공이라 하였는데 바로 조사석(1632~1693)을
가리킨다. 조사석은 자가 공거公擧이고 호는 만회晚悔, 향산香山, 나계蘿
溪 등을 사용하였는데 만휴晚休라는 호를 사용하였다. 조존성趙存性의
손자이고 신흠申欽의 외손자로, 1687년 이조판서를 거쳐 우의정에 올랐
지만, 1691년 모함을 받아 고성固城으로 유배되어 그곳에서 죽었다. 그
런 그가 만년에 물러나 살던 곳이 바로 이 만휴정이다. 아마도 이경엄
의 후손에게 구입하였을 것이다. 조사석이 이곳에 머물던 시기 가까운

용산에 살던 심유沈攸가 이곳을 방문하고 시를 지은 적이 있다.[66] 심유
와 친분 있던 이지걸李志傑도 1675년 이후 벼슬을 사양하고 서호에 행적
을 감추고 살았다. 그 이전 남산에 살 무렵부터 조사석과 많은 시를 주
고받았고 또 그의 정자를 자주 출입하였다.[67] 그러나 조사석은 역시
그다지 오래 만휴정의 주인노릇을 하지 못하고 세상을 떠났다.

그가 세상을 떠난 후 만휴정은 다시 유명웅兪命雄(1653~1721)의 소유
가 되었다. 유명웅은 자가 중영仲英인데 조사석처럼 만휴정晩休亭을 호
로 삼았다. 1720년 예조판서를 거쳐 한성부 판윤으로 있었는데 숙종이
승하한 것을 계기로 하여 경기감사와 공조판서에 임명되었지만 부임
하지 않고 서호로 물러나려 하였다. 이때 장만한 것이 만휴정이다. 유
명웅은 굳이 만휴정이라는 이름을 버리지 않았다. 그의 아들 유숙기는
그 의미를 이렇게 풀이하였다.

출처出處와 진퇴進退는 벼슬아치의 큰 절도다. 예전 사람들이 젊은 나
이에 영영 떠나가 급류용퇴急流勇退를 한 사람은 그 물러남을 만년까지
기다리지 않았지요. 그러나 어려서 공부하고 장년에 이를 시행하며 만년
에 돌아가 쉬는 것이 애초 출처의 상도라오. 왜냐하면, 어떤 이는 벼슬을
하여 명성을 이룬 후 어려움과 만족을 알아서 늙은 후에 절조를 보존하
려고 생각하기도 하고, 어떤 이는 뜻이 좌절되어 일이 마음대로 되지 않
아서 죽기 전에 물러날 것을 청하기도 하니, 이 때문에 물러나 쉬는 것은
늘 만년에 있는 법이지요. 가장 어리석은 자는 이에 정자 이름을 빌려
스스로 자랑하면서도 끝내 그 자신은 하루도 돌아가 쉬지 못하니, 저렇
게 큰 글씨를 써서 높이 걸어놓은 것도 담장과 벽 사이에 하나의 간판에
지나지 않는다오. 나는 조 공이 정자의 이름을 붙인 뜻이 이 여러 가지
중에 어느 것에 해당하는지는 알지 못하겠소. 우리 어르신은 벼슬살이에

---

66) 심유, 「題趙相國師錫晩休亭」(『梧灘集』 b34:354).
67) 이지걸, 「次晩休江亭題壁韻」(『琴湖遺稿』 b40:299).

대한 마음이 담박하여 비록 현달한 지위에 이르렀지만 늘 만년의 절조를
지키기 어렵다는 경계를 가슴에 품었기에, 물러나 살고자 하신 뜻이 늙
을수록 더욱 깊어갔다오.

　_유숙기, 「만휴정기晩休亭記」(『겸산집』 b74:312)

그리고 유만웅이 숙종이 승하한 후 만휴정에 기거하면서 어부들이
나 사공들과 어울리고 백사장의 새와 강물 속의 물고기와 벗하여 안개
낀 파도와 구름 속 달빛을 좇으면서 늙겠다는 뜻을 밝혔다. 유숙기는
부친의 명을 받들어 이런 내용의 기문을 지어 만휴정에 걸었다.

이 기문을 본 어떤 사람이 칭송이 과다하다고 나무랐다. 이안눌의
양의정과 비교하면 태산 앞에 있는 개미굴과 같다고 하였다. 이에 유
숙기는 양의정이 너무 트여 있어 오갈 수는 있겠지만 오래 머무를 수
없다고 하였다. 그리고 "우리 정자에서 바라다보이는 것은 양의정의
1/3밖에 되지 않지만 조망의 빼어남은 조금도 손색이 없소. 그러니 면
세가 평온하고 지형이 감싸안고 있어서 사계절 거처하면서도 지겹지
않다오. 주자 선생께서 여산廬山의 빼어남을 자주 칭찬하면서도 사람
사는 곳이 아니라 여겼기에 지나치게 맑아 오래 머물 수 없다고 하셨
소. 지팡이를 짚고 신발을 끌면서 머물러 쉰 곳은 매번 무이산武夷山 한
천寒泉이었다오. 마음에 맞는 곳은 굳이 멀리 있을 필요가 없다오"라
하여 거주 공간으로는 만휴정이 낫다고 하였다. 오히려 무너져버린 양
의정 터를 자신의 정원으로 삼아 바람 불고 달빛 고운 저녁 흥이 일면
양의정에 오르면 된다고 하였다. 그러나 만휴정의 역사는 유숙기 당대
에 그쳤으니, 그 후사는 기록에서 보이지 않는다.

7. 이옥과 이만부 부자의 족한정

당파 싸움이 치열하였던 숙종 연간 서호는 정치 현실로부터 벗어나 잠시나마 휴식을 취하는 공간이었다. 남인의 학자 이옥李沃(1641~1698)도 당쟁이 치열한 17세기 후반 서호로 물러나 살았다. 이옥은 이관징李觀徵(1618~1695)의 아들로 자는 문약文若, 호는 박천博泉이라 하였다. 부친과 함께 허목許穆 등과 남인을 이끌었는데 송시열의 극형을 주장하다가 회령會寧에 유배되었다. 갑산甲山 등 함경도 골짜기에서 떠돌다가 1686년 전라도 곡성谷城으로 옮겨졌다. 그리고 1689년 기사환국己巳換局으로 남인이 집권하자 부친과 더불어 조정으로 복귀하였다.

이때 이옥은 승지에 임명되었는데 잠시 도성 서쪽 근동芹洞에 기거하다가 서호에 족한정足閒亭을 짓고 그곳에 머물렀다. 엄경수의 「연강정사기」에서 복파정 동쪽 몇 리 되는 곳에 있다고 하였으므로 서강나루 강변에서 신정동으로 가는 지점에 위치한 것으로 추정된다.[68] 이옥은 이곳에 기거하면서 지은 시문을 『강상록江上錄』으로 엮었는데 그 서문에서 이렇게 밝혔다.

내가 남쪽 고을에서 돌아온 후 세상에 더욱 뜻이 없었다. 그저 부자父子가 사면을 받은 것만으로도 성은에 감격하였으니 감히 밝은 시절에 영영 작별할 수 없어 서강 강가의 언덕 하나를 골라 집을 짓고 정자의 편액을 족한정이라 하였다. 고인이 "인생에서 만족을 기다리면 언제 만족할 수 있겠는가, 늙기 전에 한가로움을 얻어야 그제야 한가로운 것을(古人人生待足何時足, 未老得閒方是閒)"[69]이라 한 구절을 취하여 스스로 뜻을 보인다.

---

68) 서울시사편찬위원회의 『서울의 누정』에는 足澗亭이 마포구의 신정동에 있다고 하였는데 足澗亭은 족한정의 오류로 보인다. 마포의 신정동에 족한정이 있다는 것이 근거가 있다면 아마도 와우산 기슭, 광흥창역 인근일 것이다.

69) 이 구절은 중국의 시화서에 나오는 구절로 작가는 알려져 있지 않다. 『春明逸史』에 따르면 華城 행궁에 있는 壯南軒 벽에 曹允亨이 초서로 이 시구를

　　_이옥, 「강상록의 서문(江上錄序)」(『박천시집博泉詩集』 b44:207)

　족한정은 만족을 알아 한가함을 누리는 집이었다. 이옥은 아들 이
만부李萬敷(1664~1732)와 함께 족한정에서 살았다. 이만부는 자가 중서仲
舒로, 1697년 고향인 상주의 노곡魯谷 식산息山에 물러나 식산을 자신의
호로 삼았는데, 이때까지는 서호에 머물면서 강학에 몰두하였다. 이만
부는 이때의 삶을 다음과 같이 회상하였다.

　　기사년(1689) 4월 불초가 서호의 강가에 조그만 집을 엮으려 하였다.
　피폐한 언덕 하나가 강가에 있는데 풍광이 상쾌하였다. 부군께서 이곳에
　올라보고 즐거워하셨다. 마침내 약간의 재물과 바꾸었다. 불초가 정자
　하나를 엮었는데 부군께서 고시에서 "인생에서 만족을 기다리면 언제 만
　족할 수 있겠는가, 늙기 전에 한가로움을 얻어야 그제야 한가로운 것을"
　이라 한 말을 취하여 족한정이라 하였다. 또 치정공致政公(이관징)으로부터
　바람과 구름은 값이 없고 물고기와 새는 욕심을 잊었다는 "풍월무가風月
　無價 어조망기魚鳥忘機"라 크게 쓴 여덟 글자를 받아 벽에다 걸었다.
　　_이만부, 「과정록過庭錄」(『박천시집』 b44:331)

　이관징은 이때 72세의 노령이었지만 조정으로 복귀하여 좌참찬과
예조판서를 지내고 있었다. 그러나 그 역시 만족을 알고 한가하게 살
려는 뜻을 잊지 않았다. 풍월은 그 값을 따질 수 없다는 말과 새와 물
고기처럼 욕심을 내지 않고 살겠노라는 말을 적어둔 것이다. 그 아들
이옥은 시를 지어 족한정에 붙였다. 물러나 한가하게 지내고자 하는
뜻을 깃들였다.

썼두었다고 한다.

천지가 내 옹졸함을 받아들여
강 곁에 언덕 하나 차지하였네.
늘 가난하니 안회처럼 즐기고
물러나도 범중엄처럼 근심한다네.
둥실둥실 오리와 갈매기 떠다니는데
도도하게 한강 물은 흘러가누나.
승지의 일도 모두 분수 넘는 일
끝내 다른 것을 구하지 않으리.

天地容吾拙 湖山占一丘
常貧顏氏樂 雖退范公憂
汎汎鳧鷗在 滔滔江漢流
絲毫皆分外 終願不他求

도성에서 10리도 되지 않는 곳
누대가 높은 언덕 무려 몇 채인가!
절로 기둥 셋 작은 집 지었으니
능히 만고의 시름을 녹일 수 있네.
관악산 달 오르면 술동이 열고
한강물 흐르는 곳에 발을 씻으리.
옛 성현들 나와 뜻이 같으리니
즐겁게 책 속에서 찾아보아야지.

國城無十里 臺榭幾高丘
自結三椽屋 能消萬古憂
開尊冠岳月 濯足漢江流
昔哲同吾志 欣然卷裏求

_이옥, 「족한정에서(足閒亭)」(『박천시집』 b44:207)

족한정은 화려한 누각 사이에 기둥이 셋인 조그마한 건물이었다. 가난하지만 안회顔回의 안빈낙도安貧樂道를 따르고, 승지의 벼슬을 맡고 있으니 범중엄范仲淹처럼 조정에서 물러나도 사직을 근심한다고 했다. 그리고 가장 큰 소원은 영영 벼슬에서 물러나 성현의 책이나 읽으면서 사는 일이라 했다.

이옥은 족한정에서 무척 많은 시를 지었다. 부친 이관징, 숙부 이정 징李鼎徵, 아들 이만수李萬秀와 이만부, 손자 이식李湜 등과 시회를 가졌 다.[70] 특히 이만부의 형인 이만수(1658~1711)는 자가 군실君實이고 호가 소재素齋인데 벼슬길에 나가지 않고 아예 족한정에서 기거하였다.[71] 이 와 함께 이옥은 이현석李玄錫(1647~1703) 등의 벗들에게 족한정을 빛낸 글을 구하여 처마 밑에 걸었다.[72]

10년 떠돌던 나그네여
밝은 시절 고향으로 돌아왔네.
시서詩書는 고요함을 즐기게 해주고
한강물은 그윽한 근심을 풀어준다네.
물 위의 달은 창을 적시며 돌아들고
산 위의 구름은 난간을 끼고 흐른다네.
이름난 정자 편액과 기문을
무슨 일로 거듭 구하려 드시나?

十載萍流客 明時返故丘

詩書娛靜癖 江漢寫幽憂

水月涵窓轉 山雲傍檻流

---

70) 이옥, 「湖亭侍家大夫, 會堂叔從君玩景賦詩, 奉次堂叔韻」(『博泉詩集』 b44:208).
71) 이만부, 「伯氏素齋公墓誌銘」(『息山集』 178:439).
72) 이현석은 자가 夏瑞이고 호가 游齋인데 이성구의 손자고 李尙揆의 아들이 다. 이옥이 이상규의 아우인 李同揆의 사위니 이현석은 처가로 연결된 인척 이기도 하다. 그래서 이현석은 가끔 이 족한정을 찾아 시를 주고받았다.

名亭題扁記 何事錯相求
_이현석, 「이문약 대감의 족한정 시에 차운하다(次李文若台足閑亭韻)」(『유재
집游齋集』 156:410)

이현석은 이옥이 족한정에 붙인 시에 차운하여 10년 떠돌이 생활을
청산하고 족한정에서 한가한 삶을 누리는 이옥을 칭송하였다. 마지막
연에서 이른 대로 이현석은 시와 함께 다음과 같은 기문을 지어 보냈다.

　"인생에서 만족을 기다리면 언제 만족할 수 있겠는가, 늙기 전에 한가
로움을 얻어야 그제야 한가로운 것을." 이는 깨달음을 얻은 자의 말이다.
그렇다면 왜 '기다린다'고 하고 또 '언제'라는 말을 사용하였나? 대개 구
하려고 해도 되지 않아 그만두려고 생각하였기 때문이니, 만족을 아는
사람은 아니라 하겠다. 노자는 "만족을 알면 늘 부족함이 없다"고 하였으
니 이 말이야말로 족한정의 주인에게 가깝다. 벼슬이 2품인데 남들은 부
족하다 하지만 공은 스스로 만족한다고 하였고 집이 몇 칸밖에 되지 않
아 남들은 누추하다 하지만 공은 또한 만족한다고 하였다. 만족하므로
더 구하지 않고, 더 구하지 않으니 마음이 한가하다. 기다릴 것이 없이
만족하고 늙기 전에 한가하니 이것이 만족과 한가함을 누리게 되는 까닭
이다.
　그렇다면 도성 안에 집을 짓고 살아도 이 이름을 붙일 수 있는데 굳이
강호를 고집할 것이 있겠는가? 이렇게 묻는다면 답한다. 사람이 만족하
는 것은 도성 안이라도 그럴 수 있지만 집이 만족스러우려면 반드시 강
호를 기다려야 한다. 안개와 구름이 처마와 지붕 아래로 고운 자태를 바
치고, 파도와 물결이 마루와 섬돌 앞에 그림자를 일렁이며, 수증기가 옷
에 피어나고 파도소리가 베개를 흔들면, 사람의 눈과 귀를 맑게 하고 가
슴을 상쾌하게 하리니 속세의 더러움을 깨끗이 씻게 된다. 이것이 정말
이 집이 만족스러운 점이다. 강호에 사는 사람들을 둘러보면 그 누군들

이러한 만족스러움이 있지 않겠는가마는, 이를 끌어당겨 누릴 수 있는 사람은 오직 한가한 사람만이 가능하다. 주인처럼 한가함에 유유자적하지 못한다면 어찌 족히 이를 즐길 수 있겠는가? 몸이 한가함은 만족을 통하여 생겨나고 집의 만족은 한가함을 통하여 차지하게 된다. 이는 저 강호를 버리고는 되지 않을 것이다.

　　주인이 빙그레 웃고 말하였다. "그 설이 참으로 아름답소. 이것이야말로 족한정의 기문으로 삼을 만하오."

　　_이현석, 「족한정기足閑亭記」(『유재집』 156:544)

이현석은 족한의 뜻을 노자가 이른 "족함을 아는 족함이 늘 족함이다(知足之足常足)"라는 말에서 구하였다. 한가하여야 만족을 알고 만족할 줄 알아야 한가하게 살 수 있다고 하였다. 그리고 이러한 삶을 위해서는 반드시 아름다운 강산의 도움이 필요하다고 하였다. 이옥은 벗이 지어준 기문을 보고 크게 만족하였으니 자신의 기문과 함께 나란히 처마 밑에 걸었을 것이다. 또 권두경權斗經으로부터 받은 시도 함께 걸었을 것이다.[73]

족한정은 그 후에도 명성이 높았다. 이만수李晩秀가 1818년 무렵 인근 죽리관竹里館에서 지은 시에서 "읍청루 아래 노를 놓고 노래 부르다가, 족한정 앞에서 배를 멈추고 밥을 먹노라(把靑樓下放櫂歌 足閑亭前停舟飯)"라는 시를 지었고,[74] 박영원朴永元이 말년에 지은 시에서 "백사장의 물새와 바람 받은 배는 매일 왕래하는데, 족한정 정자는 사람이 와서 열어주길 기다리네(沙鳥風帆日往來 足閑亭子待人開)"라 하였다.[75] 이를 보면 19세기 중반까지 족한정이 건재했음이 분명하다. 1844년 제작된 「한양가」에서도 "족한정 탁영정과 별영 안 읍청루라"라 하였으니 이 시기 윤기

73) 권두경, 「博泉李參判沃求題西湖足閑亭次韻奉贈」(『蒼雪齋集』 169:38).
74) 이만수, 「與諸公舟下西江共宿竹里舘」(『屐園遺稿』 268:53).
75) 박영원, 「趙台德卿, 用淸水洞韻, 見寄又和以謝」(『梧墅集』 302:300).

尹愭의 탁영정濯纓亭, 용산별영의 읍청루挹淸樓와 함께 서호를 대표하는 정자였던 것이다. 다만 18세기 이래 족한정의 주인이 누구인지는 확인되지 않는다. 주인의 이름을 밝힌 글이 보이지 않으니 주인은 아마 경제력을 갖추었겠지만 문학적 재능은 시원찮았던 모양이다.

8. 박세채와 박필성의 창랑정

노론 강경파로 남인 이옥과는 당론을 달리하였던 윤봉조尹鳳朝
(1680~1761)는 만년에 형 윤봉소尹鳳韶(1678~1731)가 경영한 현석동의 만호
정晩湖亭에 잠시 기거하였다. 당색이 달라도 '만호'나 '만휴'는 그 뜻이
다르지는 않다. 윤봉조는 1727년 정미환국이 일어나자 제주도와 전라
도 영광으로 이배되었다가 1730년 석방되었다. 이때 도성으로 들어가
지 못하여 서호에 거처하게 되었다. 형과 장조카 윤심형尹心衡, 아들 윤
심재尹心宰, 종제從弟 윤봉오尹鳳五, 그 밖에 강계부姜啓溥, 성진령成震齡, 신
처수申處洙 등과 시주詩酒로 소일하였다.[76] 그가 만호정에서 지낼 때 현
석동 일대에 살던 선배 문인에 대해 소개한 바 있다.

현석강은 영험한 기운이 있어
예로부터 뛰어난 집이 많았지.
석주와 함께 현주가 있고
동악이 그 터에 머물렀다네.
훤하시던 남계 어르신은
문을 닫고 옛 책을 연찬하셨고
준수한 수촌 재상은
외가에서 나고 자랐지.
이리저리 함께 선후로 살았으니
그 풍경이 아직도 남아 있다네.
근래 우리 백씨께서
만년에 이곳에 집을 정하였지. (하략)

玄江有炳靈 昔多賢者廬

---

76) 윤봉조, 「伏次伯氏晩湖亭與諸人酬唱韻」(『圃巖集』 193:143). 윤봉조는 이곳에
있을 때 인근의 蒼檜亭, 暎波亭, 泛波亭 등을 두루 찾고 시를 지은 바 있다.

石洲並玄洲 岳老留其墟
皎皎南溪翁 閉門研古書
婉婉睡村相 生長外家閭
錯落共先後 雲物尙遺餘
近來我伯氏 晩計此地於
_윤봉조, 「만호정으로 집을 옮기고(移居晩湖亭)」(『포암집圃巖集』 193:169)

이 작품은 1732년 무렵에 제작되었다. 이보다 한 해 전에 형 윤봉소가 세상을 떠났기에 주인 잃은 만호정에서 비감에 쌓였다. 이 작품은 3수 연작인데 다른 시를 보면 형 윤봉소가 만년에 현석동에 살면서 만호정을 세웠고 윤봉조는 이때부터 자주 이곳을 출입하였음을 알 수 있다. 그래서 현석동에 살던 선배의 집을 두루 알게 된 것이다. 석주 권필, 현주 조찬한, 동악 이안눌이 함께 풍류를 즐겼고 이를 이어 남계南溪 박세채朴世采(1631~1695)가 학문에 몰두하였으며 택당 이식의 손자 수촌睡村 이여李畬(1645~1718)가 외조부 신후원辛後元의 집에서 태어나고 자랐음을 두루 증언하였다.

이제 17세기 후반 현석동의 주인 박세채의 별서를 살피기로 한다. 박세채는 자가 화숙和叔이고 남계라는 호 외에 현석동에 살아 현석玄石도 호로 사용한 바 있다. 윤봉조와 같이 서인에서 출발하였지만 후에 윤봉조와 달리 소론의 당론을 견지한 인물이다. 박세채는 본관이 반남으로 조부는 박동량朴東亮이고 부친은 박의朴濰다. 금양위錦陽尉 박미朴瀰가 백부며 신흠申欽이 그의 외조부다. 장인은 원두표元斗杓의 아우 원두추元斗樞다. 이명한李明漢이 그의 고모부며 신성하申聖夏가 그의 사위다. 이러니 이 집안의 명성을 짐작하겠다.

현석동은 조부 박동량 때부터 인연을 맺었다. 박동량(1569~1635)은 자가 자룡子龍이고 호는 기재寄齋, 봉주鳳洲 외에 오창梧窓도 사용하였는데 오창은 앞서 본 대로 현석동과 흑석동 사이의 강을 가리키는 창오탄蒼梧灘과 관련이 있는 듯하다. 인조반정 이후 인목대비가 서궁에 유폐된 데 관여하였다 하여 강진康津과 부안扶安, 충원忠原 등지에서 유배 생활을 하였다. 1632년 유배에서 풀려난 후 현석동에 집을 사서 노년을 보내다가 그곳에서 세상을 떠났다.

> 서호에서 10년 동안 막혀 있을 때[77]
> 조부님의 발자취가 이곳에만 있었지.
> 슬프다, 외로운 배로 지나는 곳에는
> 청산이 아직 옛 모습을 띠고 있으니.
> 西湖留滯十年前 大父遺蹤此地偏
> 怊悵孤舟經過處 靑山猶帶舊風煙
> _박세채, 「서호 조부 오창 공의 옛집을 방문하고 느낌이 있어서(西湖過王父
> 梧窓公舊居有感)」(『남계집南溪集』138:39)

박세채가 젊은 시절 현석동에 기거하다가 이 시가 제작된 1650년 무렵 남산 기슭에 살면서 노량진의 별서에도 가끔 출입하였다. 장자 박의의 아들로 박세채의 종형인 박세교朴世橋(1611~1663)가 노량에서 망북루望北樓를 경영하였는데 그 인근에 잠시 우거하였던 것으로 보인다. 이 무렵 박세채가 현석동 조부의 옛집을 찾은 것이다.

박세채는 10년 후인 1662년 서호로 이주를 결심하고 먼저 가묘에 이를 고하였다.

모년 모월 효자 세채는 감히 현고顯考 통훈대부通訓大夫 행사헌부장령行司憲府掌令 지제교知製敎 부군府君과 현비顯妣 숙인淑人 평산신씨平山申氏께 고합니다. 엎드려 살피건대 세채는 계사癸巳(1653) 연간 이 동네로 이주하고

---

77) 이 시에서 10년 전이라 하였지만 박세채의 이 시가 1650년에 제작되었으므로 20년 전이라 해야 옳다.

거주할 곳으로 삼고자 하였습니다. 뜻하지 않게 근래 선친의 가르침을 받들지 못한 데다 안으로 병이 들고 밖으로 궁핍함이 많아졌기에 날마다 두세 배 고통이 심해져 도성 안에서 견디기 어려운 형편이 되었습니다. 스스로 보잘 것 없음을 알기에 황공하여 몸 둘 곳을 모르겠지만 그냥 두고 해결하지 않을 수 없어 이 때문에 여름에 서강의 시골집으로 우거하여 조리하기 편하기를 바라게 되었습니다. 논밭을 갈면 겨울을 보낼 대책은 될 듯하여, 감히 현고와 현비의 신주에 청하고 새집으로 가고자 함이 실로 큰 소망인지라 삼가 고합니다.

_박세채, 「서호로 나가 우거하려고 가묘에 고하는 글(出寓西湖時告家廟文)」
(『남계집』 140:413)

박세채는 1653년 서호로 나갈 생각을 하였으나 형편이 어려워 뜻을 이루지 못하다가 1662년 여름 드디어 가묘에 이렇게 고하고 떠날 뜻을 분명히 한 것이다. 다음은 이 무렵 지은 작품이다.

10년 서호에서 살 계획 비로소 이루었으니
한 구역의 안개와 달빛을 누구와 다투랴!
강은 흑석에서 이어져 갠 날 파도소리 장대한데
산은 청계산에 접하여 저녁 안개 나직하다.
풍진 세상 세속의 굴레를 사양하려 한 것 아니요
시골의 밭뙈기를 가지고 봄갈이하려 한 것이라네.
창 앞에 아직 남산의 모습을 마주하노니
눈길 속에 가물가물 도성 그리는 마음.

十載西湖計始成 一區煙月較誰爭
江連黑石晴潮壯 山接靑谿暮靄平
未是風塵辭俗累 爲將田圃趁春耕
窓前尙對終南色 望裡依然舊國情

_박세채, 「처음 서호에 도착하여 지은 작품(始到西湖作)」(『남계집』 138:46)

이 작품에서 서호로 나와 살 생각을 한 것이 10년 되었다고 하였으니 1653년 서호에 집을 정하려 하였다는 말과 일치한다. 서호로 물러난 박세채는 조부가 살던 집을 찾았다. 조부가 살던 집은 아마 종형 박세교가 물려받았을 것이다.

현석동에 선조 별서 있다 들었는데
푸른 봄에야 옛 숲에 이르게 되었네.
강호에 부질없이 자취가 남았건만
천지에 절로 아무런 마음이 없구나.
눈물 흘리며 시든 나무를 바라보고
시를 읊조리며 저녁 물새를 보낸다.
이웃은 모두 영락하였으니
누구와 속마음을 토론하겠나?
玄石聞先業　青春到故林
江湖空有跡　宇宙自無心
流涕看衰樹　沈吟送暮禽
隣人盡零落　誰與討幽襟

눈에 보이는 것 심상한 땅이라
머리 돌려 보면 벌써 마흔의 나이.
길가의 남겨진 터는 자그마한데
강물 위의 이 정자가 산뜻하구나.
시절을 근심하던 뜻이 아직 생각나는데
도성을 떠난 신세를 이에 탄식하노라.
당시의 시구가 남아 있기에

살펴보곤 거듭 마음이 상한다.

擧目尋常地 回頭四十春

路邊遺址小 江上此亭新

尙憶憂時意 仍嗟去國身

當年詩句在 點檢重傷神

_박세채, 「현석촌에서 조부의 옛 집터를 찾아(玄石村訪王父舊墟)」(『남계집』 138:50)

1663년 제작한 작품인데 서른셋의 나이인지라 마흔을 바라본다고 하였다. 조부의 별서가 작으나마 제법 산뜻한 자태를 자랑하고 있었지만 이웃에는 얼굴 알던 이들이 사라지고 없기에 쓸쓸하였다. 처마 밑에 걸린 시를 읽고 사직을 근심하던 조부의 충정을 떠올렸다. 그리고 몇 달 지나지 않아 마침내 조부가 살던 현석에 집을 정했다.[78] 현석촌으로 이거하면서 호를 현석이라 하였다.

이 시기 박세채는 물러나 있어도 도성이 간절하게 그리웠다. 답답한 마음에 이렇게 시를 지었다.

맑은 강물 그 곁에 새집 우연히 지으니

초가삼간 작은 집은 겨우 한 말 크기라.

남산은 빼어난 빛이 정히 아득한데

은자는 아침저녁 번거롭게 머리를 돌린다.

근래 더위에 장마가 한 달이나 이어지니

쓸쓸히 동문의 벗들이 그립기만 하구나.

그중 한 가지 즐거움에만 재미가 있을 뿐

그 밖의 온갖 일들은 모두 관심이 없다네.

---

78) 박세채, 「移居玄石村作」(『南溪集』 138:50).

新居偶卜滄江口 茅茨數椽大如斗

南山秀色正悠然 幽人朝暮煩回首

邇來炎雨動浹旬 悄悄却憶同門友

箇中一樂差有味 是外萬事皆無取 (하략)

_박세채, 「비가 오는데 고민스러운 마음이 들기에(雨中苦懷)」(『남계집』 138: 50)

박세채는 박동량의 정자 곁에 초가삼간을 짓고 살았다. 찾아오는 벗도 없는데 지루한 비만 내리고 더위는 가시지 않는다. 이렇게 답답하게 살았다. 그러다가 어느 시기부터 벼슬에 뜻을 끊었다. 1664년 박세채는 추천을 받아 종부시 주부에 임명되었지만 나가지 않았고 이후에도 여러 번 부름을 받았지만 응하지 않았다. 벼슬에 뜻이 없었던 것은 아니지만 미관말직에 허리를 굽히기보다는 학자로서의 삶을 살려고 마음을 굳힌 것이었다. 이후 조정에서 벼슬로 부르면 박세채는 사직의 글을 올리고 나가지 않았다. 이러한 일이 거듭 반복되었다. 1688년에는 이조참판에 임명되었지만 사직 상소를 올리고 나가지 않았다. 다만 동평군東平君 이항李杭의 혜민서惠民署 제조提調 임명을 반대하는 등 정사에는 잠시 관여하였지만 이 때문에 견책을 받아 도성에서 물러났다. 이때 창랑정滄浪亭을 빌려 우거하였다. 지금의 현석동 밤섬이 바라다 보이는 곳으로 추정된다.

창랑정은 그의 집안사람인 금평도위錦平都尉 박필성朴弼成(1652~1747)이 소유한 정자다. 박필성은 박동량의 형 박동열朴東說의 후손으로 18세기 마포에서 가장 명성이 높았던 인물이다. 자가 사홍士弘, 호가 설송재雪松齋며 1662년 효종의 딸 숙녕옹주淑寧翁主와 결혼하여 금평위錦平尉에 봉해졌다. 그의 현석동 별서는 창랑정이었는데 그 자신은 여기에 글을 남기지 못하였고 박세채가 이곳에 기거하면서 세인들의 주목을 받게 되었다. 박세채는 족손 박필성을 위해 1684년 다음과 같은 기문을 지어 주었다.

　벼슬하는 사대부들 중에 강가에 지은 집으로는 꼭 창랑정을 말한다. 창랑이라는 말은 왕왕 중국 문인의 글에 보인다. 동방도 또한 그러하니 그 이름이 가장 예스럽고 땅이 가장 아름답기 때문일 것이다. 이로 미루어 생각해보면 지금 한강의 현석동에 있는 창랑정이라는 곳이 가장 빼어날 것이다. 우리나라가 한양에 나라를 세울 때 진산을 화악華岳이라 하고 강물은 한강이라 하였는데 강물이 마침내 도성을 휘감아 돌아 지세를 따라 이름을 얻었다. 동쪽은 두포豆浦니 한강漢江이니 하며, 남쪽은 용산이니 마포니 하고 서쪽은 서강이니 잠두蠶頭니 이렇게 부른다.

　이른바 현석이라는 곳은 서쪽과 남쪽 사이에 끼어 있다. 예전에 정씨鄭氏의 정자가 있었는데 창랑정이라 일컬었다. 그 터는 화악이 뻗어 내려 서쪽으로 꺾여 모악母岳이 되고 구불구불 꺾어져 거의 6~7리 내려와서 불룩 솟구쳐 언덕이 된다. 특히 강물을 거슬러 위로 올라가면 그 뒤편에 세 그루의 고목이 높다랗게 서 있는데 수백 길이 된다. 오른쪽으로 율도栗島(밤섬)가 마주 서서 그 뒤편을 묶고 있다. 율도 앞쪽에 모래톱이 있는데 조수가 빠지면 드러난다. 눈길이 이르는 곳마다 화악(북한산), 목멱산木覓山(남산), 청계산, 관악산 등이 나열하여 자태를 드러낸다. 산과 강의 아름다움이 다 갖추어져 있지 않음이 없으니 이것이 가장 빼어난 점이다.

　내가 창랑정 북쪽에 거의 10년 가까이 우거하고 있는데, 이제 금평도위 필성 씨는 나의 재종질손으로 오가면서 나에게 학문을 물었다. 한가한 날 이곳을 유람하면서 이를 즐기다가 돈을 내어놓아 터를 사고 다시 이 정자를 지었다.

　돌아보니 나는 바다와 협곡 사이로 옮겨 다니면서 산 것이 거의 10여 년이 되었다. 숭정후崇禎後 갑자년(1684) 5월 아무개날 주인을 데리고 연도에서 하루를 묵었다. 강과 산은 예전과 같은데 사람 일을 생각해보니 정말 탄식을 하지 않을 수 없었다. 이윽고 나에게 청하여 창랑정의 의미를 대략 드러내어달라고 하였다. 이에 사양할 수 없어 글을 쓴다.
　　_박세채, 「현석 창랑정의 기문(玄石滄浪亭記)」(『남계집』 140:367)

　　창랑이라는 말은 굴원屈原의 「어부사漁父辭」에 "창랑의 물이 맑거든 나의 갓끈을 씻을 것이요, 창랑의 물이 흐리거든 나의 발을 씻을 것이로다(滄浪之水淸兮 可以濯吾纓 滄浪之水濁兮 可以濯吾足)"라 한 데서 나온 말이니, 창랑정은 은자의 공간이다. 소순흠蘇舜欽, 귀유광歸有光 등이 중국의 창랑정에 붙인 명문이 전하거니와 조선에도 도처에 이 이름의 정자가 있었다. 임진강 이이李珥의 화석정花石亭 곁에 창랑정이 있었고, 여강驪江에도 같은 이름의 정자가 있었다. 세상에 널리 알려진 창랑정은 경상도 초계草溪, 전라도 동복同福과 회진會津, 충청도 청주 등지에도 있었다. 더구나 앞에서 본 대로 윤두수와 윤흔 부자가 노량진에 세운 정자의 이름도 역시 창랑정이었다.

　　박세채는 창랑정이 원래 정씨 성을 가진 사람의 소유라 하였는데 누구인지는 알 수 없다.[79] 1684년 무렵 박필성이 이를 구입했는데 그 기념으로 박세채에게 기문을 청한 것으로 보인다. 박세채는 창랑정 북쪽에 10여 년 거주하였다고 했는데 1663년 현석동에 이주한 후의 일로 추정되니, 대략 1674년 양근으로 내려가기 전까지 현석동에 살았다고 보면 될 듯하다. 그 후 박세채는 양근의 동쪽 지평, 다시 그 동쪽 원주의 장산長山으로, 점점 도성과 멀리 떨어진 곳으로 옮겨 다니면서 살았다. 그러다가 1687년에는 파주 광탄廣灘의 만성정晚醒亭으로 이주하면서 남계南溪라는 호를 사용하였다. 광성정 앞에 큰 개울이 있어 배를 띄울

---

79) 이수광은 「沈鴻山滄浪亭次秋灘韻」(『지봉집』 66:64)에서 창랑정의 주인이 沈宗直이고 인근에 桃花洞이 있다고 하였다. 박세채는 현석동 북쪽에 창랑정이 있다고 하였는데, 지금은 현석동과 도화동이 제법 떨어져 있지만, 박필성과 심종민의 창랑정이 같은 곳일 가능성도 있다. 예전 기록에서 현석동 북쪽이라 한 곳이 도화동일 수도 있다.

만하였는데 박세채는 이곳을 좋아하여 소요하였다. 물론 이러한 과정에서 사직상소를 거듭 올리고 벼슬길에 나가지는 않았지만 송시열 등과 함께 조정의 중요한 문제에 적극적으로 개입하였으니 세상과 절연한 것은 아니었다.

그러다가 1688년 이조판서로 부름을 받아 도성으로 들어갔는데 이때 올린 차자箚子에 문제 있는 구절이 있다 하여 숙종의 진노를 샀다. 영의정 남구만南九萬과 우의정 여성제呂聖齊가 함경도로 유배가고[80] 박세채는 도성에서 나와 창랑정에서 죄를 기다리게 되었다. 다행이 더 이상의 처벌은 받지 않았다. 이후 10여 년 당쟁의 소용돌이 속에 편안한 날을 보내지 못하다가 1695년 파란 많던 세상을 떠났다.

박세채가 물러나 살던 현석동 일대는 박세채가 그러하였듯이 17세기 조정에서 견책을 받으면 잠시 물러나 대기하는 공간으로 자리하였다. 박세채와 같은 소론의 당파에 속했던 오도일吳道一(1645~1703)도 그러하였다. 오도일은 본관이 해주고 자는 관지貫之, 호는 서파西坡다. 1698년 파직된 후 현석동으로 물러났다. 절친한 벗 최석정崔錫鼎과 홍수주洪受疇가 강 건너 대방동에 살고 있었기에 자주 어울려 시를 수창하였다. 특히 이해 12월 16일 홍수주가 찾아와 시회를 가졌을 때의 일이 무척 운치가 있었다.

　　어느 눈 내리는 날 홍수주가 강가 누각으로 나를 찾아왔다. 나는 술을 끊고 있었고 홍수주는 평소 술을 잘 마시지 못하였기에, 그저 아가위를 넣어 달인 차 한 사발을 눈 녹인 물에 섞어 권했을 뿐이다. 냉담한 취향이 도가陶家에서 차를 마련한 일과 흡사하지만, 단란한 즐거움은 왕휘지王徽之가 배를 돌린 일보다 훨씬 빼어나다. 이별하려 할 때 각기 율시 한 편씩

---

80) 呂聖齊(1625~1691, 자 希天, 호 雲浦)는 「自叙文」(『雲浦遺稿』 b37:310)에서 鼈頭江舍에서 태어났다고 하였으니 그의 집이 잠두봉 아래 있었음을 알 수 있지만 더 이상의 기록은 찾을 수 없다.

지어 그 일을 적는다. 때는 무인년 섣달 16일이다.

　　_오도일, 「호은 홍령과 함께 짓다(同壺隱洪令賦)」(『서파집西坡集』 152:142)

　조선의 선비들은 눈 내리는 밤이면 진晉 왕휘지王徽之처럼 배를 띄워 벗을 찾아가는 풍류를 즐겼다. 홍수주 역시 눈 내리는 밤 배를 타고 강을 건너 벗을 찾아간 것이다. 두 사람이 마침 술을 마시지 못하기에 눈 녹인 물로 달인 아가위 차를 마셨다. 송宋의 도곡陶穀이 눈을 떠서 찻물을 끓인 고사를 따라 하였다.

　오도일은 이 시기 지은 시를 『남강록南江錄』에 담았다. 이 시집에는 양의정, 읍청루 등 인근의 아름다운 정자로 오가면서 뱃놀이를 즐긴 흥을 담은 시가 여러 편 실려 있다. 창랑정도 바로 잠시나마 즐거움을 누릴 수 있는 아름다운 공간이었다.

　　인연 있어 머문 곳 숨어 살 만하니
　　공자의 이름난 정자 강 북쪽에 있다네.
　　은총과 녹봉이 일장춘몽이라 벌써 놀랐는데
　　순수한 충정은 기우처럼 부질없이 간절하네.
　　이어진 마을의 뿌연 소나기에 강은 저무는데
　　늘어선 밭두둑의 누런 구름에 들판은 가을이라.
　　성군께서 신을 가련히 여겨 은총이 깊기에
　　북궐을 바라보는 눈동자에 남산이 들어오네.
　　隨緣棲息便芘芼　公子名亭水北頭
　　寵祿已驚槐國夢　精忠空切杞人憂
　　連村白雨江光暮　遍壟黃雲野意秋
　　聖主憐臣恩不薄　終南猶入望宸眸
　　_오도일, 「창랑정 금평도위의 강가 정자에서(滄浪亭錦平都尉江榭)」(『서파집』
　　152:137)

창랑정 앞에 펼쳐진 강물엔 저물녘 뿌연 빗발이 퍼붓는데 가을을 맞아 논밭에는 온통 황금빛 곡식이 일렁거린다. 이런 풍광을 보고서 벼슬살이가 일장춘몽이요, 충정도 기우에 불과하다는 것을 깨달았지만 그럼에도 임금이 자신을 다시 불러줄 것을 은근히 기대하였다.

최석정의 문인 조태억趙泰億(1675~1728)도 창랑정과 인연이 있었다. 이를 보면 17세기 말엽 창랑정 일대는 소론의 터전이라 할 만하다. 조태억은 자가 대년大年이고 호가 겸재謙齋다. 좌의정을 지낸 조사석趙師錫이 중부인데 그의 만휴정이 마포에 있었음은 앞서 본 바 있다. 조사석의 아들 조태구趙泰耉 역시 좌의정에 올랐으니 당시 최고의 문벌이라 할 만하다.[81] 조태억은 1702년 문과에 급제하여 벼슬을 시작하였고 1706년에는 홍문관의 부수찬과 부교리를 맡아 홍문록弘文錄에 들어가는 영예를 입었다. 홍문관과 승정원에서 벼슬하느라 바쁜 나날을 보내던 조태억은 1709년 봄 서호 출입을 자주 하였다.[82]

조태억은 권첨權詹(자 숙량叔良), 이조李肇(자 자시子始) 등의 벗들과 자주 시회를 가졌는데 창랑정과 함께 영파정暎波亭도 중요한 시회의 공간이라 기억할 만하다.

잠깐 어촌 향해 가다 술집을 물었더니 (조태억)
창랑정 북쪽에 사립문 하나 열려 있었지. (권첨)
맑은 아침 일이 적어 승정원을 나서니 (이조)
강가의 누각은 한가한데 낚싯배가 돌아가네. (권첨)
구름 끝에 세 산은 멀리 가로로 뻗어 있고 (조태억)
모래 곁에 한 그루 나무는 저녁 햇살에 가려 있네. (권첨)

---

81) 이 집안은 대체로 소론이었지만 사촌인 趙泰采와 그 아들 趙觀彬은 노론이었다.
82) 엄경수가 1717년 지은 「연강정사기」에는 창랑정의 주인이 俞集一(1653~1724)이라 하였으므로, 이즈음 주인이 바뀐 것으로 보아야 할 것이다.

닭울음소리 듣고 말안장 준비하니 정말 우습네 (이조)

어쩔거나 내일 아침 한길의 먼지가 옷을 더럽히리니. (이조)

午向漁村間酒旗(年) 滄浪亭北一荊扉(良)

清朝少事銀臺出(始) 江閣多閑釣艇歸(良)

雲際三山橫遠勢(年) 沙邊獨樹隱殘暉(良)

聽鷄韝馬眞堪笑(良) 明日街塵奈染衣(始)

_조태억,「서호의 영파정에서 권숙량, 이자시와 연구를 짓다(西湖暎波亭與叔
良子始聯句)」(『겸재집謙齋集』189:68)

현석동에 있던 영파정은 이 무렵까지 창랑정과 함께 서호의 이름난
정자 중 하나였다. 이 시를 보면 창랑정 북쪽에 이 정자가 있었다는 것
도 확인할 수 있다.[83]

이 영파정은 창랑정과 함께 임방任埅(1640~1724)의 붓 끝에 크게 빛이
났다. 앞서 본 대로 임방은 노론 출신의 명유로 1689년 송시열이 사사
된 후 마포의 담담정 인근에 집을 짓고 살았고 노년에는 현석동으로
집을 옮겨 1722년 가을 함종咸從으로 유배를 떠나기 전까지 살았다. 그
래서 양의정을 위시하여 인근의 명소를 증언한 많은 시문을 남긴 바
있다.[84] 1722년 제작한 시에서 "다행히 영파정 위에 누워 지낼 수 있다
면, 강 가득 맑은 안개와 달빛을 실컷 즐기련만(幸得暎波亭上臥 滿江煙月飽清
閒)"이라 하였고,[85] 또 같은 해 영파정에 올라서 쓴 시에서 "땅은 양의
정과 나란히 빼어난데, 사람은 동악과 그 누가 웅장함을 다투랴(地與兩
宜相較勝 人將東岳孰爭雄)"라 하였다.[86] 이를 보면 영파정과 창랑정이 모두

---

83) 낙산 기슭 麟坪大君의 집에도 같은 이름의 정자가 있어 많은 문인들이 글을
지은 바 있다.

84) 임방,「趙聲伯與金至叔携酒來訪, 要余登兩宜亭舊基眺賞, 呼韻同賦, 時趙郎亦
從」(『水村集』149:63). 조성백은 趙鳴元인데 그와 현석동의 여러 곳을 유람하
였다.

85) 임방,「次金子三壽錫淳夫壽鎳兄弟相贈兩絶韻」(『水村集』149:119).

양의정 바로 곁에 있었음을 알 수 있다.[87] 그러나 양의정과 함께 가장 아름다움을 뽐내던 영파정은 물론 창랑정 역시 18세기 이후의 문헌에서는 거의 보이지 않는다.[87] 아마도 이 무렵 이들 정자가 허물어지거나 주인이 바뀌었을 테고 그 자리에 다른 이름의 정자가 들어섰을 것이다.

---

86) 임방, 「映波亭夜詠」(『水村集』 149:119).
87) 이후 창랑정에서 지은 시로는 이인상, 「玄石滄浪亭, 與湛存子李公明翼, 感次中州李處士錯秋懷詩」(『凌壺集』 225:463) 정도만 확인된다.

9. 권사언의 만어정과 채제공

금평도위 박필성은 창랑정과 함께 무명정無名亭이라는 정자를 마포에 따로 두었다. 이 무명정은 1782년 채제공蔡濟恭이 잠시 우거한 적이 있어 그 역사를 자세히 적은 바 있다.

내 행적이 조정에 용납되지 못하여 마포를 귀의처로 삼았다. 봄에서 여름까지 옮겨 다닌 것이 다섯 번이었는데 제일 나중에 멈춘 곳이 실로 작고한 금평도위 아들 집인데 성훈成塤에게 세를 준 곳이다. 사람들이 전하는 말로는 금평도위가 권씨의 만어정晚漁亭을 구입하고 싶었지만 그렇게 하지 못하여 마침내 만어정 곁에 따로 집을 세웠다고 한다. 방과 마루, 부속 건물과 행랑 등을 만어정과 똑같이 하였으니 그 힘을 쏟은 것이 근실하다 하겠다.

이 정자에 올라 살펴보았다. 정자는 불룩하게 지대가 높은 곳을 차지하고 있는데 포구를 따라 즐비한 수천 호의 민가가 궤안 아래로 보인다. 큰 강이 바지랑대처럼 긴 버드나무에 가려져 전체가 보이지 않아 숨었다 드러났다, 드러났다 숨곤 한다. 매번 석양이 비칠 때면 구불구불 흰 용이 빼곡한 구름 속에 있다가 백옥 같은 비늘과 은과 같은 껍질을 장난삼아 드러내는 것 같다. 큰 배들이 버드나무 가지 끝에 휘돌아 지나가 나타났다 사라지는 것이 일정하지 않아 숨바꼭질하는 것처럼 갑작스럽다. 강 건너 여러 산들은 뻗었다 멈추었다 하는데 산안개가 엉겨 파랗게 비친다.

_채제공, 「무명정기無名亭記」(『번암집樊巖集』 236:113)

박필성은 권씨의 만어정晚漁亭을 구입하려다 실패하자 그 곁에 그와 똑같은 정자를 지었다. 풍광이 워낙 아름다웠기 때문이다. 어떤 이름을 붙이더라도 그보다 못할 것이라 여겨 정자에 편액을 내걸지 않았다. 사람들은 이를 흠으로 여겼지만 채제공은 오히려 이름이 없는 것이 낫다 여기고 무명정이라는 이름을 붙였다.

아름답다고 칭송한 만어정의 주인은 권사언權師彦(1710~?)이다. 권사언은 자가 중범仲範이고 호는 만어晚漁이며, 고조부가 남인의 영수로 영의정에 오른 권대운權大運이다. 조부 권중경權重經(1658~1728)이 문과에 오르고 관찰사를 지냈지만 1728년 척질戚姪 이인좌李麟佐의 난이 일어나자 자살한 비운의 인물이다. 권사언은 생부가 권세융權世隆인데 권세달權世達의 후사로 들어갔다. 명문가의 후손이지만 조부와 부친이 벼슬길에 나가지 못하였고 그 자신이 문과에 급제하여 벼슬길에 나아갔지만 노론이 득세하던 시절이라 권력의 맛을 별로 보지 못하였다. 그래도 고조부 권대운을 배경으로 하여 채제공, 신광수申光洙, 이헌경李獻慶, 목만중睦萬中, 정범조丁範祖 등 남인의 이름난 문사들과 널리 사귈 수 있었다.

1776년 무렵 권사언은 벼슬을 그만두고 가족과 함께 마포의 만어정으로 나가 낚시로 소일하면서 유유자적하였다. 채제공이 1782년 지은 시에서 "삼포의 천 호 집이 물가를 끼고 있는데, 맑고 그윽한 곳은 오직 만어정만 친다네. 만어정의 주인은 나의 벗이라, 정자로 돌아와 누운 것 20년 세월(三浦千家夾沙汀 淸幽獨數晚漁亭 晚漁主人吾故人 歸臥亭中二十齡)"이라 하였다. 권사언이 1762년 무렵 마포에 집을 정해두었다가 1776년 무렵 만어정을 세운 것으로 보아야 옳을 듯하다.[88] 영조가 서거하고 정조가 즉위한 후 채제공은 예조와 형조의 판서 등 요직을 맡고 있어 무척 바쁜 세월을 보내고 있었다. 이때 권사언이 채제공을 찾아가 자신의 만어정을 자랑하였기에 시를 지어준 것이다.

그 후 6년 뒤 채제공은 병조판서로 있던 1782년 노론의 공격을 받아 도성에 머물 수 없어 마포로 나왔다. 잠시 김씨金氏 성을 가진 사람이 소유한 마포의 하목정霞鶩亭에 우거하였다. "듣자니 하목정은, 아스라이 꽃동산을 마주하고 있다지. 긴 강이 나는 듯한 기둥을 안고 있어, 맑은

---

88) 채제공, 「晚漁亭歌贈權仲範」(『樊巖集』 235:306). 이 시에서 20년이라 하였지만 실제는 15년 지난 후로 보아야 할 것이다.

기운이 두건과 신발로 흘러든다네(聞說霞鶩亭 縹緲臨花塢 長江抱飛棟 灝氣流巾
屨)"라 하였으니[89] 하목정은 건물이 휘황찬란하고 주변 경관이 무척 아
름다웠던 모양이다. 또 이덕무의 「늙은 은행나무의 노래(老銀杏歌)」에서
"하목정 곁 화현 언덕은, 천하의 기이한 볼거리가 여기 많이 모였다네.
그 가운데 천 길 은행나무 있으니, 상전벽해 몇 번이나 굽어보았던가?
(霞鶩亭畔花峴阿 天下奇觀聚此多 中有銀杏丈千尺 幾閱桑田變碧波)"라 한 것을 보면
오래된 은행나무가 그 곁에 있었던 모양이다.[90] 원래 하목은 당唐의 왕
발王勃이 「등왕각서滕王閣序」에서 "지는 노을은 외로운 따오기와 나란히
날고, 가을 강물은 긴 하늘과 함께 한빛일세(落霞與孤鶩齊飛 秋水共長天一色)"
라고 한 데서 딴 것이다.

　채제공은 이를 현경정懸鏡亭이라 이름을 바꾸고 거처하였다. 맑은
강이 거울처럼 펼쳐져 있다 하여 현경정이라 붙인 것이겠지만, 채제공
은 여기에 더하여 임금이 자신의 억울함을 알아주는 것이 거울처럼 맑
다는 뜻으로 연군의 정을 보태었다.[91]

　그러나 채제공이 이곳에 오래 있지 못하였다. 얼마 있지 않아 성씨
정成氏亭으로 옮겼다. 이곳은 원래 박필성이 죽은 후 그 아들이 살던 집
을 성훈成塤이라는 사람이 빌려 쓰고 있었는데 채제공은 이를 무명정
이라 한 바 있다. 이 시절 채제공은 만어정에도 들러 그곳의 아름다운
풍경을 즐기곤 하였다.

　　내 늙은 벗 권중범이 하루는 남산의 저택을 떠나 처자를 데리고 마포

89) 채제공, 「壬寅正月, 余以大司馬, 被用事者讒誣, 陳章蒙解, 出三浦金氏亭, 甥子
　李儒慶從, 述懷賦詩, 以謝主人, 兼示阿慶」(『樊巖集』 235:298).
90) 이덕무가 1758년 外叔 朴淳源의 水明亭에 기거할 무렵 洪禹烈에게 글을 배웠
　는데 그가 마포의 霞鶩亭에 기거하면서 霞鶩亭을 호로 삼았다. 이를 보면 하
　목정이 18세기 중반에는 홍우렬의 소유였다가 18세기 후반 김씨 성을 가진
　사람에게 넘어간 것으로 보인다. 花峴 혹은 花嶺은 용산과 마포 사이의 고개
　로 도화동 인근의 언덕이다.
91) 채제공, 「懸鏡亭記」(『樊巖集』 236:107).

강가로 나와 그 정자의 편액을 만어정이라 하고 이에 자신의 호로 삼았
다. 마침 성 안으로 들어와 나를 방문하고 만어정의 정취를 성대하게 말
하였는데 자못 득의한 기색이 있었다. 내가 탄식하여 말하였다.

"정자가 비록 작지만 세도世道와 관련짓기에는 충분하오. 당신의 재주
와 문벌은 누가 버금갈 수 있겠소? 노년에 벼슬길에 나아가 밝은 시절
관리의 명부에 이름을 이미 올렸으니 당신이 거처해야 마땅한 곳은 옥당
玉堂이나 의정부議政府가 아니겠소? 그런데도 지금 당신은 스스로를 강호
에다 내치고 여유롭게 물고기를 낚는 것을 일로 삼고 있소. 당신이 이로
서 자득한 것으로 여기니 세상의 도리는 어떻게 해야 하겠소?"

6년 후 내가 마포로 달아나 있을 때 남의 집을 빌려 살았는데 이른바
만어정이라는 곳이 수십 보 걸으면 바로 이를 수 있었다. 내가 한두 번
그곳을 찾아가 본 적이 있다. 정자가 자리한 지형이 우묵하지 않고 불룩
하여 조망하기에 알맞았다. 앞에 와우산이 있어 얼굴을 열어 안을 향하
였으니 정자를 위하여 온통 감싸안고 있는 듯하였다. 만 채의 집은 기와
가 빼곡하게 땅에 붙어 있는데 물가에서 들판까지 이른다. 아침이면 안
개가, 저녁이면 노을이 피어올라 갔다 왔다 멀어졌다 하였다. 긴 강의
물줄기가 그 서쪽으로 뻗어나가는데 어선과 상선 들이 언덕의 버드나무
와 물가의 여뀌풀 사이에 나아갔다 물러갔다 숨었다 드러났다 하였다.
정자가 기이하고 빼어난 풍광을 차지하고 있는 것이 정말 많다 하겠다.

발걸음을 돌려 중범이 묵는 방으로 들어가 보았다. 사방의 벽이 모두
한 시대 이름난 글씨로 채워져 있고 서안 위에는 시집의 초고 몇 권이
있었다. 남쪽 처마에 붙여 짧은 담장을 두르고 기이한 꽃과 풀, 왜송矮松
과 괴석을 기르고 있었다. 마당 곁에는 한 구역의 축단을 만들어 부드러
운 잔디를 깔았다. 담장의 아래위를 돌아 이름난 배나무 십여 그루를 심
었는데 꽃이 피어 눈처럼 하얬다. 마침 밝은 달이 동쪽에서 떠올랐다.
배꽃의 향기와 색채가 사람으로 하여금 맡고 보게 하니, 정신이 없도록
하였다. 술을 몇 순배 하고 나니 만어옹이 매우 즐거워하고 나도 또한

즐거웠다.

_채제공, 「만어정기晚漁亭記」(『번암집』 236:108)

채제공은 봄날 만어정을 찾아가 그곳의 아름다움을 남김없이 그림처럼 그려내었다. 이 글을 보면 만어정은 와우산 기슭에 있었는데 아름다운 꽃과 나무를 심고 잔디를 깔아 무척 운치가 있었음을 짐작할 수 있다. 권사언의 남산 집에 화죽헌花竹軒이라는 이름의 건물이 있었던 것을 보면 그가 꽃을 얼마나 사랑하였는지 짐작할 수 있다.[92] 이런 집이었기에 박필성이 이 만어정을 구입하려 하였고 뜻을 이루지 못하자 이를 모방한 정자를 지었던 것이다.

이들과 절친한 벗이었던 이헌경(1719~1791)도 이 시기 벼슬에서 물러나 있었는데 그 역시 아름다운 기문을 지어 만어정을 빛내었다.

물고기를 잡는 것은 천한 사람의 일이지만 그 일이 맑고 그 행적이 한가하며 그 처한 곳도 강호의 물가에 있다. 바람 불고 구름 흐르며 눈 내리고 달빛 비칠 때면 여뀌와 갈대가 그와 더불어 숨고 갈매기와 해오라기가 그와 더불어 짝이 된다. 이 때문에 사대부 중에 어진 이는 왕왕 이를 즐겨 흥을 깃들이곤 한다. 그러나 사대부는 젊어서 진실로 이 세상에 뜻을 두고 있어 이를 즐길 겨를이 없으니, 반드시 노쇠한 후에야 가능하다. 이것이 삼포에 있는 정자에 만어정이라는 이름을 붙인 까닭이다. 정자의 주인은 권중범 군인데 재상가의 후손으로 중년에 과거에 급제하였으니 가업을 이어가는 것이 마땅하겠지만 벼슬살이에 매몰되지 않으려 계획을 세우고 어느 날 집을 버리고 삼포에서 노닐게 되었다. 정자를 짓고 또 작은 배를 샀다. 어깨에 도롱이를 걸치고 낚싯대 하나를 들고서 어부들을 따라 강가에서 노닐었다.

---

92) 이헌경, 「花竹軒記」(『艮翁集』 239:452).

_이헌경, 「만어정기晩漁亭記」(『간옹집艮翁集』 234:437)

이헌경은 만어정을 짓고 배를 한 척 구하여 은자로 살아가는 권사언의 삶을 기렸다. 이리하여 만어정은 18세기 남인들이 살벌한 정치현실에서 잠시 휴식을 취할 수 있는 공간으로 자리하였다.

권사언은 채제공, 목만중, 오대익吳大益 등과 함께 만어정, 하목정 외에도 용산에 있던 조세선趙世選의 환월정喚月亭 등 인근의 아름다운 곳을 두루 찾아 노닐었다. 이듬해인 1783년에는 이장경李章慶(자 내길來吉)이 주인으로 있던 화원花園을 구경하였는데 당시 이원李園 혹은 이씨원李氏園이라고 불렀다. 이씨의 화원은 용산에 있던 옛 독서당讀書堂 터에 있었다. 채제공의 글에는 이원에서 즐긴 이들의 풍류와 함께 만어정의 풍광도 잘 묘사되어 있다.

작년 내가 삼포에 우거할 때 용산 이씨원이 꽃으로 이름이 났다고 들었다. 그러나 내 신세를 돌아보면 두문불출하고 남들을 꺼려야 하겠기에 눈길을 한 번 붙이지 못하였고 왕래한 적도 없었다. 올 봄 유선幼選(목만중), 경삼景參(오대익), 사술士述(채홍리蔡弘履) 등이 날을 잡아 가서 놀기로 약조하였다. 만옹 권중범이 이 소식을 듣고 편지를 보내 함께 가자고 요청하였다. 이에 세 사람을 좇아 먼저 만어정에 이르렀다. 정자 앞에는 배꽃이 막 피어 있었다. 중범이 웃고 맞아 꽃 아래서 술을 마시면서 즐겼다. 한낮이 지날 무렵 말을 나란히 타고 이씨원을 방문하였다. 이씨원은 호당의 옛터에 있다. 호당이 두모포로 옮긴 이후 그 터의 주인이 여러 번 바뀌었는데 지금 이씨의 소유가 되었다고 한다. 이씨원에는 온갖 꽃들이 있었는데 복사꽃이 가장 흐드러졌다. 붉은 것도 있고 푸른 것도 있고 분홍빛을 띤 것도 있다. 비스듬히 좌우로 늘어선 것도 있고 똑바로 사람의 얼굴을 마주한 것도 있다. 고운 빛을 다투면서 예쁘고 무성하게 피어 있어 도대체 몇 그루인지 알 수가 없다. 큰 강이 꽃 사이로 흘러가 가끔

일렁이기도 하는데 그 빛이 정말 파랗다. 은은히 붉은 비단옷을 입은 사
람이 푸른 비단과 검은 비단을 걸치고 있는 것처럼 보인다. 나도 모르게
기뻐 웃음이 나왔다.

　　　_채제공, 「이원을 유람한 기문(遊李園記)」(『번암집』 236:119)

　배꽃이 화사하게 핀 만어정에 들러 꽃그늘 아래서 한 순배 술을 마
시고 이씨원으로 자리를 옮겨 꽃동산을 즐겼다. 용산 독서당이 있던
곳이라 하였으므로, 읍청루가 있던 용산별영 인근이었을 것이다. 채제
공과 그의 벗들은 고단한 벼슬살이와 살벌한 당쟁에서 잠시 벗어나 삶
의 여유를 즐길 수 있었다.

　채제공, 이헌경이 기문을 지어 만어정을 빛내었다면 목만중은 시를
통해 그 아름다움을 후세에 길이 전해지게 하였다. 목만중은 권사언과
외가로 연결되어 있는 사이였기에 그의 만어정을 두고 많은 시를 지었
다. 특히 결혼 60주년을 맞아 그의 자손들이 중뢰연重牢宴을 열었는데
이때 목만중이 참석하여 "강가의 이름난 정자에서 풍악소리 퍼지는데,
깊어가는 봄날 온갖 꽃 앞에 술이 따스하구나(湖上名亭敲管絃　春深酒暖百花
前)"라는 시를 지어 축하한 바 있다.[93] 권사언은 부부가 결혼 후 한 갑
자를 지내도록 해로하였으니 복을 충분히 누렸다고 하겠다.

　만어정은 채제공을 이어 남인 학맥을 대표한 큰 학자 정약용丁若鏞
에 의하여 다시 한 번 빛이 났다. 정약용은 권사언의 손자 권영석權永錫
과 친하여 젊은 시절 월파정 등 한강에서 노닐 때 늘 함께한 바 있다.
그래서 여러 차례 만어정으로 가서 권사언을 직접 만났다. 그 인연으
로 만어정의 기문을 짓게 된 것이다. 정약용은 "마포 강가에 물러나 살
면서 날마다 그물과 낚싯대를 들고 서강 가운데에 배를 띄우고 즐겼
다. 그 정자를 만어정이라 한다. 그 뜻은 '나의 고기잡이가 늦었다'라고

---

93) 목만중, 「奉賀晚漁亭權郎中師彦重牢宴」(『餘窩集』 b90:92).

하는 듯하다. 정자 앞에는 이름난 꽃과 기이한 나무를 많이 심고 괴이한 바위와 진귀한 새를 길렀으며, 정자 안에는 거문고 하나와 바둑판 하나를 놓고 이웃 마을의 여러 늙은이들이 오면 그들을 위하여 술과 안주를 벌여 놓고 즐겼다"고 하였다.[94] 만어정의 주인 권사언은 세상에 이름을 떨치지 못했지만 그를 알아준 벗들이 있어 만어정의 역사가 이렇게 풍성할 수 있었다.

---

94) 정약용, 「晩漁亭記」(『與猶堂全書』 281:291).

10. 무명자 윤기가 우거한 탁영정

실언정을 소개한 구상具庠은 호가 무명자였는데, 18세기에는 또 다른 무명자無名子가 있었으니 바로 윤기尹愭(1741~1826)다. 윤기는 자가 경부敬夫이고 본관은 파평인데 증조부 윤취리尹就履가 시강원의 필선弼善을 지냈지만 조부 윤동익尹東益과 부친 윤광보尹光普는 벼슬길에 나가지 못하였다. 고향이 통진이고 경저는 서대문 바깥 냉천동冷泉洞에 있었다. 젊은 시절 처가가 있는 양근에서 주로 생활하면서 과거 공부를 하였지만 석연치 않은 이유로 방榜에 이름을 올리지 못하였다. 그러던 중 1765년 서호의 탁영정濯纓亭을 빌려 우거하였다.

1844년 제작된 「한양가」에서 "족한정 탁영정과 별영 안 읍청루라"라 하였으니 19세기 탁영정이 서호의 대표적인 정자였음을 알 수 있다. 또 1888년 춘천부春川府가 유수영留守營으로 승격됨에 따라 필요한 경비를 조달하기 위해 탁영정과 복파정 두 곳에서 당오전當五錢을 주전하였다 하니, 탁영정의 규모가 상당하였음을 짐작할 수 있겠다. 이러한 탁영정은 그 역사가 윤기 이후에 비로소 시작된다.[95]

탁영정은 노량진 윤흔의 창랑정, 마포 박필주의 창랑정과 그 뜻이 같다. 바로 굴원屈原의 「어부사漁父辭」에 보이는 "창랑의 물이 맑거든 나의 갓끈을 씻을 것이요, 창랑의 물이 흐리거든 나의 발을 씻을 것이로다(滄浪之水清兮 可以濯吾纓 滄浪之水濁兮 可以濯吾足)"라는 데서 따온 것이다. 그러나 19세기 명성을 날린 탁영정은 그 주인이 누구인지 확인되지 않는다. 그럼에도 1768년 낙산駱山 기슭의 의동義洞으로 이주할 때까지 윤기가 4년 동안 이곳에서 머물면서 그 아름다움을 시문에 담아내었기에 경강의 역사에 한 대목을 장식할 수 있었다.

---

95) 윤기 이전에 탁영정이 우리 문헌에 등장하는 것은 목만중의 「夾水臺遇雨, 放舟向濯纓亭得龍字」(「여와집」 b90:100)가 유일한데 이 정자가 서호에 있었던 것인지는 분명하지 않다.

한양 도성의 삼면을 두르고 있는 것은 모두 물이다. 맑고 깨끗한 강물과 밝은 모래와 하얀 바위가 구불구불 뻗어 곳곳마다 기이하고 빼어나다. 사대부들이 왕왕 정자를 만들어두고 함께 와서 놀고 구경한다. 가장 서쪽에 몇 칸의 작은 정자가 있는데 산수와 풍경이 동남쪽에 비하여 더욱 절묘하다. 삼각산과 와우산이 그 뒤에 진산鎭山으로 솟아 있고 관악산, 청계산이 앞에 껴안고 있다. 왼편으로 오호五湖의 빼어남을 당기고 오른편으로 이수二水의 기이함을 끌고 있다. 따로 천연으로 이루어진 돈대 위에서 내려다보면 천연의 거울을 펼쳐 놓은 듯하다. 높으면서도 너무 드러나지 않고 넓으면서도 산만하지 않다. 도성이 지척이지만 시끄러운 소리가 귀에 일체 들리지 않는다. 일상의 밥 짓는 연기 속에 있지만 몸에 날개가 돋아 신선될 듯하다. 정말 정자가 터를 잡은 것이 좋다.

정자 아래 강이 있는데 크고 작은 돛단배가 은은하게 처마 끝을 스치고 지나간다. 강 바깥에는 백사장이 있어 10리에 걸쳐 백옥 가루를 깔아 놓은 듯 환하게 둥그스름한 모래톱을 두르고 있다. 백사장 너머에 강물이 흐르는데 한 줄기 맑은 빛이어서 모래밭 안쪽의 강물과 아주 다르다. 강 너머에 마을이 있는데 드문드문 연기가 피어오르는 인가가 늘어서 있다. 강 안쪽의 마을에 비해 더욱 기이하다. 또 섬과 숲과 바위와 길이 있는데 꽃과 버들이 곱게 치장하고 누대가 자태를 뽐내고 있다. 오리와 갈매기가 고즈넉한 분위기를 만들고 퉁소와 북 소리가 부귀한 모습을 만들어 준다. 낚시꾼과 나무꾼의 노랫가락이 석양빛을 받고 있으며, 고기잡이 횃불과 물건 파는 배들이 깊은 밤이면 홀연 내왕한다. 비 오고 바람 불고 안개 끼고 달이 뜨며, 얼음이 얼고 눈이 내리고 단풍이 들고 국화가 피면 사계절의 광경이 천태만상으로 변화하여 아침과 저녁마다 문득 달라지며 멀고 가까운 곳이 제각기 다르게 보인다. 추한 것도 도리어 아름다워지고 속된 것도 도리어 고상한 것이 된다. 생각지도 못하게 분에 넘치는 무한한 경물이 모두 내 눈 속에 들어와 구경거리가 되니 이쪽저쪽 감상하느라 눈이 쉴 틈이 없다. 이 어찌 조물주가 일부러 이

조그만 정자 터를 마련하여 처음에는 기이한 볼거리를 무수하게 쌓아둔 다음 마지막 종조리終條理에 종결을 지어서 만 리 긴 강물의 기세를 틀어막은 것이 아니겠는가? 어찌 이리 웅장한가?

정자의 이름은 탁영정인데 물이 맑은 데서 뜻을 취한 것이다. 내가 우연히 이 정자를 빌려 거처하게 되었다. 밤낮으로 강에서 갓끈을 씻고 난간에 기대어 마음을 즐기곤 하였다. 정자의 이름으로 인해 마음속에 이러한 감회가 인다. 천하만사는 모두 창랑수滄浪水처럼 스스로 결과를 내는 법, 물이 맑으면 갓끈을 씻고 물이 흐리면 발을 씻기 마련이다. 갓끈을 씻는 것은 실로 맑은 물이 자초한 결과이고, 발을 씻는 것은 흐린 물이 자초한 결과라 하겠다. 지금 이 강물이 다행히 맑아서 사람들이 갓끈을 씻고, 갓끈을 씻는다 하여 정자를 만들고, 정자를 만들어 또 탁영정이라는 이름을 붙였으며 이름을 붙여 그 뜻이 영원히 전해지게 하였다. 사람들이 혼탁하게 하려 한들 나는 그것이 반드시 불가능할 것이라는 것을 알고 있다. 이 때문에 이곳은 정말 절로 맑은 실상이 있는 것이지 이름을 빈 것만이 아니라 하겠다. 털끝만큼이라도 실상에서 과장된 것이라면 온 나라 사람들이 다 시원찮게 여길 것이니, 세심정이나 읍청루 사이에서 어떻게 이러한 명성을 얻을 수 있겠는가?

_윤기, 「탁영정기濯纓亭記」(『무명자집無名子集』 256:188)

사람이나 자연도 스스로 한 일의 결과로 인하여 세상에 쓰이거나 그렇지 못하다고 하였으니 벼슬길에 오르지 못한 좌절감을 이렇게 말한 것이다. 이어지는 대목에서 산림과 누각이 알아주는 사람을 만나고 만나지 못하는 것이나, 금수와 초목이 행과 불행을 당하는 것은 모두 스스로 자초한 결과라 하였다. 또 사람의 경우도 스스로 자초해 놓고 형편과 운명 탓을 하며 원망한다면 어리석은 자이거나 망령된 자라고 하였다. 이어 "법도를 준수하는 것이 문제가 될 줄 알면서도 고치지 못하였고 편법을 쓰는 것이 편한 줄 알면서도 따르지 못하였다. 말을 하면 금기禁忌를 범하고 일을 하면 실수하기 일쑤였다. 시장에 고기를 가져가면 날씨가 더워지고 시원한 음료를 가져가면 날씨가 서늘해지며, 불볕더위가 맹렬할 때 사람들은 바람을 쐬는데 나는 화로를 끼고 있고, 눈서리가 어지러이 내릴 때 사람들은 갖옷을 입는데 나는 구멍이 숭숭 난 삼베옷을 입는 격이다"라 자탄하였다. 그러면서 "한가로운 사람이 주인이 되어 돈 한 푼 내지 않고 마치 원래 제 것인 양 즐기고 있으니, 저 무수한 정자와 누대의 주인들이 굳게 문을 잠가 둔 채 늙도록 한 번도 와보지 않는 것에 비하면 얻은 것이 없다고 할 수 없다. 그렇다면 내가 자초한 것도 훌륭하다 할 수 있다"라 자위하였다.

윤기는 탁영정을 빌려 사는 감회를 시로 지어 집의 벽에다 썼다. 칠언율시 2수, 오언율시 2수 등 도합 4수 연작으로 되어 있는데, 아래에 한 수를 보인다.

> 성곽을 등진 강가의 정자는 탁영정이라 하는데
> 창랑을 노래한 어린애도 내 맑음 양보하리라.
> 버들 그늘은 흰한 모래를 가늘게 비쳐 아득한데
> 배 그림자는 때마침 저녁 햇살을 따라 뻗어 있네.
> 백년인생 집이 없어 남에게서 빌려 사는데
> 인간만사는 시를 의지해 마음껏 지어본다네.
> 한강물이 길이 굽이굽이 흘러가기에
> 난간에 기대 눈길 가득 파도 소리 전송한다네.
> 背郭江亭號濯纓 滄浪孺子讓吾淸
> 柳陰細暎晴沙遠 帆影時隨落照橫
> 百年靡室從人借 萬事憑詩逐意成
> 洛水長流汾曲去 倚欄滿目送波聲
> _윤기, 「서호의 탁영정을 빌려 살면서 벽에다 쓰다(借居西湖濯纓亭, 題壁)」(『무
> 명자집』 256:10)

비록 잠시 빌려서 사는 집이지만 마음에 크게 흡족하였기에 탁영정에서 보이는 아름다운 경치를 거듭 시에 담았다. 관악산의 맑은 안개 관악청람冠岳晴嵐, 농암의 저녁 물결 농암만조籠巖晚潮, 백사장에 비치는 흰 달빛 평사호월平沙皓月, 눈길 끝에 있는 포구에 어린 안개 극포고연極浦孤烟, 밤섬 활터의 과녁 율도사후栗島射侯, 백석탄白石灘 맑은 개울에서 비단을 빠는 백석완사白石浣紗, 석양이 비치는 강가의 누대 석양누대夕陽樓臺, 저녁 빗속에 떠가는 배 모우범장暮雨帆檣, 멀리 보이는 노량진 모래톱의 마을 노주원촌鷺洲遠村, 잠두봉 아래 나루의 수양버들 잠도수류蠶渡垂柳, 창가에 스미는 고기잡이 등불 야창어화夜窓漁火, 봄날 물가에서 노니는 귀족 춘저귀유春渚貴遊, 남한산성의 눈 맞은 성가퀴 남한설첩南漢雪堞, 서교의 서리 맞은 숲 서교상림西郊霜林, 강 건너에서 들려오는 나무꾼의 노래 격수초가隔水樵歌, 강물에 드리운 낚시 승류조간乘流釣竿, 목멱산의 푸른 산빛 목멱창취木覓蒼翠, 청계산의 구름과 안개 청계운무靑溪雲霧, 여름 장마에 불어난 강물 하림관창夏霖觀漲, 겨울날 얼음 구경 동천상빙冬天賞氷 등을 탁영정의 20경으로 그려내었다.[96] 여기 등장하는 농암籠巖과 백석탄白石灘은 각기 서강대교 북단과 당산철교 북단에 있던 바위와 여울이다. 탁영정의 기문에서 서호의 가장 서쪽이고 와우산 기슭이라 한 것으로 보아 상수동 인근에 있었던 것으로 추정된다.

윤기는 탁영정 앞 한강에 해와 달, 별, 바람, 비, 눈, 연기, 안개 등이 어우러진 풍경을 팔경八景으로 다시 자랑하였다. 그중 두 수를 보인다.

강물 맑고 바람 자니 잔 물결 이는데
반짝반짝 햇살이 가벼이 어리비치네.
그 누가 금을 천 조각 가루로 내어서
물결 사이 뿌려 교묘히 반짝이게 하였나?

---

96) 윤기, 「濯纓亭二十景」(『無名子集』 256:12).

江澄風靜細紋生 閃閃日光暎射輕
阿誰碎却金千片 撒在波間巧滅明(日)

맑은 강에 다시 환한 안개가 둘러치자
하늘하늘 가볍게 덮여 풍광이 더욱 한가롭다.
모래밭에 졸던 흰 새가 놀라 일어나서
한 가닥 안개 끌고 앞산을 훌쩍 지나가네.
澄江更有霽烟環 細暈輕籠態絕閑
驚得睡沙白鳥起 拖分一抹過前山(烟)
_윤기, 「탁영정 강 속의 팔경(濯纓亭江中八景)」(『무명자집』 256:13)

이처럼 탁영정에서 아름다운 풍경을 마음껏 누릴 수 있었다. 윤기는 탁영정에서 한강에 떠다니는 배를 보는 의미를 이렇게 풀이하였다.

내가 탁영정을 빌려 살고 있는데 정자는 도성 서쪽에 위치하여 긴 강을 굽어보고 있다. 강을 오르내리는 배들이 처마를 스치며 지나간다. 크고 작고 높고 낮은 모습들이 환상인 듯 그림인 듯 은은하다. 나는 날마다 난간에 기대어 구경하였는데 마음에 딱 맞아 기분이 좋았다.

배는 한낱 무정한 사물에 불과하건만 어쩌면 이리도 우리 학문과 닮았는가! 강건하고 의연하며 과묵하고 질박한 모습은 인(仁)에 가깝고, 밀물과 썰물이 때에 맞추어 오가는 것은 신(信)에 가깝다. 가운데를 비워 외물을 받아들이는 것은 군자의 넓은 도량이 아니겠는가, 무거운 것을 싣고 멀리 가는 것은 죽은 뒤에야 그만두는 군자의 공부가 아니겠는가! 가까이 물가에서 이리저리 움직이다가 멀리 수평선 끝까지 다 가는 것은, 풀어놓으면 천지사방의 만물을 아우르고 거두어 온축하면 은밀하게 물러나 숨어 사는 것과 같다. 안으로 칸살이 가로세로 정연하고 밖으로 노와 돛이 당당한 것은, 겉으로 방대한 규모를 지극하게 다하고 안으로는 상세한 절목節目을 극진히 하는 것과 같다. 널리 베풀어 대중을 구제하는 것 또한 백성에게 인을 베푸는 지극한 뜻이 아니겠는가? 먼저 강 언덕에 내려놓는 것 또한 도道로 나아가는 지극한 이치가 아니겠는가? 작은 배는 작은 배의 쓰임이 있고 큰 배는 큰 배의 쓰임이 있다. 군자가 사람을 쓸 때 그 그릇에 맞추는 것이 이와 비슷하다. 배가 물살을 따라 갈 때는 물살을 따라 가는 도구를 쓰고, 물살을 거슬러 갈 때에는 물살을 거슬러가는 도구를 사용하는 법이다. 군자가 때를 따라 변통하는 것이 이와 유사하다.

_윤기, 「배를 본 이야기(觀舟說)」(『무명자집』 256:189)

윤기는 한강에 떠다니는 배를 보고 관물觀物의 공부를 하였다. 배가 용량을 헤아려 짐을 싣듯 사람은 자신의 능력을 헤아려 일을 맡아야 한다는 깨달음을 얻었다. 또 배는 크기와 모습이 다르지만 물건을 실어 나르는 점에서 한가지고 사람도 제각기 외모와 성격, 능력이 다르지만 성인이 되기 위해 노력하는 마음은 한가지라 했다. 윤기는 탁영정에서 강물을 보면서 이런 공부를 하면서 살았다.

집을 빌려 산 지 하마 4년 되었기에
오늘 아침 이별하려니 마음이 쓸쓸하여라.
섬과 모래, 꽃과 새는 모두 낯이 익기에
물과 돌, 안개와 구름은 꿈속에도 보이겠지.
울음우는 파도는 물가의 해오라기를 두르는데
찡그린 버드나무는 눈썹이 낚싯배를 스치네.
평생의 뜻 은근히 스스로 비웃노라
문득 강호와 인연이 그치지 않았기에.
借宅於玆己四年 今朝欲別意凄然
島沙花鳥皆顔熟 水石烟雲盡夢牽
波咽響廻尋鷺渚 柳顰眉拂釣魚船

殷勤自笑平生志 倘遂湖山未了緣

_윤기, 「탁영정과 헤어지면서(別濯纓亭)」(『무명자집』 256:16)

마음의 공부가 어느 정도 되었는지 1768년 탁영정 생활을 청산하였
다. 그리고 도성으로 들어가 과거 공부를 지속하였다. 1773년 생원시에
합격하고 그 이후로는 성균관에 들어가 오랫동안 유생으로 지냈다. 그
러면서도 윤기는 이 탁영정을 자주 그리워하였다.

탁영정 강가의 정자가 아스라한데
위태한 돌길은 맑은 백사장을 굽어보았지.
예전 가난한 선비 살게 빌려 준 곳이
이제는 재상의 집안 소유가 되었다지.
구름과 안개도 응당 변하였을 터
물과 돌도 갑작스레 번화하게 되었겠지.
가을 하늘 장맛비 그치면
조각배 띄워 한 번 올라보아야지.

濯纓江榭迥 危磴俯明沙

昔許寒儒借 今爲宰相家

雲烟應變化 水石忽繁華

積雨秋天霽 扁舟擬一挐

_윤기, 「탁영정의 풍경은 경강에서 으뜸이다. 내가 예전에 빌려 살았는데
근래 들으니 정 상서의 소유가 되었다고 한다(濯纓亭風景甲京江, 余昔借居, 近聞
爲鄭尙書有)」(『무명자집』 256:39)

윤기는 탁영정의 풍광이 경강에서 가장 아름다웠다고 술회하였다.
이 시가 성균관 유생으로 있을 때인 30대 중후반의 작품으로 추정되므
로 1780년 무렵 이 정자의 주인이 정씨 성의 재상에게로 넘어간 모양

이다. 이 재상이 누군지 알 수 없으니 탁영정의 역사는 윤기의 앞과 뒤가 모두 아득하다.

그런데 심상규沈象奎가 1815년 무렵 쓴 글에 따르면, 권상신權常愼이 조정철趙貞喆로부터 동호의 압구정을 빌려 거주하고 있었고 김이양金履陽이 이 탁영정을 소유하고 있었는데 그 자신은 이 두 정자를 주인처럼 사용하였다고 한다.[97] 이를 보면 19세기 초반에는 다시 김이양이 이 정자의 주인이 된 것임을 알 수 있다. 김이양은 용산에 오강루와 시안정을 소유하고 있었는데 이에 더하여 탁영정까지 소유하였음을 확인할 수 있다.

---

97) 심상규, 「會南麓寄園」(『斗室存藁』 290:60).

11. 조종현 집안의 현호정사와 소동루

조선 후기 대대로 현석동에 별서를 둔 집안으로 양주 조씨를 기억할 필요가 있다. 이 집안은 조선 중기 조존성趙存性(1554~1628)과 조계원趙啓遠(1592~1670)이 나란히 판서에 오르면서 크게 영달하였다. 조계원의 여러 아들 조진석趙晉錫, 조귀석趙龜錫, 조희석趙禧錫, 조사석趙師錫, 조가석趙嘉錫 등이 문과에 급제하여 높은 벼슬을 지냈으며 다시 그 아랫대에 조태동趙泰東, 조태채趙泰采, 조태구趙泰耈, 조태억趙泰億 등과 조도빈趙道彬, 조관빈趙觀彬 등 시대를 울린 인물들이 쏟아져 나왔다. 전라도 관찰사를 지낸 조귀석의 증손이요 대사헌을 지낸 풍계楓溪 조태동(자 성등聖登)의 손자가 조영국趙榮國(1698~1760)이다. 조영국은 자가 군경君慶이고 호를 월호月湖라 하였는데 이조와 형조, 예조의 판서를 두루 지냈지만 오히려 대대로 높은 벼슬을 한 것을 두려워하여 서호의 현석동으로 물러나 그곳에 작은 집을 지었다. "나이가 늙기를 기다리지 않고, 가득 찬 것을 방지하여 물러나노라(年不待老 防滿則退)"라는 여덟 글자를 붙여놓고 한가한 삶을 살았다.[98] 이 집은 현호정사玄湖精舍라 불렀다.

조영국은 그 자신과 아들, 손자가 내리 3대에 걸쳐 판서에 오르는 영예를 입었다. 아들은 조운규趙雲逵(1714~1774)고 손자는 조종현趙宗鉉(1731~1800)이다. 조운규는 자는 사형士亨이고 조종현은 자가 원옥元玉, 호가 천은天隱이다. 이 현호정사에 대한 기록은 손자가 자세히 남겼다.

도성 서남쪽에 산이 있는데 서쪽으로 갈라져 우잠牛岑(와우산)이 되고 동으로 갈라져 용강龍崗(용산)이 되는데 모두 큰 강을 내려다보고 있다. 배와 수레가 통하는 곳이요, 상인들이 모여드는 곳이다. 그 기슭을 곱게 치장하면서 집들이 있는데 대개 수백 수천 채가 된다. 비늘과 빗살처럼

---

98) 尹光紹, 「吏曹判書趙公行狀」(『素谷遺稿』 223:220).

빼곡하고 절대 폐치된 땅이 없다. 우잠과 용강 사이에 수 무畝의 노는 땅이 있는데 지형이 삐뚤삐뚤하여 건물을 짓기 어렵고 길이 좁아 수레와 말이 통하기 어려우며 상인들이 오지 않는 곳이었다. 이 때문에 땅이 깨끗하고 궁벽진 채로 남아 있었다. 집 서너 칸이 있는데 그곳 백성들이 오래 점유하고 있었다. 갑술년(1754) 조부께서 이 소식을 듣고 기뻐하면서 이렇게 말씀하셨다. "이미 궁벽하고 좁아서 다툴 일이 없겠구나. 하늘이 만들고 땅이 숨겨두었다가 우리를 기다린 것이 아니겠는가? 내 나이가 많고 벼슬이 높으니 지나치게 차는 것을 방지하여 물러나는 것이 마땅하겠지. 하루아침에 떠날 수는 없겠지만 강호에 행적을 물리는 것이 내 뜻이라네."

이에 땅을 사서 거처하게 되었다. 땅이 울퉁불퉁 험한 곳은 평평하게 하고 수풀이 무성하여 가리고 있는 것은 잘라내었다. 재목을 모으고 기술자를 불러 정자 다섯 칸을 세웠다. 안채는 예전 제도대로 하되 조금 넓히고 문과 창은 넓게 텄다. 마당에는 계단을 두었다. 긴 강물이 머물렀다 빙 돌아 나가고 다섯 산이 늘어서 병풍이 되어, 모두 바로 서안 앞에 있게 되었다. 물기고와 새 들이 오르락내리락하고 구름과 안개가 변화무상하니 앉은자리에서 이를 모두 거두어들일 수 있다.

_조종현, 「현호정사기玄湖精舍記」(『천은난고天隱亂稿』 규장각 소장본)

조종현은 조부가 1754년 마련한 현호정사의 역사를 이렇게 소개하고 또 아름다운 풍광을 자랑하였다. 그리고 이어지는 글에서 "지금 사대부들이 아래위 수십 리에 걸쳐 강가에 정자를 지어놓아 높은 기와와 큰 기둥이 빼곡하게 바라다보이지만 명성의 고삐에 매여 임하林下로 돌아간 것을 보지 못하겠다. 그저 유람 온 사람들과 지나는 객들이 올라 감상할 뿐이다"라 하고, 이에 비하여 조부 조영국은 진정한 귀거래를 이루어 이곳에서 꽃나무를 심고 채소를 기르면서 한가하게 지팡이를 짚고 소요하며 어린 손자를 가르치고 있다고 하였다. 또 "빈 배가 그냥 있으면 풍파가 이르지 않는 법, 벼슬살이의 영화를 어찌 이와 바꾸겠는가?"라 하였다. 조영국은 이후 강화유수, 판의금부사, 세자우빈객 등의 벼슬에 임명되었지만 어쩔 수 없는 경우를 제외하곤 늘 현호정사를 떠나지 않으려 하였고, 그렇게 몇 년을 살다가 세상을 떴다.

조영국의 아들 조운규는 도연명의 귀거래를 더욱 잘 실천하고자 현호별서에 일섭정日涉亭이라는 정자를 세웠다. 홍양호洪良浩의 기문에 따르면 1768년 그는 두 아들이 과거에 급제하자 일섭원으로 나가 꽃을 심고 물고기를 낚는 것으로 소일하면서 조정의 일에 대해 일체 언급하지 않았다고 한다.[99] 홍양호는 이 일섭원에 붙일 기문을 지어 주었다.[100] 여기서 조운규가 국가의 중책을 맡고 있어 도연명이 「귀거래사」에서 이른 매일 거닌다는 뜻의 일섭日涉은 한 해에 한 번 하더라도 그 뜻은 도연명과 다르지 않을 것이라 하였다. 이어 조운규의 아들 조종현이 이 현호정사와 일섭정을 물려받았다.

> 자네 집 강가 정자 대나무로 엮은 난간은
> 허공에 아스라하여 앞쪽이 탁 트여 있다지.
> 압도를 거슬러 온 배들은 난간을 치고 지나가고
> 관악산의 안개는 주렴 너머로 바라다보인다네.
> 헌함에 기대 붓을 놀리면 금빛 물고기 뛰어오르고
> 강가에 임하여 바둑 두면 옥 바둑알이 차가웠지.
> 그 어느 날 일엽편주로 흥을 타고 나가서
> 흰 달빛 아래 술통 끼고 맑게 한 번 놀아볼꺼나.
> 君家江榭竹爲欄 縹緲凌虛面勢寬
> 鴨島帆檣搖檻過 冠山烟霧隔簾看
> 憑軒落筆金鱗躍 臨水彈碁玉子寒

99) 홍양호, 「判中樞府事趙公神道碑」(『耳溪集』 241:475).
100) 홍양호, 「日涉亭記」(『耳溪集』 241:215).

何日扁舟乘興出 芳樽皓月躡淸歡

_홍양호, 「시랑 조종현의 일섭정 시에 차운하다(次趙侍郞元玉宗鉉日涉亭韻)」
(『이계집』 241:140)

앞서 본 홍양호의 기문에는 "대나무로 서까래를 하여 곧음을 취하
고, 소나무로 기둥과 난간을 만들어 그 온전함을 취하였으며, 짚으로
지붕을 이어 검소함을 취하였다. 곧음으로 만년의 절조를 온전히 하고
온전함으로 아름다운 이름을 보존할 것이며, 검소함으로 큰 복록을 기
르니, 정자 하나로 세 가지 덕이 구비될 것이다"라 하여 일섭정의 세
가지 재료의 덕을 그의 올곧고 검소한 처신으로 연결하여 칭송하였다.
일섭정은 대나무 난간이 운치가 있고 서강의 언덕 위에 높다랗게 있어
탁 트인 풍광이 아름다웠다. 멀리 서쪽으로 압도狎島의 갈대를 실어오
는 배들이 스칠 듯 지나가고 남쪽 관악산의 뿌연 안개가 주렴 너머로
보인다.[101] 한가한 마음으로 시를 짓고 바둑을 두는 흥을 이렇게 칭송
하였다. 조종현은 일섭정 외에 소동루小東樓를 따로 두었다.

현호정사의 동쪽에 마루를 이어 다락을 올렸는데 그 안에 손님 십여
인을 모시기 어려워 누의 이름을 이렇게 한 것이니 이보다 더 작을 수가
없기 때문이다. 그러나 마루와 문이 시원하게 트여있고 물가의 모래섬을
임하고 있어 손님을 이끌고 올라가곤 한다. 절을 하고 담소를 나누며 바
둑을 두고 차를 끓여 마시는 일은 누가 작다 하여 폐하는 법이 없다. 물고

---

101) 일부 사전에 조선시대 문헌에 자주 보이는 鴨島가 난지도로 되어 있으나 잘
못이다. 압도는 일산 쪽 장항 늪지를 가리킨다. 「동여도」에 중초도와 별도
로 압도가 보이는데 그 위치가 이러하다. 南孝溫의 별서가 압도에 있었고
崔岦의 장지도 그 인근에 있었다. 李爾瞻이 압도를 불법으로 개간하였다는
기록이 실록에 자주 보인다. 趙希逸의 별서도 그곳에 있었는데 「西墅新居
上樑文」(『竹陰集』 83:254)에서 압도에서 200보 떨어진 곳이라 하였다. 「送春
日次踏靑韻贈淸陰」(83:182)을 볼 때도 압도 동쪽 오늘날 장항동이 분명하다.

기와 새들이 나타났다 사라지고 구름과 안개를 삼켰다 뱉었다 하니, 그 또한 누각이 작다고 하여 보이지 않은 것이 아니다. 그윽하고 기이하며 한가하고 트인 경관이 있어 다른 집에 큰 누각을 소유하고 있다는 것을 알 필요가 없을 것이다. 예전 편액은 우리 선조이신 풍계공楓溪公(조종현) 의 유묵인데 예전 미호渼湖에 누각을 세울 때 글씨를 써서 걸어둔 것이다. 자손들이 가난하여 지킬 수 없어 누각은 다른 사람 소유가 되고 편액 또한 먼지구덩이에 묻혀 있었다. 이제 다행히 50~60년 후에 쓸고 닦아보 니 글씨가 온전하기에 공경하는 마음으로 완상하고 아끼면서 큰 보배처 럼 여기고 이를 새롭게 하여 걸게 된 것이다.

_조종현, 「소동루기小東樓記」(『천은난고』 규장각 소장본)

소동루는 원래 미호渼湖에 있었는데 조영국이 세운 누각이었다.[102] 나중에 누각은 팔리고 편액만 떼서 보관하고 있다가 조종현이 현호정사 에 소동루를 다시 세우면서 그 현판을 이곳에 달았다.

19세기에 이르러 이 집안은 명환을 배출하지 못하였다. 그럼에도 소동루는 19세기 권상신權常愼과 조두순趙斗淳, 홍한주洪翰周 등 걸출한 문인과 인연을 맺으면서 문화공간으로 그 명성을 날렸다. 이들의 글에 힙입어 19세기 중반 소동루는 세상에 더 크게 알려지게 된다. 권상신 (1759~1825)은 남산 아래 경저가 있었지만 중년인 1808년부터 5년 남짓 현석동에 거주하였다. 이때의 시를 모은 시집을 『현호집玄湖集』이라 하 였다. 여기에 실린 시에 따르면 권상신은 평소 풍토병을 앓아 약을 먹 어도 효험이 없었는데, 사람들이 강심의 물을 마시면 좋다고 하여 이 에 서호로 나가 한 달을 내리 지내게 된 것이라고 한다.[103] 이 시기 그 가 자주 기거하던 곳이 소동루였다.

그런데 권상신의 장인은 홍낙명洪樂命(1722~1784)이다. 홍낙명은 본관

---

102) 조태억의 「渼湖小東樓雨作」(『謙齋集』 189:125)가 이때의 작품이다.
103) 권상신, 「江居作示諸益」(『西漁遺稿』 규장각 소장본).

이 풍산豐山으로 부친은 홍상한洪象漢이고 외조부는 어유봉魚有鳳이다.
자가 자순子順, 호가 신재新齋인데 형조와 병조 등의 판서와 함께 대제
학도 지냈다. 홍낙명의 손자가 홍한주(1798~1868)인데 홍낙명의 사위인
권상신이 그의 장인이다. 겹으로 혼인이 이루어졌으니 이 두 집안의
가까움을 짐작할 수 있다. 홍한주는 자가 헌경憲卿이고 호는 해사海士,
해옹海翁, 운당芸堂, 쌍송만사雙松漫士, 총계당叢桂堂 등 여러 가지를 사용
하였다. 홍한주는 총계산叢桂山, 곧 오늘날 계동에 경저 총계당叢桂堂이
있었지만 막 결혼하고 나서 현호에 머물면서 장인이 머물던 소동루에
자주 출입하였다.

봄바람에 주렴이 날리는 누각에 객이 기대니
비 막 개자 물가의 안개는 그림처럼 곱구나.
올라 큰 들판 보니 마음이 도리어 풀어지는데
시 읊고 맑은 술 마시니 흥이 또한 길구나.
산새가 절로 와도 어제 약조한 것 아니건만
숲속의 꽃이 다투어 지니 정말 봄날이 시름겹네.
느지막이 도도한 술기운을 감당하기 어려워
베개 가에 몰려드는 강물 소리 누워서 들노라.
簾捲東風客倚樓 汀烟如畵雨初收
登臨大野心還放 吟對淸樽興亦悠
山鳥自來非昨約 林花爭落正春愁
晚來酒力渾難勝 臥聽江聲落枕頭
_홍한주, 「소동루로 나가 시를 짓다(出小東樓有作)」(『해옹고海翁藁』 306:264)

권상신이 소동루에 있을 무렵에 지은 작품이다. 홍한주는 맑은 풍
경을 보고 그 흥에 술을 마시고 누워 강물 소리를 듣는 여유를 누렸다.
그의 문집 『해옹존고海翁存藁』는 『현호집玄湖集』, 『복부초집覆瓿初集』, 『호

해집湖海集』, 『영물집詠物集』 등 여러 시집이 합쳐진 것이다. 『현호집』에
는 1812년부터 1814년까지의 시가 수록되어 있는데 이 시집에 현석동
일대 한강의 아름다운 풍광과 그곳에서의 맑은 운치가 잘 드러난다.

> 강 남쪽과 북쪽 황혼이 가까운데
> 숲 너머 밥 짓는 연기 빗속에 가려지네.
> 술집이 얼마나 가까운지 물었더니
> 콩꽃 수북한 곳에 어부의 집이 있다 하네.
> 水南水北近黃昏 隔樹人烟鎖雨痕
> 借問酒家何處近 豆花深處有漁村
> _홍한주, 「물가의 정자에서 그냥 읊조리다湖亭謾詠」(『해옹존고』 장서각본)

젊은 홍한주의 시재를 엿볼 수 있는 작품이다. 『현호집』에는 「강루
잡흥江樓雜興」의 35수, 「강루만흥江樓謾興」 12수, 「호정만영湖亭謾詠」 23수
등 연작시로 현호에서의 삶을 노래하였으니 얼마나 이곳을 사랑하였
는지 짐작할 수 있다.

> 산은 먼지구덩이 절로 사양하는데
> 사람은 어찌 대나무 사립문을 닫았나?
> 강호에서 나그네 된 지 오래인데
> 한양에서 편지는 거의 이르지 않네.
> 나비는 나는 꽃을 위해 춤추는데
> 꽃은 춤추는 나비 위해 날아가네.
> 어린아이 내 마음 알아서
> 집 앞 길에 이끼를 쓸고 돌아오네.
> 山自謝塵網 人何掩竹扉
> 江湖爲客久 京洛見書稀

蝶爲飛花舞 花緣舞蝶飛

小童知我意 前遲掃苔歸

_홍한주, 「원림의 잡시(園中雜詩)」(『해옹존고』 장서각본)

1814년 제작한 작품이다. 겨우 열일곱의 나이지만 이미 대가의 시 풍이 엿보인다. 홍한주는 소동루 근처에 따로 집을 두었다. 그곳에 원 림을 조성하고 차옹루此翁樓, 육의정六宜亭 등의 누정을 두었다. 차옹은 차군此君, 곧 대나무를 많이 심은 누각일 테고, 육의정은 여섯 가지 주 변 풍광을 즐기기에 좋다는 뜻에서 붙인 듯하다. 그의 원림 안에 있는 육의정에 앉아 있으면 따스한 바람이 불고 갠 햇살이 비치는데, 마시 던 차와 피우던 담배를 잠시 멈추면 술기운도 조금 깨게 된다. 멀리 바 라보면 바람 받은 배가 둥실 떠가고 안개 끼고 구름 덮인 백사장에는 새들이 내려앉는다. 대숲의 빼어난 경치 이러하다고 자랑하였다.[104]

또 권상신이 현석동의 소동루에 기거할 때 조종현 집안의 후손 조두 순(1796~1870)이 찾은 적이 있다. 이때 권상신은 누각에 주렴을 드리운 채 좌우에 책과 그림, 거문고, 바둑판 등을 펼쳐놓고 유유자적하고 있 었다.[105] 그로부터 31년이 지난 1843년, 조두순은 권상신이 소동루를 찾은 일을 추억하고 자신의 늙음을 한탄하였다.

우리 문중 처음 경영하던 것 언제던가?

서어 선생의 풍류는 아직 전하고 있지.

병으로 강물 마시던 조그만 이웃집에

젊은 청년의 머리에 눈이 가득 내렸네.

吾宗經始昔何年 儻恗西漁尙可傳

---

104) 홍한주, 「坐園中六宜亭上, 暖風晴日, 茶煙初歇, 酒力微醒, 望見風帆, 沙鳥烟 雲, 竹樹之勝景, 仍疊唐人韻有吟」(『海翁存藁』 「현호집」 장서각본).

105) 조두순, 「禮曹判書贈右議政權公常愼諡狀」(『心庵遺稿』 307:541).

病飮江流隣屋小 韶齡今見雪盈顚

_조두순, 「삼호 세심정에서 현석동의 소동루로 이주한 지 이제 2년 되었다. 지난겨울 이틀 밤을 묵고 급하게 떠났는데 계묘년 5월 다시 와서 잡다한 내용을 기록한다(自三湖洗心亭, 移卜玄石之小東樓, 今二年矣, 而前冬信宿殆慇慇慇, 癸卯五月, 得更來錄雜識)」(『심암유고心庵遺稿』 307:166)

이미 세상을 떠난 권상신의 풍류를 추억하고 늙어버린 자신의 처지를 슬퍼하여 지은 작품이다. 이 시의 주석에 따르면 1813년 18세의 조두순은 폐병이 있는데 강심의 물을 마시면 효험이 있다 하여 소동루 서쪽 관수루觀水樓에서 몇 달을 지냈다.[106] 서호 강심의 물이 폐병에 도움이 되었기에 권상신과 조두순 모두 이곳으로 나온 것이다. 이규상에 따르면 한강의 발원지인 오대산에서 좋은 산삼이 강물에 녹아드는데 강이 천 리를 내려와도 강 중심에는 다른 물과 섞이지 않아 물맛이 좋고 풍토병에 약효가 있었다고 한다.[107] 조두순은 조태채의 5대손이고 조종현은 조태채와 사촌간인 조태숭趙泰崇의 4대손이다. 그래서 소동루를 자신의 집안에서 경영한 것이라 하였다.

그후 권상신이 세상을 떠나고 홍한주도 현호를 떠났다. 그리고 1835년 무렵 소동루의 주인은 홍직필洪直弼(1776~1852)로 바뀌었다. 홍직필이 소동루로 거처를 옮긴 것은 남쪽으로 매산梅山이 바라다보였기 때문이었다. 매산은 한강 가까운 영등포 방향의 관악산 지맥으로 추정된다. 홍직필은 소동루 곁에 망운루望雲樓를 지었는데 구름을 바라본다는 말로, 두보杜甫의 시에 "끝까지 구름 쳐다보는 늙은 말이요, 북쪽에 뜻을 둔 남쪽 기러기 심정일세(老馬終望雲 南雁意在北)"에서 보듯이 부모를 그리

---

106) 현석동 관수루의 주인은 金大淵이다. 조두순의 「樓西觀水, 主人金唐津大淵, 事入城, 題留」(『心庵遺稿』 307:170)에서 이를 확인할 수 있다. 관수루는 渼湖에도 있었는데 그 주인은 兪拓基였다.

107) 이규상, 「江上說」(필사본 『一夢稿』 제14책).

는 마음을 상징한다. 홍직필은 평생의 벗 이봉수李鳳秀(1778~1852)에게 망운루의 기문을 받아 걸었다.

> 한강 남쪽에 강가의 언덕에 임하여 누각이 있어 편액을 망운루라 하는데 나의 벗 홍백응(홍직필)이 거처하였다. 7월 그믐 내가 노량진에서 작은 배를 끌고 강물을 따라 내려가 바로 누각 아래 이르렀다. 백응이 매우 기뻐하면서 내 손을 잡고 누각에 올라가 앉았다. 한 폭의 빼어난 경치가 보이는데 오호五湖(경강을 이르는 말)에서 으뜸이었다. 백응이 강 건너 산을 가리키고 누각을 바라보면서, 가장 높다란 곳이 자신의 부친 묘소가 있는 주봉主峰이라 하였다. 이때 마침 석양이 그 허리에 걸리고 구름과 노을과 소나무의 푸른빛이 서로 비치기도 하고 가리기도 하였다. 이를 바라보니 울창하고도 그윽하다. 내가 이에 이 누각의 이름에 연유가 있음을 알게 되었으니 태항산에 구름이 날아간다(太行雲飛)는 것에서 따온 것이 아니겠는가?
>
> _이봉수, 「망운루기望雲樓記」(『금계집襟溪集』 14책, 장서각본)

당의 적인걸狄仁傑이 병주并州에서 벼슬을 하고 있을 때 태항산太行山에 올라 고향을 바라보다가 멀리 흰 구름이 나는 것을 보고는 "우리 어버이가 바로 저 밑에 계신다"고 한 고사가 있다. 홍직필은 부모의 묘소를 바라보면서 부모를 그리워하는 마음을 담았다.

홍직필은 자신이 기거하던 소동루를 1841년 조두순에게 넘기고 이듬해 노량으로 거처를 옮겼다. 그 집은 노의정사蘆漪精舍라 하였다. 조두순은 자신의 세심정洗心亭을 홍직필에게 주고 대신 소동루를 받았는데,[108] 방계이기는 하지만 동족이 만든 소동루에 애착이 있어 그리하

---

108) 앞서 본 조두순의 「自三湖洗心亭, 移卜玄石之小東樓, 今二年矣, 而前冬信宿殆恩恩, 癸卯五月, 得更來錄雜識」(『心庵遺稿』 307:166)의 주석에서 "執義 홍직필 씨가 임금의 부름을 받은 후 강가로 이주하였는데 내가 세심정을 이

였을 것이다.

잠시 세심정에 대해서도 보기로 한다. 마포에 있던 세심정이 언제 세워졌는지 알 수 없지만,[109] 18세기 중반에는 이광려李匡呂(1720~1783)가 그곳에 잠시 기거하였다. 이곳에서 학을 두 마리 기르다가 잃어버린 일도 있었고, 배를 띄워 잠두봉까지 유람하면서 시회를 즐기기도 했다.[110] 비슷한 시기 김종정金鍾正(1722~1787)도 잠시 세심정에 우거한 적이 있다.[111] 더욱이 박명원朴明源(1725~1790)이 세심정과 인연을 맺은 것이 의미가 크다. 비슷한 시기 박명원의 삼종제三從弟 박지원朴趾源이 "우리 집 문밖은 바로 서호인지라, 여기저기 배에서 쌀 사려 소금 사려 소란하네. 가을 기러기 한번 울자 일제히 닻을 올리더니, 강 가득 밝은 달빛 아래 김포로 내려가네(我家門外卽湖頭 米閙鹽喧幾處舟 霜鴈一聲齊擧矴 滿江明月下金州)"[112]라 하여 이 일대의 풍광을 묘사한 바 있거니와, 이덕무, 박제가, 유득공 등과 즐거운 한때를 보내었으니[113] 18세기 한시의 산실이라 할 만하다.

것과 바꾸었다"라 하였다. 홍직필은 7년 남짓 기거하다가 1842년 노량으로 이주하였는데 그의 문집에는 이 세심정에 대한 기록은 보이지 않는다.

109) 17세기 문인 李揆一의 용산 세심정이 현석동 세심정으로 바뀌었을 가능성도 배제할 수 없다. 任相元의 「洗心亭記」(『恬軒集』148:452)에서 "李道源의 집이 龍津 강가에 있는데 앞쪽 언덕을 잘라내고 기둥 셋 있는 정자를 만들었다"고 하였고 「洗心亭八詠, 爲李揆一作」(『恬軒集』148:376)에서 列峀環拱, 二水中分, 冠岳晴雲, 靑莎暮雪, 梧灘夜雨, 龍湖秋月, 露梁行人, 月波歸帆 등을 들고 있다. 李揆一은 자가 道源이고 본관이 전주인데 자세한 생애가 밝혀져 있지 않다. 이규상의 「강상설」에는 마포의 정자로 세심정, 수명루, 읍청루, 碧波亭 등을 들고 있다. 벽파정은 沈益顯의 별서인데, 여기에 대해서는 김세호, 「청평위 심익현의 별서와 한강 벽파정의 문화사」(『문헌과해석』 73호, 2015년 겨울)에서 다루었다.

110) 이광려, 「洗心亭逸兩鶴, 其一墜崖而死」(『李參奉集』237:242) ; 「七月二十七日, 自洗心亭泛舟, 至鼇頭依翠軒, 靈通舊令各賦」(237:243).

111) 金鍾正, 「再寓洗心亭, 次趙台和叔留題韻」(『雲溪漫稿』b86:42).

112) 박지원, 「江居慢吟」(『燕巖集』252:93).

113) 박제가, 「九日, 同李炯菴放舟洗心亭下」(『貞蕤閣初集』261:444).

　아무튼 조두순은 1840년 무렵 세심정의 주인으로 있다가 1841년 세심정을 홍직필에게 넘기고 대신 소동루를 받아 그곳에서 거처하였다. 소동루에서 어린 시절 보았던 풍류를 떠올리곤 하였다. 그리고 권상신의 풍류를 자신도 누리려고 소동루에서 자주 풍악을 베풀었다. 또 주인을 알 수 없지만 소동루에서 서쪽으로 수십 보 떨어진 곳에 있던 영파정映波亭도 찾았다. 영파정은 박필주의 창랑정 바로 곁에 있던 정자로, 앞서 살펴본 바 있다. 관수루의 주인 김대연金大淵이 평양 출신의 기생들을 데리고 이곳에 와서 그들이 제공한 풍악과 냉면을 즐긴 바 있다. 다음은 소동루 곁의 영파정에서 지은 작품이다.

> 서쪽 누각에 풍악소리 연이어 요란한데
> 저녁 바람에 소나기 내려 가을처럼 선선하네.
> 좋은 이웃 새로운 수법에 힘입어서
> 평양냉면이 사람의 목구멍을 시원하게 해주네.
> 笙簫迭發鬧西樓　驟雨斜風颯似秋
> 賴有芳隣新手法　箕城冷麵沃人喉
> _조두순, 「삼호 세심정에서 현석동의 소동루로 이주한 지 이제 2년 되었다. 지난겨울 이틀 밤을 묵고 급하게 떠났는데 계묘년 5월 다시 와서 잡다한 내용을 기록한다(自三湖洗心亭, 移卜玄石之小東樓, 今二年矣, 而前冬信宿殆悤悤, 癸卯五月, 得更來錄雜識)」(『심암유고』 307:166)

　조두순은 이렇게 1841년부터 1845년까지 자주 소동루에 거처하면서 벗들과 즐거운 시간을 가졌다. 소동루는 18세기 조종현으로부터 시작하여, 19세기 권상신, 홍한주, 조두순 등 명가의 발길이 이어지면서 서호 최고의 명소로 자리하였던 것이다.

12. 권상신의 취미루와 김이교의 죽리관

권상신은 소동루를 빌려서 기거한 바 있지만 자신의 별서도 현석동에 따로 두었다. 청의정淸漪亭이라는 이름의 정자가 그러하였다.[114]

> 내 사랑하는 나의 정자는 농석에 있는데
> 요란한 소리 들리지 않아 물과 구름 텅 비었네.
> 이제 알겠네, 젊은 시절 배를 돌린 곳
> 바위 위에 낚시하던 노인 몇이나 만났던가?
> 自愛吾亭有石聾 塵喧不到水雲空
> 政知少日回舟地 石上相逢幾釣翁
> _권상신,「청의정에서 그냥 읊조리다(淸漪亭漫吟)」(『서어유고』규장각본)

청의정 바로 앞에는 귀먹바위 농석聾石이 있었는데 서호의 명물로 농암籠巖 혹은 농암聾巖이라 불렀으며 서강대교 북단에 있었다.[115] 권상신은 인근 용산 오강루五江樓의 주인 김이양金履陽과 함께 이곳 청의정에서 시회를 가졌다.

> 농암 위에 우리 집 있어
> 울퉁불퉁 오르기 어렵다네.
> 천 길 절벽 앞에 급류가 돌아들고
> 외로운 배 앞에 물결이 드높다네.
> 묵묵히 있노라니 생각이 아득하여
> 우뚝하게 높은 곳에 앉았노라.

---

114) 같은 이름의 정자가 대궐 안에도 있어 정조와 근신들이 지은 시가 전한다.
115) 17세기 초반의 학자 崔有淵의 「聾巖記」(『玄巖遺稿』b22:551)에는 籠巖이라 부르던 것을 자신이 이렇게 바꾼 것이라 하였다.

석양에 어부들 보이니

물외에 노니는 정 호탕하리라.

余宅礱巖上 崎嶇登陟勞

急流千丈壁 層浪一孤舠

默爾思量遠 居然坐處高

夕陽見漁者 物外是應豪

_권상신, 「청의정에서 초천 김명여와 함께 시를 짓다(淸漪亭與苕泉金命汝共賦)」

　(『서어유고』 규장각본)

　농암이라 부르는 바위산 위에 자신의 별서 청의정이 있는데 그곳에서 한강의 풍광이 잘 보여 물외에 노니는 흥이 인다고 자랑하였다. 권상신은 김이양이 용산에서 그러했듯이, 자신의 별서와 인근의 정자에서 시와 노래, 그림에 능한 기생을 데리고 있으면서 풍류를 즐겼다. 50대 중년의 나이에 접어든 어느 해 7월 16일 한강에 배를 띄우고 소동파의 적벽 뱃놀이를 본떠 한바탕 즐겼다.

좋은 친구 날마다 강가의 집 문을 두드리니

술집에다 시랑의 옷을 마침 잡혀야 하겠네.

고운 배 타고 노 두드리니 물고기가 함께 멱을 감을 듯

버드나무 언덕에서 술잔을 기울이니 물새도 날지 않네.

적벽에서처럼 회포가 일어 파도가 넘실거리는데

맑은 연꽃의 고운 빛이 달빛에 가물거리네.

내 인생 술잔 속의 즐거움을 다하리니

인간세상 일흔 나이는 자고로 드물었다지.

勝友日鼓江上扉 酒家時典侍郎衣

蘭舟鼓枻魚同泳 柳岸傾杯鷺不飛

赤壁襟懷波渺渺 淸蓮顔色月依倚

吾生且盡盃中樂 七十人間自古稀

_권상신, 「7월 17일 밤 배로 현호에서 노닐다(七月十七夜舟遊玄湖)」(『서어유고』
규장각본)

이 작품에는 다음과 같은 서문이 실려 있다.

7월 기망旣望 달이 구름에 가려 노니는 일이 옳게 되지 않았다. 그다음
날 밤 먹구름이 흩어져 흰 달이 빛을 토하였다. 이에 작은 배를 저어 현석
의 아래로 거슬러 올라갔다. 아들놈 경리瓊履와 생질 김병구金炳球(虁玉)가
좇아왔다. 이에 아들과 생질을 시켜 적벽부를 노래하게 하였다. 종인宗人
운화雲和(在祜)가 그림을 잘 그리고 생황을 잘 불었는데 노래에 맞추어 생
황을 불게 하였다. 이에 손가락에 먹을 적셔 이 모습을 그리게 하였는데
정말 천륜의 아름다운 일이니, 또한 후손에게 전할 미담이라 하겠다. 마
침내 「적벽부」의 달 밝고 별 스러진다는 월명성희月明星稀 네 글자를 운자
로 하여 함께 오언과 칠언의 율시와 절구를 지었다. 밤이 깊어 돌아왔다.
내가 아들을 돌아보고 빙그레 웃으면서 말하였다.

"예전 동파가 마침 7월 기망에 적벽에서 노닐어 천고 노니는 사람들이
그 자취를 답습하여 비슷한 작품을 붓 끝에 남기려 하는데, 지금 우리가
갑자기 노닐 때 어찌 이리 상반된 것이 많은가? 날짜는 기망의 다음날
밤이요 함께한 사람은 「적벽부」에 나오는 객이 아니요 연주하는 악기도
퉁소가 아닌 생황이다. 하물며 현석강이라는 이름은 적벽과 크게 같지
않으니, 이 또한 이상하다. 우리와 소동파의 일이 상반된 것처럼 보인다.
그러나 취미는 같지 않은 것이 없다. 이에 17일을 기기망旣旣望이라 부르
고 이날 후손들로 하여금 노닐 만한 7월의 명절로 삼게 하노라."

권상신의 별서에는 위항의 시인 장혼張混도 가끔 찾았다. 인왕산 자
락에 살던 그를 별서로 모셔오기 위해 말을 보내었다 하니, 신분을 초

월하여 시와 강물을 사랑하는 마음을 읽을 수 있다.

독주를 마셔 훈훈하여 귓가의 한기가 가라지는데
빈 누각에 홀로 서니 새벽이 가까울 때라네.
맑은 밤기운은 모두 나의 것으로 들어오니
아득한 안개는 벼슬에 매이지 않은 것.
먼 포구의 거친 시골집은 성긴 숲 너머 보이는데
아득한 하늘 설핏 내린 눈에 별들도 말라 있네.
매번 빼어난 곳 만나 풍경을 실컷 즐기지만
시구가 남을 놀라게 하는 것은 절로 어렵다네.
醇酒醺醺却耳寒　虛樓獨立五更闌
淸明夜氣皆歸我　浩渺烟雲不繫官
極浦荒村踈木出　遙天微雪數星乾
每逢勝地饒風景　詩句驚人自爾難
_장혼, 「현호의 정자에서 참판 권서어 공을 모시고 함께 시를 짓다(玄湖亭子,
　陪西漁權參判共賦)」(『이이엄집而已广集』 270:485)

권상신이 머물던 청의정에는 취미루翠微樓라 이름 붙인 누각이 있었
다. 사위 홍한주는 이 취미루에서 다음과 같은 시를 지었다.

은자의 멋을 실컷 누리려고
시를 읊조리며 작은 정자에 앉았네.
구름과 노을에 섬들은 가물거리는데
물새들 안개 낀 물가에서 멱을 감네.
급한 물결은 은으로 만든 집채 같은데
먼 산봉우리는 푸른 병풍처럼 다가오네.
술이 있으니 그대들끼리 함께 취하시게

꼿꼿이 나 홀로 앉아 취하지 않으리니.

飽得幽人趣 吟哦坐小亭

雲霞迷島嶼 鷗鷺浴烟汀

急浪如銀屋 遙岑入翠屛

有酒君皆醉 兀然我獨醒

_홍한주, 「취미루翠微樓」(『해옹존고海翁存藁』장서각본)

　　이 취미루는 김이교金履喬(1764~1832)의 죽리관竹裏館과 이웃해 있었다.
권상신은 「취죽상송루기변翠竹相送樓記辨」에서 "나의 누각 이름은 취미루
이고 죽리자竹里子의 집은 죽리관인데 서로 이웃해 나란하다. 두 울타
리 경계가 있는 곳에 빈 누각이 하나 있어 왕래하기 편하다. 이 때문에
자주 이 누각에서 모였다. 죽리의 중형 강우江右 김이재金履載가 그 이름
을 취죽상송루라 하였다"라 한 바 있다. 김이교도 취죽상송루의 기문
을 지었다고 하는데 그의 문집 『죽리집』이 전하지 않아 그 내용을 확
인하기는 어렵다. 김이재(1767~1847)는 김이교의 아우다.[116] 취미루와
죽리관을 합하여 취미죽리상송루翠微竹裏相送樓라는 이름을 붙였는데 이
를 줄여 취죽상송루翠竹相送樓라 하였다. 권상신은 이곳을 두고 다음과
같은 시를 지었다.

　　흰 모래는 푸른 대숲에 이어져 있는데

　　산은 어둑하고 개울물은 졸졸 흐른다.

　　먼 언덕 천 그루 나무에 안개가 자욱하고

　　강물 가운데 한 척 배에 달빛이 비친다.

　　한 조각 마음은 예전 모임 기억하는데

　　세 밤이나 잔 것 어찌 범상한 인연이겠나?

116) 김이재는 자가 公厚고 호는 江右며, 開城府留守로 있으면서 『中京誌』를 편
　　찬하였다. 이조판서, 한성부 판윤, 義禁府 判事 등을 지낸 명환이다.

서로 보내고 다시 서로 만나니

문미에 붙은 글이 지난날을 떠올리게 하네.

白沙連翠竹　山暗水涓涓

遠岸烟千樹　中流月一船

片心猶舊契　三宿豈凡緣

相送還相遇　楣題憶往年

_권상신, 「삼가 죽리취죽상송루에서 맑은 밤 즉흥적으로 지은 시에 차운
　하다(敬和竹里翠竹相送樓, 清夜口占韻)」(『서어유고』 규장각본)

　취죽죽리상송루는 죽리취죽상송루라고도 한 모양인데 그곳에서 보
면 백사장 곁에 푸른 대숲이 펼쳐져 있고 그 사이로 개울물이 흘러내렸
다. 먼 언덕의 숲은 안개에 잠겨 있고 강물 위에는 달빛 아래 배가 떠
있다. 죽리관과 취죽루를 함께 누리면서 아름다운 풍광을 즐겼다. 문미
에 붙은 글은 김이교가 지은 것이었으리라.

　이렇게 하여 취죽루와 나란한 김이교의 죽리관이 조선 후기 우리
문화사에서 중요한 공간이 되었지만, 이보다 앞서 그 주인이 신작申綽
(1760~1828)으로도 나타난다.[117] 신작은 본관이 평산平山이고 자가 의보
儀父, 호가 완구宛丘다. 신대우申大羽의 아들로 형 신진申縉, 아우 신현申絢
과 함께 학문으로 이름이 높았다. 이들 집안은 광주廣州 사촌社村에 선
영이 있었지만 신대우는 처가가 있던 강화도의 옹일리翁逸里에서 머물
렀기에 그의 아들과 함께 강화학파로 일컬어진다. 신작 역시 이곳에서

---

117) 그런데 그의 현석동 죽리관은 앞서 구인기와 홍주국이 주인으로 있던 서강
　　의 죽리관과는 다소 거리가 있다. 죽리관은 竹里館 혹은 竹裏館으로 표기가
　　다르게 나타나기도 하지만, 王維가 輞川의 대숲에 지은 건물 자체를 두고
　　이렇게 서로 다르게 썼고 중국에서도 혼용되었으니 문제될 것은 없다. 다만
　　구인기와 홍주국의 죽리관은 서강대교 인근에 있었는데, 김이교의 죽리관
　　은 현석동에 있었다. 죽리라는 마을이 마포대교 북단과 서강대교 북단에 모
　　두 있었다고 보아야 할 것이다.

살다가 1787년 정월 현석동으로 이주하여 죽리관에 살았다. 그의 저술
『시차고詩次故』가 여기서 집필이 시작되었다. 그 학문을 계승한 정인보
鄭寅普는 「석천유고기石泉遺稿記」에서 "지금까지 강가의 높은 언덕에 정
자가 있는데 죽리관이라 한다. 곧 석천이 『시차고』를 편찬한 장소다"라
하였다.[118] 그러나 신작이 죽리관에 산 것은 불과 반 년 밖에 되지 않
거니와 이에 대한 기록도 다른 곳에서는 확인되지 않는다.

　김이교는 신작이 떠난 죽리관을 구입하여 자신의 소유로 삼은 것으
로 보인다. 김이교는 본관이 안동으로 김시찬金時粲의 손자다. 자는 공
세公世라 하였고 현석동 인근 죽리에 살아 죽리竹里를 호로 삼았다. 1810
년 통신사通信使로 일본에 다녀와 『계미통신일록辛未通信日錄』, 『한왜창수
집韓倭唱酬集』 등을 남겼기에 주목할 만한 인물이다. 안타깝게 그의 문
집이 전하지 않지만, 권상신 등 그의 벗들이 그가 살던 죽리관을 두고
거듭 시를 지었기에 역사에 존재를 드리울 수 있었다. 죽리관은 권상
신을 위시하여 탄초灘樵 이노익李魯益, 강우江右 김이재金履載, 홍관紅館 이
용수李龍秀, 단고丹皐 이학수李鶴秀, 백석白石 남이익南履翼, 석애石厓 조만
영趙萬永 등 당대 이름난 문인들의 시회 공간이었다.

> 춘수루 높아 속세의 더러움 말끔히 씻었기에
> 사람과 겨울 매화는 한 몸으로 합쳐졌다네.
> 코끝에 스미는 그윽한 향기에 정신이 아득한데
> 산뜻한 시구 억지로 찾으려니 생각이 많다네.
> 하늘 너머에서 온 세 불상처럼 떠받드는데
> 독 속에 가무리한 좋은 구슬처럼 숨겨두고 있다네.
> 지금 세상 자네만 임포林逋 처사라 하겠는데
> 몇 년이나 적막하게 담장 동편에 숨었던가?

---

118) 정인보, 「石泉遺稿記」(『石泉遺稿』 279:573).

春樓高絶六塵空 人與寒梅合一躬

嗅逼幽香神杳邈 刻尋新句思穹隆

尊如三佛來天外 藏若明珠韞櫝中

今世君惟林處士 幾年寂寞隱墻東

_권상신, 「죽리관으로 향하는 도중에 이탄초, 김강우, 이홍관, 이단고, 남백석, 조석애 등 여러 사람과 즉흥적으로 시를 지어 죽리에게 보이다(將向竹裏館途中, 與李灘樵魯益, 金江右履載, 李虹館龍秀, 李丹皐鶴秀, 南白石履翼, 趙石厓萬永, 諸公口號, 以示竹里)」(『서어유고』 규장각본)

위의 시에서 춘수루春樹樓는 조철영趙哲永이 마포에 둔 정자다. 조철영은 자가 원명原明이고 본관이 풍양인데 시회에 참여한 조만영과 한 집안 사람이다. 권상신 등은 춘수루에 들러 화분 위에 올려놓은 매화가 꽃망울을 터뜨리자 함께 향을 맡으면서 이렇게 시를 지었다. 춘수루 주인 조철영은 당시 조선의 선비들이 그러하였듯이 매화를 무척 좋아하였다. 매화 세 그루를 가지고 있었는데 둥치가 마치 승려의 모습처럼 생겼기에 매우 아꼈다. 그래서 남들이 보지 못하게 깊이 숨겨두곤 하였다. 춘수루가 높아 속세의 먼지가 이르지 않아 매화와 한 몸이 되었고 그러기에 매처학자梅妻鶴子의 고사를 남긴 임포林逋에 비의하였다.

이들은 김이교의 죽리관, 조철영의 춘수루, 김이양의 탁영정 등 인근의 이름난 정자를 돌아다니면서 시와 술과 꽃을 즐겼다. 위의 시에 등장하는 남이익 역시 이 무렵 이웃해 있는 육육정六六亭에 머물고 있었는데 이곳도 권상신의 시에 자주 등장하는 것으로 보아,[119] 이들의 시회 공간 중 하나였던 것이 분명하다. 남이익은 남태제南泰齊의 손자로 자는 공려公勵고 호가 백석白石인데 조부를 이어 『초서속편椒薯續編』을 저술한 학자다.

---

119) 권상신, 「往尋六六亭, 群花爛開, 主人不在, 悵然有作」(『서어유고』 규장각본).

이들의 모임에 참석한 바 있는 이만수는 1820년경 그의 벗들과 죽리관에서 하루를 유숙하면서 시를 지어 이 일대의 풍광을 남김없이 그려내었다.

> 깎아지른 가을 산 먼지가 사라졌으니
> 그윽한 가을 물엔 안개와 파도 아득하다.
> 그 가운데 금호에는 은자 한 분 계신데
> 시원스레 시골 옷에 저는 노새 타고 다닌다네.
> 읍청루 아래에서 목 놓아 뱃노래를 부르고
> 족한정 앞에서 배를 멈추고 밥을 먹는다.
> 밤섬이 빙 두르고 농암이 우뚝한데
> 강물은 점점 넓어져 하늘과 물이 이어지네.
> 거슬러 오르내린 것 몇 리가 되었던가?
> 온종일 강 가운데서도 절로 편안하다네.
> 어떤 객이 바둑을 두자 물고기 듣고 나오니
> 풍악을 베풀지 않아도 맑은 흥취 높아지네.
> 이번 여행 그저 물가의 달구경 하려 함이니
> 뱃머리에 지는 해 보고 저녁 조수 헤아린다.
> 강 하늘 아득하고 강 숲은 어둑한데
> 가끔 어촌의 불빛이 언덕에서 보이네.
> 동쪽에서 한 줄기 빛이 쏘이더니
> 맑은 기운 아스라이 혼돈混沌을 깨치네.
> 놀라워라, 강 가운데 은빛 무지개 거꾸러지더니
> 하늘가에 둥근 얼음 같은 달이 오르네.
> 밝은 달은 물과 같고 물은 달과 같은데
> 달과 물이 어우러져 근본으로 돌아가네.
> 어둠 속에 누가 우담발화優曇鉢花 보냈나,

세상에 정말 신선 사는 낭풍원閬風苑이 있구나.

풍고楓皐 노인 늙어 꾀죄죄한 나를 가련히 여겨

늘그막에 은혜롭게 데리고 함께 가 주셨네.

명문가의 후손이 다시 내 벗이 되었으니

풍류와 우아함은 혜강嵇康과 완적阮籍을 넘어서네.

소동파의 적벽처럼 땅이 맑고 훤한데

읍취헌挹翠軒의 잠두봉蠶頭峯은 이름이 높다네.

우리들 다행하게 옛사람의 자취를 밟았으니

즐거움은 물고기, 새와 함께 멋대로 누린다네.

모든 이들 실컷 마셔도 취한 줄 모르는데

밤이 깊어 바람 불고 이슬 내려 시원해졌네.

흰 모래 푸른 돌길 달빛 안고 거닐다가

돌아가지 않고 죽리관에서 하루를 묵으리라.

秋山戍削塵埃遁　秋水泱漭烟波遠

中有琴湖一逸人　野服蕭然匹驢蹇

挹靑樓下放櫂歌　足閑亭前停舟飯

栗島環鋪籠巖峀　江面漸濶天水混

沿洄不知行幾里　盡日中流自在穩

有客彈碁魚出聽　不用絲管淸趣損

此行端爲牛渚月　舷頭落日候潮晩

江天漠漠江樹黑　時見村火出林爇

東邊一綫初放光　灝氣空濛破混沌

忽驚波心倒銀虹　天半氷輪升宛宛

月明如水水如月　水月相受歸其本

闇中誰送優曇華　世間眞有閬風苑

楓老憐我老龍鍾　暮年惠好勤提挽

謝家寶樹更三益　風流爾雅凌嵇阮

蘇仙赤壁地淸曠 翠翁鼈頭名煒焜

吾輩幸躡古人跡 樂與魚鳥忘仰偃

四座轟飮不覺醉 夜久風露凉生幰

白沙翠磴携月色 竹里書館宿不返

_이만수, 「여러 공들이 배로 서강을 내려가 죽리관에서 묵다(與諸公舟下西江,
宿竹里館)」(『극원유고屐園遺稿』 268:53)

김조순金祖淳이 주관하여 서호에 배를 띄웠다. 조선 초기 최고의 시
인 읍취헌挹翠軒 박은朴誾과 용재容齋 이행李荇이 잠두봉蠶頭峯에서 뱃놀이
를 하면서 시회를 가졌던 것처럼 한바탕 놀았다. 그래도 그 흥이 가시
지 않아 죽리관에서 하루를 유숙하게 되었다.[120] 이 시기 죽리관이 읍
청루와 족한정과 함께 서호를 대표하는 정자로 명성을 날렸음을 확인
할 수 있다.

이후에도 죽리관은 서호의 명소로 남았다. 1907년 의친왕義親王이 서
호의 죽리관에 갔다는 기사가 보인다. 또 정인보가 신작이 머물던 죽
리관을 언급한 것으로 보아 20세기에 들어서도 이 집이 남아 있었던
모양이다.

---

120) 서강이라 하였지만 현석동의 죽리관을 이른 것으로 보아야 할 것이다.

13. 흥선대원군의 아소당

마포의 공덕동은 예전 공덕리孔德里라 하였다. 노고산 기슭에 있으며 염리동과 인접해 있고 그 남쪽이 마포동이다. 이곳에도 명사들의 별서가 있었다. 공덕리는 16세기 무렵 문헌에 그 이름이 등장하며, 오숙吳翻의 시에 송씨 성의 인물이 은거한다는 것이 보이므로[121] 조선 후기에도 많은 사람들의 집이 있었을 것이다. 18세기 성해응成海應과 친분이 있던 이현호李玄好라는 사람의 오송정五松亭이 공덕동에 있었다. 그 조부 이인배李仁培가 재상 소유의 이 정자에 우거하였고 그 부친 이양회李良會가 수리하여 소유한 후 이현호가 이를 물려받아 거주하게 되었다는 기록이 보인다.[122] 이 무렵 박제가朴齊家는 공덕리의 풍경을 다음과 같이 증언하였다.

눈 덮인 언덕 누구 집인지
울타리가 고목 둥치를 끼고 있네.
닭울음소리 대낮에 길게 퍼지고
노새 그림자 다리에 비스듬하네.
성곽의 나무를 지나서 오니
강마을 묵을 곳엔 노을이 펼쳐지네.
곧게 오르는 연기가 보이는데
장이 파했는지 까마귀 우짖네.
岸雪誰人家 籬根擁老槎
鷄聲當午永 驢影入橋斜

<hr>

121) 오숙, 「李吉甫遊孔德里宋氏幽居, 作一律, 要余以和, 余於宋, 雖欠平生驪, 聞其風可慕而友也, 卽樂而和之」(『天坡集』 95:13).
122) 成海應, 「五松亭記」(『研經齋全集』 273:329). 이현호가 편찬한 『江西縣志』가 규장각에 소장되어 있다.

城樹來時路 江邨宿處霞
遙看烟縷直 市罷有喉雅
_박제가, 「공덕리孔德里」(『정유각초집貞蕤閣初集』 261:443)

오늘날 공덕동의 풍경으로는 상상하기 어려운 한적한 마을이었음을 알 수 있다. 그만큼 권력가들이 명사들은 이곳에 잘 거주하지 않았다는 뜻이기도 하다. 이 때문에 흥선대원군興宣大院君 이하응李昰應(1820~1898)이 가난한 사람들을 내쫓고 자신이 묻힐 무덤을 만들었으며 또 쉴집 아소당我笑堂을 지을 수 있었다. 이하응은 권력을 잡고 있던 시절 운현궁運峴宮에 주로 거처하였고 세검정 쪽 석파정石坡亭도 경영한 것으로 알려져 있다. 이와 함께 한강 변의 별서 아소당도 19세기 후반 이름을 떨쳤다. 황현黃玹의 『매천야록梅泉野錄』에는 "공덕리의 천변은 동작진의 하류로 산세가 수려하고 마을이 즐비하게 널려 있었는데, 대원군이 이곳 민가를 철거하고 가묘假墓를 만들었다. 그 속에 당堂을 지어 광壙을 가리고 이를 아소당이라 하였으며 그 광을 우소처尤笑處라고 하였다. 신헌申櫶에게 당기堂記를 지으라고 명하였다"라 하였다.

이에 신헌(1811~1884)이 이하응의 명을 받들어 지은 「아소당기我笑堂記」에서는 "흥선대원군 합하께서 도성 서남쪽 10리 떨어진 공덕리에 수장壽藏을 점유하였는데 그 산은 삼각산의 지맥이 나누어서 오른쪽으로 휘감아 돌고 그 물은 한강의 물결이 나누어져 왼쪽으로 띠처럼 휘돈다"고 하여 그 지리적 위치를 말한 다음, 그 아소당이 정겸재鄭謙齋 수초당邃初堂의 터에 세워진 것이라 하였다. 그런데 수초당의 주인 정겸재는 정익하鄭益河(1688~1758)를 가리킨다. 정익하는 정양鄭瀁의 증손으로, 자가 자겸子謙이고 호는 회와晦窩와 함께 겸재를 사용하였으며 형조판서를 지냈다.[123] 외손자 대원군이 정익하의 행적을 높게 평가하여

---

123) 영조 초년 신임사화의 일을 엄하게 따졌다고 하였는데 『영조실록』(1729년 8월 8일)에 이 상소가 실려 있다. 다만 수초당에 대한 기록은 확인되지 않는다.

수초당 터에 서성이곤 하였는데 마침내 대원군의 소유로 넘어가게 된 것이 우연이 아니라고 하였다.

'아소'라는 뜻은 사람들이 생사의 이치에 초연하지 못한 것을 비웃는다는 뜻을 취한 것이다. 송의 학자 장재張載가 「서명西銘」에서 "살아서 내가 사리에 따라서 하면 죽어서도 내가 편안할 것이다(存吾順事 沒吾寧也)"라 하였고 주희朱熹도 그 뜻을 취하여 수장壽藏할 곳의 이름을 순녕順寧이라 한 바 있다. 이를 취하여 흥선대원군이 수장의 공간으로 아소당을 만든 것이라 하였다. 신헌은 여기에 더하여, 기뻐야 웃음이 나오는 법이라 하고, 온 세상 사람들이 다 웃을 수 있을 때 자신도 비로소 웃는다고 하였다. 범중엄范仲淹이 「악양루기岳陽樓記」에서 "천하 사람들이 근심하기 전에 내가 먼저 근심하고, 천하 사람들이 즐거워한 뒤에 내가 즐거워할 것이다(先天下之憂而憂 後天下之樂而樂歟)"라 한 말을 이렇게 변용하였다. 이하응은 이렇게 하여 세운 아소당에 시를 붙였다.

내 몸을 내가 짊어지니 임무가 가볍지 않은데
공무에서 물러나 한가한 날 술잔을 기울이네.
지난 일 모두 나의 꿈속 일인 줄 알겠는데
남은 생 세상 사람들 따라 한 것 그저 부끄럽네.
산촌에서 나막신 신으니 시골 이야기 구수하고
냇버들의 매미 소리 들으니 고시가 이루어지네.
백년인생 안배한 곳 자세히 따져 보니
전생이나 이승이나 나의 웃음거리라네.
吾負吾身任不輕 退公開日酒樽傾
從知往事皆吾夢 惟愧餘年任世情
理屐山村俚談好 聞蟬溪柳古詩成
細論百歲安排地 我笑前生又此生[124)]

대원군이 아소당을 짓자 이름난 문사들이 다투어 그 집을 빛내는 글을 지어 바쳤다. 허전許傳은 「아소당서我笑堂序」를 지었고 신좌모申佐模와 이유원李裕元은 「아소당명我笑堂銘」을 지었다.[125] 신응조申應朝도 「아소당기」를 지었는데 그 현판이 서울역사박물관에 소장되어 있다. 신좌모의 「아소당명」에 아소당의 모습이 잘 그려져 있다.

> 곧바로 도성 서쪽에서 10리도 가지 않은 곳에 돈대가 한강을 바라보고 있는데 이를 공덕이라 한다. 우리 대원군 합하께서 이곳에 터를 잡고 수장을 만들었다. 실로 주공周公이 왕을 멀리 떠나지 않는 뜻이라 하겠다. 대개 백악白嶽의 정맥이 서울이 되고 왕궁이 그곳에 있다. 한 지맥이 조금 남으로 틀어져 구불구불 일어났다 엎드렸다 뻗어내려 지기가 맺혀 언덕이 되는데 큰 강이 그 왼편을 가로지르니 정말 그윽한 땅이다. 판서를 지낸 수초遂初 정공鄭公이 영조 초년 글을 올려 신임옥사辛壬獄事를 항변하였는데 뜻이 굳세어 당시 물의가 꺼리는 바가 되었다. 마침내 물러나 서호의 물가에 집을 정하고 노년을 보내었다. 이곳이 곧 그 터다. 대원군께서 그 외손으로 이곳을 소유하였으니 또한 기이한 일이다. 이미 이곳을 정하고 나서 길가에 소나무와 잣나무, 버드나무 등을 심고 사방을 트이게 확장한 다음 가운데 당을 두고 아소당이라 편액을 달았다.
>
> _신좌모, 「아소당명我笑堂銘」(『담인집澹人集』309:527)

대원군이 외가로부터 집을 물려받아 아소당을 세웠음을 증언하고 있다. 아소당은 서울디자인학교 터에 있었다. 당시는 공덕동이었지만 지금은 염리동이다. 아흔 아홉 칸 대저택이었던 이 건물을 20세기 초

---

124) 이 작품은 『경향신문』(1974. 8. 27)에 실린 김응현의 「近代風物野話」에 소개되어 있는데 번역이 어색하여 일부를 수장하였다.

125) 許傳, 「我笑堂序」(『性齋集』308:257) ; 申佐模, 「我笑堂銘」(『澹人集』309:527) ; 李裕元, 「我笑堂銘」(『嘉梧藁略』315:378).

「아소당」(국사편찬위원회 소장 유리 필름). 20세기 초반 사노츠네하(佐野常羽)가 촬영한 것이라 한다. 우측 뒤편의 구릉이 그의 봉분인 듯하다.

반 촬영한 사진이 남아 있다.

아소당은 대원군의 문객이었던 가객 안민영安玟英(1816~1885)이 편찬한 시조집 『금옥총부金玉叢部』에도 등장한다. 시조와 함께 그 배경을 설명한 글이 같이 실려 있다.

우산牛山에 지는 해를 제경공齊景公이 울었더니
공덕리 가을 달을 국태공國太公이 느끼셨다.
아마도 고금영걸古今英傑의 강개심회慷慨心懷는 한가진가 하노라.

석파대로께서 임신년(1872) 봄 공덕리에서 쉬고 계셨다. 하루는 석양에 문인들과 시녀, 공인들을 거느리고 우소처에 오르셨는데, 풍악을 크게 베풀고 권하며 즐기는 사이에 해가 지고 달이 떠올랐다. 이에 한숨을 쉬고 탄식하여 "내가 지금 오십여 세인데 남은 해가 얼마이겠는가? 우리들은 역시 다음 생에서 모여, 이승에서 다하지 못한 인연을 잇는 것이 또한 옳지 않겠는가?"라 하시니 좌중의 사람들이 모두 얼굴을 가리고 눈물을 머금었다.

1872년의 일이니 아직 그 권세가 하늘을 찌를 무렵이다. 이즈음부터 아소당은 안민영 등 승평계昇平契에 속한 문인과 악인樂人들이 풍류를 즐기던 공간으로 활용되었음을 알 수 있다. 다만 아소당이라는 말 대신 우소처만 보이니 이때까지는 아소당이 아직 세워지지 않았을 가능성도 있다.

1873년 고종이 즉위 10년을 맞아 친정을 하면서 대원군은 실각하였다. 이 무렵 실의에 빠져 아소당을 자주 찾고 그곳에서 승평계 멤버들과 풍류를 즐겼다. 『금옥총부』에는 "병자년(1876) 6월 29일 내 회갑이었다. 석파대로石坡大老께서 나를 위해 공덕리 추수루秋水樓에 회갑잔치를 베풀어주시고, 우석상공又石相公께서 기악妓樂을 널리 부르도록 하시어 하루 종일 질탕하게 즐겼다. 이 어찌 사람마다 얻을 수 있는 즐거움이랴!"라는 기록이 보인다. 이를 보면 아소당의 추수루는 1876년 이전부터 존재하였고 그곳에서 흥선대원군과 그 아들 이재면李載冕이 안민영을 위하여 풍악이 어우러진 회갑연을 열어주었던 모양이다.

공덕리 천조류千條柳에 만년춘광萬年春光 머물렀고
삼계동三溪洞 구절폭九折瀑은 백장기세百丈氣勢 가졌으라
우리도 성세일민聖世逸民인져 태평가太平歌로 즐기리라.

아소당 추수루秋水樓에 주박珠箔을 걸고 보니
남포南浦에 구름 뜨고 서산西山에 비 지거다
석양에 청가세악淸歌細樂은 교주태평交奏太平 허더라.

삼월화류三月花柳 공덕리요 구월풍국九月楓菊 삼계동三溪洞을

아소당 봄바람과 미월방米月舫 가을 달을
어즈버 육화六花ㅣ 분분시紛紛時에 저주영매煮酒詠梅 하시더라.

아소당과 추수루는 인왕산 자락 석파정에 있던 미월방米月舫과 함께 대원군의 풍류를 상징하는 공간으로 자리하였음을 확인할 수 있다. 권좌에서 물러나 실의에 빠져 있던 대원군이 가객들과 어울려 시름을 잊은 공간이 바로 아소당이었던 것이다. 이승희李承熙의『강화일기江華日記』에도 1879년 이곳에 대한 기록이 보인다.

> 이에 양화나루로 내려가 용산과 마포로 향하는 길을 잡았는데 한양 입구의 큰 도시다. 상점과 주점이 산과 평지를 채우고 있으며, 배가 오가고 수레가 몰린다. 강 가운데 떠 있는 듯한 작은 섬이 있는데 수십 채 장사치들의 집이 그 꼭대기에 붙어 있다. 폭우를 한 번 만나면 물고기 밥이 되지만 이를 감수하고 사니, 이익이 그들을 꾄 것이라 하겠다. 세상에서 영리를 급히 꾀하는 자들이 이들이 아니라면 누구이겠는가? 작은 다리를 건너니 갑자기 빽빽한 큰 숲이 나왔다. 위에는 소나무가 아래에는 버드나무가 있으며 가운데 복숭아나무와 살구나무가 가지런하다. 큰 길이 중간에 나 있는데 그 끝부분에 번쩍번쩍하는 화려한 집이 나타났다. 화려한 단청이 사람을 비추었다. 인간세상의 기운이 아닌 듯했다. 공덕리의 아소당이라 한다. 그 위에 작은 누각이 있는데 우소처라는 편액이 달려 있다. 이곳은 지금 대원군의 수장壽藏이다.[126]

이를 보면 아소당이 얼마나 거창하고 화려한 건물이었는지 짐작할 수 있다. 세상사 모든 일을 한바탕 웃음으로 부치기에는 너무 화려한지라 이승희는 이를 씁쓸하게 여기고 한 잔 술을 마신 후 길을 재촉하

---

126) 국사편찬위원회의 한국사데이터 베이스의 것을 인용한다.

였다.

아소당은 근대사에서 비극의 현장이기도 하다. 1895년 10월 일본의 주한공사 미우라 고로三浦梧樓가 명성황후를 시해할 때 하수인을 보내어 대원군에게 그 승낙을 받아낸 곳이라고 한다. 그로부터 3년 후인 1898년 이하응은 한 많은 세상을 떠났다. 죽은 후에도 육신이 그곳에 있지 못하여 1908년 파주로 이장되었으며 1966년 휴전선과 접해 있어 성묘가 불편하다 하여 남양주 화도면 마석으로 다시 옮겨졌다. 아소당에 있던 소나무와 오동나무는 일본인에게 팔려나갔다고 한다. 1927년 2월 7일『동아일보』기사를 보면 이준공李埈公을 아소정에 봉안하면서 이하응의 무덤은 파주로 이장하였다고 하였는데 아소당은 이 무렵부터 아소정我笑亭이라고도 불렸다. 또 이준공은 손자 이준용李埈鎔이 일제로부터 받은 이름이다. 할아버지의 묘를 옮기고 손자가 그곳에 묻히게 되었다고 하니 희한한 일이다. 지금 아소당이 있던 터에는 표석과 함께 일부의 석물이 남아 있어 그 존재를 희미하게나마 알리고 있다.

8부

양화나루와 양천

조선시대 양화나루가 있는 한강을 양화강楊花江이라 불렀다. 양화나
루는 조선 초기 이래 '양화답설楊花踏雪'이라는 이름으로 「한도십영漢都十
詠」의 하나가 되었으니 특히 설경雪景이 아름다웠던 모양이다. 조선 초
기 성현成俔이 "서쪽으로 수십 리를 바라보면, 양화도와 잠두봉 사이에
강물이 넘실거리고 봉우리와 절벽이 협곡 같다. 강물을 뒤덮은 배들은
돛이 바람을 받아 배가 불룩하다"라 한 대로[1] 양화나루 일대는 잠두봉
蠶頭峰과 함께 서호의 가장 아름다운 곳으로 각광을 받았다.

그런데 『동국여지승람』에는 한양과 금천에 모두 양화나루가 보인
다. 근대까지 이곳의 강폭이 무척 좁았다. 이 때문에 예전 사람들은 굳
이 구분하지 않고 한강 북쪽 잠두봉, 지금의 절두산 아래 지역과 강 남
쪽 선유봉仙遊峰 일대를 통칭하여 양화나루라 하였다.[2] 정선의 「양화환
도楊花喚渡」에도 잠두봉과 선유봉이 모두 그려졌고 「양화진楊花津」에는
잠두봉 일대를 중심으로 그려져 있다. 일제 강점 때의 지도에는 강 남
쪽에 양화리楊花里와 양진리楊津里, 양평리楊坪里 등이 보인다.

양화나루의 상징은 강가에 있던 선유봉이다. 그리 높지 않은 물가
의 바위 봉우리인데, 여의도와 밤섬으로 나뉘어졌던 한강 물길이 양화
나루에서 합쳐지는 바로 그곳에 있었다. 권필權韠, 성로成輅와 함께 서
호삼고사西湖三高士로 알려진 이기설李基卨이 바로 이 선유봉 곁에 살았
고, 비슷한 시기 이정귀李廷龜가 보만정保晚亭을 경영하였다. 앞서 본 대
로 선유봉 동쪽에는 이수광의 아들 이성구李聖求가 만휴암晚休庵을 짓고

---

1) 성현, 「挹翠堂記」(『虛白堂集』14:441).
2) 조선 초기 茂豊正 李摠의 별서가 양화강 강가에 있었는데 鷗鷺亭을 짓고 西
湖主人이라 자처하였다. 1504년 가장 절친한 벗이자 장인인 南孝溫이 楊花渡
에서 부관참시 되었으니 興과 恨이 교차한 곳이기도 하다. 무풍정의 별서는
강 어느 쪽이었는지는 확인하기 어렵다.

정선, 「양화환도」(간송미술관 소장). 근경에 선유봉이 보이고 원경에 잠두봉이 보인다.

살았으며 이민서李敏敍와 이건명李健命 부자가 선유정사仙遊亭舍와 삼유정三有亭을 경영한 바 있다.[3]

양화나루 서쪽 한강 하류로 내려가면서 염창리鹽倉里, 증산甑山, 등촌리登村里, 공암리孔巖里, 가양리加陽里, 후포리後浦里 등의 마을이 있었다. 후포리는 오늘날 겸재 정선 미술관 북쪽의 궁산宮山 아래 마을을 이른다. 가양리는 그 동쪽의 마을이었다. 또 공암리에는 탑산塔山이 있는데 지금 구암 근린 공원으로 꾸며져 있다. 19c 초반 홍석주는 이 일대에 대해 다음과 같이 적었다.

배를 돌려 농암籠巖 아래를 지나 다시 서쪽으로 양화나루에 이르렀다.

---

[3] 影湖樓 혹은 沈湖樓 등의 누정도 문헌에 보이지만 연혁은 알기 어렵다.

배를 돌려 잠두봉 아래를 지났다. 다시 서쪽으로 가서 선유봉 북쪽을 지
나 염창탄鹽倉灘에 이르렀는데 물이 매우 얕아서 배를 끌고 지났다. 다시
서쪽으로 공암진孔巖津에 이르렀다. 네 개의 바위섬이 강 가운데 바둑처
럼 놓여있다. 큰 것은 공암이라 한다. 다시 서쪽으로 양천 관아 동쪽에서
조금 북쪽을 지나 석벽 둘을 만나게 되는데 하나는 자못 기이하다. 강이
여기서부터 서북으로 흘러 바다 입구에 가까워지고 물은 더욱 넓어진다.

    _홍석주, 「강을 따라 가면서(江行小記)」(『연천집淵泉集』 293:432)

    공암의 서쪽 궁산을 예전에는 파산巴山이라 하고 그 앞쪽 한강을 파
강巴江 혹은 두호斗湖라 불렀다. 이조년李兆年 형제가 길을 가다 황금 한
덩이 주웠는데 혼자 차지하고 싶은 욕심이 나서 이를 경계하기 위해
금덩이를 강에 던졌다는 아름다운 이야기가 전하기에 투금강投金江이
라고도 불렀다. 그 동쪽에 공암나루가 있었다.

    이 일대는 조선 초기부터 명환들의 별서도 많았다. 양천 관아 북쪽
파산 기슭에 정선의 그림에도 나오는 심정沈貞의 소요정逍遙亭, 이유李澗
의 소악루小岳樓와 이덕형李德泂의 이수정二水亭 등이 널리 알려져 있었
다. 이들 외에도 김응남金應南, 이명준李明俊, 유엄柳儼, 황덕길黃德吉등 명
가의 별서가 있었다. 이제 이들 별서를 차례로 보기로 한다.

1. 김응남의 영벽정과 그 후손의 염호

오늘날 염창동의 지명이 유래한 염창鹽倉이 공암나루 조금 상류에 있었는데 그곳에는 두미암斗尾巖 혹은 두암斗巖이라는 바위가 있었다. 그 곁에 병사兵使를 지낸 김말손金末孫(1469~1540)이 영벽정暎碧亭을 세웠다. 19세기 중반에 편찬된 송내희宋來熙(1791~1867)의 『계산담론鷄山談論』에는 영벽정의 유래가 소개되어 있다.[4] 이에 따르면 나주 금성당錦城堂의 신이 두미암 서쪽에 와 붙어 있게 되자 수목이 울창해지고 호랑이가 이르게 되었으며, 오가던 상인들이 치성을 드리지 않으면 재앙이 생겼다. 이에 김말손이 석불石佛이 된 두미암을 활로 쏘았더니, 꿈에 노승이 나타나 신평新坪으로 옮겨가겠다고 하였다. 이에 정자를 세운 것이 바로 영벽정이라 한다.

그런데 『여지도서輿地圖書』에는 염창리鹽倉里에 영벽정이 있는데 김말손이 지은 것으로 지금은 사라졌다고 하였다.[5] 1872년 「양천현지도」(규장각본)에도 관아 동쪽 광제암廣濟巖 곁에 영벽정 터를 표시해두었다. 광제암은 광주에서 떠 내려왔다 하여 광주암廣州巖이라고도 하는데 위에서 말한 두미암이다. 가양동 구암공원 안에 있는 바위가 이것이라 한다. 터만 남았음에도 지도에서 표기를 해두었을 만큼 후대에까지 이름이 높았던 곳이라 하겠다.[6]

> 두암은 예전 뛰어난 재상
>
> 영벽정 또한 이름난 정자.
>
> 바람과 달은 가업으로 전해지고

---

4) 버클리대학에 소장되어 있는데 고려대 해외한국학자료센터에서 온라인으로 자료를 제공하고 있다.

5) 김우철 역주, 『여지도서』(흐름, 2009).

6) 윤근수의 「題暎碧亭要和月汀相公鵝溪」(『月汀集』 47:210)에 영벽정이 보이지만 앞서 본 대로 이는 노량진 雨聲亭의 잘못이다.

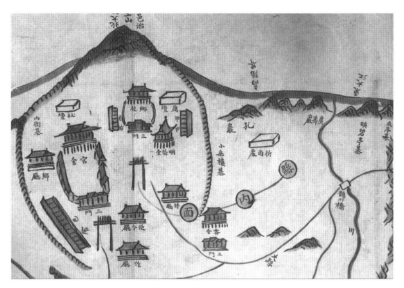

「양천현지도」(1872년, 규장각소장본). 양천 관아 오른쪽에 소악루, 공암, 광제암과 영벽정 등이 보인다.

강과 산은 지세가 딱 맞네.
가랑비 내리는 백사장에 백로가 나는데
푸른 여름 숲에는 꾀꼬리 울음 우네.
나그네 이르니 딴 생각 사라져
신선의 땅인 듯 백년 세월 보내고 싶네.

斗巖古賢相　映碧亦名亭

風月傳家業　江山得地形

鷺飛沙雨細　鶯語夏林靑

客至無他念　滄洲擬百齡

_송질, 「영벽정에서 함께 시를 짓다(映碧亭共賦)」(『부재일기』 권5)

1716년 엄경수는 송질宋瓆, 아우 엄경하嚴慶遐와 함께 영벽정에 올라 함께 시를 지었다. 이 시를 보면 영벽정의 주인이 두암斗巖이라 하였는

데 이는 두미암으로 김응남金應南(1546~1598)의 호가 여기서 나왔다. 김
응남은 김말손의 증손으로 벼슬은 좌의정을 지냈다. 노년에 이곳에 물
러나 살았는데 『양천군읍지』(규장각본)에는 김응남의 시가 실려 있다.

버들 그늘 아래 움막에 임시로 집을 정하고
공무를 마치고 돌아와서 문득 문을 닫았네.
한 가지 일도 하지 않고 그저 취해 누울 뿐
백년 인생 이 몸 한가함은 얻기가 어렵구나.
청명에도 남쪽 땅이라 꽃이 막 피었건만
한식날인데 봄바람 불어도 제비 오지 않네.
집사람에게 맛난 술 받아오게 말해놓았으니
내일 아침 병든 몸 일으켜 앞산을 오르리라.

僑居斗屋柳蔭間 衙罷歸來却閉關
一事不營惟醉臥 百年難得是身閑
淸明小南花初發 寒食東風燕未還
說與家人沽美酒 明朝扶病上前山

김응남이 죽고 나서 한참 세월이 흐른 1639년 이경전李慶全은 김두남
金斗南과 함께 그가 살던 정자 터에 올라 다음과 같은 시를 지었다.

두암의 정자가 강물 곁에 있는데
사람 가고 정자 낡았으니 몇 년이 지났나.
영험한 은행나무는 그늘 짙게 드리우고
못 믿을 버들 꽃은 물가에서 반짝이네.
당당한 대의는 산하처럼 장대한데
끊어질 듯 가녀린 말씀은 자상하셨지.
백발의 두 늙은 후생이 아직 살아있어서

술동이를 마주하니 눈물이 수건을 적시네.

斗巖亭子枕江濱 人去亭荒閱幾春

鴨脚有靈陰鬱鬱 楊花無賴水潾潾

堂堂大義山河壯 斷斷微言耳面親

白髮後生餘兩老 樽前相對一沾巾

_이경전, 「기묘년 4월 28일 파강 김일숙이 나를 맞아 양호의 김두암 상공
의 정자 터에 올랐기에 석상에서 시를 지어 일숙에게 보이다(己卯四月二十
八日, 巴江金一叔邀余登楊湖金斗巖相公亭基, 席上示一叔」(『석루유고石樓遺稿』 73:393)

김응남은 임진왜란의 소용돌이 속에서 명분을 바로 세우고 국정을
원만하게 이끈 명재상이다. 이 시를 보면 이 무렵 김응남의 정자 영벽
정은 무너지고 터만 남았음을 알 수 있다. 이경전과 함께 이 정자를 찾
은 김일숙은 김두남(1559~1647)으로 김응남과는 사촌 간인데 그의 별서
역시 인근에 있었다. 노량진에 살고 있던 이경전과 가장 절친하여 함
께 노량강에서 썰매를 지친 「노량강에서의 눈썰매(露湖乘雪馬記)」를 앞서
본 바 있다. 이들은 여름에는 배를 타고 노량강에서 파강까지 유람한
바도 있다. 김두남이 「노호선유기露湖舡遊記」로 기록하였는데 불행히 이
글은 전하지 않고 여기에 붙인 이경전의 발문만 남아 있다.[7] 또 김두
남은 늙은이집이라는 뜻의 초가삼간 구로암鳩老菴을 짓고 살았는데 이
를 두고 이경전은 상량문을 지어준 바 있다.

터는 정말 바둑판처럼 반듯하지만, 집은 배의 봉창처럼 낮고 작다네.
일은 아침 절구 소리 마을을 울릴 때 시작하여,
공사는 해가 숲에 걸릴 때 끝이 났다네.
어찌 이리 빠른가? 얽어매고 짚을 덮어 차례로 해나가니

---

7) 이경전, 「金巴江露湖舡遊記跋」(『石樓遺稿』 73:428).

누군가가 도운 듯, 귀신의 힘인가, 저절로 이루어졌네.

여러 시설이 두루 갖추어지니, 서까래와 용마루와 들보라네.

모두 합쳐 세 칸이니, 마루 하나에 방 하나, 부엌 하나 두었지. (중략)

성긴 울타리 작은 문이지만 객이 오면 청할 것에 대비하고,

버들 심고 매화 옮겨 봄이 와 고운 빛 장식하기를 기다린다네.

복사꽃과 고운 풀, 푸른 물결과 누런 구름,

가랑비와 가벼운 안개, 훈훈한 바람과 따사로운 햇살,

오른편의 거문고와 술동이, 왼편의 그림과 책,

절로 이르는 것마다 삶을 부친다네.

잔설에 밭을 갈고 석양에 낚시하니 나머지 다른 일은 하지 않는다네.

영롱한 물과 달이여 하필 아름다운 여인의 노래를 기다리랴?

들쭉날쭉한 대숲이 마침 어리석은 종놈 부르기에 알맞다네.

基端正如枰局 屋低小猶舟篷 役始於朝杵鳴村 事訖而高甃掛樹

何其速也 縛之茸之 就次而爲 若有助焉 神耶鬼耶 自然而致

曲盡諸具 其椽其棟其樑 通共三間 一廳一房一竈 (중략)

疏籬小戶 聊備客至而喚應 種柳移梅 姑待春來之潤色

桃花芳草 綠浪黃雲 細雨輕煙 和風暖日.

右琴尊左圖史 自是隨處生涯 耕殘雪釣夕陽 不過箇中餘事

玲瓏水月 何必絕唱佳兒 嶙谷參差 適有使喚癡僕

_이경전, 「구로암의 상량문(鳩老菴上樑文)」(『석루유고石樓遺稿』 73:437)

아름다운 사륙문四六文에 그 소탈한 삶을 이렇게 칭송하였다. 이수광이 그의 초당에 붙인 시 역시 구로암을 가리키는 듯하다.

강가의 높은 누각 시원한 바람 맞는데

하늘이 누를까 땅이 끝장날까 의아하네.

산은 무악을 향하여 구름 너머 꽂혀있고

물은 공암으로 흘러 바다로 돌아가네.

한가하게 낚싯배 몸을 싣고 함께 달빛을 부르고

취해서 졸다 보면 모래톱의 갈매기와 함께한다네.

이 사이 진정한 맛을 그림으로 그려내기 어려우니

지금 세상에 그 누가 왕마힐의 공을 가졌겠는가?

高閣臨江軒納風　看天疑壓地疑窮

山朝毋嶽揷雲外　水注孔巖歸海中

閑載釣舟呼月共　醉眠沙渚與鷗同

此間眞趣知難畫　今世何人摩詰工

_이수광, 「김일숙의 양화 초정의 시에 차운하다(次金一叔楊花草亭詩韻)」(『지봉집芝峯集』(66:55)

이수광은 정자가 강가에 높이 솟아 하늘에 닿을 듯하고 그 아래 강물이 깊어 땅이 꺼진 듯하다고 과장하여 김두남의 별서를 칭송하였다. 멀리 구름 너머로 무악산이 보이고 가까이 공암을 거쳐 서해로 들어가는 강물을 바라보는 것도 흥을 돋운다. 이러한 곳에서 한가하게 낚시를 하면서 달빛을 즐기고 술에 취해 졸다보면 갈매기처럼 매사에 무심해진다. 이렇게 아름다운 풍경은 왕유王維처럼 뛰어난 화가도 묘사하기 어려울 것이라 하였다.

김응남이 살던 두암의 영벽정도 이에 못지 않게 아름다웠으리라. 그래서 그 아름다운 땅에 후손이 대를 이어 살았다. 김응남의 아들이 김명룡金命龍인데 아들을 두지 못하여 김응남의 아우 김기남金起南의 손자 김진문金震文을 후사로 삼았다. 그러나 김진문 당대부터 이미 벼슬이 끊어졌고 학문을 이루지도 못하였는데, 김진문의 딸이 한 마을에 살던 엄즙嚴緝(1635~1710)과 혼인하면서, 김응남이 살던 마을은 영월 엄씨 집안이 더 큰 주인으로 행세하게 되었다. 김기남 집안과 혼인을 맺은 영월 엄씨는 조선 초기 엄송수嚴松壽 때부터 양천에 세거하였는데[8]

중종 연간의 문인 십성당十省堂 엄흔嚴昕(1508~1543)의 이름이 높다. 엄즙은 그의 고손자다. 특히 엄즙, 엄경수嚴慶遂(1672~1718), 엄숙嚴璹(1716~1786) 등 3대가 나란히 문과에 급제하면서 조선 후기 소북小北의 명가로 발돋움하였다. 이들 역시 대대로 양천에 살았다.[9]

특히 엄경수의 『부재일기孚齋日記』에는 양천 일대의 역사가 자세히 기록되어 있다. 1711년 7월 엄경수는 이 마을에 조직된 계契를 두고 글을 적었다.[10] 이에 따르면 그의 외가인 김응남의 후손들이 대를 이어 10여 호가 파강에 사는데, 장정들은 매일 몰려다니면서 장기를 두고 어린이들은 무리지어 뛰어다니면서 노래를 부를 뿐, 모두들 독서에 힘을 쏟지 않았다. 이에 김응남의 5대손 김돈金墪과 엄경수의 외삼촌 김태제金泰濟가 모임을 만들고 그 규약을 정하였다. 매달 보름과 그믐날 모여 책을 읽고 글을 짓는 훈련을 하게 하였다고 한다.

김태제의 아우 김숭제金嵩濟(1704~1781)는 김응남을 현창하는 일을 도맡아 하였다. 김숭제는 자가 여고汝高이고 호는 염호濂湖라 하였는데 염호는 염창동 앞쪽의 강을 우아하게 바꾸어 호로 삼은 것이다. 그는 1753년 국가로부터 김응남의 시호 충정忠靖을 받아내었고 채제공으로부터 글을 받아 신도비를 세웠다.[11] 그리고 그 자신이 죽어 인근에 살

---

8) 趙顯命,「判書嚴公神道碑銘」(『歸鹿集』 213:26).

9) 엄즙은 자가 敬止고 호가 晩悔인데 양천에서 생장하였으며 예조판서를 지냈다. 그 아들 엄경수는 자가 成仲이고 호가 孚齋인데 당인의 배척을 받아 벼슬은 홍문관 수찬에 그쳤다. 35세 되던 1706년 2월부터 1718년 5월 세상을 뜰 때까지 자세한 삶의 기록을 남겼는데 규장각에 소장되어 있는 『孚齋日記』가 바로 그의 문집으로 일기를 겸하고 있다. 엄경수의 형 嚴慶遇는 벼슬이 僉正에 머물렀는데 호를 巴陵이라 한 데서 알 수 있듯이 파강을 사랑한 사람이었다. 그의 집 虛舟窩는 이 집안의 종가 역할을 하였다. 또 엄경수의 아들 엄숙은 초명이 璘이고 자는 孫文, 호는 梧西인데 1773년에는 冬至副使로 청나라에 다녀왔으며, 호조참판, 형조판서 등을 지냈다. 『부재일기』와 같은 방식으로 저술을 정리한 『生溪隨記』가 규장각에 전한다.

10) 엄경수,「文約序」(『孚齋日記』 권2, 규장각 소장).

11) 채제공,「大匡輔國宗祿大夫議政府左議政兼領經筵事監春秋館事世子傅贈原城

던 황덕길黃德吉로부터 묘지명을 받음으로써 이 집안의 별서가 후세에까지 알려지게 되었다. 황덕길은 "염호의 북쪽은 징산澄山인데, 염호 김효자金孝子의 선산이 있다. 그 남쪽 기슭에 망두정望斗亭 터가 있는데, 재상을 지낸 충정공의 별서로, 5세손 동몽교관童蒙敎官이 받들어 지키고 있다"라 하였다.[12] 동몽교관은 김숭제인데 효자로 소문나 염호효자라는 별칭을 얻은 인물이다. 인근에 소금창고 염창이 있었는데 황덕길은 이를 우아하게 염호濂湖라 부르고 그 북쪽에 있는 떡시루처럼 생긴 증산甑山을 징산澄山이라 하였다. 마을은 자연스럽게 염촌濂村이 되었다. 염창鹽倉의 소금이 이렇게 바뀐 것이다. 엄경수의 『부재일기』에도 염촌과 징산 등의 명칭이 보이니 18세기 무렵 이런 이름이 생긴 듯하다.

김숭제는 가난하지만 조상이 물려준 땅을 지키면서 살았다. 영조가 왕위에 오르기 전에 배를 타고 강화도를 지나다가 멀리서 망두정 터를 여러 차례 지났는데 강과 산이 빼어난 것을 보고 주인을 찾아 구입하려고 하면서 백금 서 말을 주겠다고 하였지만, 김숭제는 정색하고 조상이 물려준 것을 팔 수 없다 하였다. 이에 영조도 강제로 팔게 할 수 없었다는 이야기가 황덕길이 지은 그의 묘지명에 보인다. 김숭제는 만년에 자신의 초라한 집을 인독재忍獨齋라 하였다. 당唐나라 왕적王績의 「주점을 지나며(過酒家)」에 "눈에 보이는 이들 모두 취했으니, 어찌 차마 혼자서만 깨어 있으랴(眼看人盡醉 何忍獨爲醒)"이라 한데서 딴 이름으로 보인다. 술로 시름을 잊겠다는 뜻을 담은 듯하다. 가끔 지팡이를 끌고 망두정 터에 올라 큰 나무 그늘에서 배회하곤 하였다 한다. 망두정은 두호가 바라다보이는 곳에 있던 정자인 듯한데 아마도 그의 집안 선조가 세운 듯하다.

府院君忠靖公斗巖金公神道碑銘」(『樊巖集』 236:313).

12) 黃德吉, 「贈童蒙敎官金公墓誌銘幷序」(『下廬集』 260:484).

2. 이덕연과 이덕형 형제의 이수정

정선의 그림으로도 전하는 이수정二水亭은 17세기 양천의 명소였다. 『양천군읍지』에 따르면 효령대군의 정자인 임정林亭이 염창탄의 석벽 위에 있었는데 후에 한흥군韓興君 이덕연李德演과 아우 이덕형李德泂이 이수정으로 고쳐 짓고 소요하였다. 염창탄 석벽이라 하였으니 증산甑山, 지금은 증미산이라 부르는 염창공원 즈음에 있었을 것이다.

이덕연(1555~1636)은 본관이 한산韓山으로 이색李穡의 후손이다. 자가 윤백潤伯, 호가 이수옹二水翁인데, 바로 이수정에서 가져온 것이다. 이경전의 부친 이산해는 「이수정기」에서 그 연혁을 다음과 같이 적었다.

> 우리 집안사람인 이덕연 군이 양화나루 남쪽 언덕에 정자를 하나 지어 백로주白鷺洲와 서로 마주 보게 해놓고 이름을 이수정이라 하였다. 물이 양화나루로 흘러드는 것이 두 곳이 있는데, 이는 이태백의 시에서 "두 물길이 백로주를 나누었다(二水中分白鷺洲)"라는 구절에서 취한 것이다. 이 군의 왕조부王祖父 상국공相國公이 일찍이 이곳을 차지하여 작은 정자를 지으려 하였지만 뜻을 이루지 못했는데 이 군이 이곳에 정자를 지은 것은 그러한 선조의 뜻을 이은 것이다. 이 군은 젊어서 과거공부를 익혔지만 여러 차례 뜻을 이루지 못하였고 음사蔭仕로 현감이 되는 데 그쳤다. 얼마 지난 후 사임하고 돌아와 이 정자에서 노년을 보내면서 산수를 즐기겠노라 하였다. 이 군의 아우 보덕공輔德公이 막 조정에서 현달한 직책에 올랐으므로 동생을 찾을 때가 아니면 도성 안에 들어가려 하지 않았다. 이것이 어찌 권귀權貴한 자의 문에 드나드는 것과 비교할 수 있는 것이겠는가?
>
> 대개 산수山水가 사람의 이목을 기쁘게 한다는 것은 사람이 똑같이 느끼는 것이지만, 실제로 마음에 얻는다는 것은 어려운 일이다. 일례로 구양수歐陽脩는 마음에 얻었지만 술에 부쳤고 소동파蘇東坡는 마음에 얻었지만 글에 부쳤으니, 모두 뜻을 산수에 전념한 것은 아니다. 지금 이 군은

정선, 「이수정」(개인소장). 신선이 되어 날아오르는 듯한 높다란 우화대 위에 이수정이 보인다.

산수를 오로지 아끼고 독실하게 즐기고 있다. 언어로 표현할 수 없고 문자로 기술할 수 없으며 그림으로 묘사하기 어려운 데까지 이르렀으니, 혼자서 마음에 터득하여 스스로 흥겨워서 절로 춤을 추는 경지는 속인俗人과 말하기 어려운 점이 있다.

하루는 이 군이 나를 찾아와서 말하였다. "네 계절의 경치가 하나가 아닌데 사람들은 모두 봄에 피는 꽃과 가을에 뜨는 달만을 으뜸으로 삼습니다마는, 내가 즐기는 것은 겨울에 있습니다"라고 하였다. 아, 이 군이야말로 참으로 즐길 만한 것이 무엇인지를 아는 자라 하겠다. 내 생각에는, 검은 구름이 하늘을 뒤덮고 하얀 눈이 공중에 흩날리면 들녘과 물가가 모두 은세계가 되고 새 그림자와 사람의 흔적이 모두 끊어진다. 긴 강은 얼어붙고 백옥 같은 봉우리는 하늘이 받치고 있는 것처럼 보인다. 얼음같은 달이 구르는 듯 뛰는 듯 비쳐 만 리가 마치 한 폭의 그림과 같을 때, 문을 열고 바라보면 천지와 육합六合이 비어서 밝고 티끌 하나라도 그 사이에 흠집을 남기는 일이 없다. 그 황홀한 모습은 마치 몸이 수정궁水晶宮 속에 있으면서 달 속의 항아姮娥와 대화를 나누는 것만 같다. 아, 이 군의 즐거움이 여기에 있는 것인가, 그렇지 않은 것인가.

이러한 내용을 가지고 보덕 공에게 가서 말하면 그가 반드시 크게 칭찬하고 감탄하면서 "산수에 대하여 아는 자는 우리 형이고 우리 형을 아는 자는 아계鵝溪 이모李某로구나"라고 할 것이다. 이것을 기문으로 쓰지 않을 수 없다. 나의 집이 노량진 강가에 있어 바라보면 겨우 10여 리에 지나지 않는다. 세모에 얼음이 두껍게 얼어붙거든 썰매를 타고 내려가서 이수정 위에서 하룻밤을 자고, 바라다보이는 옥과 같은 숲과 산에 대하여 낱낱이 주인을 위하여 시를 지어볼 것이다.

만력萬曆 을사년 중춘仲春에 아계병생鵝溪病生이 기문을 짓는다.

_이산해, 「이수정기二水亭記」(『아계유고鵝溪遺稿』 47:574)

1605년 이산해가 노량강에 우거할 때 쓴 글이다. 이 글에 나오는 대로 노량강에 우거하면서 겨울철에는 썰매를 타고 이수정으로 찾아가 하루 유숙한 바도 있다. 만년 노량강에 살았던 황정욱黃廷彧도 이수정에서 지은 시가 전한다.[13] 이산해는 양화나루에서 한강의 물길이 둘로 나누어지기에 그곳을 이수二水라 하므로 정자의 이름을 이수정이라 한 것이지만 이백李白의 시구를 염두에 둔 것이기도 하다고 했다. 이수정은 안양천이 한강으로 흘러드는 곳에 있었는데 그 곁에 우화대羽化臺라는 언덕에 있었다. 우화대는 바로 염창탄의 적벽을 이르는 듯하다. 그 북쪽에 아름다운 모래톱이 있어 이백의 시에 맞추어 백로주白鷺洲라 하였는데 난지도로 추정된다. 중종 때 영의정을 지낸 이유청李惟淸이 정자를 지으려고 하였지만 뜻을 이루지 못하다가 그 후손 이덕연이 1605년 무렵 그 뜻을 이어 이수정을 지은 것이다.

허목許穆이 1658년 지은 글에 따르면[14] 이수정은 당시 그림으로도 그려져 있었던 모양이다. 허목은 "아침에는 새벽안개가 아직 걷히지 않고 해가 수풀 사이로 막 뜨기 시작하여 드문드문 갠 빛이 있다. 남쪽을 바라보니 고목古木과 푸른 절벽이 반공에 떠 있는 듯한데, 그 위에 희미하게 보일 듯 말 듯한 것이 이수정이다. 내가 배를 타고 이 정자 곁을 지나다닌 것이 어제 오늘만은 아니지만 강 위에 짙게 피어난 운무雲霧의 아름다움은 모두 오늘 바라본 경치만 못했다"라 하여 그 아름다운 풍광에 감탄을 금치 못하였다. 정선의 「이수정」을 보면 이수정이 한강 가의 높은 절벽 위쪽에 자리하고 그 뒤로 높다란 나무가 솟아 있으니 허목의 기록과 다르지 않다. 허목은 시와 그림으로 장식한 이수정 화첩을 그의 증손 이완李浣이 가져왔는데 하나는 임진왜란 때인 1599년 조선으로 온 중국 장군 만세덕萬世德의 그림에 주지번의 시를 붙인 것이고 다른 하나는 이산해와 이덕형李德馨이 직접 짓고 쓴 시라 하였다. 그림은 전하지 않지만 이산해와 이덕형의 시는 문집에 실려 전한다.

젊은 시절 자주 서호의 나그네 되어
열흘에 아흐레는 양화나루에 배를 띄웠지.

---

13) 황정욱, 「二水亭」(『芝川集』 41:445).
14) 허목, 「二水亭詩畵帖跋」(『記言』 99:97).

묻노니 강산아 나를 기억하겠느냐

백발의 이 신세 다시 옛 풍류가 없으니.

少年慣作西湖客　十日楊花九泛舟

爲問江山能記我　白頭無復舊風流

노량강 그 남쪽은 내 숨어 사는 곳

듣자니 자네 정자가 백로주를 내려본다지.

사또께 말하노니, 꼭 품평을 해보아 주시오

두 강의 풍치가 어느 것이 더 나은지를.

露梁南畔我菟裘　聞說亭臨白鷺洲

寄語使君須品第　兩江佳致定誰優

_이산해, 「이수정에서(二水亭)」(『아계유고』 47:536)

백로주 남쪽 우화대에서 멀리 바라보면

두 강물은 두 마리 용이 휘감은 듯하다지.

맑게 화장한 구름낀 산은 문을 엿보고

은세계를 이룬 눈과 달은 허공에 떠 있네.

봄이면 안개 속 꽃을 쫓아 작은 배를 띄우고

가을이면 물고기와 게 잡아 술을 마신다네.

중분中分이니 반락半落이니 모두 진부한 말

다시 어떤 이로 하여금 시로 짓게 하겠는가?

白鷺洲南羽化臺　重湖遙作兩龍廻

澹粧窺戶雲山出　銀界浮空雪月開

春逐煙花撑小艇　秋收魚蟹薦深杯

中分半落皆塵語　更遣何人領略來

_이덕형, 「이수정 시권에 쓰다(題二水亭卷)」(『한음문고漢陰文稿』 65:292)

이덕형이 이른 우화대는, 정선의 그림에 보이는 이수정이 자리한 높은 절벽이다. 『양천군읍지』에는 이들 작품 외에 이덕연의 아우 죽천 이덕형의 시를 위시하여 주지번과 만세덕 등의 시가 함께 실려 있다.

정선의 그림에서 이수정이 깔끔하게 관리되고 있음을 볼 수 있거니와 그 이후에도 비교적 오래도록 온전한 모습으로 전승되었다. 이승희李承熙의 『강화일기江華日記』에는 1879년 이곳을 들렀을 때 본 이수정을 다음과 같이 기록하고 있다.

> 치곡樨谷 노인이 돌아가면서 나를 위해 염창 도정都正 이상규李祥奎 씨에 대해 성대하게 말하였다. "이 사람은 하려下廬 황덕길 공의 고제자로 은거하면서 스스로 즐거워하는데 저작을 일삼지 않고 그저 근실하게 몸을 수양하는 일만 하고 있으니, 한 번 볼만하오"라 하였다. 내가 기쁜 마음에 그렇게 했다. 그 집으로 들어가니 이 공은 막 병들어 이불을 끼고 있었다. 절을 하고 말씀을 청하였는데 사양할 뿐이었다. 마침내 그 깊이를 알 수가 없었지만 덕이 노실老實하여 존경할 만하였다. 그 집에 이수정이라는 현판이 붙어 있는데 지형이 봉황의 터 같았다. 현판에는 만세덕, 주지번 등의 시가 걸려 있었다.[15]

이상규는 아마 이덕형의 후손인 듯한데 황덕길의 고제자라 하였다. 허목이 말한 만세덕과 주지번의 시가 이수정에 그때까지 전하고 있었음을 알 수 있다. 그러나 불과 20년도 지나지 않아 이수정은 허물어졌다. 아마 이상규가 이 집안의 역사를 마지막으로 간직했던 인물인 듯하다. 1899년 나온 『양천읍지』에는 이수정이 사라지고 터만 남았다고 하였다. 다음 허전許傳의 시도 그러하다.

---

15) 국사편찬위원회의 한국사데이터베이스에 실린 자료를 이용한다.

이름난 정자는 터만 남고 텅 비었는데
대 아래 찬 물결만 밤낮으로 흘러오네.
물가에 높은 누각 세웠다는 말은 들었건만
강을 등지고 보이는 것은 작은 집 하나뿐.
천 권의 책으로 은거하는 것이 참된 즐거움
한 잔 술로 허망한 인생 시름을 흩노라.
서쪽으로 두호를 바라보니 가을빛 완연한데
지금까지 오래된 나무에 저녁 바람이 불어오네.

名亭遺址有空臺 臺下寒潮日夜廻
臨水曾聞高閣起 背江惟見小堂開
幽居眞樂書千卷 浮世閒愁酒一盃
西望斗湖秋色裏 秖今古木晚風來

_허전, 「이수정 현판의 시에 차운하다(次二水亭板上韻)」(『성재집性齋集』 308:57)

운자를 볼 때 이덕형의 시를 차운한 것이니 같은 이수정에서 지은
것임을 알 수 있다. 이 시의 제목 아래 "죽천 이판서 옛 정자(竹泉李判書
舊亭)"라는 주석을 달았는데 죽천이 바로 이덕연의 아우 이덕형의 호이
다. 정자는 사라지고 이덕형의 시만 전해지고 있었던 모양이다.

3. 운당곡의 이명준과 은행정촌의 유상운

안양천이 한강과 만나기 전에 있는 신정동 일대는 예전에 당곡리堂谷里라 불렀고 그곳에는 운당곡賞簹谷이라는 운치 있는 이름의 마을이 있었다. 운당은 왕대를 이르는 말이다. 대나무 그림으로 이름을 떨친 송의 문인 문동文同이 소동파와 시를 주고받은 양주洋州에 운당곡이 있기에, 누군가에 의해 우아한 이 이름이 붙은 듯하다.

이곳에는 이명준李命俊(1572~1630)이 살았다. 이명준은 본관이 전의로 이제신李濟臣의 아들이다. 이 집안의 경저는 남산 기슭 회현동에 있었고, 향저는 양평의 수입리, 당시에 수회리水回里라 부르던 산수가 아름다운 곳에 있었지만 운당곡에도 별서를 따로 두었다. 이명준은 자가 창기昌期이고 호는 잠와潛窩 혹은 퇴사재退思齋를 사용하였는데, 바로 이 잠와와 퇴사재가 이 마을에 있던 집이다. 그가 양천의 운당곡으로 들어간 것은 1602년 봄이었다. 1601년 사마시에 합격하였고 1603년 문과에 급제한 것을 보면 과거 공부를 위해 칩거한 듯하다. 그 후 30여 년 벼슬길에 분주한 나날을 보내다가 1630년 병조참판에 제수되었다. 이때 벼슬길에 나가지 않고 운당곡으로 돌아왔다. 그리고 얼마 있지 않아 세상을 떴고 선영이 있는 양평의 수회리에 묻혔다.

운당곡에 있던 그의 집은 잠와라 하였다. 이명준이 운당곡에 기거한 것은 생의 마지막 6개월을 넘지 않으니 삶을 정리하기 위하여 이곳으로 물러난 듯하다. 잠와는 초가로 지은 몇 칸 되지 않은 작은 건물로 겨우 비바람만 가릴 정도였다.[16] 벗 장유張維가 잠와의 기문을 지어 주었는데 "처음에 창기 씨가 잠와의 기문을 지어 달라고 부탁해 왔을 때는 본디 그런 집이 있지도 않았다. 금년에 들어와 창기 씨가 병으로 일을 그만두고 내려오면서 그 집도 따라서 이루어졌다. 이에 사람을 보

---

16) 김상헌, 「行司諫院大司諫李公神道碑銘」(『淸陰集』 77:321).

내 나에게 '잠와가 이제 비로소 나의 소유가 되었으니 그대가 끝내 한마디 말을 해 주지 않아서야 되겠는가?'라 하기에 내가 그렇게 하겠다고 하였다"라 하였다.[17) 이를 보면 이승을 떠나기 전에 잠와를 후세에 글로 전하고자 하였음이 분명하다.

이명준은 병을 요양하려고 내려와서 한가로이 쉬고 있었지만, 장유는 "밝은 것은 어두운 곳에서 생겨나고 감통感通은 적연寂然에 뿌리를 둔다. 숨는 것은 드러나는 것의 뿌리요 조용함은 움직임의 주인이다. 자벌레가 몸을 구부리지 않으면 펼 수 없고 뱀이 칩거를 하지 않으면 몸을 보존할 수가 없다. 이 때문에 군자가 도를 행하여 안으로 마음을 쓸 때 어둑하게 숨길지언정 번쩍번쩍 드러나게 하지 않는다. 지극한 경지에 오르게 되면 구석에서 닦아놓은 것이 사해에까지 펼쳐지게 되고 마음에 거두어둔 것이 천지에까지 이르게 될 것이니, '잠'의 쓰임이 이처럼 드러나게 된다"라 하였다. 그리고 양웅揚雄이 이른 "하늘에 잠겨서 하늘이 되었고, 땅에 잠겨서 땅이 되었다"와 "공자는 문왕文王에 잠기고, 안연顏淵은 공자에 잠겼다"는 의미심장한 말을 던졌다. 잠시 병으로 침잠하고 있지만 다시 큰 뜻을 펼칠 것을 이렇게 당부한 것이다.

이명준은 잠와를 짓고 나서 다시 퇴사재라는 집을 지었다. 그곳에 내걸 기문은 신익성申翊聖(1588~1644)에게 받았다. 신익성은 이제신의 외손자니, 이명준에게 외조카가 된다.

잠와 공께서 사마시에 합격하고 파릉에 요양하고 계실 때 병환이 날로 심하였기에 익성이 필마를 타고 가 문후를 여쭈었다. 시골 마을이 궁벽지고 조그마하여 쑥대와 명아주가 길에 그득하였다. 몇 칸 집을 볕이 드는 쪽에 지었는데 곧 잠와라고 하는 것이다. 공은 그 안에 거처하셨는데 장식하지 않은 서안과 볏짚을 엮어 만든 자리만 있었으니 정말 누추

<hr>

17) 장유, 「潛窩記」(『谿谷集』 92:139).

하였다. 그 아래 못 쓰는 짚과 섶을 엮어 문을 만들었다. 거의 비바람도 가리지 못할 정도였지만 공의 부인과 여러 아들, 며느리가 거처하였다.

잠와에서 10보도 되지 않는 동쪽에 작은 초가 두 칸을 지었다. 공께서 이곳으로 돌아간 후 새로 엮어서 휴식할 곳으로 삼고자 한 것이었다. 익성이 들어가 공에게 절을 올리니 공은 초췌하여 제대로 거동하지 못하셨다. 이야기가 좀 지루할 무렵 국사에 대한 말이 나왔는데 공은 비분강개하여 낯빛을 바로 하고 이에 새로 지은 집을 가리키면서 익성에게 말씀하셨다.

"내가 물러났지만 우리 임금을 잊을 수 없어 공자께서 '나아가서는 충성을 다할 것을 생각하고 물러나서는 허물을 보완할 것을 생각한다'고 하신 말을 이용하여 내 서재의 편액을 붙이고 스스로 경계로 삼고자 하네. 자네가 나를 위해 기문을 지어주게."

익성이 절하고 명을 받들고자 하였다. 물러나 그 서재에 올라보니, 서재는 잠와에 비하여 더욱 협소하고 누추하였다. 벽과 창이 겨우 있을 뿐, 훤하게 트인 볼거리가 없어 답답하니 우울한 마음을 더할 뿐이지만, 공은 아침저녁 이곳에 계시면서 백성의 병을 근심하고 임금을 보필할 생각이 더욱 간절하였다.

_신익성, 「퇴사재의 기문(退思齋記)」(『낙전당집樂全堂集』 93:262)

이 글에 따르면 이명준이 요양을 위하여 솔가하여 운당곡으로 들어간 것으로 되어 있다. 조그마하고 황량한 시골 마을에 남향의 초가 건물인 잠와를 짓고, 다시 그 아래 10여 보 떨어진 동쪽에 두 칸의 초가로 된 서재 퇴사재를 지었음을 알 수 있다.

제자 박미朴瀰는 퇴사재 대신 퇴사당退思堂이라는 이름으로 기문을 지었다. 당시 유행하던 고문사古文辭에 일가를 이루었기에, 조카 신익성으로 하여금 멀리 지방에 있던 그에게 편지를 전하게 하여 기문을 청한 것이었다.[18] 이명준의 정성이 이러하였던 것이다.

이명준은 장유의 기문을 받고 얼마 지나지 않아 바로 세상을 떴다. 장유는 "「잠와기」를 지어 보냈더니, 바로 별안간 영결의 부고가 전해졌지(爲寄潛窩記 俄傳永訣書)"라 하였고 또 "「잠와기」 짓자 유명이 달라져, 남은 서찰 보니 눈물이 절로 흐르네(潛窩記就隔幽明 遺札看來淚自橫)"라고도 했다.[19] 장유는 그나마 기문을 지어 보냈기에 다행이었지만 김상헌金尙憲은 청탁을 받고 완성하지 못하였을 때 그의 부고를 받았다. "벗이 병들었을 때 내게 편지를 보내어, 운당곡 기문을 짓게 하였지. 마음만 먹고 붓을 들기 전에 그대 불기의 몸이 되었으니, 유명을 달리하여 영영 외롭게 저버렸구나(故人病時寄我書 使我作記篔簹谷 含思未抒君不起 孤負幽明永相隔)"라 비탄에 잠겼다.[20]

이명준이 정성을 다하여 자신의 별서를 빛낼 글을 구하였지만 정작 자신은 운당곡이나 그곳의 별서에 대한 글을 남기지 않았다. 또 이명준의 후손들도 운당곡에 산 것 같지 않다. 그 직손인 이덕수李德壽(1673~1744)가 충청도의 어떤 지역에 있던 운당곡에 대해 글을 지었지만[21] 그 선조가 살던 같은 이름의 이 마을을 떠올리지 않았다.

이명준이 떠난 후 운당곡에도 사람이 살지 않은 것은 아니었겠지만 글을 남길 만한 사람은 없었다. 다만 운당곡 곧 당곡리 바로 곁에 은행정리銀杏亭里라 부르던 곳이 있었는데 이명준보다 조금 뒤의 인물인 유상운柳尙運(1636~1707)이 별서를 경영하였다. 오늘날 신정동이라는 명칭은 신기리新機里와 은행정리銀杏亭里가 합쳐진 것이다. 『조선반도지도집성』에는 당곡리堂谷里, 은행정리, 신기리가 나란히 보인다.

당시 은행정촌銀杏亭村이라 부르던 이곳의 주인은 유상운이었다.[22]

---

18) 박미, 「退思堂記」(『汾西集』 b25:102).
19) 장유, 「哭李參判昌期」(『谿谷集』 92:470) ; 「和畸翁湖行錄」(92:544).
20) 김상헌, 「哭李大諫昌期」(『淸陰集』 77:114).
21) 이덕수, 「篔簹精舍記」(『西堂私載』 186:226).
22) 본관이 文化이고 자는 悠久, 호는 約齋 혹은 守約齋이며 陋室이라고도 하였다. 소론의 맹주로 영의정에까지 오른 인물이다.

그의 무덤이 바로 이 은행정촌 뒷산, 지금의 신정산에 있었다.[23] 유상운은 광주의 율리栗里와 천안天安의 수토미촌水土美村에 별서가 있었다. 특히 광주廣州의 율리는 그의 4대조로부터 물려받은 땅으로 그곳에 청천당聽泉堂을 짓고 오래 기거한 바 있지만,[24] 은행정촌은 그의 선산이 있던 곳이기에 더욱 애착이 많았다. 그의 시집 『파릉록巴陵錄』이 1686년 무렵 이곳에 거주할 때의 작품을 모은 것이다.

파릉의 남쪽 작은 숲 서쪽에
파란 갈대밭은 들판과 한가지 색깔.
조그만 전원이라도 내 마음에 딱 맞은데
백년인생 소나무 있는 이곳에서 숨어 산다네.
마당엔 이슬 맞은 나뭇잎 많아 매미소리 요란하고
집은 구름과 진흙이 가까워 제비가 낮게 난다네.
북쪽 창에서 자다 깨어도 할 일이 없기에
세상사 부귀영화 쓸 데 없는 도구라네.

巴陵南畔小林西　蘆葦蒼蒼野色齊

數畝田園聊自適　百年松檜此幽栖

庭多露葉蟬偏噪　舍近雲泥燕欲低

睡起北窓無一事　世間榮利等筌蹄

_유상운, 「숲속에 살면서 우연히 읊조리다(林居偶吟)」(『약재집約齋集』 b42:471)

그다지 넓지 않은 전장이지만 조용히 지내기에는 맞았다. 유상운은 세상에서 이익을 좇는 일보다 도연명의 맑은 삶을 지향하였다. 오뉴월 한여름에 북창北窓 아래에 누워 있다가 서늘한 바람이 잠깐 불어오자 태곳적 복희 시대의 사람 희황상인羲皇上人이 된 도연명처럼 살고자 하

---

23) 조선 초기 영의정을 지낸 金壽童의 묘소도 비슷한 곳에 있었다.
24) 유상운, 「聽泉堂記」(『約齋集』 b42:584).

였다. 그러한 곳이기에 다른 곳에 머물고 있을 때도 이곳은 늘 그리움의 땅이었다.

> 봄이 오자 강물은 밤비에 불어났기에
> 새벽에 바삐 아이더러 낚싯바늘 손보게 했지.
> 겨자는 회에 맞게 매운 것으로 준비하고
> 파는 찌개 끓이도록 가늘게 썰어두었네.
> 개울가 버들과 숲의 꽃이 고와 구경할 만한데
> 산 채소 들판의 푸성귀가 고기보다 낫다네.
> 돌아갈 때 은자의 달빛을 가져가리니
> 볏짚으로 지붕 수리하는 일 하지 말게나.
> 江水春生夜雨添 忙敎稚子曉敲鍼
> 芥因調膾勻偏辣 葱爲和羹切却纖
> 溪柳林花佳可賞 山蔬野蔌味還兼
> 歸時好管烟蘿月 莫把茅茨且補簷
> _유상운, 「파릉이 그리워(有懷巴陵)」(『약재집』 b42:439)

유상운이 이른 파릉은 양천의 별칭이다. 그의 집이 있던 은행정촌은 북으로 한강이, 서로 안양천이 휘감아 흐르는 곳에 있었다. 봄비 내려 개울물 불어나면 새벽부터 낚시를 나선다. 생선을 잡아 회도 치고 찌개도 끓여 먹는다. 꽃과 버들이 아름답고 나물반찬도 맛이 좋으니 고기를 바랄 것이 없다. 연라烟蘿는 우거진 넝쿨풀을 이르는 말인데 은자의 공간을 상징하는 말이다. 은자의 달빛을 가져가 자신의 집을 꾸밀 것이니, 지붕이 낡았다 수리하지 말라는 표현이 운치를 돋운다.

유상운은 은행정촌의 한가한 삶을 사랑하였다면 그의 아들 유봉휘柳鳳輝(1659~1727)는 당쟁의 소용돌이에서 정치적 주장을 관철하기 위하여 이곳을 잠시 물러나 있는 땅으로 삼았다.[25] 1724년 영조가 세제世弟

로 있다가 대리청정을 하게 되자 유봉휘는 소론의 대표로서 그 부당함
을 극렬하게 주장하였다. 영조가 등극한 후 좌의정에 올랐지만 바로
탄핵을 받았고 이에 도성을 떠나 은행정촌으로 물러났다. 그러다가 다
시 얼마 지나지 않아 경흥慶興으로 유배되었고 그곳에서 돌아오지 못
하고 생을 마쳤다. 이후 은행정촌도 운당곡처럼 드러난 인물을 배출하
지 못하였고 조용히 잊혔다.

25) 유봉휘는 자가 季昌이고 호는 晩庵인데 소론 사대신의 한 사람으로 좌의정
에까지 오른 인물이다.

4. 양화나루 이정귀의 보만정

이정귀李廷龜의 보만정保晚亭은 17세기 양화강을 대표하는 정자였다. 이정귀(1564~1635)는 본관이 연안인데 조선시대 가장 명환을 많이 배출한 집안의 하나다. 조선 초기 이석형李石亨 이래 성균관 일대에 거주하여 관동이씨館洞李氏로 일컬어졌다. 자가 성징聖徵이고 호는 월사月沙가 널리 알려져 있지만 젊을 때에는 추애秋崖, 습정習靜, 치암癡庵 등의 호를 사용하였으며, 만년에는 보만정을 사랑하여 보만정주인保晚亭主人이라 하였다. '보만'은 송의 명상 한기韓琦가 "초년의 절조를 보존하는 것은 쉽지만 만년의 절조를 보존하는 것은 어렵다(保初節易 保晚節難)"라 한 말에서 따온 것으로 조선의 문인들은 이 말을 무척 좋아하였다. 강극성姜克誠, 이정영李正英, 남용익南龍翼, 송준길宋浚吉, 서명응徐命膺 등이 시대를 달리하면서 보만당, 보만정, 보만재 등의 이름을 사용한 바 있다.

이정귀는 1605년 보만정을 짓고 잠시 벼슬에서 물러났다. 임진왜란이 끝난 어지러운 조정에서 37세의 젊은 나이에 동지의금부사와 호조판서에 올랐고 이후 예조판서와 대제학으로 대명對明 외교에 바쁜 나날을 보냈다. 1604년에는 세자 책봉을 위해 중국에 사신으로 갔는데 역관譯官 이언겸李彦謙을 임의로 데리고 갔다 하여 이 일로 탄핵을 받았고 이에 초년의 절조를 지키려고 보만정을 짓고 물러난 것이다. 선배 문인 김덕겸金德謙(1552~1633)이 지은 글에 "월사 상공이 파강의 남쪽 언덕에다 작은 정자를 세우고 이름을 보만정이라 하였다. 강을 따라 상류와 하류에 정자를 세운 것이 한두 곳이 아니요, 성시와 가까운 것도 있고 시골 마을과 나란한 것도 있어 더러운 먼지가 밀려들고 시끄러운 소리가 들리는 것을 면하지 못하기도 한다. 그러나 이 정자는 이 두 가지 병폐가 없는 데다 또 여러 정자의 빼어남을 겸하고 있다. 어찌 조물주가 공을 위하여 아껴두었다가 오늘 차지하도록 기다린 것이 아니겠는가?"라 하였다.[26] 김덕겸은 여기에 시를 한 수 붙였다.

보만정은 어디에 있는가?
투금강 옛 나룻가에 있다네.
세 번 쫓겨났기 때문은 아니요
분수를 헤아려 쉬려 한 것일 뿐.
강은 평천장平泉莊처럼 조촐한데
원림은 녹야당綠野堂처럼 호젓하네.
백구야, 쉬 친한 것 싫으리니
물러나도 근심하는 것이 의아하겠지.
保晚亭何處 投金古渡頭
非因三黜去 只爲二宜休
江似平泉淨 園依綠野幽
沙鷗嫌易狎 應訝退猶憂
_김덕겸, 「보만정에서(保晚亭)」(『청륙집靑陸集』 b7:370)

투금강의 나루는 곧 양화나루다. 보만정은 그 남단 언덕에 있었다. 탄핵을 받아 물러난 것이지만 보만정 이름에 맞게 선비의 절조를 지키기 위하여 스스로 물러난 것이라 자위하였다. 평천장平泉莊은 당의 이덕유李德裕가 기화요초琪花瑤草와 기암괴석奇岩怪石으로 장식한 화려한 전장이었고 녹야당綠野堂은 당의 재상 배도裵度가 벼슬을 그만두고 물러난 곳이니 보만정이 그리 소박하지는 않았을 듯하다. 이정귀는 여기에 더하여 벗 조찬한趙纘韓의 화려한 글을 받아 붙였다.

양화강 동쪽 기슭, 마포 서쪽 지맥에
호젓하지만 촌스러운 집은 아니요,
아득하여 강가의 큰 누각과는 다르다네.

---

26) 김덕겸, 「保晚亭序」(『靑陸集』 b7:387).

산의 형상이 구불거리는 곳, 강의 물살이 굽이도는 곳에

숲 너머 높은 기둥을 세웠으니 밝은 노을은 비단을 찢은 듯하고

바위 끝에 대들보를 올렸으니 먼 아지랑이가 문양을 이룬다네.

기둥은 단청을 칠하지 않아 질박하면서도 촌스럽지 않고

들보는 푸른 장식 없어 번다한 문양을 숨겨 더욱 선명하다네.

사치하거나 높지도 않으니 실로 군자가 머물 집이요,

넓고 크지도 않으니 신명이 부지할 것이라네.

게다가 산과 들판을 겸한 한가운데를 차지하고

강과 호수 큰 것을 점하고 있다네.

농사를 지으며 번지樊遲나 소평邵平과 같은 이를 벗으로 삼고

물고기 잡으며 임보任父와 여망呂望을 그리워한다네.

높다란 노을은 빼곡하여 흩어지지 않은데

섬들은 은빛 포구 가운데와 경계를 나누고,

길다란 백설은 구불구불 녹지 않았는데

고운 백사장은 푸른 모래톱을 봉하고 있네.

새로 노을이 화염을 토하면 처마에는 남포의 구름이 걸리고

저녁 낙조가 붉은빛을 거두면 주렴은 서산의 비를 보려고 걷는다네.

오리섬(鴨島) 먼 안개를 가르고 구름 같은 돛단배는 물결을 타는데

노량나루의 파란 이내 두르니 바람 받은 배는 은하수를 뚫을 듯네.

파란 이끼 낀 푸른 뿔은 늙은 용 머리(龍山)에서 일어나고

꽃잎 같은 연꽃 봉우리는 신선의 발(仙遊峰)에 이른다네.

많은 별들이 아득한 밤에 점멸하듯 곳곳마다 어선의 등불이요

늘어선 나무들이 평원에 서 있듯 상선들이 끝이 없다네.

텅 빈 강마을 10리에는 아스라한 안개와 강물이 몇 겹인가?

푸른 들판은 봄빛을 적셔 파도도 함께 푸른데

흰 해오라기 저녁에 일어나 물결이 흰빛을 함께하네.

만고의 세월 삼강의 조그마한 외로운 정자지만

마당이 만들어져도 주인이 먹고 자는 방은 좁은데

담장은 세워지지 않아도 말 돌릴 문조차 없다네.

귀거래 진실로 늦었다고 말하지 말게

정자의 이름 이렇게 보만정이지 않은가? (하략)

楊湖東麓 麻浦西枝 幽非野堂 迴異江閣 山形之所迤 水勢之所紆餘

樹高棟於林阿 明霞破錦 抗簷梁於巖表 杳霧穿紋

楹絶流丹 呈至素而不野 枅無刻翠 晦繁文而愈鮮

非侈非崇 寔君子之攸宇 不高不廣 乃神明之所扶

而况處兼山野之中 占盡江湖之大

爲農爲圃 友樊須而隣邵平 以釣以漁 懷任公而憶呂望

層霞蔚而莫散 花嶼界銀浦之心 長雪洰而不融 瓊沙封碧洲之觜

新霞吐焰 簷留南浦之雲 反照收紅 簾捲西山之雨

劈鼊島之遠霧 雲席乘潮 帶鷺渚之橫嵐 風檣透漢

蒼蘇翠角 高起老龍之頭 葶谷蓮峯 幾逼仙人之脚

繁星點於遙夜 隨處漁燈 列樹直於平蕪 無邊賈舶

牢落江村十里 微茫煙水幾重 靑蕪蘸春波共靑 白鷺起晚沙分白 三江萬古 一畝孤亭

然而庭戶纔成 中窄主饋之室 墻垣未築 外無旋馬之門

歸來莫謂苦遲 亭號有此保晚

_조찬한, 「보만정의 서문(保晚亭序)」(『현주집玄洲集』 79:316)

이정귀는 김덕겸과 조찬한의 글을 받아 걸었지만, 그것으로도 부족하여 보만정을 해외에까지 자랑하고자 하였다. 1609년 중국의 사신 웅화熊化가 왔을 때 보만정으로 초청하여 그의 시를 받았다.[27] 그리고 1616년 주청사奏請使로 중국에 갔을 때 다시 보만정의 기문을 부탁한 바도 있다. 이렇게까지 보만정을 자랑하고 싶었으니, '보만'의 겸손한 뜻

---

27) 이정귀의 「次保晚亭韻」(『月沙集』 69:322)은 웅화의 시에 차운한 작품인데, 웅화의 원시도 함께 실려 있다.

과 잘 어울리지는 않는다.

물론 만년의 절조를 지키겠노라 한 보만정에서 이정귀가 남은 삶을 다 보낸 것도 아니었다. 바로 판서로 복귀하여 외교 업무를 도맡아하였고 육조의 판서를 두루 지냈다. 이렇게 바쁘지만 영달을 누리던 삶은 광해군이 즉위하면서 위기를 맞았다. 1613년 계축옥사癸丑獄事가 터지자 무고를 당하여 광해군의 친국親鞫을 받았다. 혐의가 없어 바로 풀려났지만 벼슬에서 물러나야 했다. 이때 그가 다시 찾은 곳이 보만정이었다.

숲 너머 맑은 강 그 너머의 산속에는
정자가 그림 같은 풍광 속에 어른거리네.
하늘이 내 늦게 돌아온 것 비웃으면서도
남은 생애 팔자에 없는 한가로움 누리게 해주네.

樹外澄湖湖外山 林亭隱映怜圖間
天公笑我歸來晚 却許殘年分外閑

_이정귀, 「강가의 정자에서 객을 마주하고 즉흥적으로 짓다(湖亭對客口占)」
(『월사집』 69:339)

물가의 사립문 잡초 무성한 길은 묵었는데
자다 일어난 높은 서재엔 대자리가 서늘하다.
산속 나무가 새벽에 울리니 바람소린지 빗소린지
모래톱 안개가 저녁에 걷히니 달은 서리마냥 맑다.
앞마을 객이 지나는지 개들이 소리치는데
먼 포구에 어부가 돌아가고 작은 배만 매여 있네.
문득 성은을 입어 물가에 너그럽게 살아가니
원컨대 남은 생애 동쪽 언덕 지키게 해주소.

柴門近水草蹊荒 睡起高齋枕簟涼

山木曉鳴風似雨　洲煙夕斂月如霜

前村客過喧群犬　別浦漁歸繫小航

倘荷聖恩寬澤畔　願將餘日守東岡

_이정귀, 「강가의 정자에서 일찍 일어나 즉흥적으로 짓다(湖亭早起口占)」

　(『월사집』 69:342)

맑은 마음과 맑은 경치가 어우러진 작품이다. 그림같은 풍광을 즐기노라니 늦은 귀거래가 부끄럽다. 나무들은 바람 때문인지, 비 때문인지 요란한 소리를 내는데 모래톱에 안개가 걷히고 하얀 달이 떠오른다. 어디선가 개 짖는 소리 나는 것 들으니 객이 지나가나 보다. 나루에 배가 매여 있는 것을 보니 어부도 집에 돌아갔나 보다. 이렇게 유유자적하면서 여생을 보내고 싶다고 하였다.

이정귀는 이후 잠시 조정에 복귀하였지만 조정의 일이 뜻과 같지 못하여 1617년부터 정치에 관여하지 않았고 자주 교외로 물러나 살 때가 많았다. 보만정에도 자주 들렀겠지만 정작 자신은 보만정의 아름다움을 시에 그리 많이 담지는 않았다. 인조반정 후 다시 벼슬길에 나아가 좌의정에까지 올랐지만 이후 그가 보만정에서 지은 글도 보이지 않는다. 정치적인 위기를 겪을 때만 '보만'을 내세운 것인지도 모른다.

조선 중기 이름난 문인 이명한李明漢(1595~1645), 이소한李昭漢(1598~1645)이 그의 아들이다. 아들 이명한, 손자 이단상李端相이 3대에 걸쳐 대제학을 지낸 것으로 유명하다. 이단상(1628~1669)은 1651년 승정원 주서注書로 막 벼슬을 시작할 무렵 병이 있어 잠시 보만정에 머물렀다.

예전처럼 서호는 백 척 높은 다락 있어서

오늘 나와 먼지 털며 맑은 유람 잇게 되었네.

온 고을에 내리는 비 밤은 안개에 젖어 있는데

가을 든 신선의 땅에 바람은 파도 소리 보내네.

어디에선가 저녁 안개가 먼바다에서 피어나는 듯
빈 강의 고기잡이 등불 밝힌 외로운 배가 보이네.
승정원의 물시계 소리 정말 꿈과 같겠지
세상 바깥 백구와 새로 맹세를 하여야겠네.

依舊西湖百尺樓 拂衣今日繼淸遊
煙沈夜色千家雨 風送潮聲十島秋
幾處暮雲生遠海 半江漁火見孤舟
銀臺玉漏眞如夢 世外新盟有白鷗

_이단상, 「5월 초 병으로 주서注書에서 체직되어 서호의 보만정 옛집으로 나가 우거하면서, 즉흥적으로 지은 시를 적어 백씨와 동곽의 당형께 바친다(五月初, 以病疏遞堂后, 出寓西湖保晚亭舊居, 口占錄奉伯氏與東郭堂兄僉案下)」(『정관재집靜觀齋集』 130:23)

보만정은 이즈음 그의 형 이일상李一相(1612~1666)이 주인으로 있었다. 이단상은 조부가 살던 보만정에 들러 잠시 한가한 시간을 보냈지만, 그곳이 영영 살 집은 아니었다. 중년의 나이로 접어들자 벼슬길에 뜻을 두지 않고 오늘날 남양주 진접면 인근인 영지동靈芝洞에 정관재靜觀齋를 짓고 학문에 전념하였다.[28] 이후 보만정에서 지은 시가 보이지 않으니, 어느 시기인가에 다른 사람의 손으로 넘어간 듯하다. 이정귀의 외손자로 서호의 죽리관에 우거한 바 있는 홍주국洪柱國이 이 보만정의 마지막 역사를 다음과 같이 증언하였다.

개울물 졸졸 흐르고 국화는 훤한데
우연히 벗을 찾아 사립문을 두드렸네.
사람이 바뀌어 쓸쓸한 마음 어쩌랴

---

28) 영지동 별서에 대해서는 『조선의 문화공간』(휴머니스트, 2006)에서 다룬 바 있다.

보만정은 저녁노을 아래 황량하구나.

溪水潺湲野菊斑 偶尋隣友扣柴關

那堪人代蕭條感 保晚亭荒落照間

_홍주국, 「보만정에서 느낌을 적다(保晚亭志感)」(『범옹집泛翁集』 b36:193)

　　이 시의 주석에 따르면 그의 외조부가 경영하던 강가의 정자는 당시 이웃 유생이 임시로 거처한다고 하였는데, 시의 본문에서도 이미 황량해졌다고 하였다. 그리고 보만정은 역사에서 사라졌다.

5. 이민서 부자의 선유봉 삼유당

양화나루에서 연원을 둔 양화동에는 지금 선유도공원이 조성되어 있다. 정선의 그림 「선유봉仙遊峯」에는 꽤 봉우리가 솟아 있지만 지금 선유도에는 낮은 언덕조차 없기 때문에 의심이 들기도 한다. 그러나 1914년 작성된 『조선반도지도집성朝鮮半島地圖集成』에는 선유봉이 지금의 선유도와 같은 위치에 있고 또 가운데 높은 봉우리가 그려져 있다. 예전에는 높은 바위산이 있었지만 인간에 의해 깎여 사라졌기에 옛 모습을 잃어버린 것이다. 그래도 강 건너에 별서를 지녔던 17세기의 문인 최유연崔有淵의 기록이 있어, 정선의 그림과 나란히 읽으면 300년 전 선유봉의 모습을 짐작할 수 있다.

> 서호의 희우정喜雨亭 조금 남쪽 강 가운데 바위섬이 있는데 민간에서 선유봉이라 부른다. 광릉廣陵(광주)에서 떠내려 온 것이라고도 한다. 선유봉은 동서로 백여 보쯤 되고 남북으로는 10여 척 정도. 낮은 언덕이 절벽에 임해 있는데, 남쪽 기슭에 어부의 집 10여 채가 있다. 모두들 그저 그런 백성들로 이익을 좇아 살아가는 사람들이다. 유람 나온 객들은 가끔 배에서 내려 제일 높은 곳에 올라 술잔을 들고 서로 권한다. 시골 이야기나 속된 말을 나누면서 멋대로 우스갯소리를 하고 돌아가곤 한다.
> _최유연, 「선유봉의 기문仙遊峯記」(『현암유고玄巖遺稿』 b22:550)

선유봉은 동서로 백여 보가 되고 남북으로 10여 척이 된다고 하였으니, 그 규모가 제법 컸다고 하겠다. 선유봉 자락에는 이민서李敏敍와 이건명李健命 부자의 별서가 있었다.[29] 이민서(1633~1688)는 자가 이중彝仲이고 호를 서하西河라 하였다. 서하는 곧 서강을 가리킨다.[30] 그가 선유

---

29) 김세호, 「이민서 이건명 부자의 선유도 별서」(『문헌과해석』 68, 2014)에서 이 별서를 다룬 바 있다.

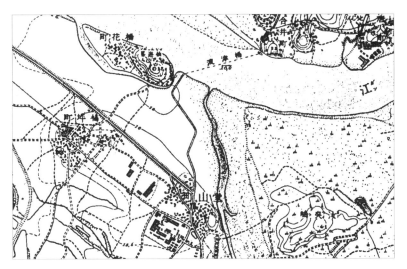

『조선반도지도집성(朝鮮半島地圖集成)』(1914년 작성, 국립중앙도서관 소장본). 여의
도 서쪽에 선유봉이 보인다.

봉에 집을 마련한 것은 1670년 무렵이다. 이민서는 술을 무척 좋아하였
다. 1670년 부응교로 옥당에 숙직하다 과음으로 광증狂症이 일어나 자
살을 기도한 적까지 있었다. 이 무렵부터 선영이 있는 교하交河의 법흥
리法興里로 물러가곤 하였다. 교하로 가는 길목에 있는 선유봉에 별서
를 지은 것이 이즈음의 일이다.

　　선유봉에 집을 지은 지
　　3년에도 완성하지 못하였네.
　　금년 처음 기와를 이고
　　창과 문을 비로소 달았지.

---

30) 이 집안은 세종대왕의 아들 密城君 李琛의 후손으로 조선시대 명환을 많이
　　배출하였다. 특히 이민서의 아우 李敏采의 아들 李頤命이 노론사대신으로
　　이름이 높다. 이민서는 나란히 좌의정을 지낸 李觀命과 李健命 두 아들을 두
　　었고 장유의 아들 張善瀓과 사돈을 맺었으며, 洪重箕, 南鶴鳴, 金昌立 등을
　　사위로 삼았다.

내 그 공을 보고자 하여
강물 따라 저녁이면 오곤 하였지.
배를 돌려 앞 나루로 들어가면
눈에 번쩍 새 건물이 보였다네.
마침내 객과 함께 올라가니
이웃집에서도 우리를 맞이하네.
객은 내 시원찮음을 비웃으며
어수선한 모습 놀리고 꾸짖네.
"원하는 것 하나도 얻지 못했으니
풍파 몰아치는 한양에서 벗어나
아득히 강 한가운데 있으니
그 누가 자네와 함께 오겠나?
한강의 북쪽에 있는 누정은
하나같이 모두 공경대부의 것.
조정에서 물러나 수레를 달려
고관대작 불러 잔치를 베푼다지.
이제 외로운 자네 누구와 왔는가?
고단한 절조는 너무 곳곳하면 안 된다네."
창피해서 객의 말에 사례하고
술을 내어와 함께 술잔을 기울였지.
앞으로 빼어난 관악산 마주하니
아래로 맑은 창랑수에 갓끈을 씻으리.
따지려다 문득 말을 잊고서
큰 소리로 노래하며 난간에 누웠네.

築室仙峯上 三歲猶未成

今年初覆瓦 牖戶方經營

我欲觀厥功 沿流乘晚晴

回舟入前浦　翼然見新甍

與客遂登躋　隣舍亦相迎

客有笑余拙　嘲誚方縱橫

所求百無獲　風濤阻京城

邈在水中央　人誰從子行

亭臺漢水陽　一一皆公卿

退朝走金車　招邀宴華纓

今子獨誰與　苦節不可貞

媿歎謝客言　呼酒與之傾

前對冠岳秀　俯濯滄浪淸

欲辨忽忘言　高歌臥前楹

_이민서, 「선유정사仙遊亭舍」(서하집『西河集』 144:15)

　　이 시를 보면 3년에 걸쳐 선유정사仙遊亭舍 를 지었던 것으로 보인다. 다른 작품에서 "서강에 집을 정하고, 봄이면 자주 오고가곤 했었지. 말은 예전 가던 길이라 익히 알고, 새는 먼 산에서 나를 알아본다네(卜築西河上 春來數往還 馬行知故道 鳥去識遙山)"라 하였으니[31] 그가 얼마나 자주 오가면서 이 별서를 짓는 일에 신경을 썼는지 짐작할 수 있다.

　　이 시에 등장하는 객은 김만기金萬基다. 별서가 거의 완공될 무렵 이민서는 임시로 정한 거처에 머물면서 감독을 하고 있었는데 이때 김만기가 그를 찾아간 적이 있다.[32] 완공되지 못하여 어수선한 모습을 보고 김만기가 놀랐다. 또 한강 너머 외로운 땅에 집을 잡은 것을 두고, 『주역』에 나오는 "고단한 절조는 너무 곳곳해서는 아니 된다(苦節不可貞)"는 말로 타일렀다. 얼마 지나지 않아 정자가 완성되었다는 소식을 들은 김만기는 축하의 시를 지어 보내었다. 1670년의 일이다.

---

31) 이민서, 「卜築」(『西河集』 144:47).

32) 김만기, 「訪彝仲江上僑居」(『瑞石集』 144:390).

아스라한 선유봉 위에

자네 새 정자 완성된 소식 들었네.

땅이 빼어나 고상한 뜻에 맞고

제도가 간편하여 쉽게 지었다지.

올라가 조망할 것 상상해보면

비와도 좋고 맑아도 좋겠지.

젖은 구름은 빈 창가에 잠자고

밝은 노을은 긴 지붕에 곱겠지.

어부와 나무꾼 교대로 주인과 손이 되고

갈매기와 해오라기가 함께 맞아 주리라.

배를 대면 물안개 걷히고

술동이 열면 푸른 산빛 펼쳐지겠지. (하략)

縹緲仙峯上　聞子新亭成

境勝愜雅尙　制簡良易營

想像登眺處　宜雨復宜晴

濕雲宿虛牖　明霞媚脩甍

漁樵迭主賓　鷗鷺共將迎

繫纜水煙斂　開尊山翠橫

_김만기, 「이중이 선유봉 새 정자 시를 지어 보냈기에 그 시의 운에 차운
하여 부친다(彝仲寄示仙遊峯新亭詩, 次其韻却寄)」(『서석집瑞石集』 144:390)

　　그러나 이민서는 벼슬길에서 완전히 물러나 선유봉 기슭의 별서에
살지 않았다. 무슨 이유인지는 알 수 없지만 앞서 본 대로 오히려 노량
진 장선징의 월파정에 가 있을 때가 많았다. 그러다가 1684년 강화유수
에서 대제학과 대사헌으로 옮겼지만 그가 담당한 과거시험에서 부정
의 혐의가 있다하여 탄핵을 받았다. 이에 사직의 글을 올리고 선유봉
으로 물러났다. 그 감회를 이렇게 노래하였다.

강물은 큰 들판을 삼키고 연기 끊어졌는데
압도와 잠두봉은 한 척 배인 양 자그마하네.
병든 객은 지주 위에서 홀로 잠이 드는데
배가 없어 긴 강을 건너지 못하여 한스럽네.
江呑巨野絶人煙 鴨島蠶峯小若船
病客孤眠砥柱上 恨無舟楫濟長川
_이민서, 「선유봉으로 돌아와서(歸仙遊峯)」(『서하집』 144:43)

여름 강물이 불어 들판과 마을을 삼켰기에 밥 짓는 연기가 피어오
르지 않는다. 김포대교 하류의 신평동 장항습지가 예전 섬이었는데 압
도鴨島라 불렀다. 남효온이 그곳에 집이 있어 그의 글에 자주 나온다.
그 섬이 서쪽 저 끝에 자그마하게 보인다. 또 16세기 초 박은朴誾과 이
행李荇이 노닐면서 『잠두록蠶頭錄』이라는 이름의 시집을 내었고 이후 명
나라 사신들이 오면 한강에서 가장 풍광이 아름답다 하여 연회를 베풀
던 잠두봉도 강 건너 아스라하다. 이민서는 자신에게 쏟아지는 비방에
괴로워하면서 강 건너 선유봉으로 돌아왔지만 굳센 마음은 거센 물결
에도 흔들리지 않는 지주砥柱와 같고자 했다. 지주는 선유봉의 별칭이
기도 하니 이런 마음을 먹은 것이다. 『서경』에 은殷 고종高宗이 부열傅說
을 재상에 임명하면서 "만약 큰 하천을 건넌다면 너를 배와 노로 삼겠
다(若濟大川 用汝作舟楫)"라 한 말이 실려 있다. 시의 마지막에서 이민서는
이 말을 떠올리면서 자신이 재상으로 국가를 위한 큰일을 하지 못하게
된 것을 아쉬워하였다.
　이민서가 이렇게 물러나자 그를 아끼던 많은 사람들이 이 시에 차
운하여 시를 보내 위로하였다. 김만기의 아우 김만중金萬重은 이 시에
차운하여 시를 지어 보냈고,[33] 심유沈攸도 이민서의 시에 답시를 지어

---

33) 김만중, 「次西河大學士仙遊峯絶句」(『西浦集』 148:49).

보냈다. 용산 수명루水明樓에 살면서 이 일대를 자주 오간 심유가 지은
시는 이러하다.

낚시터에 물결 고요하면 배를 띄울 만하니
정자에 술이 따스하면 술잔을 잡으면 될 것.
빼어난 선유봉의 빚 갚기 어려우리니
다시 도성으로 들어가도 늦지는 않으리.
釣渚波晴宜理艇　旗亭酒暖可拈巵
仙峯勝債難酬了　重入春明也未遲
_심유, 「이이중의 시에 차운하여 보내다(次李彝仲韻却寄)」(『오탄집梧灘集』 b34:
　293)

심유는 환경에 따라 처신하는 것이 옳을 것이라 하면서 지금은 물
이 불어 동탕치지만 강이 잔잔해지면 배를 띄울 것이라 하여 조정으로
의 복귀를 기다리라 하였다. 그러면서 선유봉에서 술잔을 기울이면 될
것이요, 그곳에서 시를 짓고 즐기다가 다시 도성으로 들어가더라도 늦
지 않을 것이라 위로했다.

이민서의 별서에는 신흠申欽의 손자이며 신익전申翊全의 아들인 분애
汾厓 신정申晸(1628~1687)이 자주 출입하였고 잠시 그곳에 우거한 적도 있
었다.[34] 그래서 선유봉을 잘 알고 있었다.

선유봉 전장의 물색이 어떠하신지
비 온 뒤 이끼 낀 바위엔 푸른 물결 불었겠지.
돛단배가 빨리 귀거래했다 대꾸하리니
강호에서 예전 벗한 흰 갈매기가 많겠지.

---

34) 심유, 「次泛翁寄申寅伯韻」(『梧灘集』 b34:304).

仙莊物色問如何 雨後苔磯漲綠波

布帆秖應歸去早 江湖舊伴白鷗多

_신정, 「서하의 시에 차운하다(次西河韻)」(『직암집直菴集』 129:466)

선장仙莊은 원래 상대방의 별서를 높여 이르는 말인데 선유봉과 호응하여 이민서의 선유봉 별서를 지칭하는 말로 사용하였다. 그런데 신정의 별서 자체도 선유봉의 근처에 있었다.

금양 땅의 별업이 큰 강 강변에 있는데

선유봉의 노을이 바다까지 접해 있네.

날마다 나온 어염은 가까운 시장에 쌓이는데

깊은 봄날이라 꽃과 대는 앞마을에 모여 있네.

한 말 술 들고 고향 땅 찾고 싶었으니

사신 행차 돌아오길 우두커니 기다렸지.

원림에 한 번 누우니 인사가 사라지기에

주렴 가득한 비바람에 홀로 애를 태운다.

黔陽別業大江濆 仙嶠煙霞接海門

日出魚鹽堆近市 春深花竹擁前村

欲將斗酒尋楡社 佇待星槎返塞垣

一臥文園人事絕 滿簾風雨獨銷魂

_신정, 「나의 작은 집이 금양의 강가에 있는데 서하와 의졸 두 공의 전장과 이웃해 있다. 매번 고삐를 나란히 잡고 외출하여 답답한 마음을 풀려고 하였지만 제각기 일에 매여 실행에 옮기지 못하였다. 이제 의졸 공이 연경에서 돌아왔지만 나는 아내의 상을 당하여 문을 나서지 않은 지 오래되었다. 봄이 다 지나가도 모일 기약이 없어 비가 오는데 혼자 앉아 있노라니 나도 모르게 슬퍼졌다. 이 때문에 졸옹이 연경으로 가는 시에 차운하여 부친다(余之小築在黔陽江上, 與西河宜拙兩公之莊相隣近, 每擬聯鞭一出, 以敍

幽憒, 各牽事故, 迄未果焉. 今宜拙公歸自燕中, 而余有下堂之憂, 不出門久矣. 三春已過, 無計盍簪, 雨中獨坐, 不覺悵然, 爲次拙翁西行韻, 却寄)」(『직암집』 129:440)

이민서와 신정 외에 남이성南二星, 1611~1665의 별서도 인근에 있었다.[35] 이 작품을 제작한 1681년 무렵 이민서는 도성 안에서 바쁘게 벼슬살이를 하고 있었다. 그래도 신정과 남이성의 별서가 이웃해 있었기에 마음만은 자주 강가에서 노닐고자 한 것이다. 또 보만정의 주인 이정귀의 아들 이단하, 죽리관의 주인 홍주국과 친하게 지냈는데 이들의 별서가 그리 멀지 않았기 때문이다.

이민서는 1685년 다시 예조판서가 되었고 이후 대제학과 이조판서도 지내다가 3년 뒤인 1688년 세상을 떠났다. 그리고 그의 선유봉 별서는 큰아들 이관명(1661~1733)이 아닌 둘째 아들 이건명(1663~1722)이 계승하였다. 이관명은 1722년 임인옥사 때 다행히 목숨을 건졌기에 환국換局 이후 우의정에까지 올랐지만 아우 이건명은 남해의 외딴 섬 나로도羅老島에 유배되었다가 그곳에서 사약을 받고 죽었다. 이건명은 자가 강중仲剛이고 호는 한포재寒圃齋 혹은 제월재霽月齋다. 한포재는 도성 안에 있던 그의 집에 세운 작은 서재로, 좁은 마당에 국화를 심어 화단을 만들고 소나무를 심어 울타리로 삼았다. 송의 재상 한기韓琦의 시에서 "오래된 밭에 가을 모습 담담하여 부끄럽지 않은데, 국화가 늦게까지 향기 뿜는 것 또한 보노라(不羞老圃秋容淡 且看黃花晚節香)"라 한 구절에서 이름을 딴 서재였다. 오상고절傲霜孤節의 상징 국화처럼 살고자 한 굳은 뜻을 담았다. 자신의 주장을 굽히지 않았으며 이 때문에 파란만장한 삶을 살았고 비극적인 최후를 맞은 것이다.

그러한 삶에서 잠시나마 휴식과 위안이 된 공간이 바로 선유봉의

---

35) 남이성은 본관은 宜寧이고 자는 仲輝며, 호는 宜拙이라 하였다. 조선 초기 좌의정을 지낸 南智의 후손으로 예조판서를 지냈다. 南九萬이 그의 조카고 吳達濟가 자형이다.

별서였다. 이건명은 1686년 24세의 젊은 나이에 알성문과謁聖文科에 합격하여 벼슬길에 나섰지만 얼마 있지 않아 부친이 세상을 떠나고 남인의 견제로 벼슬하지 못하다가 1694년 다시 벼슬길에 나아가 청직과 요직을 두루 지냈다. 잠시 파직의 쓰라림을 겪기는 했지만 대체로 관운이 나쁘지 않았고 1698년에는 사은사謝恩使 서장관書狀官으로 연경燕京에 다녀오는 중요한 체험을 한 바 있다. 이후 대사간, 대사성, 도승지를 역임하였다. 그렇게 바쁜 나날을 보내다가 1709년 11월 모친상을 당하였다. 1711년 상을 치른 후 도성으로 들어가지 않고 선유봉으로 물러났다.

> 강 가운데 작은 산 지주대여
> 눈길 끝까지 백 리 평원이 보이네.
> 그 아래 큰길이 있어 한양으로 향하는데
> 행인들이 온종일 갔다가 돌아온다네.
> 河中砥柱一拳山 極目平蕪百里間
> 下有長途走京洛 行人盡日去仍還
> _이건명, 「선유봉의 정사에서 선친의 문집에 실린 절구에 차운하다(仙遊峰亭舍次先集絕句韻)」(『한포재집寒圃齋集』 177:360)

부친이 이곳으로 물러났을 때 경세제민의 큰 뜻을 펼치지 못한 것을 안타까워하였지만 아들은 멍하니 그저 지나가는 사람들만 바라보았다. 저렇게 바쁘게 살아야 하는가, 상념에 잠긴 것이리라. 그래서 새로운 정자를 짓고 눌러 앉을 생각을 했다. 1712년 정월 대사헌으로 복귀했지만 남인의 공격을 받자 가을에 사직하고 물러났다. 풍파가 끊일 날 없는 한양을 향하지 않으려 마음을 먹었다.

> 들이 있고 강이 있고 산이 있는 곳
> 새로운 정자 바위 절벽에 우뚝하네.

지척의 한양은 풍파가 험악하리니
외로운 배 띄워 자주 오가지 말자.
有野有江兼有山 新亭突兀石崖間
神京咫尺風濤險 休放孤舟數往還
_이건명, 「새로 정자를 짓고 다시 앞의 시에 차운하다(築新亭復次前韻)」(『한
포재집』 177:361)

이건명은 선유봉 별서가 산과 강과 들판, 이 셋을 두루 갖추었다 하
여 정자의 이름을 삼유정三有亭이라 하였다. 삼유정을 지은 이건명은
그 연혁을 이렇게 기록하였다.

한강이 노량에서 둘로 나누어졌다가 양화나루에 이르면 다시 합쳐져
하나가 되는데, 바위 봉우리가 그 가운데 솟아 있어 그 이름을 선유봉이
라 한다. 명 만력 연간 사신으로 온 이종성李宗城이 지주砥柱라는 두 글자
를 썼는데 대개 황하의 지주를 본뜬 것이다. 그러나 산의 바위가 모두
숫돌로 쓸 만하기에 황하에 있는 기둥인지는 몰라도 또한 모두 지주라
이름붙인 것이리라. 지금까지 백 년이 지났건만 글씨의 획이 아직도 닳
아 없어지지 않았다. 지주의 남쪽에 수십 가의 어부들이 절벽을 깎고 그
곳에 거처한다. 내 선친의 옛 정자가 그 가운데 있는데 산의 중턱에 해당
한다. 앞에 작은 지류가 있어 동쪽으로 흘러들어 횟돌다가 서쪽 철진鐵津
에서 모였다가 다시 서북쪽 한강으로 흘러들어간다. 큰 들판이 수십 리
에 가물거리고 관악산과 소래산蘇來山 등 여러 산들이 줄지어 절을 하여,
이곳에 올라가 보면 마음과 눈을 시원하게 하기에 충분하다.
나는 지난 가을, 사람들의 입방아에 올라 곤경에 처했을 때 몇 달 옛
정자로 나와 머물렀다. 정자는 모두 6칸인데 남는 땅이 없어서 이웃 사람
으로부터 정자의 동쪽 빈터를 구입하였다. 올 가을 대사헌의 직책을 사
직하고 다시 와서 새로 5칸을 만들었다. 아! 내가 집을 짓고자 한 숙원과

강호로 물러나려 한 늘그막의 계획이 이제야 다 갖추어졌다. 정자가 완
성된 뒤 이름을 삼유정이라 하였다.

　　_이건명, 「삼유정기三有亭記」(『한포재집』 177:492)

이 글에 따르면 이민서의 정자는 선유봉 중턱에 있었다. 선유봉 북
쪽 바위에 중국 사신 이종성(1560~1623)이 새긴 지주砥柱라는 글씨도 있
었지만 지금은 봉우리 자체가 없으니 당연히 흔적조차 찾을 수 없
다.[36) 그래도 이 글이 있어 이민서의 정자가 6칸이었고 새로 만든 삼유
정은 5칸이었음은 확인할 수 있다. 이어지는 글에서 '삼유'의 의미를
두고 이렇게 적었다.

　　사람들이 소유한 정자는 산이나 물이나 들판 중에 하나를 차지하고
있어 그것으로 이름을 삼기에 족하다. 지금 나의 정자는 이 셋을 겸해
가지고 있다. 게다가 이 정자는 선친이 세운 것이요, 이 땅은 조부 문정공
文貞公(이경여李敬輿)께서 고른 것이다. 이제 나에게 전하여 삼대 동안 소유
하게 되었으니 이를 '삼유'라 해도 될 것이다. 산이 비록 작지만 강 가운
데 우뚝 서 있어 쉽게 뽑히지 않을 기세를 가지고 있다. 큰 강이 북으로
돌아 흐르는데 이 정자를 등지고 있어 보이지 않지만 그 남쪽 구불구불
흘러내려오는 강물은 몇 리까지 맞아들일 수 있다. 앞쪽 개울이 휘도는
곳은 세탁을 하거나 목욕을 할 수 있다. 비록 들판이 묘를 터낸 것이기는
하지만 지세가 탁 트여 있다. 울긋불긋한 단풍이 수놓은 듯 벌려 있으며
또 농사짓는 모습도 살필 수 있다. 이러한 산과 강과 들판의 세 가지 아름
다움을 삼대 동안 내 소유로 하여 잠자는 곳에서 시를 읊조릴 수 있다.
이 어찌 세상의 고민을 잊고 내 인생을 보낼 만한 것이지 않겠는가?

　　_이건명, 「삼유정기三有亭記」(『한포재집』 177:492)

---

36) 砥柱라는 바위글씨는 선유봉 북쪽 절벽에 새겨져 있었는데 李宗誠이 아닌
　　朱之蕃의 것이라는 기록도 보인다.

정선, 「선유봉」(개인소장). 한강과 안양천이 만나는 곳에 우뚝 솟은 선유봉이 있고
그 중턱에 있는 저택이 이민서와 이건명이 살던 집으로 추정된다.

선유봉의 삼유정은 산과 물과 들판 세 가지를 가진 데서 이름을 붙
였지만 여기에 더하여 조부 이경여李敬輿와 부친 이민서, 그리고 자신

에 이르기까지 소유했다는 의미까지 부여하였다. 그리고 이로도 부족하여 『맹자』에서 이른, 벼슬과 나이, 덕 등 달존達尊의 세 가지 미덕을 쌓는 공간으로 삼겠노라 하였다.

그러나 한강을 넘지 않겠다는 다짐은 헛것이었다. 다시 육조의 판서를 두루 지내고 판의금부사를 겸했으며 좌의정에까지 올랐다. 그러다 영조를 젖히고 경종이 즉위하자 집중적인 공격을 받았다. 경종의 책봉을 주청하는 임무를 맡아 북경까지 다녀왔지만 명의 책봉 승인이 떨어지자 귀로에 체포되어 국문을 받고 고흥반도 끝 나로도로 향했다. 얼마 지나지 않아 그곳에서 사약을 마셨고 두 아들도 옥사하였으며 가산도 적몰되었다. 선유봉의 별서도 끝장이 났다.

세월이 흘러 영조가 권좌에 오른 후 이건명은 김창집, 조태채, 이이명 등 이른바 나머지 노론 사대신과 함께 명예가 회복되었다. 이때가 되어서야 비로소 그의 시신이 무덤이 생전에 오가던 교하交河의 선영으로 돌아갈 수 있었다. 이건명, 이이명과 함께 노론사대신인 조태채 집안의 별서가 그 남쪽 우파에 있었고 김창집 집안의 별서가 반포에 있었다. 이 때문에 훗날 반포에 사충사가 세워졌다가 다시 노량진으로 옮겨진 것이다. 노량진 사충사는 묘하게 이들 별서의 중간쯤 되는 위치에 있다.

6. 소요정과 이유의 소악루

양천구 가양동 겸재 정선 미술관 곁에 야트막한 언덕이 있는데 오늘날은 궁산宮山이라 부른다. 예전에는 성이 있었다 하여 성산城山, 성황산城隍山이라 불렀으며, 파산巴山이라고도 하였다. 또 그 앞의 한강은 파강巴江, 파산강巴山江, 파릉강巴陵江이라 불렀다. 또 이 때문에 양천의 옛이름이 파릉巴陵 혹은 파산巴山이다. '파巴'는 물이 꺾이는 곳을 이른다. 궁산 아래에는 예전에 양천 관아와 객관, 향교 등이 있었지만 지금은 향교를 에워싸고 주택이 들어섰다. 그나마 양천을 사랑한 정선을 기리는 미술관이 있고 또 궁산은 공원으로 지정되어 있으니 다행이다.

조선시대 양천 관아에서 한양으로 가려면 공암나루에서 배를 탔다. 공암나루라는 이름을 낳게 한 공암孔巖은 한강변에 솟은 높은 바위로 우묵한 구멍이 나 있어 이 이름이 붙었다. 양천 허씨의 시조가 여기에서 나왔다는 전설이 있어 허가암許家巖이라고도 하였다. 고려 태조가 견훤을 정벌할 때 허선문許宣文이 군량을 댄 공로로 공암촌주孔巖村主로 봉해졌는데 공암 바위에다 "공암촌주허선문孔巖村主許宣文"이라는 일곱 글자를 새겨놓았다고 한다. 그 동쪽에 광주에서 떠내려 왔다는 전설을 가진 광주암廣州巖이 있었다.

이 일대는 조선 초기부터 명환들의 별서도 많았다. 양천 관아 북쪽 파산 기슭에 이유李渘의 소악루小岳樓가 있었고 바로 그 아래 공암에는 심정沈貞의 소요정逍遙亭이 있었다. 김매순金邁淳은 1826년 지은 글에서 19세기 이 일대의 풍경을 다음과 같이 기록하였다.

이듬해(1826) 봄 학산鶴山(윤제홍尹濟弘, 자 경도景道)이 도성으로 들어와 굉사과宏詞科에 응시하여 넉넉히 장원을 하였다. 품계가 오르고 비단을 하사받았다. 6월 4일 이웃에 사는 벗 홍기섭洪箕燮(자 완교元敎), 이일용李一容(자 성구成九)이 말을 나란히 몰고 서쪽으로 왔다. 내가 미리 작은 배를 마련하여 양화나루에서 기다렸다. 강물을 따라 5리를 내려가니 양천현이 나왔다. 문으로 들어가 악수를 하였다. 그 기쁨을 알 만하다. 주찬을 갖추고 풍악으로 도우니 기뻐서 눈썹을 치켜들고 손바닥을 쳤다. 웃기도 하고 떠들기도 하면서 강물의 흘러가는 모습을 실컷 바라보았다.

다음 날 밥을 먹고 소매를 나란히 하여 말을 몰아 양천 관아 북쪽의 오래된 성에 올라 서쪽으로 행주를 바라고 권율 장군의 전공을 개탄하면서 상상하였다. 동으로 공암진을 조망하고 심씨의 소요정 터를 물었다. 다시 그 동쪽에 산이 우뚝 솟아 큰 강에 끝자락을 박고 있다. 그 정수리가 누에머리처럼 둥그스름한 것이 학사 읍취헌挹翠軒 박은朴誾이 놀던 적벽赤壁(잠두봉)이다. 함께 손가락으로 가리키면서 탄식하였다. 멋대로 이야기를 나누며 인물의 잘잘못과 시대의 변화무상함에 대해 따졌다. 쓸쓸이 무슨 생각이 들었다가 멍하니 잊기도 하였다. 이 때 맥우麥雨가 막 개어 바람과 햇살이 맑았다. 강은 흰하고 산은 고우며 풀은 산뜻하고 모래는 하얗다. 꽃은 이미 졌지만 행랑 아래 홍매紅梅 한 그루는 아직도 흰하게 사람을 비춘다.

그 다음 날 여러 공이 장차 돌아가려 하여 내가 소악루 아래에서 전송을 하였다. 물결을 타고 닻을 푸니 배가 매우 빨리 달렸다. 우두커니 강 언덕에 서 있노라니 삐거덕 노 젓는 소리와 청담을 나누는 모습이 안개와 파도 속에 가물거렸다. 그 또한 하나의 기이한 일이었다. 한참 창망하게 보다가 절구 세 수를 얻고 가마를 돌렸다.

_김매순, 「파릉시서巴陵詩序」(『대산집臺山集』 294:408)

이 글에 등장하는 소요정은 정선의 「소요정逍遙亭」에서 확인할 수 있다. 그 주인 심정沈貞(1471~1531)은 본관이 풍산豊山이고 자가 정지貞之다. 1506년 중종반정에 가담하여 공신이 되고 화천군花川君에 봉해졌다. 1515년 이조판서에 올랐고 1518년에 형조판서의 물망에 올랐지만 조광조趙光祖 등 신진사류新進士類로부터 소인으로 지목되어 임명되지 못하였다. 이에 울분을 달래기 위해 바로 이 소요정을 짓고 이를 자신의 호로 삼았다. 『장자』의 '소요유逍遙遊'에서 나오는 유유자적의 뜻을 담았지만 속마음은 그러하지 못하였으니, 1519년 기묘사화를 일으켜 사류를 일망타진하였다. 이로써 만고의 간신으로 배척받았다.

그러나 심정의 손자 심수경沈守慶이 『견한잡록』에서, 소요당은 한강이남의 강 연안에 있는 정자 중에서 가장 빼어나기 때문에 명사들이 지은 시가 벽에 가득하다고 자랑한 바 있다.[37] 사람은 못났지만 산천은 아름다워 사람들의 많은 사랑을 받은 것이다. 그가 몰락한 이후 박상朴祥은 "빈 산은 잔칫상을 밀치고, 가을 골짜기는 술잔을 물리치네(半山排案組 秋壑閣樽盂)"라 하였다.[38] 심정의 호사를 풍자한 이 시가 인구에 회자된 바 있다. 또 임제林悌는 "영벽당 앞에서 아침에 닻줄을 풀고, 저녁에 파릉에 배를 대니 안개 낀 모래톱이 횡하다(暎碧堂前朝解纜 巴陵暮泊空洲煙)"라 하였다.[39] 16세기에도 영벽당과 함께 소요정이 이 일대의 대표적인 누정이었음을 알게 한다.

특히 신진사류의 정신을 이은 기대승奇大升은 소요정 북쪽에 우거하면서 14수의 연작시를 지은 바 있다.[40] 그중 한 편에서 "호젓한 곳 맑아 꾸밀 것 없으니, 솔숲과 대숲에 집을 엮었네. 나무가 듬성하니 시야가 트이고, 새가 우니 봄날이 한가롭다. 약초 심어 싹을 북돋우고, 날 저물면 홀로 사립문 닫는다. 가끔 보는 것은 강가 포구에, 고기잡이 배 절로 오가는 모습뿐(幽棲澹無營 結宇松竹間 林疏眼豁然 鳥鳴春意閑 蒔藥培新芽 日暮孤掩關 時見江浦上 漁舟自往還)"이라 하였다. 마음이 맑으면 탐욕의 정자 곁

---

37) 『과천현읍지』(장서각본)에 따르면 심수경은 오늘날 안양의 비산동에 退老亭을 경영한 바 있다.

38) 박상, 「題逍遙堂排律四十韻」(『訥齋集』 19:50).

39) 임제, 「逍遙亭」(『林白湖集』 58:298).

40) 기대승, 「昔東坡謫居儋耳, 有詩云, '甕間畢卓防偸酒, 壁後匡衡不點燈' 余嘗覽之自笑. 今年春, 適寓居逍遙亭陰, 懶廢日甚, 遂與人事疎闊, 實有蘇仙之感, 因以其字爲韻, 賦詩成十四首, 奉呈吳牧伯案下, 仍祈郢斤」(『高峰集』 40:32).

이라도 이렇게 맑을 수 있다. 또 이정립李廷立의 글을 보면 1583년 이이
李珥가 해주로 돌아갈 때 바로 이곳에서 전송하였다고 하니,[41] 명현의
발자취가 끊어진 것은 아니었다. 또 장유의 조부 장옥張玉이 지은 기문
이 「등왕각서膝王閣序」에 비견될 만하다는 칭송을 들은 바도 있다. 그리
고 강 건너 난지도 인근에 살던 한백겸韓百謙은 소요정이 "백 척 높은
두 기둥이 물결 가운데 마주 서 있어 마치 신선의 전당에서 문을 열어
놓은 듯하다"라 하였으니,[42] 17세기 초반까지 소요정이 정정하였음을
알 수 있다. 다만 정선의 「소요정」에 소요정 건물이 보이지 않는 것으
로 보아, 18세기 중엽에는 이미 사라진 모양이다. 19세기 김매순의 글
에서도 그러하다.[43]

소요정 외에도 양천 객관 동쪽에는 여러 정자들이 늘어서 있었다.
『양천읍지』(장서각본)에는 객사 동쪽에 망호정望湖亭 터가 있다고 하고
"짙은 녹음이 땅을 덮고 구름이 비를 끌어 오는데, 흰 비단이 허공에
펼쳐지고 물은 안개를 두르고 있네(濃陰幕地雲拖雨 素練橫空水帶烟)"라 하여
그곳에서의 환상적인 풍경을 그린 이채李采의 시를 수록하고 있다. 이
를 보면 18세기 후반에도 망호정이 건재했음을 짐작할 수 있지만[44] 그
주인이 누구였는지는 알 수 없다. 또 주인을 알 수 없는 악양루岳陽樓가
망호정 동쪽에 있었다. 『여지도서』에는 영벽정의 주인 김두남의 손자
인 김경문金敬文의 시 "여윈 나귀 타고 악양의 승경을 찾으니, 빼어난

---

41) 이정립, 「癸未秋, 石潭先生大歸海州舊隱, 追送于陽川逍遙亭上。甲申春, 先生
下世, 是歲秋, 先生之姪洪来錫胤, 重過逍遙亭, 感懷書贈」(『溪隱遺稿』61:329)

42) 한백겸, 「勿移村久菴記」(『久菴遺稿』59:180).

43) 『여지도서』에는 16세기 인물인 文繼昌의 시 "南華第一篇中義 相國平生亭上
名 尺鸚雲鵬皆自適 塵埃野馬定誰明 從容勳業釣竿手 浩蕩烟波憂世情 最好相
忘遺物我 逍遙何地不閑行"과 尹珣의 시 "山擁精廬翠色浮 楓辰朝罷日來携 從
今夢斷東華土 沙上知心有白鷗"를 함께 수록하고 있다.

44) 鄭維一의 「東湖題咸寧君望湖亭壽璿」(『文峯集』42:194)을 보면 동호에 咸寧君
李壽璿의 망호정이 있었고, 또 李植의 「記書堂舊基」(『澤堂集』88:349)를 보면
동호 독서당에도 같은 이름의 정자가 있었음을 알 수 있다.

볼거리 천고에 전해진 말과 다르지 않네. 여러 봉우리는 하늘을 지탱하며 큰 들판을 둘렀는데, 긴 강은 바다로 흘러가며 여러 하천을 당기네(鼇驢來訪岳陽勝 勝賞無違千古傳 列岫桂天圍大野 長江宗海引群川)"라는 구절을 수록하고 있다. 19세기에는 사라졌지만 17세기까지는 악양루가 파강의 명소였음을 짐작할 수 있다.

『여지도서』에는 이 일대를 동정호洞庭湖라 하였으니 중국의 동정호만큼 아름다웠던 모양이다. 그래서 소악루小岳樓라는 이름의 정자도 생긴 것이다. 소악루의 주인은 이유李渘(1675~1753)였다. 이유는 본관이 전주로 정종의 4남 선성군宣城君 이무생李茂生의 후손이다. 자가 중구仲久고 호는 소와笑窩 혹은 소악루라 하였다. 성리학에 잠심하여 윤봉구尹鳳九, 한원진韓元震 등과 토론하였으며, 중국의 악양루를 본떠 소악루를 짓고 시와 술과 거문고와 노래로 소요하였다고 한다. 또 윤봉구, 조관빈, 이병연李秉淵 등과 왕래하면서 수창하였다고도 한다.[45]

이유는 소악루에서 「옥경몽유가玉京夢遊歌」, 「사군별곡四郡別曲」 등 많은 가사 작품을 남긴 인물이다. 여기에는 소악루에 대해 다음과 같이 노래하고 있다.

> 흉중에 감춘 말을 뉘더러 이를쏘냐.
> 악양루 끼친 터에 소악루 새로 지어
> 지세도 높거니와 풍경도 좋을시고.
> 삼산반락청천외三山半落青天外라
> 이수중분백로주二水中分白鷺洲를
> 옛 글귀 들었더니 절경인줄 뉘 알쏘냐.
> _이유, 「옥경몽유가玉京夢遊歌」

---

45) 김팔남, 「새로 발견된 小岳樓 李渘의 가사 몇 편에 대하여 – 작자 고증과 창작 연대 추정을 중심으로」(『한국고시가문화연구』 18권, 2006). 이하 소악루의 우리말 노래는 이 논문의 성과를 따른다.

소악루는 악양루 터에 세운 것이고 그곳의 풍경은 이백李白이 금릉
金陵 봉황대鳳凰臺에 올라서 쓴 "세 산은 반이나 푸른 하늘 밖에 떨어졌
고, 두 물은 백로주白鷺洲를 가운데로 나누었다"는 구절로 대신 묘사하
였다. 「사군별곡四郡別曲」에서는 "파강에 병든 주인 악루岳樓에 편히 누
워, 매화를 벗을 삼고 거문고를 희롱하니, 앞 강을 못 건넌지 십 년이
둘이로다"라 하여 소악루에서 매화를 벗으로 삼고 거문고로 세상을 희
롱한다고 하였다.

지금은 전하지는 않지만, 이유는 소악루의 아름다움을 우리말 노래
와 함께 한시를 지어 자랑하였을 것이다. 임방任埅, 심육沈錥, 이광덕李匡
德, 조현명趙顯命, 남유용南有容, 오원吳瑗, 김진상金鎭商, 김시민金時敏, 조하
망曹夏望, 현상벽玄尙璧 등 당대 명사들이 다투어 소악루의 아름다움을
담은 시가 전하기 때문이다. 여기서는 심육의 시를 보인다.

우뚝 솟은 이름난 정자
사람들은 소악루라 부르지.
티끌 덮인 세상 요란하든 말든
바람과 달빛에 홀로 시름이 없네.
먼 봉우리는 다투어 절을 하는데
평평한 강물은 고요히 흐르지도 않는 듯.
강가에 몇 채의 집이 있는지
맑은 복이 이보다 많은 곳이 어디 있겠나.
突兀名亭出　人稱小岳樓
塵埃他自鬧　風月獨無愁
遠岫爭如揖　平湖靜不流
江干多少宅　淸福較誰優

특별한 땅이라 강과 산이 좋으니

바람과 안개가 이 누각을 감싸고 있네.

거문고에는 옛 뜻이 실렸는데

술마신 뒤라 시름이 사라지네.

산빛은 처마를 밀며 다가오는데

강물 빛은 난간을 치며 흘러드네.

아침에 생선이 밥상에 오르니

그윽한 일 날마다 유유자적이로다.

特地江山好　風烟擁此樓

琴中有古意　酒後失閑愁

嶽色排簷近　波光拂檻流

朝來魚入饌　幽事日優優

_심육, 「양천 이동복의 새 정자 소악루에서(陽川李同福新亭小岳樓)」(『저촌유고
樗村遺稿』 207:107)

심육은 소란한 세상과 뚝 떨어져 한적함을 자랑하는 소악루와 그곳
주인 이유의 삶을 이렇게 칭송하였다. 또 조현명은 그의 아내를 애도
한 글에서 "공암 곁에 소악루 높다란데, 맑은 강물 10리에 두 길로 뻗
은 버들숲. 그 안에 시인이 백발을 드리우니, 입에서 나온 말들 하나하
나 옥과 같네(小岳樓高孔巖邊　澄波十里雙行柳　中有詩人垂白髮　吐口箇箇皆瓊玖)"라
한 바도 있다.[46] 또 김시민은 "그대 파릉강 강가에 사는데, 일엽편주에
십년 세월 더디구나. 서로 만나면 돌아가라는 뜻에서 술을 권하고, 오
래 헤어져 있을 땐 영월에서 지은 시를 많이 들었지. 흰 눈 내린 이마
보니 이미 늙었는데, 푸른 노을 배 가득 들어 기이한 시를 짓는다네. 고
운 편지 비와 함께 창 앞에 이르니, 분명 화분의 꽃이 이제 막 피었겠구
나(君在巴陵江水湄　扁舟一約十年遲　相逢爲勸當歸酒　久別多聞寧越詩　白雪被顚看已老　靑霞

---

46) 조현명, 「李同福溪室內輓」(『歸鹿集』 212:160).

滿腹吐來奇 瓊牋帶雨窓前墜 政是盆花初拆時)"라 하여 영월 참봉에서 돌아온 이유
가 화분에 키운 매화가 꽃망울을 터뜨리면 벗들을 부른다고 했다.[47]

　이유는 특히 윤봉구와 친분이 깊어 그의 문집에 왕복 서한이 여러
편 실려 있는데 여기에도 소악루가 등장한다. "푸른 산이 감싸고 있고
파란 강물이 휘돌아 가는데, 10리에 아홉 번 굽이 돌아 호젓하고 맑다
지요. 그곳에 새로 작은 집을 짓고 종일 조용히 거처하신다지요. 흥이
일어 홀로 나가면 흐뭇하게 절로 자득한 것이 생긴다지요. 40년 먼지
구덩이에서 빠져나오지 못하고 반평생을 허비하고 있는 내 신세를 돌
이켜보니, 세상의 참맛이 무엇인지 알지 못하겠소. 이에 생각해보니
소악루 앞에는 강물과 하늘이 드넓고 도성의 산들이 조회하듯 늘어서
겠지요. 굽은 난간에 올라 휘파람을 불면 회포가 또한 절로 유다르겠
지요"라 하였다.[48]

　소악루에는 인근 염창동에 살던 엄경수도 가끔 들렀다. 1714년 9월
엄경수는 가장 절친한 벗 송질宋瓆, 이정작李庭綽과 함께 소악루에 올랐
다. 이때 이유는 거문고를 연주하고 이정작은 노래를 불렀다.[49] 또
1716년 12월에는 이유가 소악루 곁에 새로 집을 지었는데 이를 기념하
여 썰매를 보내어 엄경수 형제를 불렀다. 이에 형제가 나란히 썰매를
타고 강으로 나서 양천 관아 아래까지 수십 리를 달려갔다. 또 이듬해
정월 초하루에도 마을 사람들과 썰매를 타고 이유의 소악루를 찾은 바
있다.[50] 『양천군읍지』에는 이유가 동복同福 현감으로 나갔다가 1737년
물러난 후 양천으로 돌아와 중국의 악양루를 모방하여 이 정자를 지었
다고 하였지만 이러한 기록을 보면 그 이전에 이미 소악루가 서 있었
음이 분명하다.

47) 김시민, 「次僚友李仲久渼寄示韻」(『東圃集』 b62:415).
48) 윤봉구, 「與李仲久」(『屏溪集』 203:384).
49) 엄경수, 『孚齋日記』(권4).
50) 엄경수, 『孚齋日記』(권5).

정선, 「소악후월」(간송미술관 소장). 근경에 보이는 건물이 소악루일 것이다. 서쪽
에 보름달이 있으니 새벽 풍경을 그린 것이다.

　그 후에도 소악루는 명성을 날려 1742년 무렵 채제공이 이곳에 올
라 시를 지었다. 소악루에 올랐을 때 주인 이유가 여종을 시켜 가야금
을 타고 노래를 부르게 하였다. 배를 띄워 행주로 가면서 회를 쳐서 밥
을 먹는 즐거움도 누렸다.[51] 비슷한 시기 정선이 양천현감으로 와 있
었기에 이 일대의 풍광을 진경산수에 담을 수 있었다.[52] 이유는 이병
연과 친분이 깊었거니와, 후술할 유엄柳儼과의 인연도 있기에 정선이
이 소악루를 그리게 된 것이다.

---

51) 채제공, 「朝登小岳樓, 主人命婢作琴歌, 少頃, 發向幸州, 砥鱠設飯」(『樊巖集』
　　235:80).
52) 최완수의 『진경산수화』(범우사, 1993)에 정선이 양천 일대를 그린 그림을 자
　　세히 소개한 바 있다.

파릉에 밝은 달뜨면

먼저 이 난간을 비춘다네.

두보가 쓴 시가 없으니

끝내 소악양루기 때문이겠지.

巴陵明月出 先照此欄頭

杜甫無題句 終爲小岳陽

_이병연, 「소악후월小岳候月」[53]

정선의 그림 「소악후월小岳候月」에 붙인 이병연의 시다. 이 시와 함께 정선의 그림을 통해 이유가 소악루의 주인으로 있을 때의 모습을 볼 수 있다. 제목에서 말하고 있듯 소악루에서 달구경을 하는 모습을 그린 것으로, 소악루가 상당히 웅장한 건물로 그려져 있다. 다만 같은 시기 그린 다른 그림 「소악루」에는 소악루가 보이지 않는다. 홍살문과 여러 기와 건물이 다른 그림에서 확인할 수 있는 양천 관아와 동일하다. 『양천읍지』(장서각본)에는 소악루 곁에 바위를 깎아 세숫대야처럼 만든 것이 있어 관암盥巖이라고 불렀다고도 하는데, 이 그림에 그려진 궁산 아래 넓적한 바위가 이것을 그린 것으로 보인다.

53) 최완수의 『진경산수화』(범우사, 1993)에서 재인용하였다.

7. 송진명의 추수재와 유엄의 춘생와

『양천읍지』(장서각본)에는 고양리高陽里(古陽里) 동쪽에 춘생와春生窩가 있는데 송진명宋眞明의 별서로 상문정相聞亭이라고도 부른다고 하였다. 송진명(1688~1738)은 자가 여유汝儒이고 호는 소정疎亭이다. 이조와 병조의 판서, 판의금부사 등 요직을 두루 지낸 명환이다. 본관이 여산礪山으로 부친은 송징은宋徵殷이고 송정명宋正明과 송성명宋成明이 그의 형들이다. 부친과 형의 별서가 동호에 있었음은 앞서 본 바 있다. 송진명은 부형이 사는 동호가 아닌 종조부 송광연宋光淵이 터를 잡은 행호 건너 양천의 고양리에 별서를 마련하였다.

그런데 고양리, 곧 오늘날 양천초등학교 인근에 경영했다고 하는 춘생와와 관련한 송진명의 자취가 문헌에서 확인되지 않는다. 확인되는 송진명의 별서는 추수재秋水齋였다. 이경석李景奭의 현손인 이광덕李匡德이 1726년 무렵 추수재를 찾아 다음과 같은 시를 지었다.

추수라는 서재 이름 벌써 시름겹구나,
눈으로 가을 물 보니 더욱 아득하여라.
어지럽게도 바다 같은 욕심에 다툼은 언제 그치랴!
슬프게도 사람은 갈대밭에 있어 만나기 어렵네.
먼 포구의 나는 해마다 지는 낙엽에 상심하는데
맑은 파도의 그대는 날마다 빈 배를 메어두었네.
강가의 정자에서 박장대소 무슨 까닭인가,
수많은 배들이 다투어 급류로 올라오기에.
秋水名齋已可愁 眼看秋水更悠悠
物爭河海紛何已 人在蒹葭悵不求
極浦年年傷落木 滄波日日繫虛舟
江欄拍手知何事 萬帆爭頭上急流

_이광덕, 「학사 송여유의 추수재에서(宋學士汝儒秋水齋)」(『관양집冠陽集』 209:342)

추수재는 아마 『장자』의 편명인 「추수秋水」에서 온 듯하니 소요자재逍遙自在의 뜻을 담았으리라.[54] 이광덕(1690~1748)은 자가 성뢰聖賴고 호가 관양冠陽이며 이경석의 현손이고 이진망李眞望의 아들이다. 대제학을 지냈으며 송진명과 함께 소론이지만 영조의 탕평책에 호응한 인물이다. 동호에서 송성명과 나란히 살던 조경명趙景命의 사위기에 송진명과도 친분이 깊었다. 이 무렵 이광덕은 홍문관에서 부수찬으로 바쁜 나날을 보내다가 잠시 짬을 내어 나들이를 하였다. 은자로서 갈대 무성한 강가에 사는 송진명의 삶을 부러워한 것이다. 이광덕은 추수재에서 여러 날 머물렀다. 이때 소악루 주인 이유가 찾아왔다.

물가의 정자 버들 가의 사립문
강호에서 처음 볼 때 학창의를 입었었지.
통성명도 하기 전에 술부터 먼저 권했고
안부를 묻지도 않고 거문고부터 탔었지.
넘실거리는 큰 강가라 앉은자리 위태하게 보이는데
구불구불 골짜기 안이라 눈발이 사납게 날리네.
금은 혜강嵇康이요 시는 완적阮籍이라
죽림칠현 중에서도 자네 같은 이 없다네.
水邊亭樹柳邊扉 湖海初逢鶴氅衣
名聲未通先勸酒 寒暄不說但鳴徽
長江莽蕩人危坐 中曲徘徊雪驟飛
琴似老嵇詩大阮 竹林諸達似君稀
_이광덕, 「소악루 주인 진사 이유가 시에 능하고 거문고와 술에 능하다고

---

54) 같은 이름의 추수재가 송파에도 있었는데 그 주인은 任夏常이다. 이에 대해서는 앞서 살핀 바 있다.

들었는데, 이날 술과 거문고를 들고 추수재로 왔기에, 마침내 시를 써준 다(小岳樓主人李上舍洠, 曾聞其能詩善琴酒, 是日持酒携琴來秋水齋, 遂書贈)(「관양집」 209:342)

시와 거문고에 능한 이유가 찾아와 처음 만나게 되었는데 바로 의기투합하여 술과 음악을 즐기게 된 것이다. 통성명도 하기 전에 술부터 권하고 바로 거문고를 연주하면서 풍류를 즐겼다. 이유의 소악루와 함께 송진명의 추수재는 낭만이 어우러진 공간이었던 것이다. 그리고 이러한 낭만은 송진명이 세상을 뜬 후에도 지속되었다. 이유와도 친분이 있던 조현명이 송진명이 떠난 그의 별서에 들렀다.

슬픔과 기쁨에 머리 다 세고 나서
이 땅에 다시 찾아오게 되었네.
강물 마주하고 소나무 울타리 있기에
배를 멈추니 버드나무 색깔이 짙구나.
강과 산은 원래 정해진 주인 없는 법
하늘과 땅에는 알아주는 이가 적다네.
문득 그리워라, 풍악을 울리던 그곳에서
함께 술에 취해 쓴 글씨 함께 보았지.
悲歡頭盡白 此地復來尋
臨水松籬出 停舟柳色深
江山無定主 天地少知音
尚憶笙歌席 同看醉墨淋
_조현명, 「양천 송여유 진명의 옛 정자에서 감회가 일어 벽에다 쓰다(陽川宋汝儒眞明舊亭, 感懷題壁)」(「귀록집」 212:133)

1744년 조현명은 양천에 들러 소악루와 함께 송진명의 정자에 들렀

김희성金喜誠, 「춘생와」『不染齋主人眞蹟帖』(삼성미술관 리움 소장). 김희성의 몰년이 1763이므로 유엄이나 유복명 자손이 주인으로 있던 춘생와를 그린 것으로 추정된다.

다. 이때는 이미 송진명이 세상을 뜬 후라 예전 함께 노닐던 시절을 회상하고 비감에 젖었다.[55]

---

55) 윤순의 「巴陵宿宋汝儒江榭」(『白下集』 192:192)도 추수재에서 하룻밤 묵으면서 지은 작품인데 1723년 장단의 白鶴山에 은거할 무렵의 작품이다.

그런데 이 추수재가 춘생와와 같은 곳에 있던 건물인지는 확인하기 어렵다. 다만 1870년에 편찬된 『양천읍지』(장서각본)에는 춘생와가 나중에 판서 유엄柳儼(1692~?)과 유복명柳復明(1685~1760)으로 주인이 바뀌었는데 당시에는 터만 남았다고 하였다. 유엄과 친분이 있었던 이광덕과 조현명 등은 송진명과 관련하여 추수재에 대해서는 여러 차례 언급했지만, 춘생와를 두고는 늘 유엄의 집이라 하였다. 송정명의 딸이 유엄에게 장가를 들었으므로 춘생와가 원래는 송진명의 소유였는데 유엄에게 넘어간 것으로 보는 것이 온당할 듯하다.

유엄은 본관이 진주晋州로 중종반정의 공신 유순정柳順汀의 후손이다. 자는 사숙思叔 혹은 숙첨叔瞻이고, 호는 성암省庵 혹은 파강만어巴江晚漁, 오산노초梧山老樵다. 예조와 형조의 판서를 지내고 청양군菁陽君에 봉해진 명환이다.[56] 그의 별서 춘생와는 정선의 그림으로도 그려져 있었다.

집은 오산노초梧山老樵의 집이요, 그림은 겸재謙齋 정 공鄭公의 그림이요, 시는 사천槎川 이 공李公의 시다. 집은 강과 산의 아름다움을 다하였고 그림은 집의 아름다움을 다하였으며, 시는 그림의 아름다움을 다하였다. 그 주인이 유독 세사를 팽개치고서도 북궐을 바라보는 정성을 잊지 않고 있다면, 시는 유독 그림 너머의 뜻을 담고 있다. 그림이 강과 산의 정신을 전하고 있고 시가 주인의 마음을 비추고 있지만, 겸재 어르신은 마음이 근실하고 손이 신통하며, 사천 어르신은 뜻이 화락하고 마음이 통한다. 주인이 사양하였지만 부득불 사천 어르신보다 먼저 시를 지었으니 겸재 어르신의 뜻이 어떠한지 모르겠다. 비록 그러하지만 두 공의 시와 그림은 모두 한 시대에 구하기 어려운 것이니, 소장한 사람들이 누구나 부서진 구슬이나 금덩어리처럼 본다. 파릉의 강과 산이 이 두 보배를 얻어

---

56) 유엄 이후 춘생와의 주인이 되었다고 한 유복명은 본관이 전주로 유엄과는 뿌리가 전혀 다르다. 자는 陽輝이며 호는 晚村인데 대사성, 경기 감사 등을 역임하였다. 그러나 그가 춘생와에 머문 자취는 확인되지 않는다.

윤색을 하였으니, 이는 강과 산이 사례할 것이 두 공에게 아울러 미친다고 하겠고, 두 공이라는 보배를 얻은 것을 강과 산의 도움으로 삼았다고 여기는 것은 바로 주인 늙은이라 하겠다. 훗날 주인 늙은이가 벼슬을 그만두고 한가하게 살면서 춘생와에 편안히 누워 날마다 함께 강과 산에서 시를 주고받고 그 공을 자랑할 것이니, 저 강과 산이 어찌 두 공에게 사례하지 않을 수 있겠으며 주인 노인네에게 사례하지 않을 수 있겠는가? 두 공이 또한 빙그레 웃으면서 공을 돌릴 것이다. 이를 가지고서 두 공에게 질정을 하고 다시 한 수의 시로 강과 산을 설파說破한 것으로 삼는다. 이로서 발문으로 한다.

경신년 중동仲冬 오산노초梧山老樵 유숙첨柳叔瞻

_유엄, 「춘생와 화첩의 발문(春生窩畵簇小跋)」(『성암잡고省菴雜稿』 1책, 존경각본)

이 글은 1740년 11월 유엄이 황해 감사로 나가 있을 때 쓴 글이다. 이 글을 보면 이병연이 시를 붙인 정선의 춘생와 그림이 있었음이 분명하다. 유엄은 자신이 아름다운 강과 산의 주인임을 선언하고 당대 최고의 화가 정선의 그림과 최고의 시인 이병연의 시가 있어 그 아름다운 강과 산이 더욱 빛이 나게 되었음을 칭송하였다.

춘생와 화첩은 정선의 『경교명승첩京郊名勝帖』에서 일부 확인된다. 위항의 시인 정내교鄭來僑(1681~1759)는 1742년경 춘생와의 여덟 가지 아름다운 풍경을 시에 담았다. 정내교의 시에서 팔경은 공암의 높다란 탑 공암층탑孔巖層塔, 선유봉에 홀로 서 있는 나무 선봉독수仙峯獨樹, 삼각산의 아침 구름 삼각조운三角朝雲, 관악산의 저녁 안개 관악석람冠岳夕嵐, 행주에서 봄날 물고기를 잡는 행주춘어杏洲春漁, 저물녘 양화나루를 건너는 양도모섭楊渡暮涉, 난지도의 백사장 금성평사錦城平沙, 멀리 보이는 소래산의 뾰족한 봉우리 소래첨봉蘇來尖峯 등이다. 북쪽의 삼각산, 동쪽의 관악산, 남쪽의 소래산 등을 원경으로 잡고, 중경에 행주, 난지도, 선유봉, 양화나루 등을 두었으며 근경에 공암의 탑을 배치하였다. 그런데 이 중 「공암층탑」, 「금성평사」는 『경교명승첩』에 실려 있는 그림과 제목이 일치한다. 다음은 정내교가 춘생와에서 보이는 아름다운 풍경 중 탑 모양의 공암孔巖을 그린 작품이다.

> 꼿꼿한 바위 위의 탑이여
> 바위와 탑이 서로 붙들고 있네.
> 한스럽네, 이름난 절이 사라져
> 기이한 시골 맛 더하지 못하니.
> 亭亭巖上塔 巖與塔相持
> 恨不存名刹 添成野趣奇(孔岩層塔)
> _정내교, 「춘생와의 팔경春生窩八景」(『완암집浣巖集』197:534)

정선의 그림과 함께 정내교의 시에는 강물 속에 바위섬으로 된 공암이 있고 그 기슭의 바위봉우리에 탑이 나타난다. 야마토분카간大和文華館에 정선의 「관악석람」이 소장되어 있는데 근경에 공암이, 원경에 관악산이 배치되어 있어 이 그림 역시 춘생와 화첩의 한 장이었음이 분명하다. 양천에서 강 건너 난지도와 수색 쪽을 바라본 그림 「금성평사」 역시 시의 내용과 다르지 않다. 또 정내교의 시에서 이른 「행주춘어」는 정선의 「행주관어杏洲觀漁」와 같은 그림일 가능성이 높다. 그렇다면 『춘행와화첩』에는 「선봉독수」, 「삼각조운」, 「양도모섭」, 「소래첨봉」이라는 그림이 더 있어야 할 것이다.[57]

이광덕도 춘생와의 아름다움을 두루 노래하였다. 1747년경 이 춘생와에 들러 쓴 작품에서 난지도와 소래산을 빼고 대신 북쪽 파강에 정박해 있는 배를 묘사한 전강조박前江漕舶과 남쪽 논밭에 들밥을 내어가

---

57) 이 문제에 대해서는 필자의 「유엄의 춘생와와 겸재 정선의 그림」(『문헌과해석』 72호, 2015)에서 밝혔다.

는 모습을 담은 후야농엽後野農饁을 넣었다.

짐 가득 실은 만 척의 배가 모였는데
바람 부는 강에 빨리 달려 통쾌하구나.
혹 백성의 고혈을 짜낸 것은 아닌지
세금 독촉하던 예전 관찰사에게 묻노라.
飽載長腰萬舶咸 快看風水迅雲帆
不知是未還膏血 聊問催科舊按廉(前江漕舶)

여윈 소가 풀을 뜯고 한낮 닭이 우는데
아낙네들 나란히 술과 밥을 막 끄르네.
어찌 같겠나, 비변사에서 앉아 있던 시절
여러 집에서 보낸 밥 한꺼번에 오던 것과.
疲牛放齕午鷄催 婦子齊將酒飯開
何似備邊司裡坐 諸家送食一時來(後野農饁)
_이광덕, 「유대감의 춘생와(柳臺春生窩)」(『관양집』 209:363)

유엄이 황해도와 경기도 관찰사를 지낸 인물이라, 이광덕은 춘생와
앞 한강에 모여 있는 조운선을 보고 농담 삼아 질문을 던졌다. 또 공조
와 형조의 판서로 있다가 물러난 유엄에게 비변사에서 바쁜 공무 중
도시락 먹던 것에 비하면 들밥이 얼마나 여유로운가를 물어, 그가 춘
생와에서의 한가한 삶을 누리는 것을 칭송하였다. 「전강조박」과 「후야
농엽」 역시 그림으로 그려졌을 가능성도 있다.

소악루와 추수재에 들러 시를 지었던 조현명도 1750년 춘생와에 들
러 그의 집 팔경을 두고 시를 지었다. 정내교의 팔경에 이광덕이 두 곳
을 더한 것을 합한 다음, 여기에 잠두봉후蠶頭烽候, 연미조신燕尾潮信을
붙이는데, 곧 잠두봉의 봉홧불과 연미정燕尾亭이 있는 강화 월곶에서부

터 밀물이 들어오는 모습을 그렸다.

강호로 물러난 선비가 있어
낚시로 즐거움을 삼는다네.
시절의 근심을 잊지 못하여
봉홧불 오를까 오매불망이라네.
江湖有退士 漁釣以爲樂
時憂猶耿耿 不寐山烽夕(鼈頭烽候)

썰물이 들어와 섬이 잠겼으니
물가가 아득하여 보이지 않네.
썰물 빠지고 나면 보시게나
하나하나 다시 헤아릴 수 있겠지.
潮來島嶼沒 涯涘浩難覩
請看潮落後 一一皆可數(燕尾潮信)
_조현명, 「유사숙의 춘생와 팔영 12수(柳思叔春生窩八詠十二首)」(『귀록집』 212:
168)

조현명은 춘생와에 물러나서도 나랏일 근심을 잊지 않는 유엄의 정
신을 기렸다. 물이 불어난 조강(祖江)을 바라보면서 인생이나 정국이나
복잡하지만 시간이 지난 후에 분명해진다는 뜻을 붙여 위로의 말을 건
넸다.
조현명은 유엄과 친분이 깊어 그와 자주 시를 주고받았다. 다음 작
품은 파강에 있다가 곧 생일을 맞아 도성으로 들어가려 한다는 주석으
로 보아 춘생와에서의 삶을 노래한 것이 분명하다.

서호로 물러난 재상께서 국화에 취하여

홍진을 돌아보고 웃으니 그 마음 어떠신가?
부끄럽다, 10년 지루하게 사는 내 인생
열흘이나 편하게 누운 그대 부럽기만 하네.

西湖退宰醉黃花　顧笑紅塵意若何
愧我支離十年久　羨君高臥一旬多

파강과 그 강의 꽃을 외롭게 저버리리니
먼지구덩이에서 돌아보면 슬픔이 어떠하랴!
물새는 생일날 술상과 함께할 수 없으니
처자식에게 괴롭게 붙들려 있어야 하겠지.

孤負巴江江上花　塵中回首悵如何
鷺鷗難與懸弧飮　苦被妻兒挽得多

강가의 울타리 그 아래 핀 국화
중양절의 물색이 그 어떠하신지.
온 땅 가득 꽃이 펴도 오는 이 없고
이곳저곳 상인들만 이리저리 오가겠지.

江上松籬籬下花　重陽物色問如何
花開滿地無人見　楚賈吳商採採多
_조현명, 「장난삼아 유사숙의 시에 차운하다(戲次柳思叔)」(『귀록집』 212:160)

이 무렵 조현명은 정승의 자리에 올랐지만 당쟁이 치열한 시절이라 편안한 날이 없었으므로, 서호로 잠시 물러나 사는 유엄의 삶을 부러워하였다. 그리고 유엄이 생일상을 받으러 도성에 들어가면 아름다운 파강과 그곳의 꽃과 새를 보지 못하여 춘생와가 그리워질 것이라 하였다. 유엄이 완전한 귀거래를 하지 못하는 것을 두고 놀렸다.

춘생春生은 봄이 생겨난다는 뜻이다. 당의 시인 원진元稹은 "어느 곳

에 봄이 일찍 오는가(何處生春早)"로 시작하는 20수 연작시를 지은 바 있
다. 그 시에서 봄은 구름 색깔의 변화에서도 오고 질펀한 눈 속에서도
오고 강둑길에서도 오고 들판의 별서에서도 온다고 하였다. 송진명이
나 유엄이 어떤 뜻에서 춘생와라 한 것인지 알 수 없지만, 교외에서 봄
이 오는 모습을 보려 한 것임에는 틀림이 없을 듯하다. 그러나 송진명
이나 유엄 모두 벼슬살이에 바빠 춘생와에서 봄이 오는 것은 별로 보
지 못하였고 또 춘생와도 세인들의 기억 속에 사라졌다.

8. 황덕길의 두호정사와 팔당장

파강은 두호斗湖라고도 한다. 남쪽의 파려산玻瓈山과 주룡산駐龍山, 검
두산黔頭山(劒支山이라고도 한다)에서 발원한 두 물길이 한교漢橋에서 합
쳐져 한강으로 흘러드는 곳을 두포斗浦라 하는데 지금처럼 후포後浦라
고도 불렀다. 이 두포 한강을 두호라 하였다. 한교라는 이름의 돌다리
는 조선 후기 지도에 보이지만 지금은 물길 자체가 사라졌으니 다리도
있을 리 없다.

그럼에도 두호는 황덕길黃德吉과 인연이 깊은 땅이라 기억할 만하
다. 황덕길(1750~1827)은 본관이 창원昌原이고 자는 이길耳吉, 호는 하려下
廬다. 이익李瀷과 안정복安鼎福의 학통을 이은 인물로 스승 안정복의 문
집 『순암집順菴集』을 편집하였다. 저술로는 문집 『하려집下廬集』이 있
는데 『방언放言』, 혹은 『두호방언斗湖放言』 등으로 된 문집 이본도 전한
다. 문집 외에 『동현학칙東賢學則』, 『도학원류찬언道學源流纂言』, 『조야신필
朝野信筆』 등 많은 저술을 남겼다. 황덕길은 두호 곁에 선영과 전장이
있었다. 자신의 집을 두고 다음과 같은 글을 남겨 두호를 자세히 설명
하였다.[58]

두호는 옛 평양平陽[59]에 있다. 서호의 북쪽을 파산이라 하는데 긴 강을
끼고 넓은 평야를 내려다보면서 수려하게 우뚝 가운데 솟아 있다. 파산
의 북쪽이 파강인데 투금강이라고도 한다. 한강의 하류가 서쪽으로 치달
려 온 고을의 경계를 가로질러 서해로 들어간다. 강 남쪽 벼랑은 층층의
높은 바위가 첩첩이 쌓여 있다. 작은 것은 사람이 서 있는 듯하고 큰 것은

---

58) 이에 대해서는 「황덕길의 글로 읽는 두호의 풍경」(『문헌과해석』 48, 2009)에
서 다룬 바 있다.
59) 平陽은 陽平의 잘못인 듯하다. 평양이 양천의 이칭으로 쓰인 예는 다른 데서
는 보이지 않는다.

짐승이 엎드린 듯한데 사람이 올라갈 수 없을 정도다. 이름하여 굴모우屈
慕隅라 한다. 산의 한 기슭이 서북으로 마구 뽑혀 있어 마치 날카로운 칼
을 칼집에서 빼놓은 듯하다. 그 기슭 앞쪽에 효령대군이 초가로 지은 정
자 터가 있다. 정자 터 아래 큰 바위가 기슭에 펑퍼짐하게 누워 있어 그
위에 수십 인이 앉을 수 있다. 목마른 망아지가 하천 물을 마시는 듯한데,
선두암仙逗巖이라 하고 선두암 아래를 두호라 한다. 두호는 동남의 여러
봉우리에서 발원하여 십 리 들판을 가로질러 한교의 포구를 지나서 한강
으로 모인다. 마치 긴 무지개가 허공에서 가로로 걸려 있는 듯하다.

　기슭에서 열 보쯤 남으로 가면 오열五烈의 정려가 선 마을이 나오는데,
여기에 우리 황씨黃氏가 대대로 전해온 별서가 있다. 거주하는 사람들의
집 수십 호에 척박한 땅 몇 십 마지기가 있다. 양천 관아와는 언덕 하나
격해 있지만 시끄러운 소리가 들리지 않는다. 그 거리가 궁벽지고 집들이
부서져 있는데 남서쪽 교외를 임하고 있어 절로 하나의 구역을 이룬다.
　　_황덕길, 「두호정사기斗湖精舍記」(『하려집』 260:438)

　이 글에서 황덕길은 자신의 집이 파산 기슭의 남쪽, 양천 관아와 언
덕 하나 넘어선 곳이라 하였으니 지금의 겸재미술관 서쪽에 있었다고
하겠다. 이 글과 함께 황덕길은 「두호고적기斗湖古蹟記」라는 글을 지어
인근의 유적지를 두루 소개하였다.[60] 고려 말의 문인 이조년李兆年과
이억년李億年 형제가 길을 가다 황금 한 덩이 주웠는데 혼자 차지하고
싶은 욕심이 나서 이를 강에 던졌다는 아름다운 이야기에서 파강의 별
칭 투금강投金江이 나왔다고 하였다.
　또 파산 동쪽 강변에 있는 가파른 절벽 굴모우屈慕隅의 사연도 적었
다. 1583년 허봉許篈이 갑산으로 유배를 갔다가 돌아왔을 때 이곳에 있
던 황덕길 선조 황숙黃璹이 머물던 정자를 찾아 함께 파산에 올라 강물

---

60) 황덕길, 「斗湖古蹟記」(『下廬集』 260:438).

을 보고 술을 마신 후 바위에 걸터앉아 「굴모사屈慕詞」를 지어 불렀다. 사람들이 이를 기려 그곳을 굴모우라 부르게 된 것이다. 같은 내용이 『양천읍지』에도 수록되어 있다. 허봉이 지었다는 『굴모사』는 아래와 같다.

초강楚江의 어부漁父들아 그 강江 고기 낚지 마라
굴삼려屈三閭의 원한寃恨이 들었나니 어복중魚腹中에
삶기는 삶으려니와 충혼忠魂조차 삶길소냐
楚江漁父 愼莫釣楚江魚
屈三閭忠魂 魚腹裏至今儲
雖欲烹 烹復烹 一片心寧可烹也

이 시조는 그간 작자 미상으로 처리된 작품인데, 『양천읍지』에 실린 「굴모사」를 우리말로 번역하면 시조와 동일하니, 허봉이 작자임은 분명하다 하겠다.

또 『양천군읍지』(규장각본)에 따르면 파산 서쪽 기슭이 북으로 뻗어 내린 곳에 큰 바위가 있어 한강을 내려다보게 되어 있었는데, 그 모습이 두병斗柄, 곧 북두칠성의 손잡이 모양으로 되어 있어 선두암旋斗巖이라 불렸다. 「두호고적기」에는 큰 바위가 기슭에 펑퍼짐하게 누워 있는데 그 위에 수십 인이 앉을 수 있을 정도의 규모였다고 하며, 목마른 망아지가 하천 물을 마시는 듯한 형상으로 되어 있었다고 한다. 또 효령대군이 아침부터 저녁까지 이 바위 위에 앉아 손을 모으고 염불을 하여 참선을 하는 승려처럼 보였다 하여 선두암禪逗巖이라고도 불렀다고 하는데 선두암仙逗巖이라고도 적었다. 앞서 본 김두남이 살던 두암이라 한 것과 같은 바위인 듯하다.

황덕길의 집은 파산 남쪽 기슭 호젓한 곳에 있었다. 파산의 산세가 구불구불 조금 남쪽으로 휘어진 곳에 여러 봉우리가 에워싸 골짜기가 깊숙하게 형성된 땅이었다. 숲이 으슥하고 들판이 더욱 트여 있는데,

그 가운데 대여섯 채 집이 있어 언덕을 따라 늘어서 있었다. 당시 노곡魯谷이라 불렀다. 원래 이 땅은 효령대군의 소유였다. 효령대군은 파산 기슭에 별서를 짓고 살았고 그 북쪽에 초가로 춘초정春草亭을 짓고 소요하였다. 나중에 월산대군의 소유가 되면서 망원정으로 이름이 바뀐 희우정이 한강 건너편에 있었으니, 효령대군이 한강을 오가면서 희우정과 춘초정을 즐겼음을 짐작할 수 있다. 두보杜甫가 「춘야희우春夜喜雨」에서 "좋은 비가 시절을 알아서, 봄을 당해서 만물이 자라나네好雨知時節當春乃發生"라 한 구절에서 '희우'와 '춘초'를 따와 짝을 이루게 한 것임을 알 수 있다.

『양천읍지』(장서각본)에 따르면 춘초정은 나중에 황덕길 집안의 소유가 되었다. 회원부원군檜原府院君 황신黃愼이 효령대군의 외손이어서 그 땅을 물려받을 수 있었던 것이다. 그 후 황신의 후예인 황숙이 춘초정에서 살았으며 그 손자 황여구黃汝耉가 이곳에 기거하면서 호를 파록巴麓이라 하였다. 황여구는 병자호란 때 순절하였으며 집안의 네 여성이 모두 절의를 지켜 죽음을 택하였기에 함께 다섯 개의 정려를 받았다. 그 정려에 권유權愈의 글씨를 받아 '황씨오열유허黃氏五烈遺墟'라고 썼다.

황덕길은 노곡에 살다가 1776년 가을, 지금의 서울역 건너 남산 기슭인 도저동桃渚洞으로 들어가 잠시 기거한 바 있다. 그곳은 원래 복사꽃이 많아 이러한 이름이 붙었는데 황덕길이 살던 무렵에는 꽃나무가 사라졌다. 이에 버드나무 열 그루를 심고 동네 이름을 유북촌柳北村이라 하였으며 그 집 이름을 유북실柳北室이라 하였다. 언제나 시원한 창은 맑은 바람이 불어온다는 뜻에서 풍래유風來牖라 하고, 가끔 기대어 조는 벽은 개울을 베고 있다는 뜻을 넣어 침류벽枕流壁이라 하였다. 그렇게 7년을 살다가 1783년 노곡의 옛집으로 돌아갔다.

정조 7년(1783) 9월 그믐, 두호산인斗湖散人이 한양의 성곽 남쪽 임시 거처에서 파강 위로 돌아왔다. 두호산인은 조랑말을 타고 수척한 아내와 어린 딸은 소 한 마리에 태웠다. 출발하려 할 때 큰비가 내려 평지인데도 말과 소가 무릎까지 잠겼다. 황혼 무렵 현호玄湖의 작은 객점에 이르렀더니, 형님이 파강에서 질러와 내가 오기를 기다리고 계셨다. 2경 무렵 비가 조금 잦아들자 나루의 하인이 조수가 빠졌다고 아뢰기에, 배를 타고 닻을 풀었다. 바람이 순하고 물살이 더욱 빨랐다. 강 가운데서 하류로 내려갔다. 이때 먹구름이 비로소 걷히면서 산이 나타나 종종 멀리에서 바라다보였다. 물가의 숲이 아스라한데 고기잡이 불빛이 그 가운데 깜빡거렸다. 형님이 돌아보고 즐거워하며 "강호의 즐거움은 얻는 이가 드문 법이지"라 하셨다. 이에 아우가 노를 두드리며 「어부사漁父辭」 한 곡을 노래하였다.

_황덕길, 「파상에서 배를 타고서(巴上舟行記)」(『하려집』 260:433)

황덕길은 도저동에서 청파다리를 건너 한강으로 갔다. 그러나 큰비가 내려 배를 띄울 수 없어 현호에서 비가 개기를 기다렸다. 현호는 곧 마포와 서강 사이 현석동 쪽의 한강을 이르는 말이다. 밤이 깊어질 무렵 현호에서 기다리던 형과 함께 배를 타고 「어부사」를 부르면서 한강을 건넜다.

그러나 황덕길이 두호에 자신의 정사를 짓고 완전히 정착한 것은 그로부터 다시 30년이 훨씬 지난 1819년이었다. 그의 형 황덕일黃德壹이 함께 내려가 살 것을 권하였기 때문이다.

예전 돌아가신 형님이 나에게 말하였다. "요사이 서울이 크게 소란한데 조용하기로는 고향만한 곳이 없다. 고향에 낡은 집 몇 칸이 있으니 내 장차 발이라도 뻗을 수 있게 수리해서 함께 은거하자고 한 뜻을 이루려 한다." 얼마 후 형님은 병으로 1년을 누워계셨다. 정조 말년 가을 내가 형님을 모시고 옛집으로 돌아갔는데 그해 겨울 돌아가셨다. 그 후 20년 사이 거듭 변고가 생겨 경황없이 지냈다.

기묘년(1819) 봄에 이르러 비로소 세 칸의 초가를 짓는데 손자 연淵에게 감독하게 하니 한 달이 지나서 완공되었다. 가운데 기거하는 곳을 두암斗菴이라 하였는데, 크기가 말(斗)만하고 또 두호 가까이 있어 이렇게 이름 붙인 것이다. 그 북쪽 벽을 뚫어 서축書軸을 소장하는 곳으로 삼아 팔당장八當藏이라 하였으니, 내 좋아함을 기록한 것이다. 서쪽 한 칸은 흙을 쌓아 마루를 만들어 섬계헌瞻桂軒이라 하였다. 섬계헌 북쪽이 선영이다. 동쪽 처마 아래 격자가 셋 있는 대나무 창을 만들고 향양유向陽牖라 하였으니, 그 밝음을 취한 것이다. 이 모두를 합하여 두호정사豆湖精舍라 하였다.

두호정사 북쪽에 예전에 홰나무가 있어 그 굵기가 소 몸통을 가릴 정도로 50척이 되었다. 때때로 그 그늘에서 바람을 쐬는데 이름을 괴정槐亭이라 하였다. 괴정 곁에 구부정한 소나무가 벽에 기대어 있어 마치 일산을 기울여놓은 듯하다. 작은 마당을 축조하고 시골의 공부하고자 하는 사람을 모아서 강학하게 하였는데 송단松壇이라 이름 붙였다. 동쪽 울타리 아래 넓은 땅에다 국화를 늘어 심고 세 단의 화단을 쌓아올려 국오菊塢라 하였다. 온 산기슭을 에워싸고 상수리나무를 심었다. 상수리나무는 10년이 되지 않아 숲을 이루었는데 상원橡園이라 하였다. 상원에 복숭아나무를 심고, 집 앞에는 버드나무를 심어 각기 도안桃岸과 유제柳堤라 하였으니 사물에 내 뜻을 깃들인 것이다.

저 만고의 세월 동안 지겨워하지도 저버리지도 않을 것이라면 오직 산이라 할 것이니, 홍복산洪福山이 북쪽 강가에 우뚝 솟아 있고, 주룡산駐龍山이 서쪽을 누르고 있다. 군자처럼 서서 겹겹인 것은 계양산桂陽山이고 흰한 색으로 기이하게 솟은 것은 소래산蘇來山이다. 이들이 늘어서 우리 정사를 위하여 겹겹의 병풍이 되어 주고 있다. 여기서 주인옹이 쉬고 여유를 즐기며 평생 늙고자 한다.

_황덕길, 「두호정사기斗湖精舍記」(『하려집』 260:438)

황덕길이 경영한 두호정사는 이러하였다. 두호정사 안에 거처하는 집은 두암斗菴인데 집이 좁다는 뜻과 두호라는 지명을 이중으로 사용한 것이다. 서재는 팔당장八當藏이라 하고, 마루는 섬계헌瞻桂軒이라 하였으며 창은 향양유向陽牖라 하였다. 이 글에는 밝히지 않았지만 두암의 남쪽 벽에 구멍을 뚫어 여덟 개의 격자가 들어간 창을 내고 그 이름을 기오창寄傲窓이라 하고 명을 지어 붙였다. 도연명의 「귀거래사」에 나오는 말로 유유자적하는 뜻을 붙인 것이다.

황덕길은 건물 바깥에도 이곳저곳 이름을 지어 붙였다. 홰나무 아래 정자를 짓고 괴정槐亭이라 하였으며, 소나무 아래 시골 사람들에게 공부를 가르치는 곳은 송단松壇이라 하였다. 국화를 심은 화단은 국오菊塢라 하고 상수리 숲은 상원橡園이라 하였으며, 복숭아나무를 심은 언덕은 도안桃岸이라 하고 버드나무를 심은 둑은 유제柳堤라 하였다. 도연명의 도화원桃花源과 오류선생五柳先生의 뜻을 표한 것이리라. 하나하나 이름을 부여하면서 자신이 즐기는 바를 표상하였다. 그리고 두호정사에서는 가까이 화개산을 가리키는 듯한 주룡산駐龍山, 강 북쪽 대덕산을 이르는 듯한 홍복산洪福山과 멀리 부평의 계양산桂陽山, 인천의 소래산蘇來山을 자신의 집을 두른 병풍으로 삼았다. 황덕길이 붙인 이름 하나하나가 운치가 있지만 특히 서재 팔당장은 그 이름이 묘미가 있다. 그 뜻을 황덕길은 다음과 같이 적고 있다.

예전 주자朱子의 벗 우연지尤延之가 "어떤 책이든 보지 않은 것이 없고 본 책은 기억하지 않음이 없다. 일찍이 배가 고프면 책을 읽어 고기를 대신하고 날이 추우면 책을 읽어 가죽옷을 대신하며, 외로울 때에는 책을 읽어 벗을 대신하고, 우울할 때 책을 읽어 거문고를 대신할 것이라 생각하였다"[61]라 하였다.

내가 이 말을 확대하여 이렇게 말한다. "목마른 이는 술로 대신하고,

---

61) 楊萬里의 「益齋藏書目序」에 보이는 글이다.

병든 자는 인삼과 복령으로 대신하며, 유람 좋아하는 이는 산과 물로 대신하고, 후손을 넉넉하게 하려는 이는 황금으로 대신할 수 있다. 그러나 가죽옷은 오래되면 헤지고, 고기는 실컷 먹으면 목이 메고, 벗은 자주 만나면 소원해지며, 거문고는 자주 타면 음란해진다. 술은 어지러운 지경에 이를 수 있고, 인삼과 복령은 병을 조금 낫게 할 뿐이며, 산과 물은 멀어서 사람을 고생시키고, 황금이 많으면 남의 원망을 초래한다. 오직 책만은 아무리 가져도 금함이 없고 아무리 사용해도 다함이 없다. 잘 거두어 은밀한 곳에 감추어두면 천하에 두루 시행할 수 있고, 좌우에 두고 매일 그 청복淸福을 누려서 심신에 이를 터득하면 늙음이 이르는 줄도 알지 못하게 된다. 그러니 어찌 그 공이 많다 하지 않겠는가? 우리 집에 전부터 광이 하나 있어 약간의 서책을 간수하기 좋기에, 이 여덟 가지를 들어 그 이름을 팔당장이라 한다.

_황덕일, 「팔당장에 쓴 작은 기문(八當藏小記)」(『하려집』 260:435)

이 글이 1809년에 쓴 것이고 보면, 1819년 본격적인 두호정사를 짓기 전에 이미 팔당장을 두었음을 알 수 있다. 주자의 벗 우무尤袤가 독서로 가죽옷, 고기, 벗, 거문고를 대신한다는 말에 술, 약재, 산수, 황금 등 넷을 더하여 여덟 가지에 해당하는 광이라는 뜻으로 팔당장이라 이름하였다.

1821년 황덕길은 자신이 사랑한 두호에 운치 있는 글 「두호교거잡제斗湖郊居雜題」를 지어 붙였다. 파산, 두호, 투금탄, 선두암, 굴모우, 오열허, 두암, 향양유, 망계헌, 팔당장, 괴정, 송단, 국오, 상원, 도안, 유제 등 자신의 두호정사와 주룡산, 계양산, 홍복산, 소래산 등 인근에 보이는 산 등 20곳을 대상으로 삼았다. 운韻을 달았으니 잡체시라고도 하겠지만 특이한 형식의 소품이라 보아도 좋을 듯하다. 그중 몇을 보인다.

파산의 새벽,

안개와 노을이 에워싸면
원근에는 뾰족한 봉우리가
점점이 허공에 떠 있어
마치 태초의 카오스를 가르고 있는 듯.
巴山曉 烟霞籠 遠近尖巒 點點浮空 如在肇判鴻濛(巴山)

두호는 흰하여
가을달이 담기면
흰하면서 밝고 맑으면서 깊다.
천년의 긴 세월 전해온 마음을 상상하게 한다.
斗湖白 秋月涵 虛而明湛而深 想像千載傳心(斗湖)

두호 한 굽이
파산 한 기슭.
초가삼간이지만
기거가 족하다네.
이는 곧 주인의 편안한 집
湖一曲 山一麓 茅數椽 起居足 是乃主人翁安宅(斗庵)
_황덕길, 「두호 시골집에 잡다하게 적다(斗湖郊居雜題)」(『하려집』 260:274)

기억에서 사라진 두호. 그 명칭이 그러하니 두호의 여러 유적이야
말할 것이 있겠는가? 그래도 황덕길의 글이 있어 두호를 기억할 수 있
다. 이것이 문학의 힘이다.

9부

난지도와 행호

 행주산성 앞쪽의 한강을 조선시대 행호杏湖라 불렀다. 땅 이름이 행주幸州니 행호幸湖라 적어야 옳겠지만 살구꽃의 향을 더하여 이렇게 적을 때가 많았다. 강가라서 행호涬湖라고도 적었다. 행주는 백제에서는 개백皆伯이라 불렀고 고구려에서는 왕봉王逢이라 하였는데 신라 이래로 이 이름으로 정착되었다. 덕양德陽이라는 이름으로도 불렸기에 오늘날 고양시에 덕양구로 그 이름이 전해지기도 한다. 차천로車天輅(1556~1615)는 행주에 사찰을 짓기 위한 모금을 하면서 지은 글에서 이 일대의 풍광과 민속을 다음과 같이 적고 있다.

> 지금 저 행주는 만고의 신령한 언덕이고 삼한三韓의 복지福地다. 백옥 같은 봉우리가 지축 위에 우뚝하게 치솟고 강철 같은 벼랑이 구름 속에 깎아지른 듯 서 있다. 깊이를 알 수 없는 물가에 임해 있어 큰 강이 만 리에 펼쳐져 있고, 아스라한 들판을 끼고 끊어진 절벽이 한쪽에 있다. 그 지형을 말한다면 손자孫子가 이른 천뢰天牢요, 그 형세로 점친다면 맹자가 말한 지리地利이다. 이 때문에 대원수가 아래로 내려다보면서 한 번 싸워 승리를 거두었고, 강한 적도 감히 올려보지 못하여 세 번이나 패배하고 달아났다. (중략) 더구나 난지도蘭池島 긴 모래톱은 채소밭을 일굴 만하지만 애석하게도 이 땅을 버리고 거두지 않았으며 대군평大君坪 기름진 들판은 곡식을 심을 전답으로 적합하지만 개탄스럽게도 아무도 함께 경작하는 이가 없다.
> _차천로, 「행주 새 절의 권선문幸州新刹勸善文」(『오산집五山集』 61:459)

 차천로는 행주에 백옥 같은 봉우리가 솟아 있고 강철 같은 벼랑이 깎아지른 듯 서 있다고 했는데 이렇게 험한 지형이기에 삼국시대 이래 행주산성이 조성된 군사적 요충지가 될 수 있었던 것이요, 임진왜란 때 권율權慄이 행주대첩을 거둘 수 있었던 것이라 하였다.

정선의 『경교명승첩』에 「행주관어杏洲觀漁」가 있다. 행주산성 아래의 행호에서 물고기를 잡는 모습이라는 뜻이다. 행호는 봄이면 북어가 잘 잡히고 여름이면 웅어가 잘 잡혔다. 정선의 그림에도 여러 배들이 힘을 합쳐 그물을 치고 고기를 잡는 풍경이 보인다. 녹음이 짙지만 꽃은 보이지 않으니 여름날 웅어를 잡는 풍경을 그린 듯하다.

행호의 상징적인 인물은 조선 초기 남효온南孝溫이다. 『소문쇄록』에는 "행주에서 농사를 지었는데 겨를이 있으면 도롱이를 쓰고 낚싯대를 잡고서 남포南浦에서 물고기를 잡거나 노둔한 나귀를 채찍질하여 압도鴨島를 찾아 갈대꽃을 태워서 물고기와 게를 굽고 운자를 내어 시를 짓다가 밤을 새운 뒤에 돌아왔다"고 하였다.

행주산성이 있는 산은 덕양산德陽山인데 덕수천德水川 곧 지금의 창릉천昌陵川이 휘감아 한강으로 들어간다. 그 기슭에 김광욱金光煜의 귀래정歸來亭이 있어 그와 그의 후손들이 살았다. 그 곁에는 송광연宋光淵의 범허정泛虛亭, 김동필金東弼의 낙건정樂健亭 등이 있었다. 정선의 그림에 이들의 집이 아름답게 그려져 지금까지 그 모습을 기억할 수 있다. 『낙건지영樂健志詠』에는 귀래정, 낙건정과 함께 퇴수당退修堂도 이 지역의 명소로 들고 있는데 퇴수당이 누구의 정자인지는 자세하지 않다.[1]

---

1) 이 자료는 『고양시사』(고양시사편찬위원회, 2005)에 번역본만 실려 있다. 원문은 망실되었다고 한다. 1753년 서문이 있는데 金壽南이 서문을 청했다고 하였으므로 편찬자를 김수남으로 볼 수 있다. 이 책은 행주와 그곳의 누정을 소재로 한 시문을 실어놓고 있다. 퇴수당은 韓元震의 부친 韓有箕의 정자일 가능성이 높다. 한유기는 본관이 청주고 자는 仁叔이며 퇴수당은 그의 호다. 그의 손녀사위인 姜奎煥(1697~1731)의 「退修堂記」(『賁需齋文集』 b75:262)에는 퇴수당이 서호에 있다고 하였는데 행주도 넓게 여기에 포함된다. 『고양시사』에 金謹行이 외성동에 있던 자신의 古心亭에서 韓元震에게서 학문을 배웠다고 하였다. 韓元震이 행호에 살았다는 기록이 다른 곳에서는 확인되지 않는다.

정선, 「행주관어」(간송미술관 소장). 왼쪽이 낙건정이고 오른쪽이 귀래정이다. 가운데 가장 큰 건물은 확실하지 않지만 범허정일 가능성이 높다.

최욱崔燠의 권가정勸稼亭도 바로 곁에 있었다. 또 창릉천 남쪽에는 우봉牛峰 이씨의 세거지가 형성되었는데 이숙李翻 형제의 일휴정逸休亭과 귀락당歸樂堂, 그리고 조카 이채李采의 소헐루小歇樓가 있었다. 그리고 여기서 강을 거슬러 난지도 쪽으로 올라가면 왼편이 덕은동인데 예전에는 덕은리라고 하였다. 이곳에는 김재찬金載瓚의 별서가 있었다.

그 아래가 난지도蘭芝島다.[2] 차천로가 채소밭으로 가꿀 만한 곳이지만 버려진 땅이라 한 그곳이다. 20세기 초에 그려진 지도를 보면 난지도가 거의 여의도 크기에 이른다. 조선시대 이 섬이 꽤 컸음을 짐작할 수 있다. 북한산에서 발원한 개울이 덕은리와 망원동으로 나누어 한강

___

2) 조선시대 蘭池島로 표기된 데가 가장 많다. 蘭地島, 蘭沚島, 蘭支島 등 다양하게 표기되기도 하였다.

으로 흘러드는 그 사이 모래톱 전체가 난지도였다. 지금 그곳에는 서울 시민이 즐겨 찾는 한강의 하늘공원이 들어섰다. 난초와 지초가 자라는 섬, 혹은 난초가 자라는 못가의 섬, 얼마나 아름다운가? 그러나 1978년부터 1993년까지 서울시민이 버린 쓰레기를 덮어썼다. 인간의 더러움을 다 받아들였으니 그 정신은 향긋한 난초임에 틀림이 없다.

그런데 이 난지도는 『동여도』(규장각본) 등 조선 후기 지도에는 중초中草로 되어 있다. 그리고 그 물가 마을을 수생리水生里라 하였다. 수생리는 수색리水色里, 곧 지금의 수색동이다. 수생리 아래에 성산리城山里가, 그 안쪽에 증산리甑山里도 보이니 지금보다 이들 마을이 훨씬 물가에 가까웠음을 알 수 있다. 정조가 1788년 가발의 사용을 금지하기 위한 조처를 적은 『가체신금사목加髢申禁事目』을 배포할 곳으로 성산리, 증산리, 수색리와 함께 휴암리鵂巖里(후대에는 휴암休巖으로 나온다)가 보이는데 휴암리라는 이름으로 보아 부엉이 바위가 있었다. 오늘날 상암동은 그 위쪽 마을이라는 뜻인 듯하다. 바로 이 수생리에 한백겸韓百謙과 채팽윤蔡彭胤이 살았다. 이제 다시 수생리에서 물길을 따라 행호까지 그 문화사를 보기로 한다.

1. 한백겸의 구암과 채팽윤의 물이소

지금의 수색동은 그 이름부터 혼란스럽다. 수색리, 수생리로 다르게 나타나거니와 그 마을 이름도 물이촌, 수이촌 등 여럿이다. 그렇지만 그 근원은 다르지 않다. 지금의 상수동은 상수일리上水溢里라 불렀다. '수일水溢'은 물이 넘친다는 뜻의 '무너미'인데 수유동의 수유水踰도 같은 뜻에서 나온 말이다. '수생' 역시 이와 비슷한 '무나미'였을 것이다.

지금으로부터 500여 년 전 수색에는 물이촌이라는 마을이 있었다. 수이촌水伊村, 수이촌水移村으로도 썼지만 물이촌이라 읽었다. 1914년 『조선반도지도집성』에서 성산리 서북쪽에 보이는 무이동武夷洞이 바로 이곳일 것이다. 물이촌을 글로 후세에 알린 사람은 한백겸韓百謙(1552~1615)이다. 본관은 청주고 자는 명길鳴吉, 호는 구암久菴이다. 『동국지리지東國地理誌』, 『기전고箕田攷』 등을 저술한 뛰어난 학자로 알려져 있거니와 특히 『기전고』는 청나라 장생목蔣生沐의 『별하재총서別下齋叢書』에 수록된 이래 근대 중국의 총서에도 포함되어 있으니, 조선의 저술로는 드문 예라 하겠다. 한백겸은 1610년 호조참의로 있던 중 모친상을 당하였다. 이때 물러나 지낸 땅이 물이촌이다.

서울의 진산인 삼각산이 북으로 한 자락 뻗어나가 큰 길을 넘어 서쪽으로 끊어질 듯 말 듯 너울너울 이어 나가다가, 물을 만나면 멈추고 기가 뭉쳐 언덕이 되고 빙 둘러 골이 되는데, 이곳이 촌락의 주거지다. 한강이 동남에서 흘러와 용산을 지나 희우정喜雨亭 아래 이르면 넘실넘실 두 갈래 물로 나누어진다. 그 큰 줄기는 기세가 넓고 깊은데 서쪽 강안을 따라 북쪽으로 가서 곧장 바다로 나아간다. 또 한 줄기는 동쪽으로 꺾었다가 서쪽으로 휘어 굽이굽이 돌아 마을의 동구를 안고 흘러가는데 10여 리쯤 가서 행주성 아래 이르러 다시 큰 강과 합쳐진다. 두 강 사이에 섬이 있어 삼각주를 형성하는데 벼와 기장이 무성하다. 마을에 사는 사람들은 늘

물을 건너 왕래하면서 경작을 한다. 그 이름을 수이촌水伊村이라 한다. 여름과 가을이 교차할 때마다 장맛비로 물이 크게 불면 두 강이 합쳐져 바다처럼 넓어지고 물빛이 하늘에 이어지는데, 마을 이름이 아마도 이 때문인 듯하다.

내가 무신년(1608) 여름 모친상을 당하였는데 아우 유천자柳川子의 작은 전장이 곧바로 북쪽 몇 리쯤 떨어진 곳에 있어 궤연几筵을 모시고 머물게 되었다. 또 그리 넓지 않은 밭이 이 마을 북쪽 산기슭 아래 있어 이를 떼어 나에게 주었다. 이에 내가 초가 몇 칸을 지어 농막으로 삼았다. 상을 마치고 나서 몸을 일으켜 조정으로 가자니 병이 들었다. 또 아침저녁 몸 보전하기도 어려웠기에 짐을 싸서 선산으로 돌아가려 하니 이미 늙어버 렸다. 고향으로 돌아갈 마음을 잊지 못하고 세사의 갈림길에 방황하다 머리가 부질없이 허옇게 세었는데, 이 한 구역을 돌아보니 오히려 고향 과 같은 연민이 생겼기에, 잠시 쉴 곳으로 삼아 여생을 보내기로 하였다. 전장의 초막 위에 다시 작은 초가를 하나 얽고서 병든 사람이 거처하기에 편하도록 하였는데 겨우 비바람을 가리고 무릎을 들일 정도에 그쳤다.

처음에는 사나운 서리가 밤에 내리고 숨어 있던 벌레들이 구멍에서 기어 나왔다. 오직 내 한 몸 보존하는 것이 급선무였기에, 사실 기이하고 빼어난 땅을 찾아다닐 생각을 할 틈도 없었다. 그러나 이미 거처를 정하 고 나서 이곳에 앉고 이곳에 눕고 이곳에 노닐다 보니, 그 산빛과 물빛이 나의 그윽한 흥취를 도와주는 것이 또한 족히 한둘이 아니었다. 앞에는 강 너머로 광주의 청계산, 과천의 관악산, 금천의 금주산, 안산의 소래산 이 강안을 따라 봉우리가 이어져 하나로 빙 둘러져 있다. 봉황새가 춤을 추고 용이 날아오르는 모습이 다투어 창 앞에 펼쳐진다. 왼쪽으로는 저 세 산봉우리를 자르면서 천 길 높이의 절벽이 서 있어 늠름하여 범할 수 없는 기세가 있고, 오른쪽으로는 먼 포구와 아스라한 멧부리가 눈길 끝에 가물거려 광대한 도량이 희미하게 보이는데, 그 안에 황무지를 포 용하고 있는 듯하다. 어찌 잠시 돌아보는 사이에 이처럼 기상이 같지 않을 수 있는가?

문을 나서면 마주하는 것이 선유봉이다. 한 점 외로운 산이 날아가다 강가에 떨어진 듯하여 마치 여러 용이 구슬을 다투는 것 같다. 주위를 돌아보면 가장 먼저 눈 안에 들어오는 것이 소요정逍遙亭이다. 백 길의 두 기둥이 물 가운데 마주 세워져 있어 흡사 신선의 저택에 문을 열어놓은 듯하다. 돛을 단 조각배가 바람을 따라 왕래하느라 점점이 출몰하니, 이들은 들판 너머 큰 강에서 늘 마음대로 바라볼 수 있는 것들이 아니겠는가? 늙은 소가 송아지를 데리고 예닐곱 마리가 떼를 지어 물을 마시기도 하고 누워 있기도 하니, 문 곁에 푸른 들판에서 늘 스스로 기르는 것들이 아니겠는가? 아침안개와 저녁노을, 가을 달빛과 봄날의 꽃 등 시간의 흐름에 따라 변화하는 모습이 끝이 없다. 이 모든 것은 눈앞에 거두어 들여 간직하여 우리 집의 재산으로 삼는다. 다만 한 쪽 면에는 보이는 것이 없는데 허공에 걸린 듯한 벼랑과 끊어진 산기슭이 병풍을 쳐놓은 것 같은 형세여서 삭풍이 요란하게 불 때 등에는 따뜻하게 햇살을 쪼일 수 있다. 선유先儒가 음양 체용體用의 수를 논하면서 "천지는 동쪽, 서쪽, 남쪽을 볼 수 있지만 북쪽은 볼 수 없다[3]고 하였으니, 이 땅은 정말 천지 자연의 형세를 얻은 것이라 하겠다.

도성에서의 거리가 30리도 되지 않아 대궐의 풍경소리가 때때로 귀에 들린다. 벼슬아치들이 전장을 구하여 은거하고자 하면 이곳만큼 편한 곳이 없다. 그런데도 100년 동안 버려 두어 관리하는 사람이 없었으니, 아마도 귀신이 숨기고 아껴두었다가 나를 기다린 것이라 하겠다. 이 때문에 생각을 해보았다. 사람의 편안한 거처는 멀리 있지 않고 가까이 있다. 지난 생애를 돌아보니 허다하게 다닌 곳 중에 이곳 같은 데가 없었으니 참으로 우스운 일이다.

---

3) 蔡元定이 "一奇二耦對待者, 陰陽之體, 陽三陰一, 一饒一乏者, 陰陽之用, 故四時春夏秋生物, 而冬不生物, 天地東西南可見, 人之瞻視, 亦前與左右可見, 而背不可見也"라 한 주장이 許衡의 『魯齋遺書』에 보인다.

이에 수이촌을 물이촌勿移村으로 이름을 바꾸었다. 우리말로 글자의 음이 같기 때문이다. 그 집에 편액을 달아 구암久菴이라 하였으니, 예전 호를 그대로 두고 새로운 뜻을 붙여 장차 은거하여 생애를 마칠 참이다. 오래가도록(久) 바꾸지(移) 않을 것이 바로 여기에 있지 않겠는가? 아, 선비가 제 일을 바꾸고 백성이 그 거처를 옮기는 것은 모두 혈기가 왕성하여 다른 것을 그리워하는 데서 연유한다. 이제 내가 늘그막에 이승을 떠날 때 되니 만사가 흐트러졌다. 앉으면 서는 것을 잊고 누우면 일어날 것을 잊는다. 그러니 할 일을 바꾸어 무엇을 구하겠으며, 거처를 옮겨 어디로 가겠는가? 오직 바꾸지 않는 것이 오래갈 수 있는 방도이다. 오래가면 편안하고 편안하면 즐겁다. 즐거우면 그만두려 해도 되지 않는 법이라 비록 바꾸려 하더라도 또한 될 수 없을 것이니, 내 몸을 온전하게 할 수 있을 것이다. 마침내 글을 적어 내 뜻을 보인다.

_한백겸, 「물이촌 구암의 기문(勿移村久菴記)」(『구암유고久菴遺稿』 59:180)

한백겸은 1610년 호조참의로 있던 중 모친상을 당하였다. 느지막이 시작한 벼슬길인 데다 벼슬살이 자체를 즐기지 않아 물러나 살고자 하였다. 마침 망월산 남쪽 기슭에 전장을 구입하여 소유하고 있던 유천자柳川子 한준겸韓浚謙이 형을 위하여 땅을 떼어 주었다. 이에 한백겸은 그 마을 이름을 물이촌勿移村으로 이름을 바꾸고 그 집의 이름을 구암久菴라 하였다. '구암'과 '물이'를 합하여 오래도록 은거의 뜻을 바꾸지 않겠다는 의지를 표방한 것이다. 그 곁에 대나무 수백 그루를 심었으니 다시 대나무의 곧은 정신을 배우려 한 것이었다.

한준겸(1557~1627)은 자가 익지益之고 호는 유천柳川인데 그의 딸이 인조의 비 인렬왕후仁烈王后에 봉해지면서 서평부원군西平府院君이 되었다. 혼인할 때야 그다지 권력을 갖지 못한 능양군綾陽君, 곧 훗날의 인조와 사돈을 맺었지만 나중에 이러한 영광을 입게 된 것이다. 1605년 호조판서에 오르고 대사헌, 한성부판윤, 평안도와 함경도의 관찰사를 지냈으니 그 재력이 형 한백겸을 능가했을 것이고 그래서 근교에 별서를 마련할 수 있었을 것으로 추정된다.

이런 사연으로 한백겸이 물이촌에 집을 정하였다. 그러고 나서 벗 김덕겸金德謙(1552~1633)에게 구암에 붙일 글을 구하였다.

두 공이 구름 속 한 곳에 늙으려 하여
푸른 언덕 높은 숲을 반 떼어 주었다지.
물빛과 산빛은 지금에 주인을 얻었는데
목동이나 농부들과 함께 어울려 산다네.
마을의 안개가 아스라한 평원에 모두 다 걷히는데
어부의 배는 석양에 먼 포구에서 쌍쌍이 돌아오네.
홀로 창가에 기대어 옛 책을 들고 있으니
한가한 마음을 바깥사람이 알지 못하게 한다네.
二公將老一區雲　翠阜高林許半分
水色山光今有主　牧兒田父與爲群
村烟四捲平蕪逈　漁艇雙歸遠浦曛
獨把韋編窓影裏　閑情不許外人聞
_김덕겸, 「한명길이 아우 유천 공과 함께 고양의 물이촌에 집을 정하고서 시를 구하기에(韓鳴吉與弟柳川公, 同卜高陽勿移村, 求題)」(『청륙집靑陸集』 b7:356)

형제가 나란히 강가에 집을 짓고 목동과 농부와 어울려 한가한 삶을 살았다. 한백겸은 1610년 12월 강원도 안무사安撫使가 되었고 이듬해 파주坡州 목사로 부임하여 잠시 물이촌을 떠나기는 하였지만 이곳을 마지막 안식처로 삼았다. 그래서 1615년 7월에 물이촌의 구암에서 세상을 떠났다.

그리고 이 땅은 채팽윤蔡彭胤에 의하여 다시 한 번 빛이 났다. 채팽윤(1669~1731)은 본관이 평강平康이고 자는 중기仲耆, 호는 희암希菴 혹은

정선, 「금성평사」(간송미술관 소장). 최완수 선생은 양천의 망호정에서 성산 쪽을
보고 그린 것이라 하였지만, 유엄의 춘생와에서 수색과 성산동 쪽을 본 풍경으로
보아야 할 것이다. 상단 우측 끝이 잠두봉이고 중간의 마을이 성산, 왼쪽 마을이
수생리로 추정된다.

은와恩窩를 사용하였다. 1689년 21세라는 젊은 나이에 문과에 급제하였
고 바로 사가독서賜暇讀書에 선발되었다. 독서당讀書堂에서 사가독서를
할 때 숙종의 총애를 받아 왕명을 받들어 여러 차례 시를 지어 바치고
그때마다 호피虎皮 등의 상을 받았다. 나중에 이를 팔아 장만한 돈으로
약원藥院 곧 내의원內醫院 서쪽에 집을 마련하고 그 이름을 영은와詠恩窩
라 했는데 이를 줄인 은와를 자신의 호로 삼았다. 또 다른 호 희암은
그의 선영이 있던 홍주洪州(홍성)의 정자동程子洞에 세운 서재의 이름이
다. 채팽윤은 가끔 어쩔 수 없이 벼슬길에 나아가기는 했지만 주로 이
정자동에 머물렀고 추우정秋雨亭이라는 정자도 세웠다.
　채팽윤은 도성 안의 영은와와 홍주의 희암을 사랑했지만, 이와 함

께 애착을 가진 공간이 바로 수생리, 곧 물이촌이었다. 그가 수생리와
인연을 맺게 된 것은 1686년 한후상韓後相의 딸과 혼인하면서부터다. 한
백겸의 아들이 한흥일韓興一(1587~1651)인데 자는 진보振甫고 호는 유시柳
市라 하였으며 우의정에까지 올랐다. 그가 젊은 시절 한백겸을 모시고
구암에서 살았다. 한후상은 그의 손자다. 채팽윤이 1686년 초례醮禮를
올린 것이 바로 이 물이촌이었다. 당시 구암은 이미 허물어져 노비들
의 거처로 변해 있었다 하니, 이 무렵 그 후손들도 대부분 물이촌을 떠
난 듯하다. 채팽윤은 한백겸이 쓴 「물이촌 구암의 기문」을 쓸쓸히 읽
었다.

채팽윤은 젊은 시절 사가독서를 받을 때부터 숙종이 그의 재주를
아껴 벼슬을 내렸지만 나가지 않을 때가 많았다. 1693년 25세 때까지
그러하였다. 왕명을 무시하고 백마강白馬江을 유람하였고 다시 서용敍用
의 명이 내려졌지만 처가의 인연이 있는 물이촌으로 내려갔다. 물이촌
을 수촌水村이라 부르고 그곳의 아름다움을 죽지사竹枝詞처럼 읊었다.

긴 처마 땅에 붙고 짧은 울타리 엉성한데
뜰에는 풀 무성하고 채소가 섞여 자란다네.
부들자리에서 자다 일어나면 옷이 묵직하니
밤새 이끼 푸른빛이 내 옷깃에 스몄기 때문.
長簷撲地短籬踈 園草萋萋雜野蔬
夢起蒲團衣乍重 夜來苔色亂侵裾

어젯밤 강바람이 마당의 나뭇가지 흔들더니
지붕이 줄줄 새어 자리까지 물이 출렁이네.
무너진 처마에 눌린 물레가 축축해졌으니
발 가득한 누에를 쪄서 새로 고쳐 만들어야겠네.
江風昨夜打庭柯 屋漏淋淋起簟波

崩簷半壓繰床濕 新繭蒸成滿箔蛾

볏모가 빼곡하고 보리가 일렁이는데
눈 가득 들판은 비가 내려 흥건하구나.
늙은 농부 새벽에 나가 봇물을 터고
삽 둘러매고 돌아오며 노래를 부르네.

秧針簇土麥波搖 滿目郊原雨水調
老農曉出巡溝壟 負鍤歸來自放謠

_채팽윤, 「수촌에서 비를 마주하고 감회를 적다(水村對雨述懷)」(『희암집希菴
集』 182:61)

지금은 상상하기 힘든 수색의 예전 모습이다. 젊은 시절 물이촌은
이러한 아름다운 땅이었다. 그러나 1706년 남포藍浦 현감으로 나가 있
을 때 부인 한씨를 잃었다. 그 전에도 물이촌에 머물렀지만 아내를 묻
음으로써 물이촌은 잊을 수 없는 슬픔의 땅이 되었다.

1707년 3월 19일 계유일 내가 남포에서 아내의 영구를 끌고 5일 후
정축일 안산安山의 양곡陽谷에 도착해 6일 임오일에 장사를 지내려 하였
다. 그 터를 보니 오른쪽 기슭이 맞지 않고 또 왼쪽도 맞지 않아 다시
몇 리 떨어진 그 서남쪽을 보았지만 역시 알맞지 않았다. 이에 26일 경진
일 새벽 북으로 60리를 달려 양주의 물이촌 좋은 언덕을 잡았다. 이 언덕
은 병인년 초례를 치른 곳인데 건물이 그대로였다. 내가 차마 들어가지
못하고 서쪽 건물에 묵었다. 밤에 꿈을 꾸었는데 부인이 문에 서 있었다.
내가 슬瑟을 안고 앉아 연주를 하려고 왼 소매를 붉은 현에 걸치고서 "고
운 슬로 봄바람의 노래를 부르니, 연원이 벌써 20년이라. 봉황새 놀라
흩어진 후, 차마 붉은 현을 손보지 못하였네(寶瑟春風曲 由來二十年 鳳凰驚散去
不忍理朱絃)"라 노래를 읊조렸다. 읊조리고 나서 꿈에서 깼는데 베개에 눈

물이 흘렀다. 아, 그대의 영혼이 나를 찾아왔구나. 어찌 고향이 그리워서 이렇게 방황하는 것이 아니겠는가? 『시경』에 "처자가 잘 화합하는 것이, 금과 슬을 연주하는 듯(妻子好合 如鼓瑟琴)"이라 하였다. 이제 나의 슬은 이미 죽고 없으니, 현을 어찌 다시 손볼 수 있겠는가? 슬프다. 이튿날 신사일 닭이 울 때 쓴다.

_채팽윤, 「물이의 언덕을 장지로 택한 일에 대한 기문(卜勿移丘小記)」(『희 암집』 182:426)

채팽윤은 18세에 아내 한씨와 혼인하였고 20년을 함께 살다 사별하게 되었다. 보령의 남포에서 상을 당하였는데, 남포가 별 연고도 없었기에 뱃길로 가까운 안산에 땅을 구해 장사를 지내려 하였다. 그러나 터가 좋지 못하여 고민하다가 결국 아내의 친정이 있던 물이촌으로 오게 된 것이다. 바로 그곳은 젊은 시절 초례를 치른 곳이라 채팽윤은 비감에 젖었다. 그리고 밤에 꿈에서 아내를 만났다. 채팽윤이 슬瑟이라는 악기를 잘 연주했는지는 확인할 수 없지만, 꿈에 아내를 만나 슬을 타면서 노래를 불렀다 하니, 부부의 금슬琴瑟이 좋았던 것은 분명하다.

부인을 물이촌에 묻음으로써 채팽윤은 물이촌 사람이 되었다. 마을 사람들을 불러 한백겸 생전에 있던 계를 다시 조직하였다. 그리고 채팽윤은 오래 뜻을 바꾸지 않겠다는 '구암'과 '물이촌'의 정신을 사모하여 자신의 집에 물이所勿貳巢라는 편액을 붙였다. 두 마음을 가지지 않으면 한결같아지는 조그만 집이라는 뜻이다.

수촌은 서호의 북쪽에 있는데 장인의 전장이 있다. 왼편으로 꺾어져 10리 먼 곳이 도성의 숭례문이다. 그 앞은 큰 강이다. 처음 구암 한 선생이 계씨 서평 상공에게 작은 전장을 얻어 북쪽 언덕 아래 구암을 지었다. 대나무 수백 그루가 있는데 선생이 직접 심은 것이다. 세월이 오래 흘러 구암은 무너졌고 노비들이 빙 둘러 거주하게 되었다. 병인년(1686) 내가

이곳에서 초례를 치르고 인하여 선생이 지은 「구암기」를 구해 읽었다. (중략)

이에 언덕에 올라 바라보고 말하였다. "좋구나, 이 언덕이. 이는 가히 살아서 농사를 짓고 죽어서 묻힐 땅이로다." 정해년(1707) 아내의 널을 천 리 먼 곳에서 실어왔지만 장사를 지낼 곳이 없기에 장인이 슬퍼하여 이 언덕을 내어주었다. 장사를 지내고 나서 마을 부로들을 불러 말하였다. "지난 20년 내가 왕래하면서 머물기도 하고 계모임을 갖고 술을 마시기도 하였는데, 이제 내 아내의 장사를 치렀으니 내가 마침내 동네 사람이 된 것이지요." 이에 그 문서를 가져다가 새로 고치고 타일러 말하였다.

"동네에는 계가 있는데 한 선생에서 시작되었지만 폐지되었소. 50년 이 지난 후 이 참봉이 다시 만들었지만 이 참봉이 죽고 나서 다시 폐지되 려 하오. 계가 있어 손해가 되고 계가 없어 이익이 된다면 폐지하는 것이 옳겠지만 그렇지 않다면 선현의 좋은 법과 아름다운 뜻을 사라지게 하고 다시 잇지 않는다면 잘못이겠지요. 백성이 넉넉하게 살면 순박해지고 순 박해지면 속이는 일이 사라지고 예의와 양보가 자라나겠지요. 세상인심 이 날로 각박해지는데 각박해지면 피폐해지는 법이라, 계라는 것은 그 피폐한 것을 보완하여 두터운 풍속으로 돌아가게 하는 것이라오. 어찌 힘쓰지 않을 수 있겠소?"

모두들 좋다고 하였다. 마을 이름이 예전에는 수이水伊였는데 선생이 이를 좋아하여 물이勿移로 바꾸고 오래 바뀌지 않으면 오래간다 하여 그 집 이름을 구암이라 한 것이다. 이제 나는 선생을 사모하는 사람인지라, 그 뜻에 인하여 다시 물이소勿貳巢라 썼으니, 달라지지 않으면 한결같으 리니, 이 때문에 내 둥지의 이름으로 삼는다.

_채팽윤, 「수촌의 수계 서문(水村脩禊序)」(『희암집』 182:414)

물이勿移는 마음을 다른 곳으로 옮기지 않는다는 뜻인데 채팽윤은 『서경』에 보이는 "임현물이任賢勿貳" 곧 현자에게 맡기고 딴 마음을 먹

지 않는다는 구절에서 유래를 찾아 그 집을 물이소라고 하였다. 물론
그 뜻이 바뀌는 것은 아니니 초심을 잃지 않아 절조를 지키겠노라는
다짐의 뜻을 표방한 것이다.

채팽윤은 이후 빙호氷湖, 곧 오늘날의 이촌동으로 집을 옮겼지만 수촌
은 부인과의 추억이 서린 비감의 땅이었기에 평생 가슴에 담겨 있었다.

> 서리 맞은 차가운 나뭇잎에 기러기 슬픈데
> 수촌의 밝은 달은 못가에 예전과 한가지라.
> 이 생애 이 마음 잊을 날은 없으리니
> 오늘 밤 어찌 해서 꿈속에 오시지 않는가?
> 霜葉凄凄旅鴈哀　水村明月舊池臺
> 此生未有忘情日　今夜何無入夢來
> _채팽윤, 「수촌에서 중추에(水村中秋)」(『희암집』 182:223)

채팽윤에게 수촌은 부인에 대한 사랑이 바뀌지 않는 땅이었지만,
그가 떠난 후 그 역사는 희미해졌다. 다만 정선이 「금성평사錦城平沙」라
는 이름으로 물이촌 일대를 그림으로 남겼다.[4] 여기서 금성錦城이 오늘
날 성산동에 있는 야트막한 성산을 이른다. 그러니 금성산 앞쪽에 펼
쳐진 넓은 백사장은 난지도의 예전 모습이라 하겠다. 아마 송진명의
춘생와를 두고 정내교와 조귀명이 팔경을 묘사할 때 「금성평사」가 시
제詩題의 하나였을 것이니, 정선의 그림과 나란히 볼 필요가 있다.

> 난간 앞에 저녁햇살 오자
> 십리 강물은 석양의 호수.
> 붓 잡고 한참 읊조리니

---

4) 최완수의 앞책에서도 이 그림이 난지도를 그린 것이라 하였다.

백사장에 갈매기 내려앉는 그림일세.

欄頭來晚色 十里夕陽湖

拈筆沈吟久 平沙落雁圖

_이병연, 「금성평사錦城平沙」[5]

아득히 안개 낀 파도 너머

백사장이 십리에 둥그스름하네.

먼지가 도무지 이르지 않는 곳

백구가 쉬 잠들만하네.

浩浩烟波外 平沙十里圓

淄塵渾不到 穩着白鷗眠

_정내교, 「춘생와의 팔경(春生窩八景)」(『완암집』197:534)

장맛비가 백사장을 뒤덮자

콸콸 물살이 휩쓸고 가면

깨끗이 씻고 나왔기에

눈처럼 희디희다네.

漲潦被沙面 汩汩遭蕩析

爲能淘洗出 是以如雪白

_조귀명, 「유사숙의 춘생와 팔경(柳思叔春生窩八詠)」(『귀록집』212:168)

이를 보면 난지도가 예전에는 무척 흰 모래밭이었다는 것을 알 수 있다. 정선의 그림에도 풀이 없는 백사장으로 그려져 있다. 그리고 그 너머 왼편에 있는 마을이 물이촌일 것이다. 정선이 이 그림을 그렸을 때에는 아마 한후상의 일가들이 그곳에 살고 있었을 것이다.

---

5) 최완수의 앞책에서 재인용하였다.

2. 김광욱의 율리 귀래정

조선 후기 행호의 상징은 귀래정歸來亭이다.[6] 『고양군지』(규장각본)에는 외성동外城洞에 있다고 하였으니 물가에 가까운 쪽에 있었을 것이다. 이 귀래정의 주인은 김광욱金光煜(1580~1656)이다. 김광욱은 본관이 안동으로 김상헌金尙憲과 사촌간인 김상준金尙寯의 아들이다. 자는 회이晦而고 호는 죽소竹所를 사용하였는데 그의 별서 귀래정도 호로 썼다. 김광욱은 말년에 스스로의 무덤에 세울 묘지명의 한 대목에서 다음과 같이 적었다.

> 만족을 알아 귀거래 생각했으니
> 허물이 없고자 한 것이라.
> 느지막이 율리로 돌아오니
> 정자의 이름은 귀래정이라네.
> 꽃과 대를 나란히 심고
> 강물과 달빛을 둘러놓았다네.
> 인적이 끊어진 곳에서 유유자적하면서
> 편안히 저녁 햇살을 보내었네.
> 知足思退 所以無咎 晚卜栗里 亭號歸來
> 花竹駢羅 水月縈回 逍遙絕境 穩送頹景
> _김광욱, 「자명自銘」(『죽소집竹所集』 b19:439)

노년에 율리栗里에 귀래정을 짓고 꽃과 대나무를 심어두고 강과 달

---

6) 이규상의 「江上說」에 加首(덜머리, 잠두봉)에도 귀래정이 있다고 했다. 李麟祥의 「洪子祖東哀辭」(『凌壺集』 225:536)에서 金謹行과 함께 西湖에 있을 때 함께 공부한 洪箕海가 歸來亭에 우거했다고 하는데 어느 귀래정인지는 알 수 없다.

을 사랑하면서 유유자적하는 것을 자신의 삶이라 하였다. 봉정鳳汀과 학정鶴汀 사이를 율리라 불렀다고 하는데,[7] 모두 고상한 이름이다. 귀 래정이 있는 율리의 위치가 외성동이라 한 것을 보면 근대 행주외리라 고 불리던 덕양산 서쪽 행주서원 근처로 추정된다. 이 율리의 귀래정 에 대해서는 이민구李敏求의 글에 좀 더 자세하다.

　　징사徵士 도연명은 길 셋 낼 재물을 마련하려고 팽택령彭澤令이 되었는 데 50여 일이 지나자 마을의 어린 것들에게 허리를 굽히기를 즐거워하지 않아 마침내 「귀거래사」를 짓고 호탕하게 돌아갔으니, 그 벼슬을 돌려주 고 그 직임에서 벗어나 제 집으로 돌아온 것이라 하겠다. 높은 풍모와 절조는 천지를 밝게 비춘다. 문장이 아름다울 뿐만 아니라 후세의 벼슬 아치들이 아득히 생각하고 사모하지 않는 이가 없어 모두들 글을 지어 화답하였다. 소동파는 해남海南에서 「귀거래사」에 화답하는 글을 지어 돌 아가고자 하는 뜻을 깃들였다. 세상 사람들이 많이들 외워 전하니 대개 문장이 아름다운 것을 취한 것이다. 그러나 벼슬아치라는 자들은 끝내 몸을 빼서 은거하여 도연명처럼 한 이가 없었다. 소동파가 해남도에 잡 혀 끝내 돌아갈 수 없었고 중도에 죽어 장사를 지냈다. 그 글이 심히 슬프 고 그 길이 심히 막혔다 하겠다.

　　지금 개성 유수 죽소 김 공은 중년에 행주의 강가에 땅을 구입하였는 데 그 이름은 율리다. 그 위에 정자를 지었다. 논밭과 정원, 골목의 버들, 뽕과 삼, 솔과 국화 등이 아름다운 것이 도연명이 살던 시상柴桑의 물색과 매우 비슷하다. 도연명의 「귀거래사」에 화답한 글을 벽에다 직접 쓰고 매번 휴가를 받아 쉴 때마다 말을 타고 돌아오곤 한다. 그러니 「귀거래사」 에서 이른 "깊숙한 골짜기를 찾아서 가고 높다란 언덕에 올라 거닌다"라 한 정취와 "구름은 무심히 산봉우리에서 나오고 새는 날기에 지쳐서 돌

---

7) 『고양시사』의 「낙건지영」에 이렇게 되어 있다.

아올 줄을 안다"라 한 경관으로 "뜰의 나뭇가지를 보면서 얼굴을 펴고
남창에 기대어 편한 마음 부친다"라고 한 것이 하나하나 모두 생겨난다.
(하략)

_이민구, 「귀래정기歸來亭記」(『동주집東州集』 94:309)

김광욱이 1652년 무렵 개성 유수로 있던 시기 이민구가 지은 글이
다. 여기서 중년에 귀래정을 지었다고 하였다. 김광욱은 율리에 처음
집을 마련하고 다음과 같은 시를 지어 붙였다.

평소 세상에서 벗어난 도연명을 사모하였더니
얼마나 다행인가, 내 자신 율리의 노인 되었으니.
그 절조야 감히 선후를 다툴 수 있으랴만
마을 이름 고금에 한가지라 그것이 기쁘다네.
뜰의 소나무 손수 심어 그 사이 길만 내었는데
울타리 국화는 새로 옮겨 하마 떨기를 이루었네.
그윽한 운치 비교해도 온통 부족하지 않겠지만
귀거래사 잘 짓기 어려운 것만 부끄러울 뿐이네.
平生隔世慕陶公 何幸身爲栗里翁
風節敢將先後並 村名獨喜古今同
庭松自植纔分逕 籬菊新移已作叢
幽事較來渾不減 只慚歸去賦難工
_김광욱, 「율리의 새 전장에 붙이다(題栗里新庄)」(『죽소집竹所集』 b19:379)

김광욱이 율리로 내려온 때는 명확하지 않다. 다만 1613년 계축옥
사에 연루되어 부친과 함께 체포되었고, 바로 모친상을 당하였으니 대
략 이즈음 율리로 내려왔을 가능성이 크다. 그런데 김광욱이 율리에
집을 마련한 후 귀래정을 세운 것은 그로부터 한참 뒤로 추정된다. 다

음은 정자를 새로 짓고 그곳에 붙인 작품이다.

> 작은 집 새로 짓고 나니
> 남은 인생 쉬기에 맞다네.
> 검푸른 산은 마루 뒤에 솟아 있고
> 파란 강물은 침상 곁으로 흘러가네.
> 백사장의 달빛 밝아 대낮 같은데
> 솔밭의 바람 상쾌하여 가을이 된 듯.
> 이제 발 뻗고 편히 자리니
> 이밖에 다시 무엇을 구하리요?
> 小築才新就 殘生也合休
> 靑鬟軒後聳 碧玉枕邊流
> 沙月明如畫 松風爽作秋
> 從今伸睡脚 此外更何求
> _김광욱, 「새로 지은 강가의 정자에 붙이다(題新搆江榭)」(『죽소집』 b19:383)

김광욱은 정자의 이름을 붙이기도 전에 이렇게 시를 짓고 벗에게 시를 구하였다. 이에 답하여 이경석李景奭(1595~1671)은 1643년 다음과 같은 시를 지었다.

> 율리에 정자를 새로 세웠으니
> 그대 물러나 쉬려는 것 알겠네.
> 주렴 걷으면 먼 봉우리 모여들고
> 베개 높이 베면 큰 강이 흐른다지.
> 창가의 물빛은 새벽에 일찍 이르고
> 골짜기 어둑한 구름은 가을빛 쉬 든다네.
> 시골집 구하는 마음 없는 줄 알았더니

이곳에다 이렇게 구하려 한 것이었네.

栗里亭新築 知君且退休

捲簾遙岫集 高枕大江流

水色窓先曉 雲陰墅易秋

曾無問舍意 擬向此間求

_이경석, 「죽소 김광욱 어르신이 율리 강가의 정자에서 지은 시에 차운하
　다(次竹所金光煜令丈栗里江亭韻)」(『백헌집白軒集』 95:452)

　김광욱이나 이경석은 율리의 강가에 있는 정자라고만 하였고 귀래
정이라는 이름을 밝히지 않았다. 그럼에도 벽 가득 대가들의 시가 있
었음은 분명하다. 이경석은 이 작품과 나란히 칠언율시를 지었는데
"벽 가득 고운 글귀 모두 대가들의 솜씨인데, 마을 이름은 도리어 북창
옹을 사모한 것이라네(滿壁瓊琚摠鉅公 里名還慕北窓翁)"라 하였으니 여러 편
의 한시가 이 정자의 처마 아래 걸려 있었을 것이다. 도연명의 「여자엄
등소與子儼等疏」에 "오뉴월 중에 북창 아래에 누우면 잠시 서늘한 바람
이 불어오니 스스로 희황상인羲皇上人이라 여긴다"라 하였으므로, 김광
욱은 이 정자에서 도연명처럼 살고자 한 것이다.

　강대수姜大遂도 같은 운으로 시를 지었는데 그 역시 김광욱이 승지
로 있다고 하였다.[8] 이를 두루 고려할 때 김광욱이 1643년 여름 율리로
내려와 정자를 지었다고 보면 되겠다. 김광욱은 인조반정 후 다시 벼
슬길에 나와 1641년 황해도 관찰사로 나갔고 이듬해 조정으로 들어와
호조참의가 되었으며 1643년에는 승지의 일을 맡아보았으니 이즈음 짬
을 내어 율리에 정자를 지은 듯하다.

　정자를 완성한 김광욱은 이경석, 강대수, 이식李植 등 당대의 이름난
문인에게 시를 부탁하여 문미에 걸었다.[9] 그러나 이때까지도 귀래정이

8) 강대수, 「次金承旨小樹韻自叙歸思」(『寒沙集』 b24:518)
9) 이식의 「次金晦而栗里村莊韻」(『澤堂集』 88:261), 이경석, 「次竹所金令丈栗里江

라는 현판이 붙어 있지는 않은 듯하다. 그러다가 이민구가 「귀래정기」
를 제작한 1652년 무렵 비로소 귀래정이라는 이름을 내건 것으로 추정
된다.[10]

김광욱은 귀래정을 지었지만 귀거래의 한가함을 바로 누릴 수 있었
던 것은 아니다. 귀래정을 지은 후 동지정사冬至正使로 중국에 다녀왔고
1655년 좌참찬左參贊이 되었는데 이즈음에야 비로소 한가한 삶을 살았
을 듯하다. 그러나 그 이듬해인 1656년 세상을 떠났으니 그가 귀래정에
온전한 귀거래의 즐거움을 누린 것은 그 세월이 얼마 되지 않는다. 그
래도 김광욱은 율리에서의 삶을 「율리유곡栗里遺曲」이라는 시조에 담아
후세에 그 풍류를 전하였다. 12수 연작으로 되어 있는 이 노래에는 도
연명을 추종하는 뜻과 함께 동네 사람들과 어울려 소탈하게 살아가는
삶이 잘 드러난다.

도연명 죽은 후에 또 연명이 낫단 말이
밤 마을 옛 이름이 맞추어 같을시고
돌아와 수졸전원守拙田園이야 그와 내가 다르랴

추강秋江 밝은 달에 일엽주一葉舟 혼자 저어
낚싯대를 떨쳐드니 자는 백구白鷗 다 놀란다
어디서 일성어적一聲魚笛은 조차 흥興을 돕나니

최행수崔行首 쑥다림하세 조동갑趙同甲 꽃다림하세
닭찜 게찜 오려 점심 내 아무쪼록 담당함세

亭韻(『白軒集』 95:452) 등도 같은 운으로 되어 있다. 『고양군지』에는 같은 운
으로 된 鄭太和의 시도 실려 있다.
10) 박미의 「栗里歸來齋, 爲金晦而光煜題)」(『汾西集』 b25:11)를 보면 귀래정 대신
歸來齋라고도 한 모양이다.

매일에 이렁굴면 무슨 시름 이시랴

　「율리구곡」 자체가 언제 제작된 것인지는 확인할 수 없지만 율리에서의 한적한 삶의 흥은 절로 느껴진다. 최행수崔行首, 조동갑趙同甲이라 하였으니 마을의 유지나 동갑내기 벗들과 어울려 소탈하게 지냈음을 알 수 있다. 함께 어울린 최행수는 인근에 권가정勸稼亭을 짓고 살던 사람인데 뒤에서 보기로 한다.

3. 김시민과 귀래정의 가족모임

17세기 행호를 대표하는 별서 귀래정은 김광욱의 자손들에게 계승되었다. 김광욱은 아들을 두지 못하여 아우 김광위金光煒의 아들 김수일金壽一을 후사로 들였다. 김수일의 아들이 김성최金盛最, 김성대金盛大, 김성후金盛後다. 김성최(1645~1714)는 자가 취량最良이고 호가 일로당佚老堂이다. 1704년 충주 목사로 나갔다가 1707년 고향 행주로 돌아왔다. 벼슬에서 물러나면 행호로 나가 낚시를 하면서 유유자적하였고 도성 안으로 돌아와서는 일로당에서 기거하면서 꽃나무를 심고 가족들과 시를 짓곤 하였다. 그 아우 김성대(1651~1710)는 자가 호연浩然이고 호가 지명당知命堂인데 김광위의 장자 김수익金壽翼이 아들을 두지 못하여 그의 후사로 들어갔다. 또 김성후(1655~1713)는 자가 중유仲裕이고 호는 초창焦窓 혹은 사우당四友堂이라 하였다.[11] 삼형제가 늘그막의 나이에 접어들었을 때 집안사람인 김창협金昌協(1651~1708)이 이곳을 찾음으로써 세상에 크게 알려졌다.

배 안에서 술잔 잡아 취흥이 도도한데
뱃전 치며 노래하니 하마 행주가 가깝네.
그림같은 누대의 모습 실컷 구경하느라
물 가운데 머물러 배를 대지 못하였네.
蓬底持杯醉興顚 鳴榔已近杏洲前
貪看畫裏樓臺影 猶自中流不繫船
_김창협, 「귀래정을 바라보며(望歸來亭)」(『농암집農巖集』 161:378)

---

11) 四友堂은 金時敏의 부친 김성후의 집인데 金昌翕, 洪世泰 등이 이곳에서 지은 시가 무척 많다. 琴, 棋, 詩, 酒 네 가지를 벗으로 삼은 집이라는 뜻으로, 아들 김시민이 이를 물려받아 부친 못하지 않은 명성을 날렸기에 사우당은 김시민의 호로 사용되었다. 일로당, 지명당, 사우당 모두 도성 안에 있던 이들 집안의 京邸다.

1696년 무렵 제작한 작품이다. 행호에서 배를 타고 귀래정으로 가다가 그 아름다운 풍광에 넋을 잃어 배를 대는 것조차 잊었노라 하였다. 김창협과 친분이 깊었던 위항의 시인 홍세태洪世泰도 이곳에서 지은 시가 많고 또 김창협의 시에 차운한 것이 있는 것을 보면 함께 귀래정을 찾았던 듯하다.

율리는 전원이 좋은데
귀래정엔 다섯 그루 버들이 있다네.
골짜기는 누구 하나 다투는 이 없기에
온 가족 이끌고 호젓한 마을에 산다네.
꽃은 비를 맞아 길가에 드리워지고
강물은 봄이 되어 문 앞까지 이르네.
술 취하니 천지가 드넓기에
늙은 가죽나무 뿌리 베고 눕노라.
栗里田園好 歸來五柳存
無人爭一壑 盡室住孤村
山雨花垂逕 江春水到門
醉鄕天地大 高枕老樗根
_홍세태, 「행호의 귀래정에 쓰다(題幸湖歸來亭)」(『유하집柳下集』 167:341)

행호 곁 율리의 귀래정에는 다섯 그루 버드나무가 있었는데 오류五柳가 도연명의 상징이었으니 귀래정에 반드시 있어야 할 나무였다. 그곳 호젓한 마을은 풍속이 순박했기에 도연명이 이른 도화원桃花源이었던 것이다. 그래서 온 집안이 이곳에 물러나 산다 하였다.

이곳에는 자주 이 집안의 성대한 잔치가 열리곤 했다. 1707년 김성후의 아들 김시민(1681~1747)은 이러한 성사를 기록으로 남겼다. 김시민은 자가 사수士修이고 호가 동포東圃다. 외조부가 조원기趙遠期이고 이경석李景輿이 진외조부니 명망가와 혼맥이 깊이 얽혀 있기도 하다. 젊은 시절 벼슬길에 나갔다가 노년에 행호로 돌아와 마을 사람들과 어울려 시를 주고받는 등 소탈한 삶을 살았다. 봄날 귀래정에서 노닐면서 지은 글에서 "등 뒤로 숲을 두르고 있고 앞으로 강과 산을 마주하고 있다. 세워진 땅이 평평하고 시야가 탁 트여 있다. 도연명처럼 다섯 그루 버드나무와 세 가닥의 길을 내었으니 가려진 듯 호젓하다"라 하였다.[12] 정선이 그린 「귀래정」에도 산을 등지고 자리 잡은 귀래정은 앞쪽에 강물을 마주하고 있는데 그 사이 버드나무 몇 그루가 축축 드리워져 있다. 김시민의 이 글은 이렇게 이어진다.

정해년(1707) 봄 우리 백부께서 충주에서 벼슬을 그만두고 배 한 척으로 강물 따라 내려와 이 정자에 돌아와 누웠다. 중부께서도 마침 산골의 고을(麟蹄를 가리킨다)에서 나와 한양으로 와 계셨다. 마침 이때 중부와 우리 부친께서 행호의 정자로 나갈 약조를 하시기에, 우리들과 종형제, 당질堂姪 들이 모시고 가게 되었다. 부친의 이종형 경산慶山 사또 홍처주洪處宙 아저씨와 그 두 아들 또한 약조하고 함께 가기로 하였다.

3월 9일 새벽 날이 맑았다. 중부께서 여러 자제를 데리고 마포에서 배를 탔다. 음악을 하는 기생 서너 명이 따라왔다. 부친께서는 눈병이 나서 말을 타고 가기에 내가 따라갔다. 정오가 되기 전에 귀래정에 이르렀다. 정자에 올라 백부께 절을 하였다. 조금 있으니 배도 정자 앞에 이르렀다. 홍씨 아저씨 부자는 약속하였지만 병을 핑계대고 오지 않으니 심히 한스러웠는데 다음 날 새벽 갑자기 말을 타고 왔다. 남들이 예상하지 못하게 왔으니 그 뜻이 또한 절로 좋다 하겠다. 아침밥을 먹고 나서 정자 위에 잔치를 베풀려 하였는데 이날은 중부의 생신이었다. 당형 이숙彝叔(김시숙金時叔)이 헌수를 맡았지만 잔치를 주관한 사람은 실로 우리

---

12) 김시민, 「春遊歸來亭記」(『동포집』 b62:461).

백당형伯堂兄(김시좌金時佐)이다. 젊은이 12~13인이 정자의 마루에 둘러앉았
다. 마루가 좁아 두 줄로 겨우 마주 앉을 수는 있지만 그 가운데로 술을
돌릴 수는 없었다. 정자 뒤의 언덕에 숲이 있는데 그다지 지세가 높지
않고 또 가운데가 평탄하여 백여 인이 앉을 수 있기에 마침내 언덕 위로
자리를 옮겼다. 백부와 중부, 부친, 홍씨 아저씨가 차례로 앉고 당형 도이
道以(김시좌), 이숙, 홍숙환洪叔煥(구장九章) 형, 나와 아우 김시신金時愼, 당질
춘행春行과 하행夏行 등이 또 좌우로 늘어서 앉았다. 백부의 사위 송성중宋
誠中(성원性源)도 또한 자리하였다. 다만 홍씨 아저씨의 큰아들 금오랑金吾郎
여중洪汝重(구정九鼎) 형은 벼슬 때문에 약속에 나오지 못하였다. 이 모임은
일가친척들만 모이고 바깥손님은 허용하지 않았지만 또한 너덧 마을 노
인들도 백부의 초대를 받아 따로 자리에 앉았다.

　피리와, 생황, 축, 해금 등을 연주하는 자들과 기생 넷이 솔숲 사이에
흩어져 앉았다. 술이 나오고 풍악이 울렸다. 우리들과 종형제가 차례로
일어나 축수를 올렸다. 여러 부형께서 나란히 절을 하고 춤을 추었다.
부친 역시 일어나 백부와 중부의 축수를 올렸다. 중부와 부친께서도 자
리에서 일어나 춤을 추셨다. 중부와 부친은 모두 백발인데 백부를 위하
여 일어나 춤을 추니 마을의 늙은이와 젊은이들이 서로 손을 잡고 와서
다투어 구경하면서 성대한 일이라 하였다.

　술이 무르익자 당백형께서 먼저 노래하고 여러 종형제들이 이어서 노
래를 불렀으며 조카 항렬에 이르러 마쳤다. 중부와 부친께서 각기 노래
하나씩 하셨고 백부와 홍씨 아저씨도 또한 노래를 불렀다. 마을의 몇몇
사람들도 또한 노래를 부르고 춤을 추었다. 기생들의 노래와 춤은 무시
로 있었다.

　_김시민, 「봄날 귀래정에서 노닌 기문(春遊歸來亭記)」(『동포집東圃集』 b62:
　　461)

김광욱의 세 아들을 위시하여 김성최의 아들 김시좌金時佐, 손자 김

춘행金春行과 김하행金夏行, 김성대의 아들 김시서, 김성후의 아들 김시민과 김시신, 그리고 김성최의 처남 홍처적洪處廸과 그 아들이 두루 참석하였다. 김광욱의 후손들이 망라된 봄밤의 대향연이었다. 이날 김시민의 부친 김성후가 먼저 율시를 짓고 이어 모임에 참석한 사람들이 돌아가면서 보고 읊조렸다. 그리고 김시민을 비롯한 아들과 조카들이 차운하는 시를 지어 바쳤다. 그로도 흥이 삭지 않았다. 김시민의 글은 이렇게 이어진다.

온 잔치자리가 단란하여 숲에 어둠이 지는 것도 몰랐다. 잔치가 끝나고 손님이 돌아갔다. 백부와 중부께서 취기가 있어 먼저 부축을 받아 정자로 돌아가 자리에 들어 누웠다. 부친은 흥이 나서 홍씨 아저씨와 걸어 앞 강으로 내려가 훌쩍 배에 올랐다. 우리들과 종형제들 중에 한 사람도 떨어진 이가 없었다. 부친께서 어제 배를 타지 않았기에 오늘 먼저 배에 올랐다. 어제는 병 때문이었고 오늘은 흥 때문이었다. 흥이 지극하여 병을 잊은 것이다. 또 바람이 자고 강물이 평온하였기에 유람이 쉬워서 병이 문제가 되지 않은 것이다. 배가 막 출발하자 동산에서 밝은 달을 토하였다. 뱃머리에서 풍악을 연주하니 달빛이 점점 산뜻하였다. 배 안에 짚으로 엮은 방은 달빛을 가린 것이 싫어서 다 철거하였다. 두 여인으로 하여금 선루船樓에서 마주보고 춤을 추게 하였다. 금빛 물결이 영롱하여 옷과 얼굴을 밝게 비추었다. 강 가운데 둥실 떠가니 멀리 몽롱하게 안개 덮인 숲 사이로 한 두 주렴을 드리운 누각이 높고 낮은 곳에 어른거렸다. 강을 향해 창을 열자 등불이 가물거렸다. 아득하여 마치 산수화를 그려놓은 것 같았는데 바로 우리 정자였다.

내가 당백형을 돌아보고 말하였다. "기이하오, 우리 정자가. 배에서 정자를 보니 정자가 더욱 기이하오. 정자에서 배를 바라보면 또 얼마나 기이할지 모르겠구려." 술이 세 순배 돌고 나서 물길을 돌려 내려오니, 기이한 바위와 높다란 절벽이 하나하나 다 지나갔다. 안개와 파도가 아

정선, 「귀래정」(개인 소장). 귀래정 앞에 도연명의 상징 버드나무가 여러 그루 서 있다. 귀래정, 관란정, 매학당 등의 건물이 그려져 있다.

득하여 일망무제였다. 사람이 달빛 곁에 노닐고 배는 텅 빈 가운데 있으니 달과 은하수의 그림자가 흘러내려 술동이에 일렁거렸다. 마침 길게 바람이 수면으로 불어왔다. 아스라이 우화등선羽化登仙의 경지였다. 이에 배에서 풍악을 잡히고 요란하게 놀았다. 어떤 이는 앉고 어떤 이는 섰다.

피리와 북이 일시에 울려대었다. 맑은 곡조와 급한 곡조가 통쾌함을 다
하였다. 강물이 일렁거리는 사이로 황홀하게 물고기들이 출몰하는 것이
보였다. 밤이 깊어 배를 돌려 돌아왔다. 정자에서 서로 베고서 잠이 들었
다. 깨어보니 해가 세 발이나 긴 대낮이었다.

 _김시민, 「봄날 귀래정에서 노닌 기문(春遊歸來亭記)」(『동포집』 b62:461)

마지막 대목은 소동파의 「적벽부」를 연상하게 한다. 이어지는 글에
서 김시민은 구양수의 「취옹정기醉翁亭記」에 등장하는 취옹정과 이백의
「춘야도리원서春夜桃李園序」에 나오는 도리원의 풍류보다 낫다고 자부하
였다.

김광욱과 그의 후손들이 살던 귀래정은 정선의 그림에서 확인할 수
있다. 가운데 여러 채의 건물이 있는데 귀래정의 본채일 것이다. 위쪽
에 가묘家廟로 보이는 건물도 확인할 수 있다. 왼편 2층의 누각이 있고
물가에도 따로 집이 있는데 김광욱의 후손이 새로 지은 것으로 추정된
다. 이어 이들 건물에 대해 보기로 한다.

4. 김시좌의 매학당과 관란정

귀래정은 김성최를 이어 그 아들 김시좌(1664~1728)가 물려받았다. 김시좌는 자가 중보仲輔 혹은 도이道以이고 호는 매학당梅鶴堂 혹은 관란자觀瀾子다. 김창협의 문인으로 그의 문집을 간행하는 일을 한 바 있다. 당대 학문과 문학으로 꽤 행세했지만 지금은 거의 알려져 있지 않은 인물이다. 그의 호가 된 매학당은 귀래정 곁에 따로 세워진 정자다. 인근에 거주하면서 김시좌와 함께 귀래정에서 자주 시회를 가진 바 있는 송광연은 매학당을 다음과 같이 소개하였다.

조수와 초목 중에 사랑할 만한 것이 많은데 그 사물이 있으면 그 덕을 사랑하는 것이 인지상정이다. 주공周公은 봉황새가 오자 노래를 불렀고 황정견黃庭堅은 솔개를 얻자 글을 지었으며 도연명은 국화를 읊조렸고 주렴계周濂溪는 연꽃을 좋아하는 설을 지었다. 이에 비해 그 사물이 없는데도 그 덕을 취하게 되는 것은 본성이 가까운 것이 아니라면 사랑이 돈독할 수가 없는 법이다. 이태백李太白이 「잡시雜詩」를 지어 고향의 매화를 노래하였고 유몽득劉夢得은 「보허사步虛詞」를 지어 요동遼東의 학을 말하였으니, 지금까지 천년이 지나도록 두 공의 풍모를 볼 수 있다.

우리 당의 김중보金仲輔가 행호의 초당을 개수하고 검푸르게 벽을 발랐다. 얼음과 같은 볼을 가진 매화와 눈과 같은 날개를 가진 학과 더불어 강과 바다, 구름과 달빛 사이에서 유유자적하고 싶었지만 될 수가 없었으니, 그래서 마침내 매학당이라 그 집 이름을 붙인 것이다. 이른바 성품이 서로 가까운 것을 돈독히 사랑한다고 한 것이 아니겠는가? 기억하건대 예전 죽소 공께서 두보의 시에다 도연명의 풍모에 감동을 받아 행호에 집을 지었으니 그 정자는 귀래정이라 하고 집은 초당草堂이라 하였다. 앞에서 이른 성품이 가까워서 사랑이 돈독하다고 한 것이 아니겠는가? 대개 위국공魏國公 한기韓琦가 백낙천白樂天을 사모하여 집 이름을 취백당醉

白堂이라 한 것과 같은 뜻에서 나온 것이다. 지금 김중보가 그 뜻을 계승하고 그 일을 조술하였는데, 담담하고 그윽하며 조용한 자태를 품고 하늘을 찌를 듯 드높은 기상을 품고 있기에, 도성을 떠나 강호에 거처하게된 것이다. 아침저녁 부모님 문안을 드리고 시詩와 예禮의 가르침을 들었다. 길을 셋 내어 다섯 그루 버드나무를 심고 마당에서 소나무와 국화를어루만졌다. 또 고인을 사모하는 뜻이 커서 예전 당에다 새로운 이름을붙였다. 강산의 아름다움과 누대의 빼어남이 이미 서호에서 첫째를 다투는데 이제 다시 피리를 부는 날에 시를 짓고 배를 풀어놓은 때에 손님에게 답을 하게 되었으니, 어찌 금상첨화가 아니겠는가? 이것이 김중보가좌우에 두고자 하여 먼저 그 이름을 내건 까닭이다.

아, 흰 눈이 지붕에 그득하고 밝은 달빛이 방에 가득하면 한 심지 맑은향을 태우고 조용히 오래된 책을 뒤적인다. 매화와 함께 맑으니 맑음이매화 앞에 있고 학과 비슷하게 편안하니 편안함이 학 너머에 있다. 게다가 『대학』 한 부를 반복하여 연구하고 성심정의誠心正意의 공부에 뜻을 더하고 있으니, 『시경』에서 이른바 "학이 먼 못에서 울어 그 소리가 하늘까지 들린다(鶴鳴九皐 聲聞于天)"라 한 것이다. 치국평천하治國平天下의 사업에있어서는 어찌 『서경』에서 이른 "양념을 넣어 국을 끓일 때면, 그대는소금과 매실이 되어 주오(若作和羹 爾惟鹽梅)"라 한 것이 아니라 하겠는가?중보는 이에 힘쓸지어다. 아, 이 군이 만든 밭에는 연꽃이 가득하다. 초楚의 섭공자고葉公子高가 용 그림을 좋아하여 진짜 용이 방으로 들어왔으니,또 어찌 정말 매화와 학이 초당 앞에 있지 않은 줄 알겠는가? 마땅히성긴 매화 그림자가 비스듬하고 흰 옷을 입은 학이 서성일 때를 기다려,한 잔 술을 들어 축하하리라.

　_송광연, 「매학당기梅鶴堂記」(『범허정집泛虛亭集』 b43:394)

이 글에 따르면 김광욱이 두보의 초당草堂을 의빙하여 그 집을 초당이라 하였는데 김시좌가 이를 중수하여 매학당이라는 새로운 이름을 붙였다. 세 곳으로 난 길에 버드나무를 심고 뜰에다 소나무와 국화를 심어 도연명의 땅으로 만든 것은 조부의 귀래정 뜻을 이은 것이겠다. 매화와 학을 기르지는 않았지만 서호西湖의 은자로 매처학자梅妻鶴子의 고사를 남긴 임포林逋의 뜻도 함께한 것인 듯 싶다.

김시좌는 매학당 외에 관란정觀瀾亭이라는 정자도 두었기에 관란자라는 호도 사용하였다. 『고양군지』에 따르면 매학당은 김성최가 세운 것으로 귀래정 서쪽에 있고, 관란정은 김시좌가 세운 것으로 귀래정 동쪽에 있다고 하였다. 김시민이 1707년 귀래정에 갔을 때 매학당과 관란정을 보았으니 그 전에 이미 이 두 건물이 들어섰다 하겠다. 정선의 「귀래정」에서 중간에 있는 본채가 귀래정이고 위쪽의 누각이 매학당이며 앞쪽 작은 물가의 집이 관란정인 듯하다.

김시좌가 귀래정의 주인으로서 매학당과 관란정을 함께 경영할 무렵, 안동 김씨 같은 집안의 명사들이 자주 이곳을 찾았다. 김창업金昌業(1658~1721)은 1716년 늦봄 김시보金時保, 김언겸金彦謙, 김신겸金信謙 등 집안사람과 함께 행호에서 한바탕 뱃놀이를 하였다

일엽편주 부자가 함께 타고
두둥실 찾아간 곳 우리 집이라.
내 스스로 웅어회를 치리니
누가 진달래 화전을 부치랴?
소나무는 4대에 걸쳐 그늘을 드리우고
강은 10년 물살에 백사장을 만들었네.
마치 강 가운데서 바라보는 듯한데
누대에는 뉘엿뉘엿 해가 저무네.
扁舟同父子 泛泛卽吾家
自爲葦魚膾 誰煎杜宇花
松陰四世樹 江勢十年沙

宛在中流望 樓臺落日斜
_김창업, 「행주에서 배를 정박하고 사경의 시에 차운하다(泊幸州次士敬韻)」
(『노가재집老稼齋集』 175:95)

　　김창업이 집안사람들과 배를 타고 귀래정으로 갔을 때 마침 김시좌
가 마을 사람들과 함께 꽃지짐을 마련하고 잔치를 열고 있었다. 집 뒤
편의 소나무는 김광욱으로부터 4대가 지나서 낙락장송으로 자라 있었
고 또 강물은 물길이 변하여 정자 앞은 거대한 백사장이 되었다. 김창
업은 행주 일대를 배로 유람하면서 수십 편의 시를 지었고 또 화가를
시켜 이를 그림으로 그리게 하였으며,[13] 압도鴨島로 가서 그곳의 웅어
를 잡아 회를 먹기도 하였다.[14] 또 김시좌와 함께 관란정에 머물면서
당시 악공으로 이름이 높은 김성기金聖器를 불러 그의 피리 연주를 감
상하였다.

　　　빈 정자의 퉁소소리 남모를 원한 있는 듯한데
　　　몇몇 아이들은 배를 몰고 별빛 속으로 떠나갔네.
　　　바다고을은 삼경에도 물결이 훤한데
　　　강가 풀판은 십리까지 푸른 안개 어둑하다.
　　　사공의 노래 은은하게 오도梧島에서 들려오고
　　　누각의 불빛은 반짝반짝 유정柳汀에 고요하네.
　　　달 기울 때 기다려 침소에 들려 하는데
　　　미친 듯 막걸리 사발 찾는 고함이 들리네.

　　　洞簫幽怨在虛亭　數子揚舲去犯星

---

13) 김창업은 「解纜」(『노가재집』 175:94)의 주석에서 "배 안에서 지나가는 강산을
　　그림으로 그렸다"라 하였으니 화가를 대동하였음을 알 수 있다.
14) 김창업, 「翌日與道以父子及彦信履晉, 同舟觀魚, 至鴨島, 得葦魚爲膾, 雨以, 純行
　　李器之士安, 自城中來, 士敬遂同諸人乘舟追至, 遇於中流(『老稼齋集』 175:95).

海國三更潮水白 江蕪十里暝烟靑

棹歌隱隱聞梧島 樓火亭亭閒柳汀

待至月傾方就寢 又聞狂叫濁醪甁

_김창업, 「밤에 신겸과 순행, 춘행, 이진, 사안 등이 작은 배를 앞 강에 띄웠는데 나와 도이, 언겸은 관란정에 있으면서 김성기로 하여금 퉁소를 불게 하였다. 여러 사람의 시에 차운한다(夜, 信謙純行春行履晉士安諸人, 以 小舟泛前江, 余與道以彦謙在觀瀾亭, 使聖器吹簫, 次諸人韻)」(『노가재집』 175:95)

형제뻘, 조카뻘, 손자뻘 되는 많은 같은 집안사람들이 모였다. 젊은 사람들은 야밤에 뱃놀이를 즐기는데 김창업과 김언겸은 주인 김시좌와 함께 관란정에 앉아서 악사 김성기를 불러 퉁소 연주를 들었다.[15] 조하망曹夏望이 1724년 지은 시에 따르면 매학당에 노래를 잘 부르는 늙은 여종이 있었다고 하니,[16] 이 집안에서 누린 풍류를 짐작할 수 있다.

이때 유람에 참가한 김시보는 김상용金尙容 집안의 후손으로 김상헌金尙憲 집안인 김창업과는 제법 촌수가 멀어졌지만[17] 그럼에도 매우 절친하였고, 김상준과 김광욱의 후손인 김시민과도 친분이 매우 깊었다.

비 그친 강물은 백 길이나 깊은데

관란정에서 먼지 낀 마음을 씻는다.

꽃과 버들은 온 봄 한가하기만 하니

그저 푸른 소나무 가득한 그늘을 사랑하노라.

---

15) 김창업, 「金聖器, 京城樂師也, 性通絲竹, 無不妙解, 中歲棄家, 自放江湖間, 以 釣魚爲事. 余是來, 物色遇於陽川江中, 扁舟簑笠手一竿, 望之若物外人, 其年 六十八, 而貌亦不衰. 記昔丁巳元夜在鐘樓大街聽聖器笛, 後不復見, 今四十年, 而遇於此亦奇矣. 士敬有詩, 遂次之」(『노가재집』 175:95)에 김성기에 대한 제법 자세한 기록이 보인다.

16) 조하망, 「上杏洲歸來亭」(『西州集』 b64:242).

17) 김시보는 향저가 보령의 오천에 있었다. 그의 호 茅洲는 오천 방조제 안쪽의 섬 빙도를 가리킨다.

雨後江流百尺深 觀瀾亭上洗塵心

一春花柳渾閒事 坐愛蒼松滿地陰

_김시보, 「행호에 이르러 관선이 이르기를 기다리다 도이와 운을 잡아
시를 짓다(到杏湖待官船至, 與道以拈韻)」(『모주집茅洲集』 b52:352)

김시좌와 함께 관란정에 앉아 속세에 찌든 마음을 씻고 이렇게 시
를 지었다. 김시좌의 사촌인 김시민 역시 문학에 뛰어난 재주를 지녔
기에 귀래정뿐만 아니라 매학당을 아름답게 시로 그려내었다.

열흘 매학당에서 머물기로 약조하였기에

봄바람 말에게 쐬며 행주성을 찾아갔네.

들불이 들판에 이어지니 농사철 가까운데

얼음이 강물에 터지니 낚시할 마음 생기네.

매번 고향에 이르면 좋은 취미 많아지니

예전부터 시사詩社라는 것도 헛이름이라네.

바위 틈 꽃과 눈처럼 흰 회를 우리 저버리랴

몇 리 되지 않는 길이라 오가는 데 문제없다네.

十日留期梅鶴亭 東風吹馬幸州城

燒延後野將耕事 氷拆前江已釣情

每到鄕居多好趣 向來詩社卽浮名

巖花雪鱠吾何負 還往無難一舍程

_김시민, 「행주에서 당백형 행은의 운에 거듭 차운하다(杏洲疊用堂伯幸隱韻)」
(『동포집』 b62:360)

이 시에서 이른 행은幸隱은 김시좌의 호다. 그의 형제들이 모두 행
주에 살기에 호 자체도 '행'자 돌림이 많다. 김시민은 그의 매학당을 찾
아 열흘 머물기로 약조를 하였는데 봄바람 불자 바로 행주로 나들이를

나선 것이다. 들판은 들불 놓은 것을 보니 봄 농사가 시작되는 줄 알겠는데 얼음이 풀리는 강을 보니 바로 낚시 생각이 든다고 하였다. 꽃구경을 하면서 웅어 회를 먹는 즐거움이 이렇게 대단하다 하였다.

귀래정은 물론 매학당과 관란정이 안동 김씨 집안만의 공간은 아니었다. 이 집안과 세교를 맺은 벗 이하조李賀朝(1664~1700)도 관란정을 찾고 김시좌와 시회를 가졌다.

> 11월 초순인 듯하다. 서호로 김중보를 방문하여 이른바 관란정이라는 곳에 올랐다. 정자는 몇 개의 기둥을 달고 마루와 방이 갖추어져 있다. 지세가 높고 비어 있어 실로 많은 강물을 마주하고 있다. 멀리서 바라보면 새가 날아가듯 우뚝하다. 정자 안에는 서가 하나, 거문고 하나, 매화 화분 하나, 향 한 심지가 있는데 위치가 반듯하다. 이때 밤이 깊어 눈과 달이 하얀데, 함께 난간에 기대어 술을 따랐다. 이야기가 무르익었다.
> _이하조, 「관란정에서 화답한 시의 서문(觀瀾亭和詩序)」(『삼수헌고三秀軒稿』 b55:539)

이어지는 글에 따르면, 김시좌는 젊은 시절 삶의 방향을 잡지 못하다가 서른이 막 넘은 나이에 대오각성하고 남들보다 백배의 노력을 들였지만, 도성에서 제법 떨어져 있는 행주에서는 사우師友와 절차탁마의 도움을 얻을 수 없다고 고민을 토로하였다. 이에 이하조는 대학자 주자가 사람 나이가 서른이면 깨달음을 얻게 된다고 한 말을 들어 김시좌에게 학문의 기초를 단단히 잡고 정진하면 될 것이라 권하였다. 그리고 관란정의 뜻이 바로 여기에 있다고 하였다. 『맹자』에 "물을 관찰하는 데는 방법이 있으니, 반드시 물결을 보아야 할 것이다(觀水有術 必觀其瀾)"라는 말이 나온다. 주자의 시구에도 "한가하게 푸른 개울에 임하여 함께 물결을 보노라(閒臨碧澗共觀瀾)"라 한 바 있다. 진리의 근원을 거슬러 올라가 탐색하는 것이 학문의 방도라는 뜻이니, 관란정이 수많은 시로 꾸며져 있었지만 김시좌에게 마음을 학문에 두어야 할 것이라 권면한 것이다. 여기에 더하여 이하조는 김시좌의 시에 답하는 시를 지어 보냈다.

> 큰 강이 공활하고도 넘설거리면서
> 밤낮으로 서쪽으로 쉴 새 없이 흘러오네.
> 우리들의 이 공부가 얼마나 다행인가
> 새로 지은 집이 물가에 있음을 보겠네.
> 주자의 뜻 높은 시 지금 누가 이으랴
> 맹자의 명언은 아직 알 만하다네.
> 진중하여 세한의 절조에 힘쓰시게
> 바람을 마주하여 다시 맑은 노래에 답하노라.
> 大江空闊且淪漪　日夜西來無歇時
> 何幸吾人爲此學　卽看新搆枕其涯
> 晦翁高詠今誰繼　鄒聖名言尙可知
> 珍重歲寒相勉意　臨風聊復和淸詞
> _이하조, 「시에 화답하여 김중보 시좌 군의 관란정에 부치다(和寄金君仲輔時佐觀瀾亭)」(『삼수헌고』 b55:524)

귀래정이나 관란정, 매학당은 18세기 전반기에 명성이 최고조에 달하였다. 그 후 이들의 후손 중에 크게 현달한 이가 나오지 않았고 또 이름 높은 문인도 배출되지 못하였다. 다만 김시서의 아들 김근행金謹行(1712~1782)이 있어 젊은 시절 귀래정과 함께 관란정, 매학정 등을 두루 찾은 적이 있다.

> 골짜기에 구름과 안개 자욱한데
> 강물 소리는 절로 쉴 새 없구나.

늙은 삼나무 옛 언덕에 기대 있고
빈 누각은 맑은 강물 내려다보네.
물새는 외로운 꿈에서 깨나게 하는데
강산은 그 얼마나 세월을 겪었는지.
학은 돌아가고 매화는 피지 않아
지난날 아득하여 찾기 어렵네.

洞裡雲烟合　江聲自不休
老杉依故岸　虛閣俯淸流
鷗鷺驚孤夢　湖山閱幾秋
鶴歸梅不發　往事邈難求

_김근행, 「귀래정에서 삼가 현판의 시에 차운하다(歸來亭敬次板上韻)」(『용재
　집庸齋集』b81:38)

이 시에서 학이 돌아가고 매화가 피지 않았다고 한 것은 매학당을
염두에 둔 것이며, 곧 그 주인 김시좌가 세상을 떠났다는 말이다. 백
년을 넘긴 고목들이 울창하지만 정자는 비어 있다고 한 것으로 보아
김시좌의 자손들이 귀래정이나 매학정을 잘 관리하지 못한 듯하다.

빈산에 설핏 눈 내려 누각은 맑은데
고목 곁 사립문은 새소리만 들리네.
매학당의 도인은 어디로 가셨는가?
온 강엔 밝은 달만 있어 다정하구나.

空山微雪有樓淸　古木柴門自鳥聲
梅鶴道人何處去　一江明月獨多情

_김근행, 「매학당에서(梅鶴堂)」(『용재집』b81:36)

김근행은 주인 없는 귀래정과 매학당, 관란정을 둘러보고[18] 집안의

위세가 기울어감을 안타까워하였다. 18세기 중엽 이후 이 집안의 별서
에 대한 기록이 문헌에서 보이지 않는다. 김시좌가 이름난 후손을 두
지 못했기 때문인 듯하다. 이름난 사람이 있어야 그 땅도 빛이 나는 법
이다.

---

18) 관란정에서 지은 작품은 「觀瀾亭感吟」(『庸齋集』 b81:38)이다.

5. 김시서의 유사정과 연체당

김광욱의 아우 김광위金光煒의 증손 김시서金時敍(1681~1724)의 별서도 행호에 있었다. 김광욱의 아들 김수일은 원래 김광위의 아들인데 김광욱의 후사가 되었다. 그런데 김수일의 둘째 아들인 김성대가 다시 김광위의 아들 김수익金壽翼의 후사가 되었다. 또 김성대의 손자요 김시서의 아들인 김면행金勉行은 다시 김성후의 후사로 들어갔다. 그러니 김광욱과 김광위의 후손들은 어차피 한 핏줄이요, 이들이 후손들도 행호에 나란히 별서를 두었던 것이다.

김시서는 자가 이숙彝叔이고 김창협과 김창흡의 제자인데, 1721년 증광사마시辛丑增廣司馬試에 진사 1등으로 합격하였지만 당시 이 집안을 위시한 노론이 권력을 잃었기에 그 역시 벼슬을 포기하고 행주로 물러나 살았다. 다만 아들 김면행이 참판에 올랐고 김선행金善行이 대사헌을 지냈으니, 가문의 명예가 아들을 통해 유지될 수 있었다.

김시서의 별서는 유사정流沙亭이라 하였다. 유사정은 아마 부친 김성대가 세운 듯하다. 김기서는 1710년 부친이 세상을 떠나자 행호로 돌아와 강가에 이 정자를 수리하여 거처하였다.[19] 『고양군지』(규장각본)에도 김성대가 창건한 것이라 하고 이백이 "우리 조부(노자老子 이담李聃을 가리킴)가 유사로 가셨지(吾祖之流沙)"라 한 말에서 뜻을 취한 것이라 하였다. 유사流沙는 교화가 미치는 세상의 서쪽 끝을 이르는 말이다. 서호의 끝이라 이런 이름을 붙인 것이지만, 당쟁이 소용돌이치는 속세에서부터 멀리 떨어진 땅이라는 뜻을 함께 표방한 것이다. 김시민은 1722년 김시좌가 의춘宜春 현감에서 돌아오자 함께 귀래정으로 가서 다음과 같은 시를 지었다.

---

19) 김시민, 「從兄進士公行狀」(『東圃集』 b62:476). 김시민은 이 글에서 유사정이 자신의 집과는 언덕 하나 너머에 떨어져 있어 자주 오갔다고 하였다. 김시민의 별서 이름은 확인되지 않는다.

오막살이에 누운 나를 일으켜
형님께서 행포로 가자 하셨네.
가을바람에 말을 타고 가니
들길에 풀벌레들 울음 우네.
세상사 언제 안정이 되는지
인생은 오늘에야 맑아졌구나.
유사정은 또 언덕 너머 있기에
물고기와 술이 웃으며 맞겠지.

起我窮廬臥　兄爲杏浦行

秋風騎馬去　野路草蟲鳴

世事何時定　人生此日淸

沙亭又隔麓　魚酒笑相迎

_김시민, 「당백이 의춘에서 돌아와 함께 행주의 별서로 향하면서(堂伯自宜
春還 同往杏庄)」(『동포집』 b62:378)

이 시를 보면 유사정이 귀래정에서 언덕 하나 너머에 있었음을 확
인할 수 있다. 『고양시사』에는 외성동 봉정리에 있는데 사옹원司饔院의
분원이 자리하면서 후에 기와집을 초가로 바꾸었다고 하였다. 「행호관
어杏湖觀漁」에서 귀래정 서쪽 언덕 아래 물가의 작은 초가가 유사정인
듯하다.

김시민은 유사정의 주인 김시서와 함께 회를 안주로 하여 술을 마
실 수 있게 된 것을 기뻐하였다. 유사정에서 들러 쓴 시의 후반부에서
"복어가 그물에 드니 봄이 온 강이 번드르한데, 들판의 할미새가 둥지
를 지으니 따스한 나무가 향긋하다. 술에 취한 도도한 흥취에 시가 이
어져 나오니, 젊은이들 우리가 거칠다 다투어 비웃는구나(河豚入網春江膩
野鴒營巢暖樹香 酒興淋漓詩不輟 少年爭笑我疎狂)"라 하였다.[20] 김시민이 자주 김
시서의 유사정에 들러 함께 시와 술을 즐겼음을 알 수 있다.[21] 홍석주

가 19세기 무렵 이곳을 지나며 "유사정 아래에서 조금 쉬었다가 배를 돌려 동으로 갔다. 달이 물속으로 들어갔다. 비로소 내가 서쪽으로 내려가니 마침 조수가 역류하여 위로 올라왔다. 서풍이 또 급하게 불었다. 돌아올 때가 되어서야 비로소 바람이 그치고 조수도 또한 배를 맞아서 물러났다. 내가 탄식하여 말하였다. '이 배는 내가 세상을 건너는 것과 같구나'"라 한 바 있으니, 귀래정이나 다른 이 집안의 별서와는 달리 유사정은 19세기까지 행호의 대표적인 누각으로 남아 있었다고 하겠다.

그런데 앞서 귀래정의 마지막 기록을 남긴 김시서의 아들 김근행은 자신의 집 용재庸齋에 상량문을 지었는데[22] 그곳에서 "사정沙亭을 지은 것은 우리 조부께서 현조玄祖의 남긴 향기를 조술한 것이요, 체당棣堂을 증수한 것은 백형이 부친의 유지를 계승한 것이라"[23]이라고 한 바 있다. 여기서 사정은 유사정으로 김시서가 김성대의 뜻을 받들어 지은 것임을 밝히고 있다. 이와 함께 백형이 김시서의 유지를 계승하여 체당을 지었다고 하였는데 체당은 곧 연체당聯棣堂이다. 김시서는 네 아들을 두었는데 김근행 위로 행호일인杏湖逸人 김현행金顯行, 강재强齋 김면행金勉行이 있고 아래로 행포杏逋 김선행金善行이 있었다. 행호일인, 행포 등의 호가 모두 행주와 관련이 있으니 김시서의 아들이 대부분 행호에 애정이 깊었음을 짐작할 수 있다.

연체당은 김현행이 부친의 뜻을 이어 만든 집이다. 『시경』에 「상체常棣」라는 시가 있는데 "아가위 꽃이, 활짝 피어 울긋불긋. 요즘 사람들, 형제 같은 이 없다네(常棣之華 鄂不韡韡 凡今之人 莫如兄弟)", "할미새가 들판에서 있는데, 형제는 어려운 것 급히 도와준다네(鶺鴒在原 兄弟急難)"라 하였다. 아가위나무가 나란한 연체당은 형제간의 우의를 드러낸 집인 것

---

20) 김시민, 「歷閔君涷家閣畵帖, 夕到流沙亭」(『東圃集』 b62:384).
21) 홍석주, 「江行小記」(『淵泉集』 293:432).
22) 『고양시사』에는 외성동 泛虛亭 뒤에 古心亭이 있는데 김근행이 韓元震에게 글을 배우던 곳이라 하였다.
23) 김근행, 「庸齋上樑文」(『庸齋集』 b81:480).

이다. 김시민의 시에서 할미새가 등장하는 것도 바로 이러한 뜻이 깃들어 있다.

송시열은 손자 송이석宋彝錫이 서교西郊에 연체당을 장만하자 기문을 지어준 바 있는데,[24] 나중에 김현행은 송시열이 쓴 그 현판을 구하여 자신의 집에 걸었다. 심조沈潮의 시에 그러한 사정이 보인다.

동국의 이름난 땅 행호의 곁에
주인은 한가한 사람이 아니었다네.
유사정의 옛집은 조부의 뜻을 따른 것
연체당 새 집은 부친 즐겁게 하려는 것.
東國名區杏水濱 主人非是等閑人
流沙舊業追王考 聯棣新堂樂至親
_심조, 「연체당의 제영(聯棣堂題詠)」(『정좌와집靜坐窩集』 b73:89)

이 시에는 서문이 붙어 있는데 이에 따르면 "내 벗 김달부金達夫는 바로 행호일인杏湖逸人인데, 선친의 옛집을 수리하고 우암 선생이 그 외조부에게 써준 큰 글씨의 연체당 현판을 얻어 걸었다. 연체 이 두 글자는 곧 달부의 가법이다. 달부는 아우 셋이 있는데 경부敬夫, 상부常夫, 술부述夫로, 모두 아름다운 선비다. 한 방에 거처하면서 즐겁게 산다"라 하였다. 김현행이 그 아우 김면행, 김근행, 김선행 등과 우의가 깊어 한 집에 산다고 한 것이다. 그리고 김시서는 송이석의 딸과 혼인하였다. 그래서 김현행은 외조부 송이석이 가지고 있던 현판과 송시열의 기문을 가져와서 행호에 새로 지은 연체당에 내건 것이다.

이에 이들의 스승인 강규환姜奎煥도 기문을 지어 이 집을 빛내었다.[25] 그 글에 따르면 1728년 10월 강규환이 행호를 들렀을 때 기문을

---

24) 송시열, 「聯棣堂記」(『宋子大全』 113:99).
25) 강규환, 「聯棣堂記」(『賁需齋集』 b75:258).

요청한 것으로 되어 있으므로 1724년 김시서가 세상을 떠난 후 얼마 있지 않아 김근행이 바로 부친의 집을 수리하고 연체당이라는 이름을 붙였음을 알 수 있다. 같은 때 지은 시에서 강규환은 "한 번 웃고 정자에 오르니 산이 말을 하려는 듯, 삼경에 술잔을 잡으니 달이 가까이 다가오네(一笑登亭山欲語 三更把酒月相親)"라 하여[26] 연체당의 운치를 더욱 빛내었다.

김근행은 형제들과 행호에 살 때 이인상李麟祥 등 당대 이름난 문인들과 뱃놀이를 함으로써 우애와 함께 풍류를 더하였다.

세상에서 일마다 옛것을 본뜨는 자는 자취에 얽매인 것이요, 굳이 새로운 격을 만들어 내려는 자는 뜻에 치우친 것이다. 얽매이면 달통하지 못하고 치우치면 중도를 잃으니, 둘 다 잘못된 것으로 마음이 피곤하게 된다. 일은 뜻을 통창하게 하는 것이 귀한 법이요, 뜻이 통창하다면 새로운 것을 만들어도 좋고 옛것을 본뜨는 것도 좋다. 요는 얽매임과 치우침을 면하는 데 있을 뿐이다. 초가을 날씨가 막 서늘해지고 장맛비로 흐려진 물이 맑아져 강물과 달빛이 서로 빛을 발하면, 빨리 달리는 일엽편주를 띄우고 강물을 따라 오르내리는 흥취를 지극히 하는 것은 옛사람이 즐기는 바요, 우리도 즐기는 바다.

임술년(1742) 7월 기망, 나의 벗 이원령李元靈이 동호에서 배를 풀어 내려올 때 중씨와 아우가 마침 왔다. 악루옹岳樓翁이 또 술 한 병을 멀리서 보내주었다. 이날 저녁 봉정鳳汀의 안쪽에다 배를 대었다. 내가 원령에게 술을 따라 주면서 부탁하였다. "오늘 유람은 선현의 성대한 자취를 잇는 것이요, 한때의 한가한 정을 깃들일 것일세. 하물며 내 조부 죽소 공의 용호고사龍湖故事가 있으니, 그 아들과 손자, 후배들이 모범을 따라 바꾸지 않아야 정말 마땅할 것일세."

---

26) 강규환, 「用聯棣堂壁上韻咏以卽事」(『賁需齋集』 b75:185).

원령이 좋다고 하였다. 다시 말하였다. "산과 달과 강과 바람이 있어 그 땅이 모두 갖추어졌네. 강물을 거슬러 하늘로 솟구친다면 그 멋이 대단할 걸세. 노래할 사람은 노래하고 시를 읊조릴 사람은 시를 읊조리세. 얼큰히 술에 취하고 즐기면서 돌아가지 마세나. 우리 마음을 편안하게 하고 우리 마음을 통창하게 하기에 딱 맞네. 그렇다면 고금의 일과 같고 다른 것을 굳이 비교할 것이 있겠는가? 옛것을 본뜨든 새로 만들든 또 굳이 물을 것이 없을 걸세." 원령이 좋다고 하였다. 원령이 말하였다. "우리가 왔는데 어떤 사람이 그만 가게 하면 어쩌지?" "이는 내가 치우친 점이라 말한 것일세." 또 말하였다. "어떤 사람이 임진과 장단까지 가겠다면 어쩌지?" "이는 내가 얽매인 점이라 말한 것일세. 치우치고 얽매인다면 마음이 고생스럽지 않을 때가 거의 없을 것일세. 마음이 고생스러우면 또 우리의 유람에 무슨 도움이 되겠는가?" 마침내 한바탕 웃고 돌아왔다.

_김근행, 「봉정에서 달빛을 따라 노닌 기문(鳳汀沿月記)」(『용재집』 b81: 486)

이 글에 등장하는 이원령李元靈은 이인상이다. 그가 동호에서부터 배를 타고 행호로 찾아왔다. 마침 중형 김면행과 아우 김선행도 와 있었다. 악루옹岳樓翁은 소악루의 주인 이유李渘를 가리키는 듯하다. 강 건너 살던 그가 술을 한 병 보내었다. 이에 봉정鳳汀이라는 곳에서 배를 묶고 한바탕 달구경을 하였다. 봉정은 사라진 지명이다. 산성이 있는 덕양산 기슭의 물가를 이르는 듯하다. 봉정이 잊혀졌듯이 아름다운 고사도 김근행 이후 다시 잊혀졌다. 귀래정 등 행호의 수많은 문인의 별서가 그러했듯이.

6. 내성동 최욱 집안의 권가정

김광욱이 율리에 귀래정을 경영할 무렵, 인근 행주산성 안쪽 내성동內城洞에는 권가정勸稼亭이라는 정자가 있어 그 주인 최욱崔栯과도 교분을 맺었다. 김광욱이 「율리유곡」에서 이른 최행수가 이 사람이다. 내성동이라는 이름으로 보아 행주산성 안쪽에 이 정자가 있었던 듯하다. 1872년 「고양군지도」(규장각본)에 따르면 행주산성에서 강쪽을 행주리라 하고 안쪽을 내성리라 하였다. 김광욱은 권가정에 자주 출입하면서 여러 차례 시를 지어주었다.

어지러운 세상 시골살이 좋은 법
농군 되면 먹고 사는 것 족하다네.
번지樊遲도 농사를 배우고자 하였고
제갈량諸葛亮도 몸소 밭을 갈았다지.
뿌연 도랑물 온 들판에 그득하고
누렇게 익은 밭이 십리에 펼쳐지네.
가을마다 정자에서 모이세
닭 잡고 술추렴하여 태평을 축원하게.
世亂鄕居好 爲農足此生
樊遲猶學稼 諸葛亦躬耕
白水千畦滿 黃雲十里橫
每秋亭上會 鷄酒祝昇平
_김광욱, 「행주 최욱 군의 권가정에 쓰다(題幸州崔君栯勸稼亭)」(『죽소집』 b19:402)

제갈량諸葛亮은 출사하기 전에 농사를 지었고 번지樊遲는 공자가 농사에 대해 물은 바 있다. 최욱이 선비지만 직접 농사에 종사하는 것을 이렇게 높게 평가한 것이다. 그런데 이 최욱이 누구인지는 전혀 알 수

없는데 홍주국洪柱國의 시에는 권가정의 주인이 최로崔櫓로 되어 있다.[27]

> 권가정에 있는 노인네
> 나이 이제 일흔 살이라.
> 두 외손자 이끌고서
> 자주 이곳 찾아 머문다네.
> 살구꽃은 봄 늦다 재촉하는데
> 솔 막걸리는 막 빚어 놓았다지.
> 실컷 취하는 것 사양할 것 있나
> 정취가 다시 누가 이와 같으랴!
>
> 勸稼亭中老　年今七十餘
> 能携兩宅相　頻訪此僑居
> 杏萼催春晚　松醪醱釀初
> 不辭成酩酊　情味更誰如
>
> _홍주국, 「이웃 어른 문의 사또 최로가 술을 들고 찾아왔기에 감사하여(謝
> 隣丈崔文義櫓携酒來訪)」(『범옹집』 b36:203)

　　최로는 문의文義 현감을 지낸 인물인데 김광욱이 이른 최욱과 형제
간인 듯하다. 행호杏湖라는 이름에 걸맞게 살구꽃이 피면 솔 막걸리를
마시며 한가한 삶을 누린다고 하였다. 이 시를 지은 홍주국(1623~1680)
은 1674년 무렵 인선왕후仁宣王后의 상제喪制를 둘러싸고 사단이 생겨 금
고를 당하였고 이에 율리로 물러났다. 이때 김광욱의 아들 김수일金壽
一이 상주 목사로 있다가 귀래정으로 물러나 지냈는데 홍주국으로 하
여금 근처로 와서 살게 하였고 또 그의 율리장栗里莊에 잠시 우거하게
배려한 바 있다.[28] 이 시에서 율리장으로 최로가 찾아와 함께 아름다

---

27) 『고양시사』에 觀稼亭을 들고 주인이 崔櫓라 하였다.
28) 홍주국, 「金尙書光煜莊名曰栗里, 具綾豐仁壑舘名曰竹里, 以其地號適符於陶

운 봄을 즐긴 것을 알 수 있다. 홍주국은 이곳에서 바라다보이는 팔경을 노래한 바 있다.[29]

그런데 권가정 곁에는 민후철閔後哲이라는 사람의 별서 애련당愛蓮堂이 있었다. 『고양군지』(규장각본)에는 김창협, 남용익, 이익李翊, 이숙李翻, 민이승閔以升 등의 시가 나란히 실려 있으니 당대에 제법 이름을 떨친 곳이었음을 짐작할 수 있다.[30] 인근에 범허정泛虛亭을 경영한 송광연의 시에 민후철이 초당을 짓고 연꽃과 대나무를 가꾸었다고 한 곳이 바로 이 애련당이었을 것으로 추정된다.[31] 송광연은 그와 친분이 깊었던 모양이다. 그를 대신하여 외조부 최로의 품계를 올려 줄 것을 청한 글을 지은 바 있다.[32] 이에 따르면 최로(1602~?)는 회인懷仁, 낭천狼川, 문의文義 등지의 현감을 지낸 인물이다. 본관은 화순으로, 임진왜란 때 활약한 최원崔遠의 손자고 최적崔適의 아들이다. 그의 외손자 민후철이 초당을 짓고 연못에 연꽃을 심고 화분에 대나무를 키우면서 살았는데 그를 위해서도 송광연은 시를 지어준 바 있다.[33] 이런 인연으로 송광연은 권가정을 자주 찾고 또 여러 편의 시를 지었다.

권가정에 걸린 시편들이

徵君王右丞別業而名之也. 余自栗里移居竹里, 聞二亭主人, 未嘗來住, 戲題壁上(『범옹집』 b36:192) ; 「栗里主人金台老, 解尙州紱, 將欲挈家歸農, 俾余移棲近村, 牽錄簡尾, 要以限暮春姑留」(b36:229).

29) 『고양군지』(규장각본)에, 三角朝雲, 丘山夕烽, 柿巖落照, 海口歸帆, 鼇頭烟樹, 廣軒觀色, 曲浦魚網 등을 제목으로 한 시가 실려 있는데 한 수는 제목이 밝혀져 있지 않다. 이 시는 모두 홍주국의 문집에서 확인되지 않는다. 여기에 등장하는 지명 중 시암, 광헌, 곡포 등은 어느 곳을 가리키는지 확인할 수 없다.

30) 김창협과 남용익의 등의 시는 그들의 문집에 실려 있지 않다.

31) 송광연, 「閔生後哲新搆草堂, 植以池荷盆竹, 强求俚唱, 牽率以副」(『범허정집』 b43:292).

32) 송광연, 「代閔後哲爲其外祖父乞恩疏」(『범허정집』 b43:321).

33) 송광연, 「閔生後哲新搆草堂, 植以池荷盆竹, 强求俚唱, 牽率以副」(『범허정집』 b43:292).

유독 후생을 흥기시키네.
제갈량처럼 즐겨 밭두둑에 오르고
이윤伊尹처럼 달게 밭을 갈았다지.
들판엔 석양의 가을 구름 이어지는데
논밭엔 먼 개울물이 가로질러 흐르네.
주인장께서 이제 계시지 않으니
옛 생각에 마음이 편하지 않네.

勸稼亭中詠 偏能起後生

好登諸葛隴 甘作有莘耕

野接秋雲晚 畦連遠水橫

主翁今不在 懷舊恨難平

_송광연, 「권가정에서 죽소 김광욱 공의 시에 차운하다(勸稼亭, 次竹所金公光
煜韻)」(『범옹집』 b43:282)

송광연은 권가정에 올라 김광욱의 시를 읽고, 주인 최씨가 성실하
게 농사를 짓던 일을 회상하였다. 그런데 김광욱의 손자 김시민金時敏
은 18세기 권가정의 주인이 최석崔錫과 최상구崔尙久라 하였다.

향리가 날로 쓸쓸해지니
다시는 예전과 같지 않네.
늙은 분들 이제 다 돌아가시고
젊은이들 또한 점차 드물다네.

鄕里日蕭條 非復曩昔時

長老今盡歿 少壯亦漸稀

두 최씨는 세교가 있는데
그 선조는 권가장이라네.

우리 조부 예전 노래에

행수라 하여 성명을 전하였지.

二崔卽世交 其先勸稼亭

吾祖舊歌曲 行首傳姓名

_김시민, 「행주의 두 최씨를 애도하면서, 늙은 최씨는 이름이 석이고 젊은 최씨는 이름이 사구다(悼杏洲二崔, 老名錫, 少名尙久)」(『동포집』 b62:396)

이 시를 보면 바로 「율리구곡」에서 이른 최행수가 바로 이 집안사람이었음을 확인할 수 있다. 오도일吳道一(1645~1703)은 명문장으로 권가정의 기문을 지었는데 여기에도 권가정 주인의 삶이 잘 드러난다.

행주는 경성의 가까운 고을로 평소 명성이 높다. 최씨 아무개가 예전 그 땅에 살았는데 곧 은거하던 곳이다. 상쾌한 곳을 골라 작은 정자 몇 칸을 짓고 권가정이라 그 앞에 편액을 달았다. 듣는 이들이 모두들 "행주 땅은 산을 등지고 강에 연해 있어 이 정자에 오르면 높다란 삼각산을 평평히 바라보고 압도鴨島의 강물을 내려다 볼 수 있다. 그 강과 산의 빼어남이나 물고기와 새들의 흥이 모두 마음을 즐겁게 하기 족하다. 그런데도 이 정자의 이름을 붙이면서 최씨는 이를 취하지 않고 권가정이라 이름 붙인 것은 무엇인가?"

내가 듣고 웃으면서 말하였다. "천박하구나, 보는 것이. 어찌 최씨의 마음을 알겠는가? 군자가 사물에 의탁하는 것은 그저 눈에 보이는 것을 깃들이는 것이 아니라 뜻을 깃들여야 하는 법이다. 만약 눈에 보이는 것만을 깃들이고 만다면, 강과 산의 빼어남이나 물고기와 새에 대한 흥이 모두 완상할 거리를 제공하고 높은 곳에 바라보는 즐거움을 누릴 거리가 되기에는 족하리니 어찌 불가한 것이 있겠는가? 그러나 마음을 깃들인다면 강과 산의 빼어남은 물색일 뿐이요, 물고기와 새가 그와 더불어 멋대로 놀아날 뿐이다. 어찌 족히 군자가 근본을 돈독하게 하는 즐거움이 될 수 있겠는가? 저 농사라는 것은 백성의 하늘이요, 나라의 근본이다. 예전 신농神農이 농기구를 만들고 후직后稷이 오곡五穀을 길렀으니 이 모두가 백성에게 농사를 권한 일이다. 그런 다음에 백성들이 밥을 먹고 이용후생이 이루어진 것이니, 이를 통해 본다면 농사를 권하는 뜻이 가볍지 않고 무겁다는 것이 분명하지 않겠는가." (중략)

막 서쪽 논밭에 봄이 다하여 좋은 비가 내려 도랑을 채워 곡식들이 싹이 돋아나면 최씨가 이 정자에 올라 인도를 한다. 그러면 하인들이 함께 움직여 호미와 곰방매를 들고 함께 모여들어 무성하게 곡식을 키워내고 왕성하게 잡초를 베어낸다. 가을바람이 높아져 온갖 과일들이 익고 들판이 황금빛으로 변하면 최씨가 이 정자에 올라 지휘한다. 그러면 머슴들이 함께 모여 낫을 들고서 함께 무성한 곡식을 베고 넘쳐나는 낱알을 거두어들인다. 이에 어린아이는 머리에 이고 건장한 이는 어깨에 지고, 수레로 옮기고 말에 실어 타작마당에 쌓는다. 치고 까불어 백옥과 구슬 같은 곡식이 쏟아지니, 제사에 올릴 밥을 여기에서 마련하고 벗과 마실 술을 여기에서 장만하게 된다. 이것이 이 정자가 처음부터 끝까지 즐거운 바다. 온 마을에서 농사를 짓는 이들로 하여금 최씨가 농사짓는 것을 보고 모두들 권계로 삼고 흥기할 줄 알게 하는 것이다. 그러니 최씨가 이 정자의 이름에 깃들인 뜻이 어질다는 것을 확인할 수 있다.

_오도일, 「권가정의 기문(勸稼亭記)」(『서파집』 152:341)

선대에 벼슬을 하였지만 이제는 행주의 향반으로 농사를 업으로 삼게 된 최씨가 농장을 경영하기 위한 공간으로 장만한 것이 바로 권가정이었던 것이다. 최씨는 최욱이나 최로 등 이 집안사람을 지칭할 것이다. 이처럼 권가정은 산과 강의 아름다움이 아니라 사람이 먹고 살 곡식이 아름다울 수 있게 하는 정자였다.

7. 송광연의 범허정과 열천헌

귀래정과 함께 그 유래가 오래 되고 또 명성이 높은 곳이 범허정泛
虛亭이다. 『고양시지』에는 외성동 유사정 북쪽에 있다고 하였는데,[34]
정선의 「행호관어杏湖觀漁」에서 가운데 보이는 큰 건물인 듯하다. 이 범
허정의 주인은 송광연宋光淵(1638~1695)이다. 송광연은 본관이 여산礪山이
고 자가 도심道深이다. 그가 김광욱의 자손들과 친하게 지낸 것은 그의
별서 역시 행호에 있었기 때문이다. 선대의 산소를 기록한 글에서 5대
조의 묘소가 당시 고양 땅이던 난지도에 있었는데 1675년 이를 행주로
옮겼다고 한 것으로 보아,[35] 원래 이 집안이 선대에 난지도 인근에 세
거하다가, 송광연 대에 이르러 그리 멀지 않은 행주로 선산을 옮기게
된 것이라 하겠다.

송광연은 젊은 시절 문과에 급제하여 사간원과 사헌부 등에서 벼슬
을 지냈지만 강직한 언론으로 인하여 여러 차례 파직되었다. 이에 벼
슬살이에 뜻을 접고 은둔을 택하였다. 1675년 부친의 상을 마치자 가족
을 이끌고 강릉으로 내려가 학담鶴潭에 은거하였다. 그 후 여러 차례
벼슬에 제수되었지만 사양하고 나가지 않았다. 1678년 병이 생겨 부득
이 한양으로 올라오게 되었는데 이때 행주에 정자를 짓고 범허정이라
는 이름을 붙였다.

범허정이라 하면 조선 전기의 재상 상진尙震(1493~1564)이 오늘날 서
초동에 경영하던 집을 떠올리게 되거니와, 두보가 "그대를 보면 물 위
에 빈 배를 띄워 놓은 것만 같네(對君疑是泛虛舟)"라 한 대로 그 뜻은 모두
강물 위에 빈 배를 띄우고 유유자적하는 데 있었을 것이다.

범허자가 행주의 강가에 작은 정자를 구하였는데 예전 구조를 그대로

---

34) 이 책에서 安光淵이 세웠다고 한 것은 宋光淵의 잘못이다.
35) 송광연, 「桃廟說」(『범허정집』 b43:397).

두고 새로 고쳐 범허정이라고 현판을 걸었다. 어떤 객이 물었다.

"이 정자는 음양陰陽과 청탁淸濁에 절로 높고 낮음이 있지만 사계절 아름다운 흥치를 남들과 함께 함이 많소. 큰 바람과 거센 물결이 생기면 강을 건널 배가 있고, 평평한 들판으로 눈길을 풀어 먼 곳을 조망하는 즐거움이 있소. 나아가고 물러날 때를 잃지 않아 밀물과 썰물 소리를 들을 수 있고 물아物我를 잊는 마음을 가지고 있어 갈매기와 친할 수 있소. 작은 수레를 타고 출입하면 봄풀이 땅을 두루 덮고 객과 더불어 술병을 들고 나가면 가을의 흥이 적지 않소. 긴긴 봄날 강마을에 고마운 비가 질펀하게 내리고 저물녘 강과 하늘에 흰 눈이 쌀가루처럼 쏟아진다오. 이를 보면 이름으로 삼을 만한 것이 한둘이 아닐 터인데 유독 범허정이라 이름 붙인 것은 아마 빈 배를 홀로 띄우고 물결이 이는 학문의 바다로 나아가고자 하는 것이겠지요."

"아니라오. 당신은 엉뚱한 데로 가고 있소. 세상을 뒤덮을 문장을 내 어찌 감당하겠소? 그러니 두보가 장씨張氏에게 준 시에서 '그대를 보면 물 위에 빈 배를 띄워 놓은 것만 같네(對君疑是泛虛舟)'라 한 것이겠지요."

"장씨라는 자는 살필 근거가 없어도, 나아가고 물러남을 모두 잊어 해를 멀리하고 몸은 온전히 하였겠지만, 그것이 우리와 무슨 상관이겠소. 그러니 『주역』에서 '큰 강을 건너니 이로우니, 나무를 타고 배가 비었으니(利涉大川, 乘木舟虛)'라 한 모양이오."

"아니 어찌 이런 말씀을 하시오. 부드러움이 안에 있고 강함이 가운데 자리하여 즐겁고도 공손한 『주역』 중부中孚의 괘에서 이른 빈 배를 이른 것이라오. 그 도는 국가를 다스리고 천명에 순응하는 지극한 것이니 천하의 지극정성이 아니라면 누가 능히 이와 같을 수 있겠소."

"그렇다면 당신이 이름으로 취한 이유가 어디에 있소?"

"8월 15일 밤 집안의 자제들과 함께 이 정자를 올랐소. 이때 은하수가 요동을 치는데 온 하늘은 텅 비어 있었소. 달빛에 이슬이 맑은 빛을 띠는데 긴 강은 텅 비어 있었소. 높은 누각 굽은 난간은 아래로 깊은 강물을 마주하고 있으니, 둥실 떠다니는 배 위의 집 이상이라오. 깊은 바다 위에 의탁하고서 동서남북 끝없이 둥실둥실 떠다니고 표표히 허공으로 날아 올라 바람을 타고 싶은 마음이 든다오. 홀연 지나던 거룻배가 다른 배와 부딪혔는데 고함치는 소리가 나지 않기에 사람을 시켜 보게 하니 곧 빈 배였소. 이렇다오, 빈 것의 효용이라는 것이. 배에 한 사람이라도 타고 있었다면 욕설이 벌써 나왔겠지요. 마음은 본디 빈 것이라 빈 배의 형상을 가지고 있소. 사람이 자신을 비우고 세상에서 노닐 수 있으니, 이 배처럼 강 가운데에 떠다닌다면 어딜 간들 유유자적하지 않을 리가 있겠소? 이것으로 내 정자의 이름을 삼은 것이라오."

_송광연, 「범허정기泛虛亭記」(『범허정집』 b43:387)

송광연을 기쁘게 하려고 객은 속세와 초연한 마음으로 학문의 바다로 나아간다는 뜻이라 풀이하였다. 이에 대해 송광연은 두보의 시구를 들어 그저 빈 배처럼 세사에 무심하고자 한 뜻이라 하였다. 거듭 그 의미를 두고 송광연은 객과 토론을 벌였다. 객은 『주역』에서 사람을 싣고 큰 강을 건널 수 있는 빈 배를 가져와 경세의 뜻을 담았는지 물었고, 이에 송광연은 다시 그러한 그릇이 되지 못한다고 하였다. 그의 내심이 과연 그러했는지는 알 수 없지만, 세상사에 마음을 비우는 장자莊子의 허주虛舟가 되어 유유자적하겠노라 선언하였다.

이와 함께 범허정을 짓고 아름다운 상량문을 지어 들보에 기록하였다. "여인의 쪽진 머리 모양으로 이어진 것은 멀리 바라다보이는 계양산桂陽山이요, 학이 나는 물가가 구비 도는 것은 다시 인접해 있는 난지도라네. 빈 산이 묵혀 있는 곳은 인학사印學士의 옛터요 낚시하던 둔대가 황량한 곳은 신습유申拾遺의 옛 자취라. 오래된 성 21리에 걸쳐 있어 언덕과 골짜기의 기이함이 있고, 강마을 8~9채가 있어 꽃동산의 빼어남이 많다"라 하였다.[36] 여기서 신습유는 누구를 가리키는지 확인하기 어렵지만 인학사는 고려의 학자 인분印份을 가리킨다. 행주산성 남쪽에 성종 때의 인물인 한석韓碩이 바로 그 터에 휴휴정休休亭을 세운 바 있다.[37] 조카 송징은宋徵殷(1652~1720)도 범허정에 내걸 기문을 지어주었다.

우리 숙부는 마음이 맑아 산과 물의 즐거움을 누리신다. 예전에 강릉에 집을 정하고 경포鏡浦의 학담鶴潭에서 서성이곤 하셨다. 한양으로 돌아와서는 옥당玉堂과 은대銀臺로 나아가 화려한 관직을 역임하셨지만, 산수를 그리워하는 마음이 퇴색하지는 않았다. 이에 서호의 강가로 나아가 몇 칸 집을 지어 마음 편히 쉴 곳으로 삼았다. 예전 있던 작은 정자를 증축하고 방과 마루를 넓혔으며 난간을 꾸몄다. 이 정자에 오르면 한강 일대가 그 아래 구불구불 흐르는데, 관아의 조운선과 바다로 들락거리는 상선이 바람에 돛을 달고 물결을 타고 오르내려 서로 닿을 정도다. 물가에는 높은 바위가 좌우에 이리저리 솟아 있는데 안개와 노을이 아침저녁 변화하여 형용하기 어렵다. 광나루 아래로 높고 화려한 누정들이 이어져 있지만, 그 빼어난 조망과 한적한 정취는 이 정자에 비할 것이 없다.

_송징은, 「범허정기泛虛亭記」(약헌집『約軒集』 164:72)

이어지는 대목에서는 다시 범허정의 의미를 객과의 문답을 통해 설명하였다. 객은 배가 물건을 싣고 멀리 가서 천하를 이롭게 하는 것인데 왜 빈 배로 뜻을 삼았는지 따졌다. 이에 송징은은 "마음을 비워 만물에 대응하고 때와 장소에 따른다虛心應物 隨時隨處"는 것이 빈 배의 뜻이라 설명하고 여기에 덧붙여 아무도 없는 들판의 나루에서 홀로 둥실둥실 떠다니다가 배를 잘 모는 사람을 만나면 무거운 곡식을 싣고 바

---

36) 송광연, 「泛虛亭上樑文」(『約軒集』 164:94).

37) 金安國, 「書韓族親衛碩休休亭諸君詩詠帖後」(『慕齋集』 20:142)에 "정자는 西湖의 무너진 幸州城 남쪽에 있는데 곧 高麗의 학사 印份의 옛집 터에 있다"라 하였다. 또 김윤식의 「紹堂記」(『雲養集』 328:419)에 따르면 紹堂은 印東植의 집 이름으로 그 선조가 고려 공민왕 때 행주에 초당을 짓고 은거한 학사라 한 것으로 보아 인동식은 인분의 후손인 듯하다.

람을 타서 단숨에 먼 곳까지 이를 수 있다는 뜻을 덧붙였다. 송징은은 숙부가 잠시 조정에서 물러나 큰일을 할 때를 기다리는 의미를 부여하였다.

송광연의 형 송광준宋光浚도 행호로 와서 대상정對床亭을 경영하였다. 송광연은 형에게 서울 집을 싼값에 얼른 팔고 옮겨와 살자고 하였기 때문이다.[38] '대상'은 소철蘇轍이 형 소식蘇軾과의 고사에서 나온 말이다. 소철이 위응물韋應物의 "어찌 알았으랴, 비바람 치는 이 밤에, 다시 침상을 마주하고 자게 될 줄을(那知風雨夜 復此對床眠)"라는 구절을 소식과 함께 읽다가 감개가 일어 일찍 물러나 함께 한가하게 즐길 것을 약속했다. 훗날 소철이 팽성彭城에서 소식을 만나 "침상을 마주하자는 옛 약속 즐거웠으니, 떠돌다 팽성에 있을 줄 어찌 알았으랴(娛喜對床尋舊約 不知漂泊在彭城)"라는 시를 쓴 고사가 있다. 대상정라는 이름을 붙여 형제가 산수 자연에 물러나 한가하게 살고자 한 뜻을 담았다.[39]

송광연은 1678년 범허정을 지은 후 평생 이곳에서 형과 함께 지내고자 하였지만 몇 달 뒤 순창군수에 임명되어 부득이 지방으로 내려가야 했다. 범허정에 머문 것은 불과 몇 달 되지 않았다. 그러나 당시 남인 정국이었기에 벼슬살이가 편하지는 못하였으므로 그 후에도 범허정으로 내려와 있을 때가 많았다. 그러다가 1680년 노론이 집권하자 부수찬에 임명되어 조정으로 나갔지만, 김익훈金益勳 등의 훈척勳戚들과 맞섰기 때문에 벼슬살이가 순탄치 못했다. 자신의 뜻이 관철되지 못하거나 반대파의 탄핵을 받을 때마다 물러나 쉬던 곳이 바로 범허정이다.

1682년 음력 7월 16일은 큰 의미가 있는 날이었다. 바로 임술년 7월 기망旣望은 소동파蘇東坡가 적벽赤壁에서 한바탕 유흥을 즐긴 날이었기

---

38) 최석정, 「吏曹參判宋公神道碑銘」(『명곡집』 154:303).
39) 『낙건지영』에는 대상정이 아닌 六槐亭으로 되어 있고 귀래정 바로 뒤에 있다고 했다. 또 休休亭이 流沙亭 뒤에 있는데 송광준의 정자라 하였다. 그러나 이들 정자는 다른 문헌에서 확인되지 않는다.

때문이다. 이에 송광연도 벗들을 불러 범허정 아래 배를 띄우고 즐거운 한때를 보내었다.

> 임술년 7월 내가 영평永平에서 집으로 돌아왔는데 김 대감이 또한 귀래정 아래 배를 풀어놓고 있었다. 16일 함께 서호에 배를 띄웠다. 같은 마을 사람들이 약속도 없었는데 10여 명이 모였다. 아름다운 배를 타고 한 가운데에서 오르내리면서 그물을 걷어 물고기를 잡았다. 눈처럼 하얀 회가 소반에 올라왔다. 이때 흰 달이 빛을 드리우고 하얀 이슬이 강에 펼쳐졌다. 허공으로 날아올라 바람을 타고 싶은 마음이 들었으니, 소동파가 적벽을 유람한 그 이상이었다.
>
> _송광연, 「서호에 배를 띄운 일의 서문(西湖泛舟小序)」(『범허정집』 b43:385)

송광연은 이해 초에 안동부사安東府使에 임명되었지만 부임하지 않았다. 전임자인 소두산蘇斗山을 탄핵한 적이 있었기에 스스로 피한 것이었지만, 이 때문에 자신도 탄핵을 받았다. 다행히 이 무렵 사면되었기에 벗들과 임술년 칠월 기망을 놓치지 않을 수 있었던 것이다. 그래서 위의 글에서 이른 김 대감, 곧 김시좌와 함께 한바탕 뱃놀이를 즐긴 것이다.

송광연은 1684년 무렵부터 범허정에 머물 때가 많았다. 송광연은 자신의 범허정을 시에 담아 벗들에게 보냈다.

> 객과 술병 들고 작은 정자에 앉았더니
> 중천에 뜬 달은 빛이 정말 또렷하구나.
> 강물 위의 여린 물결 물고기 뻐끔거려서인가
> 개구리밥 서늘한 바람 불자 기러기 울음소리.
> 구름 흩어져 맑은 은하수엔 뗏목 그림자 일렁이고
> 이슬이 내려 가을 강은 거울처럼 고요하구나.

무심하여 천지만물과 조화를 함께하는 곳에
그저 빈 배만 둥실둥실 가벼이 떠다니네.
　與客携壺坐小亭　中天月色正分明
　江間細浪吹魚沫　蘋末涼風起鴈聲
　雲斷霱河槎影動　露橫秋水鏡光平
　同流上下無心處　唯有虛舟泛泛輕
　_송광연, 「범허정에서 중추의 달밤에(泛虛亭中秋月夜)」(『범허정집』 b43:294)

벗들과 함께 범허정에 올라 지은 시다. 밤하늘에는 구름 한 점 없는
데 달빛은 온 세상을 밝게 비춘다. 은하수도 훤하게 흐른다. 강물에는
물고기가 숨을 쉬는지 작은 포말이 일어날 뿐 잔물결조차 일어나지 않
는다. 『맹자』에 "군자는 지나가는 곳마다 감화가 생기고, 마음을 둔 곳
마다 신통함이 있는지라, 위아래 천지의 조화와 함께 운행한다"라 하
였다. 또 『논어』에 증점曾點이 늦은 봄날 새로 지은 봄옷을 입고 기수沂
水에 목욕하고 무우舞雩에 바람 쏘이며 시를 읊고 돌아오겠다는 고사를
두고 정자程子는 "그의 가슴속이 시원하여 곧바로 천지만물과 아래위로
함께 흘러간다"라 한 바 있다. 빈 배가 둥실둥실 떠다니는 범허정이 바
로 이러한 수양의 공간이었다.
　이 시를 받아본 신익상申翼相, 서종태徐宗泰, 박태보朴泰輔, 최석항崔錫
恒, 유창俞瑒, 이익상李翊相, 이하조李賀朝, 홍수주洪受疇, 유상운柳尙運 등 당
시 명환들이 이 시에 차운하여 답시를 보냈다. 송광연의 범허정을 두
고 벗들이 다투어 시를 지어 경하하였음에 틀림없다. 여기서는 박태보
의 시를 보인다.

　서쪽 땅 행주의 범허정이여
　어젯밤 밝은 달빛에 정말 그리웠지.
　빈방에 놓인 거문고와 책은 속된 기운 없는데

맑은 모래의 오리와 기러기는 벌써 봄인양 우네.
소가 밟아나간 밭은 기름기가 줄줄 흐르는데
물결 위의 낚싯배 높아 언덕이 나지막해지네.
관복이 그대 버리고 그대 또한 관복을 버렸으니
강호에서 세상을 근심해도 근심이 가볍다네.

杏州西畔泛虛亭　前夜相思月正明

虛室琴書無俗韻　晴沙鳧鴈已春聲

耕牛踏臥膏初動　釣艇乘潮岸欲平

軒冕棄君君亦棄　江湖憂世也憂輕

_박태보,「승지 송도심(광연) 어르신이 범허정에서 지은 시를 보여주셨는데 답을 하지 못한 지 3년이 되었다. 마침 그리움이 일어 삼가 시를 화답한다(宋承旨道深丈光淵垂示泛虛亭之作, 闕於報章, 殆及三歲, 適因懷仰, 謹此攀和)」(「정재집定齋集」 168:31)

1688년의 작품이니, 송광연이 1685년 무렵 범허정에서 벗들에게 시를 청하였음을 알 수 있다. 범허정 아래 들판에는 이른 봄 소들이 무논을 가는데 물새들도 봄이 온 것을 알아차렸는지 울음소리가 곱다. 불어난 봄 물결에 배를 타고 나서면 기슭이 나지막하게 보인다. 텅 빈 방 안에는 거문고와 책만 있어 속된 기운이 없다. 이 모든 것이 벼슬에서 물러나서 얻은 행복이다. 범중엄范仲淹은 강호로 물러나서도 나라를 근심한다고 하였지만, 박태보는 그럴 것이 없다고 하였다.

송광연은 속세의 흙먼지가 없는 땅 범허정에서 마음을 비우고 맑게 살았다. 가끔 도성으로 들어가 있기도 했지만 범허정으로 돌아오면 절로 마음이 깨끗해졌다. 다음 작품은 도성에 머물다가 돌아온 기쁨을 적은 시다.

비온 뒤라 강산은 물색이 산뜻한데

조그만 정자엔 세상 먼지 다 사라졌네.
온갖 꽃이 동산에서 다투어 웃음을 머금고
예전 주인 다시 맞는다고 기뻐하고 있네.
雨後江山物色新 小亭迢遞絶囂塵
百花園裏爭含笑 爲喜重迎舊主人
_송광연, 「범허정으로 돌아와서(還泛虛亭)」(『범허정집』 b43:275)

비가 그치자 범허정은 목욕한 듯 깨끗하고 주변 경물도 산뜻하다.
속세의 티끌은 전혀 이르지 않는다. 다시 범허정으로 돌아오니 꽃들도
반갑다고 웃음을 짓는다. 아름다운 시다.

1689년에는 송광연에게 더욱 기쁜 일이 생겼다. 행주의 별서가 좋
기는 하지만 식수 사정이 좋지 않았는데 범허정 바로 곁에 물맛 좋은
우물을 얻게 된 것이다.

열천헌이라 이름을 붙인 것은 기쁨을 적은 것이다. 예전에는 기쁨이
있으면 그것으로 사물의 이름으로 삼았으니 잊지 않고자 함을 보인 것이
다. 주공周公은 상서로운 벼를 구하게 되자 '가화嘉禾'라 하여 그것으로 책
의 이름으로 삼았고 소동파는 반가운 비가 내리자 정자의 이름을 희우정
喜雨亭이라 하였으니 이 모두가 잊지 않겠다는 뜻을 보인 것이다. 내가
행주의 동쪽 언덕에 거처한 지 몇 년이 되었다. 앞에는 강호의 빼어남이
있고 뒤에는 동산에 세운 정자의 즐거움이 있다. 들판에서 밭을 가니 나
락은 한 해 먹기에 충분하고, 물에서 낚시를 하니 생선은 다 먹을 수 없을
정도다. 다만 중국의 구당협瞿塘峽처럼 우물이 없고 소륵疏勒처럼 물이 부
족하기에 마을에는 교대로 물을 떠서 옮겨야 하는 근심이 생기고 사람들
은 다른 곳에서 물을 길어 와야 하는 고통이 많았다. 기사년(1689) 봄 마루
서쪽에 우물을 만드는데 세 길 정도 파자 샘물이 콸콸 흘러나왔고 물맛
이 시원하였으니 반곡盤谷의 샘물을 부러워할 것이 없고 윤덕潤德의 우물

처럼 마을 걱정이 없다. 이웃 사람들은 기뻐 함께 길에서 박수를 치고
벗들은 좋아 함께 마루에서 축하하였다. 근심하던 사람들은 기뻐하고 고
통스러워하던 사람들은 즐거워하였다.

_송광연, 「열천헌기洌泉軒記」(『범허정집』 b43:392)

송광연은 좋은 우물을 얻은 기념으로, 범허정의 마루에다 열천헌洌
泉軒이라는 현판을 내걸었다. 이로서 행주는 풍경만 아름다운 것이 아
니라 사람이 생활하기에 더욱 좋은 땅이 되었다. 그래서인지 이해 송
광연은 백거이白居易의 향산구로회香山九老會나 문언박文彦博의 낙사기영
회洛社耆英會를 본뜬 모임을 만들었다. 박여흥朴汝興라는 사람이 이때 행
주로 내려와 범허정 북쪽에 집을 지었다. 김성최가 주인으로 있던 귀
래정과, 송광연의 범허정, 박여흥의 집이 삼각형을 이루었기에 이 모임
을 만들게 된 것이다.

이때 결성된 계모임에는 상중이라 대신 참석한 김성최의 아들 김시
좌와 아우 김성대, 송광연의 아들 송징오宋徵五와 그 형제 및 조카, 박
여흥의 인척과 서자 등 10여 명에 참석하였다. 이들은 3월과 10월 술과
안주를 지참하고 친목을 도모하고 부조를 하기로 하였다.[40] 이리하여
행호를 대표하는 집안의 계모임이 형성되었던 것이다. 인근 화전花田과
인연을 맺은 이재李縡의 글에 따르면,[41] 박여흥은 본관이 함양咸陽으로
잠야潛冶 박지계朴知誡의 증손이다. 아름다운 풍속이 있는 마을이 이렇
게 만들어진 것이다.

그러나 범허정은 송광연이 세상을 떠난 후 서서히 잊혀졌다. 송광
연은 아들을 두지 못하였다. 송광순宋光洵의 아들 송징오를 후사로 삼
았는데 송징은의 아우다. 송징오는 벼슬길에 나가지 않으니 행호에
주로 머물렀을 것으로 추정되지만, 그와 친한 벗 중에 이름난 문인이

---

40) 송광연, 「西湖稧帖序」(『범허정집』 b43:386).
41) 이재, 「參奉朴公墓誌」(『도암집』 195:378).

없었기에 그의 행적이 글로 남은 것이 거의 없다. 다만 송징오가 이단
상李端相의 딸과 혼인하여 낳은 송인명宋寅明(1689~1746)은 좌의정에까지
올라 가문의 명예를 높이는 데 큰 기여를 하였다.

송인명은 자가 성빈聖賓이고 호가 장밀헌藏密軒인데 바로 행호에 내
건 집의 이름이기도 하다. '장밀'은 『주역』에서 이른 "성인은 이로써 마
음을 씻어 아무도 모르게 은밀한 곳에다 감추어 둔다(聖人以此洗心, 退藏於
密)"라는 말에서 가져온 것이다. 조하망曹夏望이 행주로 그를 찾아가 시
를 지은 곳이 아마 장밀헌일 것이다.[42] 조윤형曹允亨(1725~1799)의 현판
글씨가 있었다고 한다.[43] 정선의 「행호관어」에서 가운데 큰 건물이 장
밀헌이라고도 하는데,[44] 장밀헌은 범허정의 마루이거나 그 곁에 딸린
건물이었을 것이다. 『고양시사』에는 범허정 남쪽에 평원정平遠亭이 있
었는데 송인명의 아들 송익언宋翼彦(1730~?)이 그 주인이라 하였다. 「행
호관어」에서 범허정 아래 물가의 작은 집이 평원정인지 모르겠다.

그런데 앞서 보았듯이 묘하게도 귀래정 등 행주에 있던 여러 정자
는 18세기 무렵부터 문헌에서 자취를 감추었다. 범허정은 그러하지 않
았다. 김근행의 시에서 확인되거니와[45] 19세기 한장석韓章錫의 시에도
범허정이 보인다.

깊어가는 5월 그리운 맑은 강이여
범허정 정자를 홀로 올라가는구나.
주인은 천 권의 책을 독파하였으니
벼슬과 녹봉은 원래 마음에 없겠지.
遙憶滄江五月深 泛虛亭子獨登臨

---

42) 曹夏望, 「歷訪宋左相聖賓寅明於杏湖, 酒餘口號」(『西州集』 b64:246).
43) 『고양시사』(고양시편찬위원회, 2005). 주인이 安寅明이라 한 것은 잘못이다.
44) 최완수 선생이 『겸재 정선 진경산수화』에서 이렇게 비정했지만 근거는 밝히
  지 않았다.
45) 김근행, 「上泛虛亭, 用簡齋韻」(『용재집』 b81:38).

主人讀破書千卷 爵祿由來不入心

_한장석, 「송경원이 편지 끝에 부쳐준 두 수의 절구에 답하다(酬宋景瑗簡尾見
寄二絶)」(『미산집眉山集』 322:190)

이 시에서 범허정에 머물고 있던 송경원宋景瑗은 『동문집성東文集成』
과 『명대가문선明大家文選』, 『청대가문선淸大家文選』 등을 편찬한 바 있는
송백옥宋伯玉(1837~1887)이다. 한장석의 다른 시에는 "학사는 범허각에서
책을 교정본다네(學士校書泛虛閣)"라 하였는데,[46] 그 주석에 범허각이 행
주에 있는 송백옥의 정자라 하였다. 이를 보면 19세기 후반까지 온전
하게 서 있던 행주의 범허정은 그 주인이 송백옥이었음을 알 수 있다.

---

46) 한장석, 「簡尾和寄宋景瑗見示沈止仲太僕唱酬」(『미산집』 322:205).

8. 김동필의 낙건정과 김광수의 소쇄루

정선이 아름다운 한강을 그린 그림 중에 「낙건정樂健亭」이 있다. 강을 향해 쭉 뻗어 나온 바위벼랑 위에 늠름하게 서 있는 건물이다. 정선의 또 다른 그림 「행호관어」에는 제일 왼편에 이 집이 보인다. 우측이 귀래정이고 가운데 언덕을 넘어서 범허정이 보이며 좌측에 낙건정이 있다.

낙건정의 주인은 김동필金東弼(1678~1737)이었다. 김동필은 본관이 상산商山이고 자는 자직子直이며 낙건정에 살아 이를 호로 삼았다. 한성판윤, 형조판서와 예조판서 등을 지낸 명환이다. 행주의 율리에 기거하였고 잠시 귀래정에서도 산 적이 있는 홍주국洪柱國의 외손자니, 그가 행주에 별서를 둔 것은 외조부 홍주국과 관련이 있어 보인다. 또 서화와 고동의 수집하는 데 벽이 있던 상고당尙古堂 김광수金光遂가 그의 둘째아들이니, 상당한 재력이 있었을 듯하다. 김동필이 정선과 가장 가까웠던 이병연李秉淵과는 이종이종姨從 간이기에 특별히 정선이 그를 위해 「낙건정」을 그렸을 듯하다.

김동필은 문집이 전하지 않지만 이하곤李夏坤, 윤순尹淳, 조태억趙泰億, 이덕수李德壽 등 당대 명사들과 친분이 깊었기에 이들의 글에 그의 삶과 그의 집에 대한 기록을 찾아볼 수 있다. 낙건정의 의미는 이덕수의 기문에 자세하다.

행호 물가의 정자들은 굽은 언덕에 어부의 집이 붙어 있는 듯한데 낙건정이 가장 빼어나다. 낙건의 뜻은 빼어난 경치에서 취한 것이 아니고 구양수의 시에서 취한 것이다. 정자의 빼어난 경치는 눈이 있는 사람이라면 누구나 보겠지만 주인이 마음을 둔 것은 이름이 아니면 볼 수 없다. 이 때문에 빼어난 경치에서 취하지 않고 구양수의 시에서 취한 것이다. 주인은 누구인가? 나의 벗 김자직金子直이다. 김자직이 말하였다.

정선, 「낙건정」(개인소장). 가파른 언덕 위에 낙건정과 소쇄루가 있었을 것이다.

　"구양수가 영주穎州를 그리워 한 시 「성유에게 부치다(寄聖俞)」의 마지막 구에서 '몸이 건강할 때 비로소 즐거운 법, 늙고 병들어 부축 받아야 할 때를 기다리지 말게(及身强健始爲樂 莫待衰病須扶携)'라 하였으니 대개 여기서 취한 것일세. 구양수가 이때 나이 마흔 넷인데, 내가 이 정자로 돌아올 때 그 나이가 마침 구양수와 같네. 구양수가 시를 지어 뜻만 보인 것은 내가 직접 실행에 옮긴 것보다 못하겠지. 이는 내가 즐거움이 내 몸의

건강함에 이르도록 한 까닭일세. 고인이 이루지 못한 것을 이루려 함이
지. 자네가 글을 지어주면 다행이겠네.”

　“대개 사람이 세상에서 벼슬살이를 할 때 누군들 만족을 아는 마음이
없겠는가마는, 이익과 명예의 욕심이 심중을 가리고 군신의 의리가 바깥
에서 얽매고 있으니, 이에 어릴 때부터 장성할 때까지, 장성하고 나서
늙을 때까지 한시도 그 마음대로 할 수가 없는 법이다. 마음이 따라가고
육신도 변하여 죽은 다음에야 그치게 된다. 그래서 늙어서야 귀거래를
할 수 있는 자를 두고 눈을 흘기면서 스스로 편히 쉬려 한다고 하는 것이
다. 건장할 때 귀거래를 하는 자는 백 명 천 명 중에 겨우 한둘이다. 이
때문에 구양수가 간절하게 뜻을 두었던 까닭이요, 김자직이 그 즐거움을
즐기고자 한 까닭이다. 비록 그러하지만 군자의 출처는 오직 안으로 의
리를 헤아리고 밖으로 시기를 보아야 할 뿐이다. 시기와 의리가 나아갈
만한데 딱 끊어버리는 행동만 일삼는다면 이는 고루한 것이요, 시기와
의리가 물러날 만한데 벼슬살이의 영화에 뜻이 빼앗긴다면 이는 황당한
것이다. 황당함과 고루함은 모두 잘못이니 군자가 취하지 않는다.

　김자직은 조정의 이름난 신하로 당론의 세상에 태어났지만 당론에 얽
매이지 않는다. 지금 시의에 저촉되어 곤궁을 겪어 이 정자에 물러나 있
지만, 주상의 총애가 시들지 않았으니, 하루아침에 다시 불러 등용한다
면 김자직이 반드시 이 즐거움을 고수하지는 못할 것이라는 것을 우리는
안다. 왜냐하면 의리를 헤아리고 시기를 보아서 반드시 물러날 의리가
없기 때문이다. 하물며 이 정자의 이름이 그 조짐이지 않는가?” (하략)

　_이덕수, 「낙건정기樂健亭記」(『서당사재西堂私載』 186:237)

김동필이 44세 건장한 나이에 은퇴하려는 뜻을 둔 것은 구양수歐陽
脩와 같지만, 구양수가 시를 지어 뜻만 보였을 뿐인데 자신은 이를 실
행에 옮겼다고 자랑하였다. 이에 이덕수는 군자의 출처는 시기와 의리
를 따져야 한다는 것을 들어, 영조가 그를 다시 등용하면 조정에 나가

가 큰일을 하여야 할 것이라 하였다. 그리고 이 글을 마치면서 "전원으로 돌아가 그 강건함을 즐기고, 세상에서 필요로 하는 일을 할 때 그 강건함을 즐기라(樂其健於歸田 與樂其健於需世)"고 하였다. 지금은 물러나야 할 때이니 건강함으로 휴식을 즐기고, 건강을 유지하였다가 후에 임금이 불러주면 세상에 도움이 되는 일을 즐길 수 있기를 부탁하였다. 김동필이 낙건정의 아름다움을 팔경시八景詩로 짓고 왕래하던 벗들에게 화답을 구하였는데, 이덕수는 팔경시를 짓지 못하고 이 기문만 짓는다고 하였다.

이덕수는 김동필이 44세 때 물러났다고 하였는데 1722년 김동필이 대사간으로 있다가 파직되었으니 이즈음의 일이라 하겠다. 그러나 낙건정의 역사는 이보다 오래되었다. 1716년 터를 장만하여 정자를 짓고 나중에 다시 확장하고 남향으로 고쳤다는 기록이 보인다.[47] 그런데 이덕수의 글은 1726년 3월에 제작된 것이다. 영조가 즉위하던 해 김동필은 1725년 도승지를 거쳐 공조참판에 올랐다. 경종 연간 왕세제로 있던 영조를 옹호하고 같은 당의 김일경을 공박하였지만 그의 당색 자체가 소론인지라 바로 문외출성門外出城의 벌을 받았다. 이 무렵 낙건정에 내려와 있으면서 시를 지어 벗들에게 보낸 것이라 하겠다. 김동필의 팔경시는 전하지 않지만 『고양군지』(규장각본)에는 낙건정에서 지은 시가 한 수 실려 있고, 또 같은 운으로 지은 벗들의 시도 나란히 실려 있다.

강가의 작은 정자 높은 숲 그늘을 드리웠는데
노년의 전원으로 물러날 뜻 평소 생각에 맞았네.

---

47) 『낙건지영』에 이렇게 되어 있다. 『낙건지영』에는 出雲과 凌壺의 그림이 있다고 하였는데 곧 柳德章과 李麟祥의 호다. 이들의 낙건정 그림은 현재 전하지 않는 듯하다. 이 책에는 낙건정과 관련한 시문이 많이 인용되어 있지만 원문이 일실되고 어색한 번역문만 남아 있어 인용하기 어렵다. 『고양시사』에서는 李匡師의 「樂健八景」 시를 尹淳이 쓰고 鄭歚이 그린 그림이 있었다고 하였는데 이 화첩과 정선의 「낙건정」이 어떤 관계인지는 확인되지 않는다.

헛된 영화 새옹지마로 여겨 하마 흘려보냈고
맑은 모임 새로 만들어 물새에게 의탁하였지.
백년 인생 시골 옷 입으니 몸이 더욱 건강하고
반쯤 읽던 농서는 즐거움이 더욱 깊다네.
그 옛날 구양수가 도리어 우습구나,
시를 지어 영수가 그립다고 혼자 읊어대었지.

臨江小築蔭高林 晚計田園愜素心
已遣浮榮輪塞馬 新將淨契托沙禽
百年野服身差健 半部農書樂轉深
歐老向來堪一笑 詩成思潁只孤吟

김동필은 시골 농부처럼 살아서 몸이 건강하고 농사에 대한 책을
읽으면 마음이 즐겁다 하여 낙건정이라는 현판을 내건 뜻을 밝혔다.
벼슬에서 물러난 노년에 이 시를 지었겠지만, 정자 뒤에 높은 나무가
숲을 이루고 있다 하였으니 그 유래가 제법 오래 되었음을 자부한 것
이리라. 구양수는 귀양살이를 하던 영수潁水를 그리워하여 그곳에 밭을
구입한 후, 대자리를 시원하게 하는 여름 바람과 초가집 처마를 따뜻
하게 하는 겨울 햇빛 속에 잠들다 깨어나서 베개에 얼굴을 괴고 살고
싶은 꿈을 글로 지은 바 있다. 김동필은 그러한 꿈만 꾸고 정작 실행에
옮기지 못한 구양수를 비웃으면서 자신의 낙건정을 자랑하였다.

행주 나들이를 자주하여 귀래정에 올라 시를 짓기도 한 홍중성도
이 시를 받고 차운한 답시를 지어 보냈다.

죽소의 정자 곁 살구 숲을 구입하였으니
분어학사焚魚學士가 낚시하던 그곳이라.
어둠 속에 날아오는 주살을 피하려는 기러기 신세
하도 적막하여 포구의 물새가 처마를 엿본다네.

산빛은 한결같지 않듯 세상인심도 변하리니
강물이 끊임없이 흘러가듯 성은이 깊으리라.
전원으로 돌아가 건강한 몸을 비로소 즐기리니
곤궁해서 시를 지은 구양수보다 훨씬 낫다네.

竹所亭邊買杏林 焚魚學士釣魚心
冥冥避弋雲中鴈 故故窺簷浦外禽
嶽色不齊時態變 江流無盡主恩深
歸田始樂身康健 勝似蹉跎六一吟

_홍중성, 「김자직의 시에 차운하여 낙건정에 쓰다(用金子直韻, 題樂健亭)」(『운
와집芸窩集』 b57:74)

부제학으로 있던 김동필은 당색이 온건하기는 하지만 그래도 소론
이었기에 1725년 영조가 즉위하자 정치적 위기를 맞았다. 그래서 김광
욱의 귀래정 바로 곁, 분어학사焚魚學士 인분印份의 집터가 있던 곳에 낙
건정을 짓고 물러나 살게 된 것이라 하였다. 홍중성은 김동필이 당장
은 어디선가 날아올 주살에 맞을까 두려워하는 새처럼 가련한 신세지
만, 그의 능력을 아끼는 영조가 다시 조정으로 불러줄 것이라 위로하
였다. 그리고 건강한 몸으로 즐겁게 살 것을 당부하였다.

이병연도 같은 운으로 시를 지었는데 이 작품 역시 『고양군지』에
실려 있다. 이병연을 통해 정선과도 인연을 맺었음을 짐작하게 하는
작품이다.

벼슬살던 중년에 산림을 찾았으니
정자가 완성되자 일마다 초심에 맞네.
용도각의 홀은 고갯마루 구름을 맞는 곳에 있고
어사대의 수레는 물새를 칠까 하여 버려두었네.
세월이 넉넉하니 안분자족을 누리리니

강호에도 깊은 주상의 은총이 끝이 없으리라.

어부들 찾아다닐 때 근력을 아꼈다가

꿈속에 대궐 가서 가지와 두보처럼 노래를 부르게.

仕宦中年已問林 亭成事事愜初心

龍圖笏在迎雲岫 御史車懸拂水禽[48)]

日月有餘間分足 江湖無限聖渥深

參尋漁釣留筋力 夢和朝天賈杜吟

이병연은 홍문관과 사간원 등에서 청직을 두루 맡았던 김동필이 한
창 나이에 물러나 안분자족을 즐기는 삶을 칭송하였다. 그러면서도 조
만간 임금이 불러줄 것이라 하여 그가 조정에 복귀할 것을 축원하였
다. 이 점은 이덕수의 기문이나 홍중성의 시와 크게 다르지 않다. 가지
賈至의 「조조대명궁早朝大明宮」과 이에 차운한 두보의 시가 관각觀閣 문학
의 전범으로 기림을 받았으니, 이를 들어 그의 복귀를 기원한 것이다.

김동필은 김광우金光遇, 김광수, 김광진金光進 세 아들을 두었고 연영
군延齡君을 사위로 맞았다. 김광우는 상주 목사를 지냈지만 외숙 이정
섭李廷燮, 남태관南泰觀, 이광사李匡師 등과 종유하면서 시를 읊조리고 거
문고를 연주하는 일로 소일한 인물이다. 산수 유람을 좋아하여 금강산,
설악산 등을 자주 유람하여 『화목창수록花木唱酬錄』을 남겼다 하나 전하
지 않는다. 벼슬을 그만둔 노년에는 날마다 마음에 맞는 사람들을 초
청하여 시와 술을 즐겼다고 하니,[49)] 그 공간이 낙건정이었겠지만 기록
에서 확인할 수는 없다.

둘째 아들 김광수는 문명이 더욱 높지만 그 역시 문집이 전하지 않
는다. 그의 별서는 소쇄루瀟灑樓라 하였다.[50)] 『고양시사』에는 범허정의

---

48) 원문에 車縣으로 되어 있으나 車懸의 잘못이다.

49) 이광사, 「尙州牧使金公墓誌銘」(『圓嶠集』 221:533).

50) 『낙건지영』은 어색한 번역문만 실려 있어 자세한 것은 알 수 없지만, 김광수

서쪽에 있고 망운루望雲樓라고도 한다고 하였다. 또 권율權慄 장군의 기공사紀功祠로 쓰였다고 하였는데 기공사는 행주서원幸州書院 자리에 있었다. 또 낙건정을 마주하고 있다고 하였으므로 낙건정이 그 동남쪽에 있었고 다시 그 동쪽에 귀래정이 있었다고 보면 될 듯하다.

그 후손 등에도 특별히 이름을 날린 이가 없었기에 낙건정의 후사는 알 수 없다. 다만 조수삼趙秀三의 시가 있어 19세기 초까지는 낙건정이 건재했던 듯하다.

기린각에 공을 새긴 낙건 옹이 그리운데
외로운 정자 예전처럼 큰 강 곁에 있네.
만년 귀거래하여 새와 물고기 즐거움 누리고
나라에 보답하려 웅장한 군사들을 거느렸지.
백 년 전의 자취는 아는 시골노인네도 드문데
당시의 성대한 명성은 길가는 아이들도 안다네.
성긴 주렴과 맑은 대자리도 다 낡아버렸는데
작약꽃만 저녁 햇살 아래 붉게 피어 있구나.
麟閣勳功憶健翁 孤亭依舊大江中
歸家晩逐禽魚樂 報國曾將士馬雄
往跡百年稀野老 盛名當日識街童
疎簾淸簟多零落 芍藥花開夕照紅
_조수삼, 「낙건정樂健亭」(『추재집秋齋集』 271:353)

김동필은 1728년 이인좌李麟佐의 난을 토벌하는 데 공을 세우고 이조판서와 공조판서를 지냈다. 그러한 역사를 아이들도 알지만 정작 낙건

와 소쇄루에 대해서는 西堂 李德壽의 傳, 槎川 李秉淵의 銘과 保硯齋記, 玄齋 沈師正의 그림 등이 있었던 듯하다. 靑川의 紋와 圓嶠의 額을 함께 들고 있다. 靑川은 누구인지 알 수 없지만 圓嶠는 이광사일 가능성이 있다.

정의 자취는 기억하는 이가 별로 없었다. 석양에 작약꽃은 곱게 피었
건만 낙건정의 명성은 예전같지 못한 모양이다. 후손들이 영락한 탓이
리라.[51]

---

51) 張混도 「樂健亭氷淵又至」(『이이엄집』 270:479)를 남기고 있어 이 무렵 낙건정
   이 중인들과 관련을 맺은 듯하다.

9. 이숙의 일휴정과 이만성의 귀락당

행주산성 동쪽에서 난지도에 이르는 지역은 예전에 하도면下道面이었는데 그 일대에도 이름난 문인의 별서가 있었다. 곧 오늘날 고양의 현천동과 덕은동, 화전동 일대다. 민순閔純(1519~1591)의 묘가 현천동에 있었는데 행주에 살아 호를 행촌杏村이라 하였다. 또 향동리香洞里, 지금의 향동동에는 이지신李之信의 묘가 있다.

이지신(1512~1581)은 본관이 우봉牛峰이고 자는 원립元立, 호는 보진암葆眞菴이다. 부제학과 황해도 관찰사 등을 역임하였다. 『고양군지』(규장각본)에 따르면 그가 화전의 도정리陶井里라는 곳에 처음 집을 정한 이래 그 자손들이 이곳에 세거하게 되었다고 한다. 이지신은 이소李劭, 이할李劼 두 아들을 두었는데 이소의 아들이 이유빙李有憑과 이유항李有恒이다. 이할은 이유용李有容, 이유경李有敬, 이유광李有光, 이유성李有誠, 이유겸李有謙 등 아들 다섯을 두었다. 또 이유겸은 이핵李翮과 이흡李翕, 이상李翔, 이숙李䎘, 이익李翊 등의 아들을 낳았다. 이들의 묘는 대부분 도정리에 있었다. 이상이 고양의 화전에서 태어났다고 하니, 다른 형제들 역시 같은 곳에서 태어나 같은 곳에서 자랐을 것이다. 또 여기서 이른 화전의 도정리는 오늘날 화전역 인근임이 분명하다.

특히 이숙과 이익은 우애가 더욱 깊었다. 이숙(1626~1688)은 자가 중우仲羽이고 호는 일휴정逸休亭이며 벼슬이 우의정에 올랐다.[52] 그 아우 이익(1629~1690)은 자가 계우季羽이고 호는 농재農齋인데 판서를 지냈다. 이숙이 호로 삼은 일휴정은 그가 도정리에 세운 별서다. 고양 출신의 선배 김안국金安國과 김정국金正國 형제가 은일정恩逸亭과 은휴정恩休亭을 경영한 뜻을 따른 것으로, 이지신의 별서 서쪽 기슭에 세운 것이다. 이

숙의 손자 이재李縡가 이러한 사실을 자세히 적었다.

> 고양의 도정리에 부제학 공副提學公(이지신)의 별서 터가 있는데 부군府
> 君(이숙)께서 그 서쪽 기슭에다 정자를 지었다. 판서 공判書公(이익)의 정사亭
> 舍와 바라다보이는데 일휴정이라 편액하고 이에 호로 삼았다. 대개 김모
> 재金慕齋 형제의 은일정과 은휴정 고사를 취한 것이다. 담박한 마음으로
> 외물은 좋아하는 것이 없고 오직 거문고와 학, 도서圖書를 좋아하여 홀로
> 즐겼다. 고인들이 밭을 갈고 물고기를 잡으며 나무하고 소를 기르는 시
> 를 모아서 『한중가영閑中歌詠』이라 하고 조용한 저녁이면 낭랑하게 도연
> 명의 「귀거래사」를 읊조리고 세 번 반복하여 뜻을 이르게 하였다. 예전
> 고화古畵를 구하여 『시경』, 「빈풍豳風」의 뜻을 유추하여 「십이월도十二月圖」
> 를 만들어 우리나라의 농사짓는 공을 기록하였다. 문곡文谷 김수항金壽恒
> 공이 주상께 아뢰어 들이게 하고 살펴보시게 하였다.
>
> _이재, 「조고 우의정 부군의 가장祖考右議政府君家狀」(『도암집』 195:482)

이재는 일휴정이 고양의 도정리에 있다고 하였다. 『고양시사』에는
봉령산에 있다고 하였는데 봉령산은 고양과 은평구 접경에 있는 봉산
을 가리키므로 일휴정은 화전역에서 수색역 사이의 향동에 있었다고
보면 된다. 이재의 글에서 일휴정과 마주하고 있다고 한 아우 이익의
정자는 그 이름이 읍호정挹湖亭이다. 1755년에 편찬된 『고양군지』(규장
각본)에는 터만 남았다고 하였는데 다른 기록에서도 읍호정에 대한 것
은 보이지 않는다.[53]

이숙은 이곳에 기거하면서 송준길과 송시열이 써준 글을 서쪽 벽에
걸어두고 아침저녁 보았다.[54] 이숙의 현손인 이채李采는 1806년 일휴정에
이숙과 이익 두 사람의 초상화를 나란히 봉안하고 글을 지어 고하였다.

---

53) 『고양시사』에는 把湖亭으로 잘못 표기되어 있다.
54) 이재, 「二宋先生手墨跋」(『陶菴集』 194:520).

이 화전 땅은 실로 우리 이씨의 터전이라.

충헌공(이숙)의 옛집에 초상화가 있었는데

문정공(이익)의 초상화만 걸지 못하다가

두 조부 생졸년이 마침 이해인 데다

오늘 삼월 삼짇날이 세 갑자 생신이라

이에 같은 집에 모셔 동과 서에 두었네.

조정과 산림에 있다가 일휴당에 돌아와

이윤과 안회를 배우면서 이 땅을 사랑했지.

누가 마땅하다 않겠나, 두 분의 닮은 영정이여.

죽은 분과 산 사람의 마음에, 아침저녁 모시듯이 하리라.

維兹花田 實基我李 忠憲舊宅 遺像在此

文正有眞 獨未揭虔 二祖生卒 適在是年

矧伊三三 晬日重回 爰奉一堂 于東于西

廊廟山林 其歸在休 志伊學顔 愛此一區

誰曰不宜 兩世七分 神理人情 宛侍晨昏

_이채,「일휴정에서 문정공의 초상화를 추가로 봉안하고서 쓴 고문(逸休亭, 追奉文正公眞像告文)」(『화천집華泉集』 b101:457)

1806년 3월 3일은 이숙이 태어난 지 180년 되는 날이고 이익이 돌아 간 지 120년 되는 날이므로 이날을 잡아 이숙의 집에다 이익의 초상화 를 함께 봉안한 것이다. 생전에 형제가 나란히 거처한 것처럼 같은 건 물에 동서로 나란히 초상화를 두어 영령이 함께할 수 있게 한 것이 다.[55] 또 훗날 이재의 초상도 일휴정에 함께 봉안하여[56] 이 집안을 대

---

55) 이채는 이익의 묘지명에 몰년이 경오년(1690)이라 하였는데 이 글의 주석에 서는 "忠憲公이 병인년 3월 3일생이고 文正公도 병인년에 작고하였다"라 하 여 차이가 난다.

56) 홍직필,「臘月拜陶菴遺像于花田之逸休亭」(『梅山集』 295:80). 그 주석에 "벽 위 에 寒松雪竹 네 자가 있는데 陶翁의 手筆이다"라 하였다. 이 시를 보면 19세

표하는 세 인물의 초상화가 한곳에 나란히 걸리게 된 것이다.

아름다운 이숙과 이익의 우애는 후손에게도 이어졌다. 이숙은 이만창李晩昌(자 사하士夏)과 이만성李晩成(1659~1722, 자 사추士秋), 이만견李晩堅(1666~1717, 자 사동士冬) 등 세 아들을 두었다. 그중 둘째와 셋째의 우애가 유별났다. 아마 이만성은 이유경의 아들 이령李翎의 후사로 들어가고 이만견은 중부 이핵의 후사로 들어갔기에 오히려 더욱 함께 지내려한 듯하다. 낙론洛論을 대표하는 학자 이재(1680~1746)는 이만창의 아들이다. 모친은 민유중閔維重의 딸이요, 송준길宋浚吉의 외손녀며 오두인吳斗寅이 그의 장인이다. 자는 희경熙卿이고 호는 한천寒泉과 함께 도암陶菴을 사용하였다. 용인의 한천은 부친의 산소가 있던 곳이요 그 자신 노년을 보내다가 묻힌 땅이다. 도암이라는 호는 또 다른 선영이 있던 화전의 도정리陶井里에서 가져온 것이다. 유년 시절을 바로 이곳에서 보내었으며 중년에도 자주 이곳에 머물곤 하였다. 그래서 같은 동네에 살던 중부 이만성과 계부 이만견의 삶을 잘 알고 있었다.

> 우리 중부 귀락 공과 계부 관찰 공은 기사년 화를 당한 후 포의로 가족을 이끌고 고양의 화전으로 돌아왔다. 이때 박여흥 공이 강가의 정자로 나와 있었는데 서로 거리가 10리도 되지 않아 한가한 날 초청하여 매번 물고기를 잡고 술을 마련하여 즐겼다. 중부와 계부께서는 또 중흥동重興洞의 산수를 좋아하여 1년에 여러 차례 가곤하였는데 박 공도 함께하였다. 나는 동자로서 따라갔으니 이와 같이 한 것이 4~5년이었다.
> _이재, 「참봉 박공의 묘표(參奉朴公墓誌)」(『도암집陶菴集』 195:378)

이재의 중부 귀락당歸樂堂은 이만성이다. 그는 아우 이만견과 함께

기 중엽 일휴정이 비교적 잘 보존되었던 모양이다. 그의 초상화가 하나는 寒泉亭舍에, 하나는 家廟에 있었던 것으로 알려져 있는데, 일휴정이 가묘에 있던 것으로 보면 될 듯하다.

고양의 화전으로 돌아와 박여흥과 함께 산수 자연을 즐기면서 노년을 노내었다. 박여흥은 앞서 본 대로 송광연, 김시좌 등의 집과 나란하여 함께 행주의 계모임을 만든 인물인데 이 집안사람들과도 친분이 있었던 것이다. 이만성은 화전에 귀락당을 세우고 이를 자신의 호로 삼았다. 이재가 쓴 묘지명에 따르면 이만성이 주자朱子의 「귀락당기歸樂堂記」를 읽고 마음으로 좋아하여 집 이름으로 삼고 호로 삼았다고 하였다. 『고양시사』에 따르면 범허정 서쪽에 있다고 하였다.[57] 또 범허정 북쪽에 박여흥의 집이 있었으니 당연히 자주 어울렸을 것이다.

그런데 귀락당에서 서쪽으로 창릉천을 건너, 행주의 낙건정 동쪽 언덕, 유사정이 뒤편에 취백당翠白堂이라는 이름의 건물도 있었다.[58] 이재의 손자 이채는 1769년 무렵 이곳에 들러 다음과 같은 시를 지었다.

재상 지낸 선조의 피폐한 집 한 채
어린 손자 아직도 한가롭게 산다네.
석양이 비치자 문 앞의 풀이 향긋한데
봄비 내리자 산 아래 벽도화가 곱구나.
세 형제는 옛 전장에서 우물 함께 쓰셨는데
다섯 대에 걸쳐 아름답게 책을 지켜 왔다네.

---

57) 『고양시사』에는 金載華가 거주하면서 一漁堂으로 바꾸었으며 金世均이 모사가 되어 『禮記』의 "春雨露旣濡"에서 春雨樓라 바꾸었다고 하였는데 다른 문헌에는 보이지 않는다. 김재화도 어떤 인물인지 알 수 없지만 김세균(1812~1879)은 고종 연간 판서를 지낸 인물이므로 이 무렵의 인물로 추정된다.

58) 『樂健志詠』에는 취백당이 낙건정 동쪽 언덕에 있다고 하였고 花平君의 옛터라 하였는데 花平君은 李檄(1674~1713)을 가리킨다. 壽村이라는 사람의 시구에는 "낙건정과 귀락정은 한 멧부리를 나누어 차지하고 있다(樂健歸樂一崗分)"라고 하였다. 또 鄭壽期의 시에는 "화전의 정자는 범허정과 이웃해 있네(花田亭子泛虛隣)"라 하였다. 귀락당이 범허정이나 낙건정 바로 곁에 있는 것처럼 기록되어 있지만 실제는 창릉천 동쪽 화전에 있었으므로 제법 거리가 떨어져 있다고 보아야 할 것이다.

흰 연꽃 피어난 못 가에 오이밭이 있기에
이제 밭을 갈아 먹는 일은 내게 맡기시라.
先祖相公一弊廬 小孫猶是任閒居
門前芳草夕陽裏 山下碧桃春雨餘
舊業三家分井臼 遺芬五世守圖書
白蓮池畔靑瓜圃 耕食從今更付余
_이채, 「취백당에서 '려'자로 시를 짓다(翠白堂占廬字)」(『화천집華泉集』 b101:291)

취백당이라는 이름은 집 앞에 못이 있어 흰 연꽃을 키우고 그 곁에
푸른 오이를 심어 두었기에 이른 것으로 보인다. 군자의 상징 연꽃과
은일의 상징 오이로 집의 이름으로 삼고서, 이만창 삼형제가 같은 마
을에서 살았음을 이 시가 증언하고 있다. 또 이만견의 호가 관가정觀稼亭
인 것으로 보아 이 이름의 정자를 가지고 있었던 듯하다. 이만성은
1721년 병조판서로 있다가 김일경의 모함에 빠져 부안扶安으로 유배되
었다. 그리고 이듬해 임인옥사가 일어나자 역모에 가담했다는 혐의로
체포되어 옥에서 숨을 거두었다.

이에 따라 조카 이재는 화전의 본가를 떠나 모친을 모시고 인제麟蹄
의 깊은 산중 가덕산佳德山 시골마을로 가서 그곳에서 지내야 했다. 영
조가 즉위한 후 이재는 부제학, 이조참판에 올랐고 1725년 중부 이만성
의 신원을 거듭 청한 끝에 드디어 그 관작이 회복되자 화전으로 내려
왔다. 이후 대사헌과 판서 등 여러 벼슬에 임명되었지만 사양하고 화
전에 돌아와 있는 날이 많았다. 그곳에서 학문에 전념하면서 송명흠宋
明欽 등의 제자를 길렀다. 숙부 이만성의 귀래정을 자주 출입하면서 그
곁에 있던 귀래정의 김시서와 어린 시절부터 노년까지 친하게 지냈
다.[59] 1722년 임인옥사가 일어난 이후 자주 이재의 집으로 찾아오기도

59) 이재, 「進士金公墓誌」(『陶菴集』 195:411).

했다고 하니 가장 친한 벗이 바로 행호에 살던 김시서였다고 하겠다.

『고양군지』(규장각본)에 따르면 화전에 있던 시절 이재는 소헐루小歇
樓라는 한 칸의 작은 누각을 일휴정 서쪽에 지었다고 하였다. 청계산과
관악산이 좌우에서 절을 하고 바람에 돛을 단 배들과 백사장의 새들이
아침저녁 책상 앞에 늘어섰다고도 하였다. 또 도산팔경陶山八景이 있는
데 봉령추월鳳嶺秋月, 계담야우溪潭夜雨, 나사소종蘿寺疏鐘, 양강원범楊江遠
帆, 관악조운冠嶽朝雲, 점현석봉砧峴夕峰, 연교목적烟郊牧笛, 설경초가雪徑樵
歌 등을 든 것으로 보아, 문집에 실려 있지 않은 이재의 팔경시가 그곳
에 걸려 있었던 모양이다.[60] 봉령은 봉령산鳳嶺山으로 향동동에 있고,
나사는 나암사蘿巖寺로 서오릉 근처에 있던 절이다. 도산이나 점현 등
은 잘 알 수 없지만 오늘날 화전역 인근 소헐루에서 보이는 경치라 하
겠다. 『심경心經』에 보이는 사양좌謝良佐의 말 "명리名利의 관문을 뚫어야,
비로소 조금 쉴 수 있는 곳이다(透得名利關 方是小歇處)"에서 취한 듯하다.

그 후 아름다운 우애를 자랑하던 우봉 이씨 집안의 전통은 이재의
손자 대에 이르러 이채(1745~1820)와 이뢰李耒(1799~1830)가 있어 이어나갔
다. 이채는 1769년 귀락당을 방문하여 그 역사를 적었다.

옛집에 봄이 오니 소쩍새 슬피 우는데
강산은 예전과 같은데 주인은 바뀌었구나.
외로운 꽃은 못가의 나무에서 절로 피었는데
늙은 버들은 골목 가까운 곳에 가지를 드리웠네.
남은 글씨 오랜 세월에 거미줄이 끼었는데

---

60) 이재의 「用李一源秉淵韻, 寄題李奉朝賀秉常小歇亭」(『도암집』, 194:92)에 등장
하는 소헐정은 이병연의 아우 李秉常이 도성 안에 있던 집에 둔 정자다. 이
재는 이 시의 주석에서 '소헐'과 같은 이름의 누각이 西郊에 있다고 하였는데
바로 자신의 소헐루를 두고 이른 말이다. 그러나 소헐루에 대한 다른 기록은
확인되지 않는다. 『고양군지』는 편찬자가 직접 누정을 찾고 현판을 조사하여
자료를 기록하였기에, 문집에 누락된 글이 상당히 많이 실려 있다.

빈 처마에 햇살이 따스하여 제비 둥지 올렸네.

뚜렷한 당시의 일 말하자니 마음이 아픈지

머리 허연 시골 노인네가 목이 메는구나.

故宅春來杜宇悲 江山依舊主人非

孤花自發臨塘樹 老柳猶垂近巷枝

殘墨年深蛛網設 空簷日暖燕巢依

傷心歷歷當時事 頭白村翁說且噫

_이채, 「귀락당을 방문하고 슬픈 느낌이 있어 시를 짓다(訪歸樂堂, 愴懷有吟)」

(『화천집華泉集』 b101:291)

　　이채는 조부가 머물던 귀락당을 찾고 비감에 젖었다. 이 시에서 강
산은 의구한데 주인은 예전과 달라졌다고 하였는데 귀락당이 다른 사
람의 손에 넘어간 것인지도 모르겠다. 이재가 1742년 중부 이핵의 아들
이수李綬에게 보낸 편지에서 팔아먹은 화전의 땅을 물리라는 기록이
보이므로[61] 이 집안의 전장이 상당 정도 다른 집안에 팔린 것을 확인
할 수 있기 때문이다. 귀락당이 허물어지고 있었으니 이채의 마음이
절로 슬펐을 것이다. 그로부터 상당한 시간이 지난 1820년 무렵 귀락당
이 중수되고 이를 기념하여 홍석주洪奭周가 지은 기문을 걸었다.

　　화전촌은 서대문 밖에서 바로 30리 떨어져 있다. 빙 둘러 집을 짓고
사는 이들이 열 몇 개 성씨를 가지고 있지만, 화전이라고 부르는 곳은
사람들이 모두 이씨의 거주지로 여긴다. 당이 그 가운데 있어 귀락당이
라 이름 붙였는데 충숙공(이숙)이 세운 것이다. 공은 벼슬이 대총재大冢宰
(이조판서)와 대사마大司馬(병조판서)를 지냈지만 세상에서는 모두 벼슬을 가
지고 칭하지 않고 반드시 귀락당이라고 말한다. 이씨가 화전에 산 것은

---

61) 이재, 「答從弟德章」(『陶菴集』 194:479).

공에 이르러 4대가 되는데 대대로 문학과 행실, 충성과 효성이 돈독하였다. 출사를 하였지만 항상 편안히 물러나 사는 뜻을 잊지 않았다. 우의정을 지낸 공의 조부는 정자의 이름을 일휴정이라 하였는데, 공은 또 주자가 「귀락당기」에서 "벼슬에서 물러나 돌아갈 수 있고 돌아가서 즐길 수 있다"라 한 말에서 취하여 그 집의 이름을 삼았다. 도연명의 「귀거래사」를 내걸고 중장통仲長統의 「낙지론樂志論」을 동서의 벽에다 붙여 그 뜻을 보였다. 조정에 있느라 물러나 있을 때가 적고 나아가 있을 때가 많았지만 하루라도 이 집을 잊은 적이 없다.

_홍석주, 「귀락당중수기歸樂堂重修記」(『연천집淵泉集』 293:431)

홍석주는 귀락당이 도성에서 서쪽으로 30리 떨어진 화전촌에 있다고 하였으니, 그때나 지금이나 한양에서 가까운 거리라 하겠다. 화전촌은 오늘날 화전역 인근일 것이다. 이숙이 세운 일휴정의 뜻을 글자그대로 편안히 쉰다는 뜻으로 보고 그것이 주자의 뜻과도 부합하며, 도연명과 중장통仲長統의 마음과도 통한다고 하였다. 이어지는 글에 따르면 이만성이 세상을 떠나고 100년이 지난 후 귀락당이 허물어지자 현손인 이광유李光裕가 중수를 하고 그 아들 이식李埴이 홍석주에게 기문을 청하게 된 것이라 한다. 이 글을 보면 귀락당이 이들 집안에서 다시 경영하게 된 것은 분명하다.

아마도 이채는 이러한 역사를 지켜보았으리라. 그리고 1826년 이채의 아우 이뢰가 중심이 되어 이 화전촌의 계를 만들었다. 이뢰는 자가 중수仲修고 호가 화은자花隱子인데 그다지 옳은 벼슬을 하지 못한 인물이다.

화전은 우리 이씨가 8대 동안 거주하였다. 병술년(1826) 겨울 숙씨 화은자花隱子가 근처 마을의 여러 객들과 같은 마을의 친척들과 함께 계를 하나 결성하려고 하여 의논이 모아졌다. 한 울타리 안의 하인들과 동네 바

깥의 백성도 풍문을 듣고 참여하는 이도 있었다. 그 제도는 여씨향약呂氏
鄕約을 본뜬 것인데 사람들이 각기 100전씩 내어 원금으로 이자를 취하도
록 하고 상을 당하면 부조를 하고 경사가 있으면 또 같이하였다. 쉬는
날을 골라 한 해에 세 번 모이는데 말들이 술을 들고 수고롭게 와서 태평
을 즐겼다. 일이 있으면 의논하고 의논할 때는 다수를 따랐다. 이에 그
계의 이름을 정하고 책자를 만들어 성씨를 두루 적었다. 차례는 향당鄕黨
의 예를 따르되 생년에 따라 나중에 들어온 사람은 그 선후를 보아서
가운데 넣었다. 집강執綱이니 문서文書니 공언公言이니 하는 직책을 두어
일을 실제로 나누어 담당하게 하였다.

　_이채 「종중계의 서문(從衆契序)」(『화천집華泉集』 b101:419)

민주적인 절차를 따라 다수결로 의논을 결정하였기에 '종중계'라 한
것이 흥미롭다. 아울러 양반 사족뿐만 아니라 일반 백성들이나 하인들
까지 계원으로 참여하였으니 근대적인 모습을 볼 수 있다.

　이러한 화전촌이었기에 이채의 사랑이 각별할 수밖에 없었으리라.
그래서 이채는 화전촌을 떠난 뒤에도 그곳을 잊지 못하였다. 이채는
자가 계량季亮이고 호가 화천華泉인데 화천이라는 말 자체가 바로 화전
을 잊지 않겠다는 뜻이 담겨 있다. 벗 유한준兪漢雋은 그의 서재 화천재
를 두고 1806년 다음과 같은 글을 남겼다.

　삼주三州의 어진 선비 이계량은 나의 외우畏友다. 내가 계량에게 호가
또 있는지 물었더니 없다고 하였다. 내가 "자네가 호가 없다면 누가 호를
쓰겠는가?" 하였더니, 계량이 웃으면서 "꼭 있어야 한다면 화천이겠지"라
했다. 내가 그 뜻이 무엇이냐 물었더니 "화華는 화花라네. 지금 고양군에
화전이 있는데 우리 이가가 선대부터 대대로 화전에 거주하였으니, 여기
에서 '화'를 취한 것일세. 천泉은 한천寒泉인데 용인현에 있고 우리 조부
도암 선생이 유유자적하시던 곳일세. 내가 선영을 지키면서 늙음을 마칠

까 하네. '천'은 여기서 뜻을 취한 것일세. 합쳐서 이름을 붙이면 화천이
되기에 내가 내 집의 편액으로 삼았네."

　　_유한준, 「화천재기華泉齋記」(『자서自著』 249:598)

　　유한준은 호가 없는 이채를 삼주三州라 불렀는데 이 집안의 본향인
우봉의 별칭이다. 이채는 다섯 살 때 부친을 잃고 용인의 한천동寒泉洞
에 장사를 지냈다. 그 후 일가가 있던 고양의 화전촌으로 돌아가 살았
고 중년까지 벼슬에서 물러날 때면 화전촌에서 기거하였다. 신임옥사
로 세상이 위태해지자 인제麟濟의 산골에 들어가 살기도 하였지만 1728
년 무신란이 일어나자 용인의 한천동으로 내려가 살았다. 한천동은 이
만창李晚昌 등 이 집안의 선영이 있던 곳인데 이때 이채가 조부 이재를
모시고 그곳에서 살았다. 주자가 한천정사寒泉精舍를 경영하였으니 그
이름이 같은 것은 학자의 즐거움이었을 것이다. 이재는 1746년 10월 화
전으로 물러나 살려고 길을 나섰다가 오늘날 분당의 낙생樂生에서 세
상을 떠났고 결국 한천동에 묻혔다. 그 손자 이채는 이러한 한천동의
역사를 알기에 후에 그곳에 거주하게 된 것이다. 그럼에도 고양의 화
전촌을 잊지 않으려 서재를 화천재라 한 것이다. 이리하여 화전촌과
한천동은 이재와 이채 두 학자의 상징이 된 것이다.

10. 김재찬의 덕은병사와 대은루

행주산성에서 상류 쪽 난지도 사이의 물가 지역이 덕은 지구인데 예전에도 그 일대를 덕은리德隱里라 불렀다. 덕은리에는 종실인 진원군 珍原君 이세완李世完(1603~1655)의 별서가 있었는데 그 이름은 풍수정風水亭 이다. 『고양군지』(규장각본)에는 큰 들판과 긴 강물이 빼어난 경관을 만드는데 당시에 이미 터만 남아 있었다고 하였다.

19세기 덕은리의 주인은 김재찬金載瓚(1746~1827)이었다. 본관이 연안 延安으로, 영의정을 지낸 죽하竹下 김욱金煜의 아들이다. 자는 국보國寶이 고 호는 해석海石이 널리 알려져 있지만 덕은德隱이라는 호도 자주 사용 하여 덕은상서德隱尙書가 그를 가리키는 별호였다.

두 강 나누어진 곳에 봉우리 하나 높은데
봉우리 아래 선영에 원림이 따로 있다네.
젊은 날 돌아가 절할 곳 없을까 겁내었더니
노년에 즐겁게도 물러나 농사지을 마을 얻었네.
오동 그늘에 비오면 물고기 노는 못 구경하고
꽃 속에 향기 풍기면 단지에 술을 담는다네.
천고의 요행한 사람 오직 나일지니
태평세월 늙어가는 것 누구의 은혜인가?
雙江分水一峯尊　峯下松楸別有園
少日恐無歸拜地　暮年喜得退耕村
桐陰雨漲觀魚沼　花裏香聞釀秫樽
千古倖人惟我在　太平生老是誰恩
_김재찬, 「삼종질 수민이 덕은병사를 내방하여 시를 남기고 갔기에 나중
　에 그 시에 차운하여 답을 보낸다(三從姪秀民來訪德隱丙舍, 留詩以去, 追步寄答)」
　(『해석유고海石遺稿』 259:401)

일제 강점기의 지도를 보면 난지도가 강폭의 대부분을 덮고 있다. 여기서 갈라졌던 두 강이 만나는 곳에 덕은리가 있었다. 1805년 무렵 지은 것으로 추정되는 이 시를 보면 김재찬이 이 무렵이 되어서야 덕은리에 선영을 마련할 수 있었던 모양이다. 김욱의 묘소가 지금도 덕은동에 있다.

그러나 김재찬이 덕은에서 주로 생활한 것은 말년이었다. 김재찬은 1812년 영의정이 되고 1815년 일흔의 나이가 되자 기로사耆老社에 들어갔다. 조정의 원로로 국정을 전담하던 1816년 여름 덕은으로 물러나 쉬고 있을 때 벗들과 한바탕 시회를 가졌다. 영중추부사 급건及健 이시수李時秀, 좌의정 만오晩悟 한용귀韓用龜가 휴가를 받아 한강 변의 별서에서 쉬다가 덕은으로 찾아온 것이다.

> 양화나루 입구엔 한낮에 썰물이 들어오는데 (이시수)
> 맑은 날 모래섬으로 쪽배 타고 배웅을 갔지. (김재한)
> 온 밤 세 노인의 모임이 잘 이루어졌기에 (한용귀)
> 정말 그림으로 그려 태평세월 꾸밀 수 있겠네. (이시수)
> 楊花渡口午潮生(及健) 晴日中洲小棹迎(海石)
> 一夜穩成三壽會(晩悟) 眞堪圖畫飾昇平(及健)
> _김재찬, 「대은루에서 잠시 이야기를 나누고 두 공과 연구를 지었다. 이튿날 급건 공이 연구의 운에 차운하여 보이기에 마침내 그 운에 따라 절구 세 수를 짓고 겸하여 만오 공에게 보낸다(大隱樓小話, 與兩公聯句, 明日及健公次聯句韻以示, 遂步成三絶, 兼簡晩悟公)」(『해석유고』 259:406)

이시수, 김재찬, 한용귀가 각 한 구를 짓고 마지막 구를 이시수가 붙여 시를 완성하였다. 여기서 이른 대은루大隱樓는 김재찬의 별서에 있던 누각으로 추정된다. "소은은 언덕과 숲에 숨고 대은은 조정과 저자에 숨는다(小隱隱陵藪 大隱隱朝市)"는 말이 있으니 고관대작이 잠시 물러나 쉴 곳으로 대은루라는 이름이 잘 어울린다. 이들은 대은루에서 함께 연구를 짓고 나서 다시 한바탕 시회를 가졌다.

술 취해 배를 타고 저녁 바람 쐬니
금호는 정말 노호의 동쪽에 있구나.
먼 포구에 배 띄우니 세상의 영욕도 아득해지고
강 가운데서 봉창을 여니 웃음소리 한가지라.
고운 풀밭 지팡이 짚으니 절로 한적하여라
지는 꽃 골목을 덮어 텅 빈 듯 적막하구나.
산속 누각의 작은 모임 맑아 잠 못 이루겠기에
조각달 서쪽으로 지는데 객은 난간에 기대었네.
醉叩沙棠溯晚風 琴湖正在鷺湖東
帆橫極浦聲光渺 篷捲中流笑語同
芳草携筇閑自適 落花掃巷寂如空
山樓小集淸無寐 殘月西沉客倚欄
_김재찬, 「병자년 초여름 내가 덕은병사에 있는데 영중추부사 급건 공, 좌상 만오 공 또한 휴가를 받아 강가에 나와 있었다. 두 공께서 배를 타고 나를 방문하였는데, 내가 작은 배를 가지고 강 중류에서 맞아 하룻밤을 유숙하고 마쳤다. 내가 다시 선유봉 아래까지 가서 전송하고, 급건 공의 아우 극옹 상서가 급건 공에 올린 칠언율시에 나중에 차운하여 두 공에게 돌려 보이고 화답을 구한다(丙子首夏, 余在德隱丙舍, 領樞及健公左相晩悟公, 亦休浴在江上, 兩公同舟訪余, 余以小棹溯迎中流, 留宿一宵而罷. 余又至仙遊峯下送之, 追次及健公季氏尙書展翁上及健七律, 轉示兩公求和)」(『해석유고』 259:405)

긴 제목의 사연을 보면 영중추부사 이시수, 좌의정 한용귀가 휴가를 받아 덕은으로 와서 한바탕 놀았음을 알 수 있다. 또 다음 날 선유봉까지 가서 헤어졌다. 그런데 이만수가 이시수에게 보낸 율시에 차운하여 시를 지었다는 말을 김재찬이 듣고 이를 구해 보았다. 그리고 나중에 그 시에 차운한 시를 지어 두 사람에게 보내고 다시 답시를 요청했다. 이 작품에는 이시수가 이날 함께 지은 연구의 운자를 사용하여 지은 시가 같이 실려 있다.

먼 들판 외로운 연기 포구에서 일어나는데
내 벗을 꼭 기다려서 웃으면서 맞아야겠지.
강 따라 10리 가면 우리 집이 나오는데
문 곁엔 버드나무 무성하고 보리밭은 평평하다네.
遠楚孤烟別浦生 印須印友笑相迎
江行十里吾廬在 門柳深深麥隴平

이시수는 덕은정사에서 10리 떨어진 곳에 자신의 집이 있고 그곳에는 우거진 버들숲과 나지막한 보리밭이 있다고 하였다. 앞서 본 대로 금호琴湖, 곧 노량진 기슭에 이시수의 집이 있음을 본 바 있다. 아우와 함께 그곳으로 가서 시회를 이었던 모양이다. 지금 김재찬과 이만수의 문집만 전하고 있지만 여기에는 바로 이날 지은 시에 차운한 작품이 여럿 실려 있다. 이만수의 시는 그 제목이 무척 긴데, 시와 함께 하나의 편지글이라 하겠다.

내 백씨 급건 공께서 금호에 휴가를 나가 목욕을 하였는데 수야 상공 한용귀와 함께 노량나루에서 배를 끌어 30리 내려가니 덕은 상공이 물러나신 땅으로 찾아갔소. 세 공께서는 두 임금을 모신 언로로서 직접 사직의 안위를 맡고 있어 하루라도 조정에 있지 않을 수 없지만, 지금 복건에 작은 배를 가지고 다정하게 강호의 물고기와 새 사이에서 질탕하게 노시니 정말 태평시대 보기 드문 성대한 일이라오. 태사께서 덕성이 아래로 내려왔다는 아룀을 주실지 모르겠소. 병으로 침상에 누워서 그리운 마음

으로 앙망하오. 짧은 시로 대신 축수를 드리고 겸하여 안부를 묻는 예를
표하오.[62]

이때 지은 이들의 시는 김재찬의 별서에 있던 대은루를 따서 대은
루의 시축이라 하였다. 김조순金祖淳이 이때의 일을 이렇게 기록한 바
있다.

세 노인 일엽편주에 맑은 바람 쐬니
대은루 높은 누각은 행포의 동쪽이라네.
인간세상 바쁘고 한가함은 조야가 다른 법
강호의 근심과 즐거움은 고금에 한가지라.
흰 물새의 맹약 남아 있음을 또한 알지만
백성들 여망을 헛되게 하지 않았으면 좋겠네.
외로운 꿈은 곧바로 밝은 달을 따라 가는데
물가의 모래톱이 다시 주렴과 창을 맴도네.

扁舟三老溯清風 大隱樓高杏浦東

人世閒忙朝野異 江湖憂樂古今同

亦知白鳥盟猶在 恐遣蒼生望逐空

孤夢直隨明月去 汀洲繞遍更簾櫳

_ 김조순, 「대은루의 시축에 있는 시에 차운하여 해석 김재찬 재상에게
바친다(次大隱樓軸中韻, 呈海石金相國載瓚)」(『풍고집楓皐集』 289:80)

---

62) 이만수, 「吾伯氏及健公休沐琴湖, 與秀野韓相公用龜, 挐舟鷺渚, 放溜三十里,
訪德隱金相公逐初之居, 三公俱以兩朝元老, 身珮安危, 不可一日不在朝, 而
今以幅巾小艇, 惠好跌宕於江湖魚鳥之間, 眞昭代曠有之盛擧也. 未知太史有
德星下行之奏否, 臥病在床, 瞻望溯懷, 短律替賀, 兼伸起居之禮」(『극원유고』
268:29).

이 작품에는 "병자년(1816) 초여름 원보元輔 해석 공海石公이 막 덕은 의 강가 별서에서 은둔하고 있었다. 급건及健 이 상공이 좌의정 소파小波 한 공韓公과 함께 배를 탔다. 낮과 밤이 다하도록 질탕하게 놀면서 함께 연구聯句를 지었다. 유람을 기록하는 것으로는 극옹屐翁 태사太史 가 근체시를 지었고 또 연구의 운에 차운하여 바쳤다. 세 공께서 서로 화답하여 시축을 이루었으니 심히 성대한 일이다. 나 조순이 해석 공 에게 한 번 보여 달라 청하였더니 공께서 허락하시고 마침내 화답하도 록 요청하였다. 내 글이 비리하지만 공의 명을 감히 응하지 않을 수 없 었다"라 하였다. 이 무렵 김재찬은 영의정, 한용귀는 좌의정, 이시수는 영부사, 이만수는 병조판서였으니 이들의 위세를 알 수 있다. 당시 가 장 높은 벼슬아치들이 덕은의 별서 대은루에서 시회를 가졌고 그 결과 를 시축으로 묶었는데, 여기에 김조순도 나중에 참여한 것이라 하겠다.

김재찬은 이후에도 좌의정과 판의금부사를 거쳐 1821년에는 영의정 을 지냈다. 1823년 사직하고 4년 뒤인 1827년 세상을 떠날 때까지 도성 안의 집과 덕은리를 오가면서 노년의 벗들과 이렇게 살았을 것이다. 이것이 조선의 문화사에서 덕은리의 마지막 모습이다.

찾아보기

_ 사람 이름

마을 및 집 이름

이종묵李鍾默

서울대학교 국어국문학과에서 학업을 익혔고 한국정신문화연구원(현 한국학중앙연구원)에서 교수를 지내다가 2003년 모교로 옮겼다. 우리 한시의 아름다움에 대해 공부하는 것을 본업으로 삼아 『한국 한시의 전통과 문예미』, 『우리 한시를 읽다』, 『한시 마중』을 내었다. 조선시대 문인의 삶과 문화에 대해서도 관심을 가져 『부부』를 저술하고 『사의당지-우리 집을 말하다』, 『양화소록-선비 꽃과 나무를 벗하다』를 역해하였다. 『부휴자담론』, 『글로 세상을 호령하다』, 『돌아앉으면 생각이 바뀐다』 등도 낸 바 있다. 옛 글을 읽고 그 자취를 찾아다니는 것을 즐거움을 삼아 『누워서 노니는 산수』, 『조선의 문화공간』(전 4권), 『절해고도에 위리안치하라』(공저)를 세상에 보였는데 이 책도 이러한 관심의 일환이다.

조선시대 경강의 별서 서호 편

초판 인쇄 2016년 10월 7일
초판 발행 2016년 10월 13일

저 자 이종묵
펴낸이 한정희
펴낸곳 경인문화사

등 록 제406-1973-000003호
주 소 경기도 파주시 회동길 445-1 경인빌딩 B동 4층
전 화 (031) 955-9300   팩스 (031) 955-9310
홈페이지 http://kyunginp.co.kr
이메일 kyunginp@chol.com

ISBN 978-89-499-4213-1 93810
값 18,000원